Das Buch
Aus der englischen Industriestadt Rummidge, wo bereits David Lodges erfolgreicher Roman *Saubere Arbeit* spielte, fliegt eine Gruppe erlebnishungriger Pauschal-Touristen ins irdische Paradies Hawaii. Mit an Bord: Bernard Walsh, der schüchterne Held des Romans, ein 44jähriger ehemaliger Priester, der seinen griesgrämigen Vater nach Hawaii begleitet, wo dessen krebskranke Schwester sich mit der Familie versöhnen will, ehe sie vom irdischen ins himmlische Paradies überwechselt. Eine Bitte, die abzulehen so unchristlich wie unklug wäre, da die Versöhnung mit einem beträchtlichen Erbteil versüßt werden soll ...
»Nahezu mühelos beherrscht Lodge alle nur denkbaren literarischen Formen ... Mit leichtem Augenzwinkern hält er dem Leser einen erschreckend realistischen Spiegel vor, ohne doch jemals ins Klischee abzugleiten. Es ist dieser Balanceakt zwischen unprätentiöser Wiedergabe, intelligenter Konstruktion und ironischer Distanz, der dem Buch seinen eigentlichen Reiz verleiht.« *Frankfurter Rundschau*.

Der Autor
David Lodge wurde 1935 in London geboren. Von 1960 bis 1987 lehrte er an der Universität Birmingham als Professor für moderne englische Literatur und lebt heute als freier Schriftsteller in Birmingham.
In deutscher Übersetzung liegen vor: *Schnitzeljagd*, 1985; *Adamstag*, 1990; *Die Kunst des Erzählens*, 1993; *Saubere Arbeit* (Heyne Taschenbuch 01/8871); *Literatenspiele* (Heyne Taschenbuch 78/1181).

David Lodge
Neueste
Paradies
Nachrichten

Roman

Aus dem Englischen
von Renate Orth-Guttmann

WILHELM HEYNE VERLAG
MÜNCHEN

HEYNE ALLGEMEINE REIHE
Nr. 01/10175

Titel der Originalausgabe
PARADISE NEWS
erschien 1991 bei Secker & Warburg, London

Besuchen Sie uns im Internet:
http://www.heyne.de

Für Mike Shaw

Umwelthinweis:
Dieses Buch wurde auf
chlor- und säurefreiem Papier gedruckt

Copyright © 1991 by David Lodge
Copyright © 1992 by Haffmans Verlag AG Zürich
Einzig berechtigte Taschenbuchausgabe
Wilhelm Heyne Verlag GmbH & Co. KG, München
Printed in Germany 1998
Umschlagillustration: Volker Kriegel
Umschlaggestaltung: Hauptmann und Kampa
Werbeagentur, CH-Zug
Gesamtherstellung: Ebner Ulm

ISBN: 3-453-13816-3

»Das Paradies auf Erden! Zieht es euch nicht dort hin? Aber sicher!«

HARRY WHITNEY, *Reiseführer durch Hawaii (1875)*

Inhalt

TEIL I 9

TEIL II 139

TEIL III 235

Vorbemerkung des Autors

Viele Menschen haben mir großzügig bei der Beschaffung sachlicher Informationen für den Hintergrund dieses Romans geholfen, dessen Figuren und Begebenheiten reine Phantasieprodukte sind. Besonders dankbar bin ich Nell Altizer, Ruell Denney, Denis Egan, Celia und Maxwell Fry, Tony Langrick, Paul Levick, Victoria Nelson, Norman Rowland und Marion Vaught. D. L.

TEIL I

In nächt'gem Flug durch die barocke Wolke,
die jene Hügel ziert, von Luft getragen,
gelangen Tausende an ihr begehrtes Ziel.

> WILLIAM MEREDITH,
> *Beschreibung eines Besuches auf Hawaii*

I

»Was die bloß da dran finden? Ehrlich: Was finden die bloß da dran?«

Leslie Pearson, Seniorrepräsentant (Betreuung Flughafen) der Travelwise Tours AG, mustert die in der Abflughalle des Terminal Four von London-Heathrow herumwuselnden Fluggäste mit einer Mischung aus Mitgefühl und Verachtung. Es ist ein Hochsaison-Vormittag, und das gewohnte Geschiebe und Gedränge hat sich durch verschärfte Sicherheitskontrollen wegen eines Flugzeugabsturzes, bei dem man von Sabotage ausgeht, noch wesentlich verschlimmert. (Für den Anschlag haben gleich drei Terrororganisationen die Verantwortung übernommen, demnach sind mindestens zwei von ihnen eifrig bemüht, in den Ruf von Massenmördern zu kommen, ohne sich dafür anstrengen zu müssen. So ist die Welt heute, denkt Leslie Pearson. Je länger er sie kennt, desto unbegreiflicher und unsympathischer wird sie ihm.) Die Fluggäste müssen heute vormittag an den Abfertigungsschaltern peinlich genaue Fragen hinsichtlich der Herkunft ihres Gepäcks über sich ergehen lassen, Personen und Handgepäck werden von den Sicherheitskräften mit einer Gründlichkeit kontrolliert, die weit über das gewohnte Maß hinausgeht. Lange, nur träge voranrückende Schlangen ringeln sich von den Abfertigungsschaltern bis fast zur gegenüberliegenden Hallenwand, durchschnitten von zwei längeren Wartereihen, die an dem schmalen Durchgang zur Sicherheits- und Paßkontrolle und den Flugsteig-Warteräumen zusammenlaufen. Die Fluggäste in der Schlange treten von einem Fuß auf den anderen, suchen Halt an den Griffen ihrer schwer beladenen Kofferkulis oder haben sich auf ihrem Gepäck niedergelassen. Die Gesichter verraten Besorgnis, Ungeduld, Resignation – aber noch keine Erschöpfung. Noch sind die Wartenden verhältnismäßig frisch: Die bunte Freizeitkleidung sauber und schön gebügelt, glatt die Wangen nach frischer Rasur oder vom Make-up, glänzendgepflegt das Haar. Sollte es aber aus irgendeinem Grund zu weiteren ernsthaften Verspätungen kommen – durch einen Dienst nach Vorschrift bei den Fluglotsen etwa oder einen Bummelstreik bei der Gepäckabfertigung –, würde es, wie Leslie Pearson aus Erfahrung weiß, nicht mehr lange dauern, bis die ersten Risse im Furnier der Zivilisation sichtbar werden. Er hat den Terminal und die dahinter liegenden Warteräume schon vollgestopft mit den Opfern verspäteter Flüge erlebt, Schläfern in vergammelten, verknitterten Klamotten, unter dem kalten Licht der Neonröhren wahllos über sämtliche Möbel und freien Bodenflächen hingebreitet, mit offenem Mund, alle viere von sich gestreckt, wie von einem Massaker oder einer Neutronenbombe niedergestreckt, indes das Reinigungspersonal sich einen Weg durch die herumliegenden Körper bahnte wie eine Schar von Leichenfledderern auf einem Schlachtfeld. So schlimm ist es heute noch lange nicht; aber trotzdem – schlimm genug.

»Was finden die bloß da dran?« fragt er wieder. »Was versprechen die sich davon?«

»Na, was wohl? Die drei großen Ess«, sagt Trevor Connolly. Er ist eine Neueinstellung bei Travelwise und soll sich zur Zeit unter Leslies wachsamem Auge einarbeiten: Erkennen und Begrüßen der Kunden, Prüfen der Reiseunterlagen im Hinblick auf Abflugtermin (es soll schon vorgekommen sein, daß Urlauber sich zum falschen Termin auf dem Flughafen einstellen) und das Vorhandensein der erforderlichen Sichtvermerke im Paß, Weiterleitung an den zuständigen Abfertigungsschalter, erforderlichenfalls Hilfe beim Gepäck und Antwort auf allfällige Fragen. »Sonne, Sand und Sex«, erläutert Trevor mit breitem Grinsen.

Leslie schnaubt verächtlich. »Dafür brauchst du keinen Langstreckenflug«, sagt er. »Das kannst du auf Mallorca genauso haben. Und dieses Jahr auch in Bournemouth. Phantastisch, dieser Sommer! Man merkt nur nichts davon in diesem Loch.« Er sieht vergrätzt zu der niedrigen, stahlgrauen Decke mit den freiliegenden Rohren und Kabeln hoch, eine als ultramodern geltende Architektenmasche, die Leslie das Gefühl vermittelt, im Kellergeschoß eines Hotels oder im Maschinenraum eines Schlachtschiffes zu arbeiten. »Nimm nur mal diesen Haufen hier...« Er überfliegt die Passagierliste auf seinem Klemmbrett. »Reiseziel: Honolulu. *Honolulu,* ich bitte dich! Bis die da sind, ist ein ganzer Tag hin.«

»Achtzehneinhalb Stunden«, sagt Trevor. »Einschließlich Umsteigen in Los Angeles.«

»Achtzehneinhalb Stunden dicht an dicht in einer überdimensionierten Sardinendose! Die haben doch nicht mehr alle Tassen im Schrank. Wenn du mich fragst – die ticken alle nicht richtig«, sagt Leslie und läßt seinen Blick wie einen Radarstrahl über das Gewimmel gehen, eine hochgewachsene Gestalt in straff-militärischer Haltung (früher war er mal bei der Polizei). »Schau sie dir an. Wie Lemminge. Lemminge...«, wiederholt er und leckt sich genießerisch die Lippen, obschon er eigentlich nicht so genau weiß, was Lemminge sind. Irgendwelche kleinen Viecher, die sich in kopfloser Massenhysterie im Meer ertränken.

»Ist eben mal was Neues«, sagt Trevor. »Wer fliegt denn heute noch nach Mallorca? Doch bloß die Prolos. Blackpool im Mittelmeer. Mit Florida ist es genauso und mit der Karibik auch schon. Man muß immer weiter weg, um nicht Hinz und Kunz zu begegnen.«

»Hier kommen zwei von unseren«, sagt Leslie. Er hat die rotgoldenen Travelwise-Aufkleber auf dem Gepäck eines jungen Paars erspäht, das gerade durch die Automatiktüren gekommen ist und sich zögernd umsieht. »Flitterwöchner, wetten?« Die von Kopf bis Fuß funkelnagelneue Garderobe, der makellose Zustand ihrer Koffersets ist für ihn ein sicherer Hinweis darauf, daß die beiden frisch verheiratet sind, auch wenn die merkliche Distanz zwischen ihnen – die Frau steht ein bißchen vor und seitlich von ihrem Mann, der den Kofferkuli schiebt – den Gedanken nahelegt, daß der Start in die Ehe nicht ganz reibungslos vonstatten gegangen ist. Wahrscheinlich haben sie gestern geheiratet und in einem heißen, lauten Londoner Hotelzimmer übernachtet, und jetzt verbringen sie den ersten Tag des jungen Glücks damit, sich in zwei schmale

Zahnarztstühle schnallen und von einem lärmenden Riesenvogel um die halbe Welt transportieren zu lassen. Für die beiden wäre Bournemouth wahrscheinlich die bessere Lösung gewesen.

Leslie tritt lächelnd vor, macht sich mit dem Paar bekannt und überprüft Tickets und Pässe. »Hawaii ... Eine hervorragende Wahl für die Flitterwochen, wenn ich mir die Bemerkung erlauben darf, Sir.«

Der junge Mann lächelt dümmlich-verlegen, aber seine Frau reagiert eher mißvergnügt. »Sieht man das so deutlich?« sagt sie. Sie hat glattes, helles Haar, das von einem Schildpattkamm aus der Stirn gehalten wird, und klare, eisblaue Augen.

»Mir fiel nur auf, daß Sie auf meiner Liste Mrs. Harvey, aber in Ihrem Paß Miss Lake sind.«

»Sehr scharfsinnig«, sagt sie trocken.

»Ist das schlimm?« fragt der junge Mann besorgt. »Wegen der Pässe, meine ich.«

»Aber nein, Sir, kein Grund zur Sorge. Bitte checken Sie das Gepäck an Schalter 21 ein. Es kann leider eine Weile dauern.«

»Wird das nicht von Ihnen erledigt?« fragt Mrs. Harvey.

»Die Passagiere müssen ihr Gepäck persönlich identifizieren, die Sicherheitsbestimmungen sind leider so. Mr. Connolly, mein Kollege, ist Ihnen gern behilflich.«

»Besten Dank, unseren Wagen können wir schon selber schieben«, sagt Mrs. Harvey, womit aber wohl eher ihr Mann gemeint ist, denn sie steuert, ohne ihm noch einen Blick zu gönnen, zielstrebig Schalter 21 an.

»Mein lieber Scholli«, bemerkt Trevor, als die beiden außer Hörweite sind. »Was bin ich froh, daß ich nicht in dem seinen Boxershorts stecke. 'ne richtige Pißnelke.«

»Junge Liebe ist eben auch nicht mehr das, was sie mal war«, sagt Leslie.

»Das kommt vom Zusammenleben vor der Ehe. Macht die ganze Romantik kaputt.«

Diese Bemerkung ist klar auf Trevor gemünzt. Der aber tut, als habe er sie mißverstanden. »Genau, das sag ich zu Michelle auch immer: Wenn man erst verheiratet ist, geht's mit der Romantik den Bach runter.«

Leslie hakt, das unverschämte Grinsen seines jungen Mitarbeiters geflissentlich übersehend, Mr. und Mrs. Harvey von seiner Liste ab. »Reiß dich zusammen, wenn ein einzelner Fluggast kommt, ein gewisser Sheldrake. Siehst du das Sternchen an seinem Namen?«

»Ja. Was hat denn das zu bedeuten?«

»Freiflug. Meist ein Journalist. Reiseschriftsteller.«

»So 'n Job könnte mir auch schmecken.«

»Dazu mußt du erst mal schreiben können, Trevor. Ohne Rechtschreibfehler, meine ich.«

»Heute doch nicht mehr. Macht alles der Computer.«

»Jedenfalls bitte ich mir aus, daß du einen guten Eindruck machst, wenn er auftaucht, der kriegt es sonst fertig und schreibt irgendwas Bösartiges über dich.«

»Zum Beispiel?«

»Zum Beispiel: *Die Begrüßung auf dem Flugplatz erfolgte durch einen schmuddelig wirkenden Angestellten mit Schuppen auf der Uniform, an der ein Knopf fehlte.*«

»Das ist Michelles Schuld«, sagt Trevor etwas betreten. »Sie hat versprochen, daß sie ihn mir annäht.«

»In unserem Beruf ist der äußere Eindruck sehr wichtig, Trevor«, sagt Leslie. »Wenn unsere Kunden hier ankommen, sind sie nervös und verunsichert. Dein Aufzug sollte vertrauenerweckend wirken. Wir sind wie Schutzengel, die sie über den Abgrund tragen.«

»Mann, hör bloß auf«, sagt Trevor. Aber er zieht den Schlipsknoten höher und klopft sich Schultern und Revers ab.

Ein Mann und eine Frau mittleren Alters – ein Ehepaar aus Croydon – sind die nächsten, die ihre Dienste in Anspruch nehmen. Die Frau, deren füllige Formen in stahlblauen Stretchhosen und einem Pulli in der gleichen Farbe stecken, wirkt flatterig und besorgt. »Er hat's mit dem Herzen«, sagt sie und zeigt mit dem Daumen auf den Mann neben sich. Der schüttelt den Kopf und lächelt Leslie beruhigend zu. »Er kann sich unmöglich in so einer Schlange anstellen.«

Sehr gesund sieht der Mann wirklich nicht aus: Er hat ein rötlichgeflecktes Gesicht mit einer leuchtendroten Nase, wie

Trinker sie haben, und der Bauch unter dem weißen Hemd wabbelt schlaff bis über die Gürtelschnalle.

»Ich könnte mich um einen Rollstuhl für Sie bemühen, Sir«, sagt Leslie.

»Kommt überhaupt nicht in Frage«, wehrt sich der Mann. »Stell dich doch nicht immer so an, Lilian. Hören Sie gar nicht hin, ich bin völlig in Ordnung.«

»Eigentlich«, sagt Lilian, »dürfte er gar keine so lange Reise machen, aber wir wollten Terry – das ist unser Sohn – nicht enttäuschen. Er hat den Urlaub für uns gebucht und bezahlt und kommt extra von Sydney nach Hawaii, um mit uns zusammenzusein.«

»Wie nett«, sagt Leslie, während er die Unterlagen prüft.

»Er hat's wirklich gut getroffen da drüben. Modefotograf mit eigenem Studio. Eines Tages ruft er an, früh um sechs, die haben da unten ja eine andere Zeit, und sagt: ›Ich möchte dir und Dad einen Urlaub schenken, der euch unvergeßlich bleiben soll. Ihr braucht nur nach Heathrow zu fahren, alles andere übernehme ich.‹«

»Sehr erfreulich, von einem jungen Mann zu hören, der seine Eltern zu schätzen weiß«, sagt Leslie. »Besonders heutzutage. Geh mit Mr. und Mrs. Brooks zum Schalter 16, Trevor, und sag Bescheid, daß Mr. Brooks gesundheitliche Probleme hat. Business Class«, fügt er erklärend hinzu, »dort ist die Schlange kürzer.«

»Müssen wir da was draufzahlen?« fragt Mr. Brooks besorgt.

»Nein, nein, es sind dieselben Plätze, aber wir haben eine Abmachung mit der Fluggesellschaft, daß behinderte Passagiere in der Business Class einchecken können.«

»Behindert? Von wegen behindert... Da hast du ja was Schönes angerichtet, Lilian!«

»Sei doch froh, Sidney, und red nicht so viel. Herzlichen Dank«, sagt Mrs. Brooks zu Leslie.

Trevor entfernt sich recht widerstrebend, denn im Hintergrund warten schon zwei jüngere Frauen in pastellfarbenen Jogginganzügen, in der Hand die rotgoldenen Plastikmäppchen, die Travelwise in den Prospekten als Urlaubspack bezeichnet. Beide sind weder ausgesprochen hübsch noch ausgesprochen jugendfrisch, aber sie gehören zu der Kategorie von Kunden, mit denen Trevor gern ein bißchen flirtet oder die, wie er sich ausdrückt, immer gut für 'ne kleine Anmache sind.

»Fliegen die Damen zum erstenmal nach Hawaii?« erkundigt sich Leslie.

»O ja, wir waren noch nie da. Unsere weiteste Reise bisher war Florida, nicht, Dee?« sagt die junge Frau in Rosa-Hellblau. Sie hat ein breites, frisches Gesicht mit großen runden Augen und einen Heiligenschein aus feinen Babylocken.

»Wie lange fliegen wir?« sagt Dee, die in einem lindgrünlilafarbenen Anzug steckt, schärfere Züge hat und lange nicht so zutraulich wirkt.

»Seien Sie froh, wenn Sie's nicht wissen«, erwidert Leslie, und die junge Frau in Hellblau-Pink bricht fast zusammen vor Lachen.

»Kommen Sie, verraten Sie's uns«, bittet sie.

»Heute abend um acht sind Sie in Honolulu.«

»Allerdings ohne Berücksichtigung der Zeitverschiebung«, sagt Dee.

»Sie unterrichtet Physik und Chemie«, erläutert ihre Freundin, als bedürfe diese scharfsinnige Bemerkung einer besonderen Erklärung.

»Sehr richtig. Sie müssen also noch elf Stunden zuzählen.«

»O Gott!«

»Laß nur, Dee, wenn wir erst da sind, ist das alles vergessen.« Die Rosablaue sieht Leslie erwartungsvoll an. »Es soll ja das reinste Paradies sein...«

»Das ist es auch«, bestätigt Leslie. »Im übrigen möchte ich den Damen mein Kompliment zu Ihrer Reisekleidung aussprechen. Ebenso zweckmäßig wie geschmackvoll, wenn ich das sagen darf.«

Die Rosa-Blaue kichert errötend, und selbst Dee lächelt gnädig. Sie reihen sich in die lange Schlange vor Schalter 21 ein. Trevor kommt nicht mehr rechtzeitig, um ihnen bei ihrem recht umfangreichen Gepäck zur Hand zu gehen.

»Wo sind denn die Puppen hin?« fragt er.

»Ich habe mich ihrer angenommen, Trevor«, sagt Leslie, »und ihnen auf meine unnachahmlich galante Art den Weg gewiesen.«

»Ej, Alter, mach keine Sprüche«, sagt Trevor.

Der Vormittag schleppt sich hin. Die Schlangen dehnen sich. Die Luft unter den stahlgrauen Rohren und Trägern wird zunehmend stickiger, lädt sich immer mehr auf mit Frust und Nervosität, indes die Passagiere, die in der langen, nur mählich vorrückenden Schlange die Abfertigung bei der Paßkontrolle erwarten, auf die Uhr sehen und sich fragen, ob ihnen wohl ihre Maschine vor der Nase wegfliegen wird. Fluggast R. J. Sheldrake, angetan mit einem beigefarbenen Safarianzug, einen praktischen Hartschalenkoffer mit eingebauten Rädern hinter sich herziehend, weist sein Freiflugticket vor und äußert sich pessimistisch über die Schlangen. Er hat einen großen Kugelkopf mit hoher Stirn und schon stark zurückweichendem Haaransatz und ein großes, vorspringendes Kinn, so daß die übrigen Gesichtszüge zwischen diesen beiden Protuberanzen etwas eingeengt wirken.

»Keine Sorge, Sir«, sagt Leslie und zwinkert ihm verschwörerisch zu. »Wenn Sie mir folgen würden... Ich lasse Sie in der Business Class einchecken.«

»Nein, nein, ich verlange die gleiche Behandlung wie alle anderen«, sagt Dr. Sheldrake (so lautet, wenn man dem Ticket glauben darf, sein Titel). »Gehört alles zum Feldversuch«, fügt er geheimnisvoll hinzu. Er verzichtet auf Trevors Hilfe und verschwindet mit seinem Rollkoffer in der Menge.

»War das der Journalist?« fragt Trevor.

»Ich weiß nicht recht... Auf seinem Ticket steht, daß er ein Doktor ist.«

»Dem seine Schuppen sind schlimmer als meine«, sagt Trevor. »Und Haare hat er fast gar keine mehr.«

»Schau jetzt nicht hin«, sagt Leslie. »Du wirst gefilmt.« Ein stämmiger Mann mit plusterigen Koteletten in Zweiton-Blouson und Hosen mit messerscharfer Bügelfalte hat aus etwa zehn Meter Entfernung seine Videokamera auf sie gerichtet. Eine Frau in gelbem Baumwollkleid mit einem Muster aus roten Sonnenschirmen und sehr viel Modeschmuck steht in lässiger Haltung neben ihm und sieht sich zerstreut um wie eine Hundebesitzerin, deren Liebling gerade das Bein an einen Baum hebt.

»So 'ne Frechheit«, sagt Trevor.

»Pst«, sagt Leslie. »Die gehören auch zu uns.«

Mr. und Mrs. Everthorpe sind soeben mit einem Zubringerflug aus den Midlands gekommen. »Sie haben doch nichts dagegen, wenn wir Sie für unser Heimvideo ablichten?« sagt Mr. Everthorpe und kommt näher. »Ich hab Ihre Uniform auf den ersten Blick erkannt.«

»Natürlich nicht, Sir«, sagt Leslie. »Darf ich mal Ihre Tickets sehen?«

»Hawaii, wir kommen! Bin schon ganz scharf drauf, die Hulamädchen in den Sucher zu kriegen.«

»Da hab ich wohl auch noch ein Wörtchen mitzureden«, sagt Mrs. Everthorpe und gibt ihrem Mann einen Klaps auf das dicke Handgelenk. »Ich denke, das soll unsere zweite Hochzeitsreise werden?«

»Tja, dann wirfst du dich am besten selber in ein Baströckchen, Schatz«, sagt Mr. Everthorpe und zwinkert Leslie und Trevor zu. »Damit ich ein bißchen auf Touren komme...«

Mrs. Everthorpe gibt ihm noch einen Klaps, und Trevor grinst verständnisvoll. Das ist ganz seine Art von Humor.

Die Familie Best scheint wenig Humor mitgebracht zu haben. Mr. Best ist äußerst verstimmt, weil die verbilligten Gutscheine für verschiedene Attraktionen auf Hawaii – das Festmahl in der Paradise Cove, das Pacific Whale Museum, der Waimea Falls Park und und und – in seinem Urlaubspack nur dreifach vorhanden sind, wohingegen die Familie Best vier Köpfe zählt. Vater, Mutter, Sohn und Tochter – helle Augen, rötlichblondes Haar, dünne Lippen – haben sich wie die Orgelpfeifen vor Leslie aufgebaut, während er sie davon zu überzeugen versucht, daß der Travelwise-Reiseleiter in Honolulu schnellstens für Abhilfe sorgen wird.

»Warum können Sie uns die Gutscheine nicht gleich geben?« will Mr. Best wissen.

Leslie erklärt, daß sie in ihrem Büro in Heathrow keine Gutscheine haben.

»Sehr ärgerlich«, sagt Mr. Best. Er ist groß und hager und hat ein schmales rötliches Schnurrbärtchen.

»Du solltest dich beschweren, Harold«, sagt Mrs. Best.

»Ich beschwere mich doch gerade«, sagt Mr. Best. »Genau das mache ich ja. Was glaubst du, was ich hier mache?«

»Schriftlich, meine ich.«

»Natürlich kommt das auch noch schriftlich«, sagt Mr. Best drohend und knöpft seinen dunkelblauen Blazer zu. »Keine Bange, das kriegen die schwarz auf weiß.« Er zieht ab, und seine Familie folgt im Gänsemarsch.

»Er ist nämlich Anwalt«, ruft Mrs. Best noch unheilverkündend über die Schulter.

»Wieder ein zufriedener Kunde mehr«, sagt Trevor.

»Manche sind nie zufrieden«, sagt Leslie. »Ich kenne den Typ. So was wittere ich drei Meilen gegen den Wind.«

Zu welchem Typ ihre nächsten beiden Kunden gehören, wittert Leslie nicht. Die beiden sehen überhaupt nicht aus wie Urlauber. Es scheint sich um Vater und Sohn zu handeln, denn sie heißen beide Walsh. Der Ältere hat ein schmales, gefurchtes Gesicht mit Adlernase und einen weißen Schopf wie ein Kakadu. Er dürfte gut und gern siebzig sein, während der Jüngere vielleicht Mitte vierzig ist, aber weil er einen Bart hat, eine unübersichtliche, graumelierte Matte, ist er vom Alter her schwer zu schätzen. Beide haben dunkle und ziemlich warme, unmodern geschnittene Sachen an. Der Jüngere trägt als einzige Konzession an ihr Reiseziel ein Hemd mit offenem Kragen, der sorgfältig geglättet über dem Sakkokragen liegt – eine Mode, von der Leslie gedacht hat, sie sei seit den fünfziger Jahren ausgestorben. Der Alte steckt in einem braungestreiften Kammgarnanzug mit Schlips und Kragen. Er seufzt unentwegt leise vor sich hin und betrachtet aus tränenden Augen beunruhigt das Gewoge und Geschiebe um sich her.

»Wie Sie sehen, haben wir einen kleinen Stau an der Paßkontrolle«, sagt Leslie, während er die Reiseunterlagen durchsieht. »Aber keine Angst, wir sorgen schon dafür, daß Sie Ihren Flug nicht verpassen.«

»Wär auch nicht weiter schlimm«, sagt der alte Herr.

»Mein Vater fliegt zum erstenmal«, sagt der Jüngere, »er ist ein bißchen nervös.«

»Sehr verständlich«, sagt Leslie. »Aber Sie werden Spaß daran haben, wenn Sie erst in der Luft sind, nicht wahr, Trevor?«

»Wie? Ja, klar«, sagt Trevor. »In diesen Jumbos merken Sie gar nicht, daß Sie fliegen. Es ist wie im Zug.«

Der Alte zieht zweifelnd die Nase hoch. Sein Sohn verstaut das Urlaubspack sorgsam in der Innentasche seiner Tweedjacke und stellt sich wie ein Lasttier zwischen die beiden Koffer. »Wenn du meine Aktentasche tragen würdest, Daddy...«

»Hilf mal Mr. Walsh mit dem Gepäck, Trevor«, sagt Leslie.

»Sehr liebenswürdig«, sagt der Jüngere. »Ich habe nämlich keinen Kofferkuli mehr auftreiben können.«

Trevor betrachtet die beiden billigen, abgeschabten Koffer voller Mißfallen und gehorcht ungnädig. Wenige Minuten später ist er wieder da. »Komisch, daß die zwei da nach Hawaii wollen, was?«

»Ich kann nur hoffen, daß du später mal, wenn du es dir leisten kannst, deinen alten Vater auch mit auf Urlaub nimmst, Trevor.«

»Machst du Witze, Mann? Nicht mal bis zur nächsten Ecke würd ich den mitnehmen, höchstens, wenn ich wüßte, daß er mir da abhanden kommt.«

»Weißt du, was ein Theologe ist, Trevor?«

»Irgendwas mit Religion, glaub ich. Warum?«

»Weil der da Theologe ist, mein Sohn. Steht in seinem Paß.«

Später – etwa vierzig Minuten später – gibt es an der Schranke zwischen Paßkontrolle und Warteraum einigen Wirbel um den alten Herrn und seinen Sohn. Beim Durchschreiten des Rahmens mit den Metalldetektoren hatte der Ältere den Piepser ausgelöst. Man nahm ihm die Schlüssel ab und ließ ihn noch einmal durchgehen. Wieder schlug der Piepser an. Auf Ersuchen des Sicherheitsbeamten leerte Walsh senior die Taschen und nahm die Armbanduhr ab. Vergebens. Der Beamte filzte ihn mit raschen, routinierten Bewegungen, fuhr mit den

Händen über den Oberkörper des alten Mannes, unter seine Armbeugen und an der Innenseite seiner Beine entlang. Zuckend und zitternd, die Arme steif von sich gestreckt wie eine Vogelscheuche, ließ der Alte diese Prozedur über sich ergehen. Dabei sah er vorwurfsvoll zu seinem Sohn hinüber, der hilflos die Schultern zuckte. Die Fluggäste vor ihnen, deren Handgepäck schon durchleuchtet worden war, sich nun auf der anderen Seite des Geräts zu wilden Haufen türmte und alles blockierte, wurden sichtlich nervös und sahen sich vielsagend an.

»Sie haben nicht zufällig eine Metallplatte im Kopf, Sir?« fragte der Sicherheitsbeamte.

»Nein, hab ich nicht«, gab der Alte gereizt zurück. »Wofür halten Sie mich eigentlich? Für einen Roboter?« In seinem Ton schwang etwas unverkennbar Irisches.

»Wir hatten mal so einen Fall, Sir. Hat den ganzen Vormittag gedauert, bis wir drauf gekommen sind. Er war im Krieg mit einer Luftmine hochgegangen. Und die Beine steckten voller Granatsplitter. Damit ist es wohl bei Ihnen auch nichts?«

»Ich hab doch schon nein gesagt.«

»Wenn Sie bitte die Hosenträger abnehmen würden, Sir. Wir versuchen es einfach nochmal.«

Wieder piepste der Detektor. Der Sicherheitsbeamte seufzte. »Tut mir leid, Sir, aber ich muß sie bitten, auch noch die übrige Kleidung abzulegen.«

»Kommt überhaupt nicht in Frage.« Der Alte hielt krampfhaft seinen Hosenbund fest.

»Nicht hier, Sir. Wenn Sie bitte mitkommen würden . . .«

»Daddy! Dein geweihtes Amulett«, stieß der Jüngere plötzlich hervor. Er lockerte seinem Vater den Schlips, öffnete den obersten Hemdenknopf und angelte eine zinnfarbene Medaille heraus, die an einer dünnen Edelstahlkette hing.

»Na also, da hätten wir ja den Schlingel«, sagte der Sicherheitsbeamte vergnügt.

»Etwas mehr Respekt, wenn ich bitten darf! Das ist die Heilige Jungfrau von Lourdes!« sagte der Alte.

»Meinetwegen. Wenn Sie die mal kurz abnehmen und noch mal durchgehen würden.«

»Ich hab das Amulett noch nie abgenommen, seit meine liebe Frau, Gott hab sie selig, es mir geschenkt hat. 1953 hat sie's von einer Pilgerfahrt mitgebracht.«

Dem Sicherheitsbeamten platzte der Kragen. »Wenn Sie das Ding nicht abnehmen, fliegen Sie nicht mit.«

»Kann mir nur recht sein«, sagte der Alte.

»Jetzt komm schon, Daddy«, sagte sein Sohn überredend. Behutsam streifte er Amulett und Kette über den weißen Kopf, ließ die blinkende Kette in seine Handfläche rieseln und reichte sie dem Beamten. Plötzlich war der Widerstand des Alten gebrochen. Lammfromm, mit gebeugten Schultern durchschritt er den Rahmen mit den Metalldetektoren, und diesmal blieb der Piepser still.

In dem überfüllten Warteraum half Bernard Walsh seinem Vater, das Amulett wieder umzuhangen, vorsichtig manövrierte er die Kette an den Ohren des alten Mannes vorbei, großen, rotfleischigen Vorsprüngen, aus deren Ritzen und Winkeln weiße Haare sprossen. Er schob ihm das Amulett unter das vergilbte Unterhemd, machte den obersten Hemdenknopf wieder zu und rückte den Schlips zurecht. Jäh kam ihm eine Erinnerung: Er war, gerade elf geworden, auf dem Weg zu seiner neuen Schule, dem Gymnasium St. Augustin, sein Vater inspizierte ernsthaft die neue Schuluniform und zog den Knoten der Schulkrawatte in kräftigem Rötlichbraun und Gold fester, Farben, die ein bißchen an die Uniformen von Travelwise Tours erinnerten.

Ihr Flug war noch nicht aufgerufen worden. Bernard Walsh kaufte an einer Snackbar zwei Becher Kaffee, belegte zwei Plätze vor einem der Bildschirme und verteilte die Zeitungen, die er auf der Fahrt zum Flughafen gekauft hatte: den *Guardian* für sich, die *Mail* für seinen Vater. Doch während er in einen Artikel über Nicaragua vertieft war, hatte sein Vater sich offenbar davongemacht. Als Bernard aufsah, war der Platz neben ihm leer, und Mr. Walsh war weg. Bernard wurde ganz schlecht vor Schreck. Vergeblich sah er sich im Warteraum nach seinem Vater um (und fand dabei noch Zeit zu der Überlegung, wie grotesk und unpassend das Wort »Raum« für diese riesige, überfüllte Halle mit den ruhelos wogenden

Menschen, den summenden Gesprächen, der abgestandenen Luft und dem spiegelnden Glas war). Um bessere Sicht zu haben, stellte er sich auf seinen Sitz, was vier helle Augenpaare mit deutlicher Mißbilligung vermerkten. Sie gehörten zu einer Familie mit rotblondem Haar, die, vier Flugtaschen vor sich aufgereiht, ihm gegenüber saß. Auf dem Monitor blinkte hinter der Nummer des Fluges nach Los Angeles die Information: BOARDING GATE 29.

»Na also«, bemerkte der rötlichblonde Familienvorstand, ein großer, dünner Mann in flottem Blazer mit blanken Knöpfen. »Flugsteig 29. Auf, auf!« Frau und Kinder gehorchten synchron.

Bernard entfuhr ein leiser Klagelaut. Er wandte sich an die Familie, auf deren Handgepäck, wie er jetzt sah, die rotgoldenen Travelwise-Aufkleber prangten. »Entschuldigen Sie bitte... Haben Sie zufällig gesehen, wohin mein Vater gegangen ist? Ein älterer Mann, er saß hier neben mir...«

»Da lang«, sagte die Tochter, eine sehr sommersprossige Zwölfjährige, und deutete zum Duty Free Shop hinüber.

»Danke«, sagte Bernard.

Er entdeckte seinen Vater beim Whiskey. Walsh Senior stand vor dem Regal, hatte wie ein Museumsbesucher die Hände hinter dem Rücken verschränkt und den Kopf vorgestreckt, um die Etiketten zu lesen.

»Ein Glück, daß ich dich gefunden habe«, sagte Bernard. »Daß du mir nicht nochmal wegläufst, ohne ein Wort zu sagen!«

»Der Liter Jameson's für acht Pfund«, sagte der Alte. »Halb geschenkt.«

»Eine Flasche Whiskey um die halbe Welt schleppen? Kommt nicht in Frage«, sagte Bernard. »Außerdem haben wir keine Zeit mehr, sie haben unseren Flug aufgerufen.«

»Ist das Zeug in Hawaii auch so billig?«

»Ja. Nein. Ich weiß nicht«, sagte Bernard. Schließlich kaufte er ihm eine Flasche Jameson's und eine Stange Zigaretten, so wie man einem Kind Süßigkeiten kauft, damit es Ruhe gibt. Er bereute es sofort, denn die Plastiktüte mit der Flasche im Karton war schwer und unhandlich, wenn man sie zusätzlich zu Aktenmappe und Regenmantel über boulevardbreite, sich scheinbar bis ins Unendliche erstreckende Gänge schleppen mußte.

»Gehen wir zu Fuß bis Hawaii?« quengelte sein Vater.

Streckenweise gab es rollende Bänder, die aussahen wie waagerechte Rolltreppen, aber nicht alle funktionierten. Sie brauchten eine gute Viertelstunde bis zum Flugsteig 29, und schon nahte die nächste Krise. Als die Bodenstewardess um ihre Bordkarten bat, mußte der alte Mr. Walsh passen.

»Ich glaube, ich hab sie in dem Schnapsladen liegenlassen«, sagte er.

»O Gott«, stöhnte Bernard. »Bis wir von da wieder zurück sind, ist ja eine halbe Stunde weg.« Er wandte sich an die Stewardess. »Können Sie uns nicht eine neue Bordkarte ausstellen?«

»Nicht so ohne weiteres. Haben Sie die Karte wirklich nicht, Sir? Vielleicht in Ihrem Paß?«

Doch auch den Paß hatte Mr. Walsh im Duty Free Shop liegenlassen.

»Das machst du absichtlich«, sagte Bernard und spürte, daß er rot anlief vor Ärger.

»Gar nicht wahr«, maulte Mr. Walsh.

»Wo hast du sie denn liegenlassen? Bei dem Jameson's?«

»Irgendwo in der Gegend. Ich müßte die Stelle sehen.«

»Kommt das mit der Zeit noch hin?« fragte Bernard.

»Ich besorge einen Buggy«, sagte die Stewardess und griff nach einem schnurlosen Telefon.

Der Buggy war ein offenbar für kranke oder behinderte Fluggäste bestimmter offener Elektrokarren. In schneller Fahrt ging es zurück über die endlosen Gänge, wobei der Fahrer hin und wieder kräftig hupte, um ihnen den Weg durch Trauben entgegenkommender Fußgänger zu bahnen. Bernard hatte das gespenstische Gefühl, daß ihre Reise jetzt rückwärts ablief, und zwar nicht nur vorübergehend, sondern endgültig. Sie würden stundenlang vergeblich nach den verschwundenen Reisedokumenten suchen, während ihr Flugzeug sich in die Lüfte erhob und sie mit ihren nutzlosen, nicht umbuchbaren Tickets zurückließ, so daß sie wohl oder übel mit der U-Bahn wieder nach London würden zurückfahren müssen. Vielleicht gingen die Gedanken seines Vaters in dieselbe Richtung, und er sah deshalb plötzlich so aufgeräumt aus, winkte den auf Schusters Rappen den Flugsteigen zustrebenden Passagieren strahlend zu wie ein Kind auf einem Rummelplatzkarussell. Einer der Fluggäste, ein stämmiger Mann mit plusterigen Koteletten und einer Videokamera in der Hand, drehte sich auf dem Absatz um, als sie vorbeirollten, und blieb stehen, um sie zu filmen.

Die Bordkarte fand sich in Mr. Walshs Paß, und der war noch da, wo er ihn aus der Hand gelegt hatte, zwischen dem Scotch Whisky und dem Irish Whiskey.

»Jetzt sag bloß, was du dir dabei gedacht hast«, sagte Bernard.

»Ich hab mein Geld gesucht«, erklärte Mr. Walsh. »Mein Portemonnaie. Bei dem Theater mit dieser Piepsmaschine und meinem Amulett bin ich total durcheinandergekommen. Alles steckte in der falschen Tasche.«

Bernard knurrte. Die Erklärung klang plausibel, aber wenn die Sache mit der Bordkarte kein bewußter Trick gewesen war, um sich vor dem Flug zu drücken, so hatte hier mit Sicherheit sein Unterbewußtsein eine Rolle gespielt. Er packte seinen Vater am Arm und führte ihn ab wie einen Häftling. Der Buggyfahrer, der aufmerksam dem Knistern seines Walkie-Talkie lauschte, begrüßte sie munter.

»Alles okay? Schön festhalten bitte, ich muß unterwegs noch zwei Leute einladen.«

Sie nahmen eine riesenhafte Schwarze in einem zeltgroßen gestreiften Baumwollkleid an Bord, die sich schnaufend und glucksend in das Gefährt hievte und Mr. Walsh auf dem Rücksitz mit ihren breiten Hüften bedrängte, so daß Bernard genötigt war, gefährlich auf der seitlichen Haltestange zu balancieren, sowie einen beinamputierten Mann, der sich neben den Fahrer setzte und seinen Gehstock nach vorn richtete wie eine eingelegte Lanze. Dieser karnevaleske Aufzug sorgte bei dem Fußvolk, an dem sie vorbeikamen, für Aufsehen und einige Heiterkeit. Manche hoben scherzhaft den Daumen wie Tramper.

Bernard sah auf die Uhr. Noch fünf Minuten bis zum Start. »Wenn wir Glück haben, schaffen wir's gerade noch.«

Er hätte sich keine Sorgen zu machen brauchen. Die Maschine hatte eine halbe Stunde Verspätung, und das Boarden hatte noch nicht einmal begonnen. Vorwurfsvolle Blicke trafen Bernard und seinen Vater, als sei die Verspätung ihre Schuld. Der Wartebereich platzte aus allen Nähten, es schien kaum glaublich, daß so viele Leute in ein Flugzeug paßten. Auf der Suche nach einem Sitzplatz kamen sie an dem rotblonden Familienclan vorbei. Die vier saßen, ihre Flugtaschen auf den Knien, in einer Reihe nebeneinander. »Ich hab ihn gefunden«, sagte Bernard zu der Kleinen mit den Sommersprossen und nickte zu seinem Vater hinüber, was sie mit einem schmalen, schüchternen Lächeln quittierte.

Ganz hinten entdeckten sie noch zwei freie Plätze und setzten sich.

»Ich muß mal«, sagte Mr. Walsh.

»Nein«, sagte Bernard brutal.

»Das war der Kaffee. Kaffee muß bei mir immer gleich wieder raus.«

»Warte, bis wir in der Maschine sind«, sagte Bernard, besann sich dann aber eines Besseren. Man konnte ja nie wissen, wie lange es noch bis zum Abflug dauerte. »Also meinetwegen«, sagte er resigniert und stand auf.

»Du brauchst nicht mitzukommen.«

»Ich laß dich nicht nochmal aus den Augen.«

Als sie nebeneinander in der Toilette standen, fragte sein Vater: »Hast du die Kiste von der Schwarzen gesehen? Mann, ich hab gedacht, die quetscht mich tot.«

Bernard war versucht, die Gelegenheit zu einem kleinen Vortrag über Respekt vor ethnischen Minderheiten zu nutzen, ließ es dann aber sein. Zum Glück war ja das Wort »schwarz«, von Mr. Walsh seit jeher in negativem Sinne gebraucht, mittlerweile gesellschaftsfähig geworden. Ob aber Polynesier es gern hörten, wenn man sie als Schwarze bezeichnete? Wohl kaum...

Als sie in den Warteraum von Flugsteig 29 zurückkamen, waren sie ihre Plätze los, aber eine junge Frau in rosa-blauem

Jogginganzug bemerkte ihre Notlage, nahm die Reisetasche vom Nebensitz und bot Mr. Walsh den Platz an. Bernard schob sich auf die Kante eines Beistelltischs aus Kunststoff.

»In welchem Hotel sind Sie denn?« fragte die junge Frau.

»Wie meinen Sie?« fragte Bernard.

»Sie fliegen doch auch mit Travelwise, nicht? Wie wir.« Sie deutete auf den rotgoldenen Anhänger, den der junge Mann von dem Reiseunternehmen an Bernards Aktentasche befestigt hatte. »Wir sind im Waikiki Coconut Grove«, setzte sie hinzu, und jetzt sah er, daß neben ihr eine zweite junge Frau saß, die einen Jogginganzug in Lindgrün-Lila trug.

»Ja, das stimmt, aber ich weiß nicht genau, in welchem Hotel wir sind.«

»Das wissen Sie nicht?« Die junge Frau sah ihn verwundert an.

»Ich hab's mal gewußt aber ich hab es vergessen. Wir mußten uns ziemlich rasch entscheiden.«

»Last minute, wie?« sagte die junge Frau. »Ja, viel Auswahl hat man da nicht. Aber man spart eine Menge Geld. Wir haben das mal in Kreta gemacht, Dee, weißt du noch?«

»Erinnere mich bloß nicht«, sagte Dee. »Diese Toiletten . . .«

»Wegen der Toiletten brauchen Sie sich in Hawaii bestimmt keine Sorgen zu machen«, sagte die junge Frau in Hellblau-Pink und lächelte beruhigend. »Die Amerikaner sollen ja da sehr pingelig sein.«

»Hotel? Ist ja das erste, was ich höre«, nörgelte Mr. Walsh. »Ich denke, wir wohnen bei Ursula.«

»So wird es wohl auch sein, Daddy«, sagte Bernard. »Endgültig entscheiden können wir das aber erst an Ort und Stelle.« Er schwieg einen Augenblick, aber die stumme Neugier der beiden jungen Frauen nötigte ihm dann doch eine nähere Erklärung ab. »Wir fliegen zu der Schwester meines Vaters«, erläuterte er. »Sie wohnt in Honolulu, so daß wir wahrscheinlich das Hotelzimmer gar nicht brauchen, aber die Pauschalreise war, so albern sich das auch anhört, die billigste Möglichkeit, nach Hawaii zu kommen.«

»Stelle ich mir toll vor, in Honolulu zu wohnen. Wie andauernd Urlaub«, sagte die junge Frau und wandte sich an

Mr. Walsh. »Waren Sie lange nicht mehr mit Ihrer Schwester zusammen?«

»Kann man wohl sagen.«

»Da freuen Sie sich bestimmt sehr, Sie endlich wiederzusehen.«

»Ich dräng mich nicht danach«, sagte er muffig. »Aber sie ist ja angeblich ganz wild drauf.« Unter buschigen Brauen schickte er einen feindseligen Blick zu seinem Sohn hinüber.

»Meiner Tante geht es nicht gut«, sagte Bernard.

»Das tut mir aber leid . . .«

»Sie liegt im Sterben«, präzisierte Mr. Walsh grimmig.

Den beiden jungen Frauen verschlug es die Sprache. Sie sahen zu Boden und schienen sich plötzlich in ihren heitersportlichen Anzügen äußerst unwohl zu fühlen. Bernard empfand Verlegenheit und fast so etwas wie ein schlechtes Gewissen, als hätten er und sein Vater eine Geschmacklosigkeit begangen oder ein Tabu gebrochen. Schließlich war es ja auch irgendwie unpassend und beinah geschmacklos, ein Pauschalangebot zu nutzen, um eine sterbende Angehörige zu besuchen.

2

Angefangen hatte alles vor einer Woche, am Freitag früh um fünf. Bernard hatte im College keinen eigenen Telefonanschluß, dazu reichte sein Geld nicht, deshalb war das Gespräch beim Nachtpförtner gelandet, der einen Notfall befürchtet und ihn deshalb an den Studentenapparat in der Halle geholt hatte. Da stand er nun in Schlafanzug und Morgenrock, mit bloßen Füßen auf den kalten Fliesen (benommen, wie er war, hatte er seine Hausschuhe nicht so schnell gefunden), den Kopf unter einer schalldämmenden, mit einem Palimpsest gekritzelter Telefonnummern bedeckten Kunststoffkuppel, und hörte eine müde, belegte Frauenstimme mit amerikanischem Akzent und einer Beimischung von Londoner Irisch sagen:

»Hi, hier Ursula.«
»Wer?«
»Deine Tante Ursula.«
»Das darf ja nicht wahr sein!«
»Du weißt schon... Schwarzes Schaf der Familie und so...«
»Schwarzes... Ja, gut, ich bekenne mich schuldig.«
»Wieso du? Ich meinte mich.«
»Ach so. Es ist nur, weil man das mit dem schwarzen Schaf von mir auch sagen könnte.«
»Ja, davon hab ich gehört... Sag mal, wie spät ist es in England?«
»Etwa fünf Uhr morgens.«
»Morgens? Dann entschuldige bitte vielmals, da habe ich mich total verrechnet. Hab ich dich geweckt?«
»Macht nichts. Wo steckst du denn?«
»In Honolulu. Im Geyser Hospital.«
»Du bist krank?«

»Krank ist untertrieben, Bernard. Sie haben mich aufgeschnitten, angeguckt und ganz schnell wieder zugenäht.«

»Ach je, das tut mir aber leid.« Wie schwächlich und unzureichend das klang. »Das ist ja schlimm. Kann man denn nichts –«

»Nein, hoffnungslos. Ich hatte schon eine Weile Schmerzen und dachte, es wäre der Rücken, mit dem Rücken hatte ich es schon immer ein bißchen, aber der war es nicht. Es ist Krebs.«

»Ach je«, sagte er noch einmal.

»Ein malignes Melanom, um genau zu sein. Zuerst ist es nur so eine Art Muttermal, ich habe mir keine Gedanken darüber gemacht, im Alter stellen sich ja alle möglichen Flecke und Verfärbungen ein. Als ich es dann habe untersuchen lassen, haben sie noch am gleichen Tag operiert, aber es hat nichts genützt. Wegen der Metastasen.«

Bernard versuchte inzwischen auszurechnen, wie alt sie jetzt sein mochte. Als er sie zum letztenmal gesehen hatte, Anfang der fünfziger Jahre – er selbst ging noch zur Schule –, war seine Tante Ursula eine junge Frau gewesen, eine glitzernde, aber irgendwie leicht anrüchige Erscheinung aus Amerika, mit Trauring, aber ohne Angetrauten. Sie hatte seine Eltern besucht und in der irrigen Annahme, Süßigkeiten seien in England noch rationiert, Schachteln mit amerikanischem Konfekt mitgebracht, die in diesem Haushalt, in dem jeder Penny dreimal umgedreht wurde, auch ohne Rationierung hochwillkommen waren. Er sah Ursula im Garten des elterlichen Hauses stehen, in einem rotgepunkteten Kleid mit weitem Rock und Puffärmeln, mit rotleuchtenden Nägeln und Lippen und wippendem, schulterlangem blondem Haar. »Gefärbt!« hatte seine Mutter damals düster erklärt. Inzwischen mußte Ursula an die siebzig sein.

Ursulas Gedanken hatten sich offenbar in dieselbe Richtung bewegt. »Es kommt mir ganz komisch vor, deine Stimme zu hören, Bernard. Stell dir vor, als ich dich zum letztenmal gesehen habe, bist du noch in kurzen Hosen herumgelaufen.«

»Ja, wirklich komisch«, bestätigte Bernard. »Warum hast du dich nie mehr bei uns sehen lassen?«

»Das ist eine lange Geschichte. Und es war eine lange Reise, aber daran lag es nicht. Wie geht's deinem Vater?«

»Gut, soviel ich weiß. Ehrlich gesagt, sehen wir uns nicht sehr oft. Die Beziehungen zwischen uns sind etwas gespannt.«

»Das muß in der Familie liegen. Wenn du mal unsere Familienchronik schreibst, kannst du sie *Gespannte Beziehungen* nennen.«

Bernard lachte und empfand bewundernde Zuneigung für dieses tapfere alte Mädchen, das im Schatten des Todes noch scherzen konnte.

»Du bist doch Schriftsteller, nicht?« fragte sie.

»Kein richtiger Schriftsteller, nein. Ich habe nur ein paar langweilige Artikel in theologischen Fachzeitschriften untergebracht.«

»Bitte sag Jack, was mit mir los ist, Bernard.«

»Ja, natürlich.«

»Ihn anzurufen, habe ich mich einfach nicht getraut. Ich wußte nicht, ob ich es durchstehen würde.«

»Es wird ihn sehr treffen.«

»Meinst du?« fragte sie mit einem sehnsüchtigen Unterton in der Stimme.

»Ja, natürlich. Und es gibt wirklich keine Möglichkeit...«

»Sie haben mir eine Chemotherapie angeboten, aber mein Onkologe, den ich gefragt habe, wie er die Chancen einer Heilung einschätzt, hat gemeint, von Heilung könne keine Rede sein, allenfalls von einem Aufschub. Ein paar Monate vielleicht. Nein danke, habe ich gesagt, dann sterbe ich lieber mit meinen eigenen Haaren auf dem Kopf.«

»Wie tapfer du bist«, sagte Bernard, leicht beschämt von dem kleinlich-selbstischen Mißbehagen, mit dem er einen eiskalten Fuß an der Wade des anderen Beins rieb, um ihn zu wärmen.

»Unsinn, Bernard. Ich hab eine Todesangst. Todesangst ist gut, was? Man ertappt sich andauernd bei diesen unfreiwilligen dummen Witzen. Sag Jack, daß ich ihn sehen möchte.«

»Was?« Bernard glaubte, sich verhört zu haben.

»Ich möchte meinen Bruder sehen, ehe ich sterbe.«

»Ja, ich weiß nicht recht...« Dabei wußte er nur zu gut, daß sein Vater dieses Ansinnen glattweg ablehnen würde.

»Ich könnte ihm was zum Reisegeld zugeben.«

»Es geht nicht nur um die Kosten. Daddy ist nicht mehr der Jüngste und macht sich nichts aus Reisen. Er ist noch nie geflogen.«

»Das darf doch nicht wahr sein . . .«

»Ich glaube kaum, daß er sich dazu aufraffen würde, um die halbe Welt zu fliegen. Was meinst du, willst du nicht herkommen, um . . .« Er stockte. *Um zu sterben* wollte ihm nicht recht über die Lippen, obgleich er das gemeint hatte. »Um dich zu erholen«, ergänzte er lahm.

»Du machst mir Spaß! Ich kann nicht mal mehr in meine Wohnung zurück. Gestern bin ich hingefallen, als ich allein zur Toilette wollte, und hab mir den Arm gebrochen.«

Bernard bemühte sich, passende Worte der Bestürzung und des Mitgefühls zu finden.

»Nicht weiter aufregend. Sie haben mich derart mit Schmerzmitteln vollgestopft, daß es nicht mal wehgetan hat. Aber ich bin sehr schlapp. Sie wollen mich in ein Pflegeheim stecken. Ich muß meine Wohnung auflösen, all meine Sachen weggeben . . .« Ihre Stimme erstarb, es mochte an der Leitung liegen, vielleicht aber auch an ihrer Schwäche.

»Hast du keine Freunde oder Bekannte, die dir helfen können?«

»Freunde und Bekannte habe ich schon, aber das sind meist alte Frauen wie ich, mit denen ist nicht viel anzufangen. Wenn sie mich im Krankenhaus besuchen, kriegen sie es kaum fertig, mich anzusehen. Die ganze Zeit machen sie nur an meinen Blumen rum. Familie ist eben doch was anderes.«

»Da hast du natürlich recht . . .«

»Sag Jack, daß ich wieder zur Kirche gehe. Und nicht erst seit gestern. Schon seit ein paar Jahren.«

»Das werde ich tun.«

»Eigentlich müßte ihn das freuen. Vielleicht kommt er dann doch.«

»Wenn du willst, komme ich, Tante Ursula«, sagte Bernard.

»Du willst nach Honolulu kommen? Wirklich? Wann?«

»Sobald es sich einrichten läßt. Nächste Woche vielleicht.«

Es gab eine kleine Pause, und als Ursula sich wieder meldete, klang ihre Stimme noch belegter. »Das ist sehr anständig von dir, Bernard. Von heute auf morgen deine ganzen Pläne über den Haufen zu werfen –«

»Ich habe keine Pläne. Zur Zeit sind Sommerferien, bis Ende September liegt nichts an.«

»Wolltest du denn nicht verreisen, Urlaub machen?«

»Nein«, sagte Bernard. »Das kann ich mir nicht leisten.«

»Ich zahle dir den Flug«, sagte Ursula.

»Ich fürchte, anders geht es auch nicht, Tante Ursula. Ich habe nur einen Teilzeitjob und keine Ersparnisse.«

»Du kannst ja mal sehen, ob du einen dieser Billigflüge kriegst.«

Der Rat war zwar vernünftig, überraschte Bernard aber etwas. In der Familie galt Ursula seit jeher als gut betucht, unbelastet von der Pfennigfuchserei, die ihrer aller Leben beherrschte. Der Reichtum war Teil der Legende von der Kriegsbraut, die sich von Kirche und Familie losgelöst hat, um in Amerika dem zügellosen Materialismus zu frönen. Aber Altersgeiz war ja nichts Ungewöhnliches.

»Ich will sehen, was sich tun läßt«, versprach er. »Viel Erfahrung habe ich nicht in diesen Dingen.«

»Wohnen kannst du bei mir, damit läßt sich auch was sparen. Vielleicht bringt dir die Reise sogar ein bißchen Spaß. Ich wohne direkt in Waikiki.«

»Mit Spaß habe ich noch nie viel anfangen können«, sagte Bernard. »Und ich komme ja zu dir, weil ich dir helfen will, soweit das in meinen Kräften steht.«

»Das ist wirklich sehr nett von dir, Bernard. Ich hätte gern Jack noch einmal wiedergesehen, aber du bist mir fast genauso lieb.«

Bernard kramte einen Zettel aus der Morgenrocktasche, notierte mit einem Bleistiftstummel, der an einer Schnur über dem Telefon baumelte, die Nummer der Klinik und versprach, Ursula anzurufen, sobald er sich um die Reisevorbereitungen gekümmert hatte. »Woher hast du eigentlich meine Telefonnummer?« wollte er noch wissen.

»Von der Auskunft. Wo du arbeitest, wußte ich von deiner Schwester Teresa.«

Schon wieder eine Überraschung! »Du hast Kontakt mit Tess?«

»Wir schreiben uns immer Weihnachtskarten, und auf die Rückseite krakelt sie meist noch die eine oder andere Familienneuigkeit.«

»Weiß sie, daß du krank bist?«

»Um ehrlich zu sein – ich habe es zuerst bei Tess probiert, aber da hat sich niemand gemeldet.«

»Wahrscheinlich sind sie in Urlaub.«

»Jedenfalls bin ich sehr froh, daß ich statt dessen dich erwischt habe, Bernard«, sagte Ursula. »Es muß wohl eine Fügung gewesen sein. Ich glaube nicht, daß Teresa alles hätte stehen- und liegenlassen, um mich zu besuchen.«

»Nein«, sagte Bernard. »Sie weiß vor Arbeit sowieso nicht, wo ihr der Kopf steht.«

Bernard legte sich wieder ins Bett, fand aber keinen Schlaf mehr. Erinnerungen an Ursula, Fragen und Spekulationen über seine Tante und auch der Gedanke an die bevorstehende Reise, auf die er sich so spontan eingelassen hatte, hielten ihn wach. Es war ein trauriger Anlaß, und er hatte noch keine klare Vorstellung davon, inwieweit er seiner Tante Trost oder praktische Hilfe würde bringen können. Trotzdem ließ die Überlegung seine sonst eher trägen Bewußtseinsströme beschwingter fließen. So kurzfristig einmal um die halbe Welt zu fliegen war – Anlaß hin, Anlaß her – ein Abenteuer, eine »Abwechslung«, wie man so schön sagt. Eine Änderung in der dumpfen Routine seines derzeitigen Daseins, wie sie sich drastischer kaum denken ließ. Und dann... Hawaii! Honolulu! Waikiki! hallte es in seinem Kopf und weckte Assoziationen an buntschillernde, exotische Freuden. Er sah Palmen vor sich, sah weißen Sand, den Gischt der Brandung und lächelnde, dunkelhäutige Maiden in Baströckchen. Und mit diesem letzten Bild kam ungebeten die Erinnerung an Daphne, wie er zum erstenmal ihre gewaltigen, frei schwingenden nackten Brüste gesehen hatte, in seiner Einzimmerwohnung in Henfield Cross, große weißfleischerne Zeppeline mit dunklen, schießscheibengleichen Ringen, die träge pendelten, während Daphne sich mit einem Lächeln zu ihm umwandte. Auf diesen Anblick war er nach vierzig Jahren zölibatären Lebens nicht gefaßt gewesen. Er war zusammengezuckt, hatte weggesehen – und damit für den ersten von vielen Fehlschlägen in ihrer kurzen Beziehung gesorgt. Als er wieder hinsah, hatte sie sich etwas übergezogen und lächelte nicht mehr.

Er hatte sich fest vorgenommen, nicht mehr an Daphne zu denken, aber der Geist ist ein launenhaftes, undiszipliniertes Geschöpf. Du kannst ihn nicht ständig an der Leine halten. Einmal losgelassen, ist er, ehe du dich's versiehst, im Unterholz der Vergangenheit verschwunden, hat ein vergammeltes Stück Erinnerung ausgebuddelt und dir schwanzwedelnd vor die Füße gelegt. Während nach und nach in der aufsteigenden Morgendämmerung das Rechteck des Fensters mit den vorgezogenen Vorhängen sichtbar wurde, bemühte er sich, die Erinnerung an Daphnes Brüste zu verbannen, hin und her schwingende Glocken, die den Untergang ihrer Beziehung eingeläutet hatten, indem er sich auf die bevorstehende Reise konzentrierte.

Er knipste die Nachttischlampe an und nahm sich den Atlas vor, der quer über seinen Gedichtbänden im Bücherregal lag. Der Pazifik erstreckte sich über zwei Atlasseiten – eine unendliche blaue Weite, in der sich selbst das in der südwestlichsten Ecke gelegene Australien nur ausnahm wie ein größeres Eiland. Die Hawaiischen Inseln waren lediglich eine um den Falz zwischen den Seiten herum angeordnete Ansammlung von Pünktchen: Kauai, Molokai, Oahu (wo der Name Honolulu flatterte wie ein Fähnchen), Maui und Hawaii, die einzige Insel, die groß genug war, um ein Fleckchen Grün unterzubringen. Durch das Meeresblau zogen sich als wellenförmig gepunktete Linien die Reiserouten der ersten Entdecker. Drake hatte bei seiner Weltumseglung von 1578 bis 1580 den hawaiischen Archipel offenbar knapp verfehlt, aber Kapitän Cook war auf seiner Reise direkt auf die Inseln gestoßen. Ganz kleingedruckt war auf der Atlasseite sogar zu lesen: »Kap. Cook auf Hawaii ermordet 14. 2. 1779«, was Bernard neu war. Während er die von den grünen Armen Asiens und der beiden Amerika umschlossene große blaue Schüssel des Pazifiks betrachtete, begriff er, daß ihm Geschichte und Geographie dieser Hälfte des Erdballs nur sehr unzureichend vertraut waren. Seine Erziehung, seine Arbeit, seine Weltanschauung, sein ganzes Leben waren geprägt durch ein sehr viel kleineres und belebteres Gewässer – das Mittelmeer. Inwieweit hatte die schnelle Ausbreitung des Christentums auch damit zu tun gehabt, daß die Gläubigen davon ausgegangen waren, »im Mittelpunkt der Welt« zu leben? Bitte äußern Sie sich zu dieser Frage, fügte er selbstironisch hinzu, denn er merkte, daß er unwillkürlich in sein Prüferidiom verfallen war. Aber warum nicht? Es war ein gutes Thema für die Asiaten und Afrikaner in seinen Diplomstudiengängen. Er notierte die Frage in einem Heftchen, das für solche Fälle bereitlag. Auf der nächsten Seite stellte er eine Liste der Dinge zusammen, die vor seiner Reise erledigt werden mußten:

Reisebüro: Flüge, Preise
Bank (Reiseschecks)
Paß gültig? Visum nötig?
Daddy.

Nach dem Frühstück in dem nahezu leeren Refektorium (in der sonnigsten Ecke des Raums saßen nigerianische Pentekostalisten in einer Gruppe beim Tee zusammen und plauderten angeregt miteinander, während am anderen Ende ein melancholischer Lutheraner aus Weimar Joghurt in seinen Bart löffelte und die neueste Ausgabe von *Theologicum* las) fuhr Bernard mit dem Bus ins Einkaufszentrum und betrat dort das erstbeste Reisebüro. Fenster und Wände waren mit bunten Plakaten bepflastert, auf denen gebräunte junge Menschen in knapper Badekluft, überschäumende Lebenslust zur Schau stellend, am Strand Zärtlichkeiten austauschten, im Meer herumsprangen oder sich an Surfbrettern mit bunten Segeln festhielten. Eine schwarze Schultafel auf dem Tresen offerierte Urlaubsreisen wie Gerichte auf einer Speisekarte: *Palma 14 Tage £ 242. Benidorm 7 Tage £ 175. Korfu 14 Tage £ 198.* Bernard wartete ungeduldig, bis er an der Reihe war, und blätterte inzwischen in den Prospekten. Sie boten erstaunlich wenig Abwechslung: seitenweise Buchten, Strände, Paare, Surfer, Hochhaushotels und Swimmingpools. Mallorca sah aus wie

Korfu, Kreta sah aus wie Tunesien. Auf eine Art, die sich die frühen Christen wohl nie hätten träumen lassen, war dadurch das Mittelmeer in der Tat zum Mittelpunkt der Welt geworden. Der Begriff »Urlaub« hatte offenbar – wie so vieles im Laufe seines Lebens – eine grundlegende Wandlung erfahren. Für ihn beschwor das Wort noch immer die Erinnerung an Regenmäntel, nassen Kies und kalte graue Brandung in Hastings herauf, in seiner Kindheit das alljährliche Urlaubsziel der Familie, und an Mrs. Humphreys fade Salate mit Dosenfleisch in dem dunklen, leicht modrig riechenden Speisesaal des Hotels gleich hinter der Seepromenade. Später war Urlaub für ihn die Vertretung eines Pfarrers auf dem Land, eine Tagung in Rom oder die Begleitung einer Pilgerfahrt ins Heilige Land gewesen, alles Vorhaben also, die der Bildung dienten, vom Zufall abhängig waren oder unternommen wurden, weil sie ihn wenig kosteten. Die Vorstellung, sich anhand eines gedruckten Katalogs zwei Wochen genormte Glückseligkeit zu bestellen, war ihm fremd, allerdings fand er die Idee durchaus praktisch, und unerschwinglich schien die Sache auch nicht zu sein.

»Der nächste bitte«, sagte ein junger Mann hinter dem Tresen, der einen offenbar viel zu großen Anzug trug, denn die Ärmel waren sehr tief, fast am Ellbogen, eingesetzt.

»Ich möchte nach Hawaii«, sagte er. »Honolulu. Sobald wie möglich.« Das klang für seine Verhältnisse so lächerlich hochtrabend, daß er Mühe hatte, nicht loszuprusten.

Der junge Mann, möglicherweise bis zum Überdruß mit Anfragen nach Benidorm und Korfu eingedeckt, sah mit einem Anflug von Interesse zu ihm hoch und holte einen Prospekt unter dem Ladentisch hervor.

»Nicht auf Urlaub«, sagte Bernard rasch. »Es ist eine Familiensache. Mir geht es nur um einen billigen Flug.«

»Wie lange wollen Sie bleiben?«

»Ja, ich weiß nicht recht...«, sagte Bernard, der sich darüber noch gar keine Gedanken gemacht hatte. »Zwei, drei Wochen vielleicht...«

Der junge Mann tippte mit heftig abgekauten Nägeln auf seiner Computertastatur herum. Der Normalpreis in der Economy Class war erschreckend hoch, und die Apex-Flüge waren für die nächsten zwei Wochen ausgebucht. »Ich könnte Ihnen für den Apex-Preis eventuell eine Pauschalreise anbieten«, sagte der junge Mann. »Last minute oder so. Travelwise hat da was, aber bei denen ist im Augenblick der Computer kaputt. Ich kümmere mich darum.«

Es war ein schöner Tag, und Bernard ging zu Fuß zum College zurück, was ihm aber wegen des starken Verkehrs auf der Hauptstraße – vor allem Lastwagen, deren Start oder Ziel das große Automobilwerk wenige Meilen vor der Stadt war – wenig Genuß bereitete. Zweistöckige Autotransporter, dicht an dicht mit Fahrzeugen beladen, so daß sie wie rollende Auffahrunfälle aussahen, quälten sich im niedrigsten Gang hügelan, die Luftdruckbremsen zischten, die Auspuffdämpfe wirbelten Staub und kleine Steine aus dem Rinnstein hoch. Bernard spürte, wie sich in ihm Vorfreude auf feuchte Seeluft und flüsternde Brandung regte.

Zum Glück war das St. John's College, umgeben von einer weitläufigen Grünanlage, ein gutes Stück von der Straße zurückgesetzt. Es gehörte zu einer Reihe theologischer Fachhochschulen, die Ende des neunzehnten und Anfang des zwanzigsten Jahrhunderts als Stiftungen zur Ausbildung freikirchlicher Geistlicher gegründet worden waren. Den in neuerer Zeit stetig sinkenden Studentenzahlen und einer immer mehr an der Ökumene orientierten Einstellung trugen die Colleges dadurch Rechnung, daß sie sich allen Konfessionen, ja allen Glaubensrichtungen und außer dem Klerus auch den Laien öffneten. Sie boten Studiengänge in vergleichender Religionswissenschaft und Begegnung zwischen den Religionen an, es gab Zentren für judaistische, islamische und hinduistische Studien und Studiengänge für alle nur vorstellbaren Aspekte des Christentums. Innerstädtische Sozialarbeiter studierten hier ebenso wie ausländische Missionare, Kleriker aus der Dritten Welt, Rentner und arbeitslose Studienabgänger. In einem dieser Institute konnte fast jeder fast alles studieren, was sich unter dem großen Dach der Religion unterbringen ließ. Abschlüsse oder Diplome konnte man erwerben in Pastoralstudien, liturgischen Studien, missionarischen Studien und theologischen Studien. Es gab Seminare über Existentialismus, Phänomenologie und Glauben, situative Ethik, Charisma in Theorie und Praxis, frühchristliche Häresien, feministische Theologie, schwarze Theologie, negative Theologie, Hermeneutik, Homiletik, kirchliche Verwaltung, Kirchenarchitektur, religiösen Bauchtanz und vieles andere. Bernard hatte manchmal den Eindruck, daß die South Rummidge Colleges, wie die Sammelbezeichnung lautete, sich als eine Art Supermarkt für Religion darstellten – mit allen Vorzügen und Nachteilen, die einem solchen Geschäftslokal anhaften: Es ist überaus kundenfreundlich, hat genug Platz, um alle gewünschten Waren anzubieten, und ein breit gefächertes Sortiment. In seinen Regalen findet man alles, was man benötigt, griffbereit und hübsch verpackt. Doch gerade weil das Einkaufen einem dort so leicht gemacht wird, besteht die Gefahr einer gewissen Übersättigung, einer gewissen Langeweile. Bei so vielen verschiedenen Möglichkeiten war vielleicht nichts mehr wirklich von Belang. Doch er konnte sich nicht beklagen. Betätigungsmöglichkeiten für Theologen mit Glaubenszweifeln waren dünn gesät, und eine solche hatte das St. John's College ihm geboten. Zwar war es nur ein Teilzeitjob, aber er hatte die Hoffnung, daß eines Tages doch eine Vollzeitstelle daraus werden konnte, und inzwischen ließen sie ihn im Studentenheim wohnen, was ihm viel Geld und Mühe sparte.

Er ging auf sein Zimmer zurück und glättete das Bettzeug auf dem schmalen Bett mit dem Metallgestell, was er in seiner Eile, ins Reisebüro zu kommen, vorhin unterlassen hatte. Dann setzte er sich an den Schreibtisch und holte seine Notizen über ein Buch zur Prozeßtheologie heraus, das er für die *Eschatologische Umschau* rezensieren sollte. »Der Gott der Prozeßtheologie«, las er, »ist der kosmische Liebhaber. Seine Transzendenz liegt in seiner reinen Treue zu Sich selbst in der Liebe, in Seiner Unerschöpflichkeit als Liebender und in Seiner Fähigkeit unendlicher Anpassung an Umstände, in denen Seine Liebe tätig werden kann.«

Soso ... Und wer sagt das? Der Theologe, der dieses Buch geschrieben hat, sagt das. Und wen kümmert es – abgesehen von dessen Kollegen im Bereich der Theologie? Nicht die Leute, die ihren Urlaub anhand von Reisebüroprospekten buchen. Nicht die Leute, die am Steuer der Autotransporter sitzen.

Bernard hatte oft den Eindruck, daß der Diskurs moderner radikaler Theologien größtenteils genauso unglaubhaft und unfundiert war wie die orthodoxen Lehrmeinungen, an deren Stelle sie getreten waren, nur hatte sich das bisher noch nicht herumgesprochen, weil solche Abhandlungen ausschließlich von Leuten gelesen wurden, denen von Berufs wegen daran liegen mußte, daß der Diskurs weiterging.

Es klopfte. »Ferngespräch am Studentenapparat«, rief jemand von draußen. Zum zweitenmal meldete sich Ursula.

»Habe ich es jetzt von der Zeit her besser erwischt?«

»Ja, tadellos. Hier ist es elf Uhr morgens.«

»Ich habe mir überlegt, Bernard, ob Jack wohl kommen würde, wenn du ihn mitbringst.«

»Ich kann mir eigentlich nicht vorstellen, daß ihn das umstimmen würde«, sagte Bernard skeptisch.

»Versuch's doch mal. Es liegt mir sehr daran, ihn noch einmal wiederzusehen.«

»Und die zusätzlichen Kosten?«

»Die übernehme ich. Wozu soll ich jetzt noch sparen?«

»Gut, ich rede mit ihm«, versprach Bernard, aber das Herz war ihm schwer dabei. Falls der Versuch gelang, hatte die Reise nach Hawaii ein verändertes, weit weniger verlockendes Gesicht. »Viel Hoffnung habe ich allerdings nicht«, setzte er hinzu.

Er hatte kaum aufgelegt, als schon wieder ein Gespräch für ihn kam. Diesmal war es der modisch gewandete junge Mann vom Reisebüro. Er hatte eine vierzehntägige Pauschalreise nach Waikiki zu bieten, Veranstalter Travelwise Tours, Sonderpreis, Reisebeginn Donnerstag, Linienflug Heathrow–Los Angeles. »Siebenhundertneunundzwanzig Pfund Doppelzimmer. Einzelzimmerzuschlag zehn Pfund pro Tag.«

»Könnte ich auch zwei Tickets zu diesem Preis bekommen?«

»Eigentlich sind es zwei, Reiserücktritt in letzter Minute. Aber ich dachte, Sie reisen allein.«

»So war es ursprünglich gedacht. Kann sein, daß noch jemand mitkommt.«

»Ah so«, sagte der junge Mann, man hörte ihn förmlich verständnisinnig zwinkern.

»Mein Vater«, setzte Bernard eiligst hinzu.

Der junge Mann sagte, er würde die Tickets übers Wochenende zurücklegen, am Montag müsse Bernard ihm dann endgültig Bescheid sagen.

Im Laufe des Vormittags versuchte Bernard zweimal vergeblich, seinen Vater zu erreichen. Nachdem ein dritter Versuch nach dem Essen ebenso erfolglos verlaufen war, wählte er spontan die Nummer seiner Schwester Tess. Sie meldete sich sofort.

»Ach, du bist's«, sagte sie frostig. Zum letztenmal hatten sie vor drei Jahren miteinander gesprochen, bei dem Familientreffen nach der Beerdigung seiner Mutter. Tess hatte ihm die Schuld an dem Rückfall gegeben, der schließlich zum Tod geführt hatte. Daraufhin hatte er sein Glas Sherry unberührt abgesetzt und das Haus verlassen. Gespannte Beziehungen.

Bernard erzählte ihr von Ursulas Krankheit und daß er sich erboten hatte, sie in Honolulu zu besuchen.

»Wie edel«, sagte sie trocken. »Hoffst du auf eine Erbschaft?«

»Das ist mir überhaupt nicht in den Sinn gekommen. Außerdem habe ich nicht den Eindruck, daß Ursula im Geld schwimmt.«

»Ich denke, ihr Geschiedener zahlt ihr jede Menge Unterhalt.«

»Davon weiß ich nichts. Ich weiß überhaupt nichts über ihr Privatleben und hatte eigentlich gehofft, du könntest mich da ein bißchen aufklären.«

»Aber nicht jetzt. Wir sind gerade erst aus Cornwall zurück, eine grauenvolle Fahrt. Dabei sind wir extra ganz früh los, um nicht in den dicksten Verkehr zu kommen, aber geholfen hat es nichts.«

»Schönen Urlaub gehabt?«

»Da unten herrscht Wassermangel, wir mußten immer zur

Pumpe. Wenn ich schon kochen muß, dann doch lieber zu Hause, mit Wasser aus dem Hahn.«

»Du solltest Frank dazu bringen, daß er mit dir in ein Hotel geht.«

»Hast du eine Vorstellung davon, was es kostet, mit einer siebenköpfigen Familie in einem Hotel Urlaub zu machen?«

Bernard, der nicht die mindeste Vorstellung davon hatte, verzichtete wohlweislich auf eine Antwort.

»Von Patrick mal ganz abgesehen«, fügte seine Schwester hinzu. Patrick, mit einem Gehirnschaden zur Welt gekommen, war ein lieber, gutartiger Junge, aber er lallte, sabberte und warf schon mal versehentlich eine Schüssel vom Tisch. Bernard verschluckte die Bemerkung, daß es eigentlich möglich sein müßte, Patrick für ein, zwei Wochen auch mal anderswo unterzubringen. Tess kümmerte sich hingebungsvoll um ihren behinderten Sohn, was an sich bewundernswert war, aber sie benutzte ihn auch gern als Druckmittel, wenn sie ein bestimmtes Ziel erreichen wollte.

»Sag mal«, fragte er statt dessen, »ist Daddy zu Hause? Ich rufe schon den ganzen Tag bei ihm an.«

»Heute ist doch ihr Hochzeitstag«, sagte Tess. »Da hat er früh bestimmt eine Messe für Mummy lesen lassen und ist hinterher auf den Friedhof gegangen.«

»Ach so«, sagte Bernard etwas betreten, weil ihm die Bedeutung dieses Tages entfallen war. »Aber inzwischen müßte er eigentlich zurück sein, ich habe es eben noch mal probiert.«

»Er guckt *Neighbours,* das macht er immer nach dem Essen, und solange geht er nicht ans Telefon.«

»Eine Fernsehserie?«

»Ich glaube, du bist in diesem Land so ziemlich der einzige, der nicht weiß, was *Neighbours* ist. Wenn du willst, erzähle ich Daddy von Ursula, wahrscheinlich schaue ich heute abend sowieso mal vorbei.«

»Nein, ich glaube, das übernehme ich lieber selber. Ich wollte morgen hinfahren.«

»Wozu denn bloß?«

»Um über Ursula zu reden.«

»Was gibt's da groß zu reden? Er regt sich nur auf, wenn du in der Vergangenheit rumwühlst.«

»Ursula möchte, daß ich ihn nach Honolulu mitbringe.«

»Wie bitte?«

Während er geduldig einen Wortschwall von Tess über sich ergehen ließ – das käme für ihren Vater überhaupt nicht in Frage, sie würde es auch gar nicht zulassen, eine so lange Reise und diese Hitze, das sei entschieden zu viel für ihn, Ursula sei furchtbar unvernünftig und und und –, merkte er, daß jemand ihn schüchtern am Ärmel zupfte. Er drehte sich um und sah am Kopf einer kleinen Schlange vor dem Telefon einen Filipino stehen. »Tut mir leid, Tess, ich muß Schluß machen«, sagte er. »Ich bin an einem Münzapparat, und andere Leute wollen auch mal ran.«

»Vierundvierzig und noch nicht mal ein eigenes Telefon«, sagte Tess abschätzig. »Du hast dir dein Leben wirklich ganz schön vermasselt, Bernard.«

Gegen die Feststellung an sich, fand Bernard, war nichts zu sagen, dem fehlenden Telefon allerdings trauerte er am allerwenigsten nach.

»Du kannst Daddy ausrichten, daß ich morgen nachmittag vorbeikomme«, sagte er und legte auf.

Bernard fuhr am nächsten Tag mit dem Bus von Rummidge nach London. Die planmäßige Fahrzeit betrug zweieinviertel Stunden, aber die Autobahn war hoffnungslos verstopft. Die schwer mit Urlaubsgepäck beladenen Familienkutschen, von denen manche noch einen Wohnwagen oder ein Boot am Haken hattten, nahmen sich seltsam aus zwischen Privatwagen und Bussen voller Fußballfans, deren Schals wie Luftschlangen aus den Fenstern flatterten und die, wie er von seinem Sitznachbarn erfuhr, auf dem Weg nach Wembley waren, zum Spiel um den Charity Cup, dem ersten Match der Saison. Bernards Bus traf deshalb mit Verspätung in London ein.

In der Hauptstadt herrschte ein geradezu unglaubliches Gewühl. Victoria Station war ein einziges Chaos – ausländische Studenten, die über Straßenkarten brüteten, junge Leute mit schweren Rucksäcken, Familien unterwegs an die See, Wochenendfahrer unterwegs aufs Land, rüde Fußballfans – alles schob und stieß und drängelte, was das Zeug hielt. Rufe, Flüche, abgerissene Klänge von Fußballschlachtgesängen, französische, deutsche, spanische, arabische Sprachfetzen schwirrten durch die Luft. An den Taxiständen und den Fahrkartenschaltern standen lange, gewundene Schlangen. Noch nie war Bernard die ruhelose Massenmobilität der modernen Welt so bewußt geworden, und noch nie hatte er sich von ihr so bedrängt, so herumgestoßen gefühlt. Gäbe es ein Höchstes Wesen, könnte man sich vorstellen, daß Es plötzlich in die Hände klatschte wie der verzweifelte Lehrer einer ungebärdigen Schulklasse und in die kleinlaute Stille hinein rief: »*So, und jetzt bitte ich mir Ruhe aus. Ihr geht sofort alle ganz still zurück auf eure Plätze!*« Ein reizvoller Gedanke...

Auch unter günstigsten Verhältnissen war der Weg zum Haus seines Vaters in Südlondon lang und mühselig. Von London Bridge nach Brickley mußte er mit einer schmuddeligen Bahn fahren, in der das Auge sich an aufgeschlitzten Sitzpolstern und Filzstiftschmierereien erfreuen konnte. Danach hatte er die Wahl, fast eine Meile zu Fuß zu gehen oder den Bus bis zum unteren Ende der Haredale Road zu nehmen und den steilen Hang bis zu Nummer zwölf hinaufzusteigen. Bernard beschlich ein Gefühl leicht angewiderter Nostalgie, als er um die Ecke bog und die Kletterpartie begann. Wie oft hatte er sich mit gebeugten Schultern und einem schweren Tornister voller Schulbücher hier hinaufgequält! Unverändert zogen sich die gleichförmigen Reihenhäuser mit eingezäuntem Vorgarten und Steinstufen vor der Haustür in zwei versetzten Reihen den Hang hin. Und doch hatte die Straße seiner Kindheit sich fast unmerklich gewandelt: Aus der individuelleren Gestaltung der Häuser – Rolläden, Fensterläden, Veranden, Aluminiumfenster, Hängekörbe mit Blumen – sprach Besitzerstolz. Und auch das war neu: daß rechts und links am Straßenrand die Autos Stoßstange an Stoßstange standen. Selbst Brickley hatte offenbar vom Grundstücksboom der achtziger Jahre profitiert, allerdings sah man an den vielen ZU VERKAUFEN-Schildern, daß auch hier der schöne Traum ausgeträumt war.

Nummer 12 wirkte deutlich dürftiger als seine Nachbarn. Der Anstrich der Schiebefensterrahmen war rissig und blätterte ab. Vor dem Haus parkte ein funkelnagelneuer VW Golf, dessen Besitzer sich bestimmt darüber freute, daß Mr. Walsh nicht motorisiert war. Bernard stieg schwer atmend die Stufen hinauf und klingelte. In farbig getüpfelten Konturen tauchte hinter der Buntglasscheibe der Haustür das Gesicht seines Vaters hoch, der nachsah, wer auf der Schwelle stand. »Du bist's«, sagte er, ohne zu lächeln. »Komm rein.«

»Ich bin erstaunt, daß du immer noch den Hang schaffst«, sagte Bernard, während er seinem Vater durch die dunkle Diele in die Küche folgte. Es müffelte leicht nach Fleisch und Kohl.

»Ich geh nicht viel weg«, sagte sein Vater. »Fürs Einkaufen hab ich eine Hilfe, und eine warme Mahlzeit am Tag bekomme ich von Essen auf Rädern. Am Freitag bringen sie zwei Portionen, eine mach ich mir am Samstag warm. Hast du gegessen?«

Bernard bejahte die Frage, was seinen Vater sichtlich erleichterte. »Aber zu einer Tasse Tee würde ich nicht nein sagen«, fügte er hinzu.

Mr. Walsh nickte und ging zur Spüle, um den Kessel zu füllen. Bernard machte eine Runde in der kleinen Küche. Sie war seit jeher der Mittelpunkt des Hauses gewesen, und jetzt hielt sich sein Vater offenbar fast ausschließlich in diesem Raum auf, der wie ein überfülltes Nest wirkte: Der Fernseher stand hier und der Lieblingssessel seines Vaters und Andenken, die früher ihren Platz im Wohnzimmer gehabt hatten.

»Das Haus ist ein bißchen groß für dich geworden, was?« sagte er.

»Herr des Himmels, jetzt fang du bloß nicht auch noch an. Tess nervt mich ständig damit, daß ich es verkaufen und mir eine Wohnung nehmen soll.«

»Gar nicht so dumm.«

»Im Augenblick wirst du hier in der Gegend nichts los. Hast du nicht unterwegs die Schilder gesehen?«

»Für eine kleine Wohnung würde es aber doch wohl reichen...«

»Zu verschenken hab ich nichts«, sagte Mr. Walsh.

Bernard hatte offenbar einen empfindlichen Punkt getroffen und ließ das Thema fallen. Statt dessen besah er sich den Hausaltar auf dem Küchenbüfett. Um eine verblaßte Porträtaufnahme seiner Mutter herum waren Fotos seines Bruders und seiner Schwestern mit Familie angeordnet. Tess und Frank und ihre fünf Kinder, Brendan, dessen Frau Frances und ihre drei Sprößlinge, Dympna, ihr Mann Laurie und die beiden Adoptivsöhne. Einige Familienmitglieder waren mehrfach vertreten – im Kinderwagen, in Schulgruppen, in Hochzeitskleid und Hochschultalar. Bilder von Bernard gab es in dieser Galerie nicht. An die Schmalseite des Küchenbüfetts waren mit Reißzwecken handgeschriebene Listen und Zettel gepinnt: *Stromrechnung zahlen; Wäsche für Mrs. P. fertigmachen; Messe für M. Freitag; Briefmarken; Milchflaschen; Neighbours 13.30.*

»*Neighbours* guckst du also gern«, bemerkte Bernard und meinte damit ein ungefährliches Thema gefunden zu haben, aber sein Vater schätzte es offenbar nicht, wenn Außenstehende Einblick in seine Fernsehgewohnheiten erhielten. »Großer Schwachsinn, das Ganze«, raunzte er. »Aber so kurz nach dem Mittagessen ist es ganz gut für die Verdauung, sich einen Augenblick hinzusetzen.« Er goß kochendes Wasser in die Teekanne und rührte um. »So, und was führt dich her? Du hast dich lange nicht mehr sehen lassen.«

»Ich habe mich lange nicht mehr sehen lassen, Daddy, weil ich den Eindruck hatte, daß du keinen Wert auf meinen Besuch legst.« Daddy ... Wegen dieses Ausdrucks war er als Junge von den anderen Kindern aus seiner Straße, die ihre Väter Dad nannten, erbarmungslos gehänselt worden. Aber in Irland sagte man eben so. Walsh senior hatte Bernard den Rücken gekehrt und schwieg. »Hat dir Tess nicht gesagt, warum ich gekommen bin?«

»Sie hat irgendwas von Ursula erzählt.«

»Ursula ist sehr krank, Daddy.«

»Früher oder später trifft es uns alle«, sagte sein Vater. Der abgeklärte Ton bestätigte Bernards Verdacht, daß Tess seinem Vater alles erzählt hatte.

»Sie möchte dich sehen.«

»So!« Sein Vater stieß einen kurzen, unfrohen Lacher aus und stellte die Teekanne auf den Tisch.

»Ich habe ihr angeboten, hinzufliegen, aber eigentlich möchte sie dich sehen.«

»Mich? Warum?«

»Du bist schließlich ihr nächster Angehöriger.«

»Na und?«

»Sie liegt im Sterben, Daddy. Ganz allein am anderen Ende der Welt. Sie möchte ihre Familie sehen, das ist doch nur zu verständlich.«

»Das hätte sie sich überlegen sollen, ehe sie sich da angesiedelt hat, in diesem ... diesem Hawaiiiihhh.« Er ließ den Endvokal höhnisch schwirren wie eine Hawaiigitarren-Saite.

»Und warum hat sie sich da angesiedelt?«

Sein Vater zuckte die Achseln. »Frag mich was Leichteres. Wir haben seit Ewigkeiten keinen Kontakt mehr. Ich glaube, sie ist mal auf Urlaub hingefahren und ist geblieben, weil ihr das Klima gefallen hat. Sie brauchte ja auf keinen Rücksicht zu nehmen, war ungebunden. Typisch Ursula, die hat nie Rücksicht genommen. Das hat sie nun davon.«

»Ich soll dir ausrichten, daß sie zur Kirche zurückgefunden hat.«

Mr. Walsh verarbeitete diese Mitteilung einen Augenblick schweigend. »Freut mich«, sagte er nüchtern.

»Warum ist sie überhaupt ausgetreten?«

»Sie hat einen geschiedenen Mann geheiratet.«

»Deshalb also ... Ihr habt immer so ein Geheimnis um Ursula gemacht, du und Mummy. Ich habe nie so recht gewußt, was eigentlich los war.«

»Brauchtest du ja auch nicht. 1946 warst du noch ein Kind.«

»Ich weiß noch, wie sie nach England kam, das muß um 1952 gewesen sein.«

»Ja, da war ihr gerade der Mann weggelaufen.«

»So bald?«

»Die Ehe hatte von Anfang an keine Chance. Das haben wir ihr alle gesagt, aber sie wollte ja nicht hören.«

Nach und nach rückte Mr. Walsh auf Bernards Drängen und Zureden hin mit Ursulas Lebensgeschichte heraus. Sie war die

48

Jüngste von fünf Geschwistern gewesen, das einzige Mädchen. Als die Familie Walsh Mitte der dreißiger Jahre von Irland nach England kam, war sie dreizehn. Bei Ausbruch des Zweiten Weltkriegs wohnte sie zu Hause und arbeitete als Stenotypistin in der City. Sie wäre gern in einen der weiblichen Truppenhilfsdienste gegangen, aber ihre Eltern hatten sie davon abgebracht, weil sie einerseits um die Moral der Tochter fürchteten und weil andererseits die Söhne alle eingezogen worden waren und sie nicht allein bleiben wollten. Als Sean, der Älteste, bei einem Torpedoangriff auf seinen Truppentransporter ums Leben gekommen war (er hatte einen Ehrenplatz auf dem Hausaltar, abgelichtet als Obergefreiter im Kampfanzug, locker-lässig in die Kamera lachend), klammerten sie sich noch mehr an die Tochter. So blieb sie denn den ganzen Krieg über zu Hause, erlebte Blitzkrieg und V-Waffen-Angriffe und arbeitete in einem Ministerium in Whitehall, bis sie 1944 einen amerikanischen Flieger kennenlernte, einen Feldwebel im Fernmeldecorps, der vor dem D-Day nach England abkommandiert worden war, und sich in ihn verliebte. Bernard hatte genug alte Wochenschauen gesehen, um sich das Umfeld vorstellen zu können: die verdunkelten Londoner Straßen, die große Tanzfläche des *palais de dance,* auf der sich die Paare drehten, Männer in Uniform mit Bürstenschnittfrisuren, langhaarige Mädchen in kurzen Kleidern mit breiten Schulterpolstern, die Atmosphäre von Gefahr und Erregung und Ungewißheit, Sirenen, Suchscheinwerfer, Telegramme, dicke Schlagzeilen. Er hieß Rick Riddell. »Rick, wie kann man bloß so heißen«, bemerkte sein Vater. »Es hätte ihr eine Warnung sein müssen.« Dann stellte sich heraus, daß Rick zu Hause in Amerika eine Frau hatte, und es gab einen gewaltigen Familienkrach. Rick wurde in der Endphase des europäischen Kriegsgeschehens nach Frankreich und Deutschland abkommandiert. Nach seiner Entlassung ließ er sich von seiner Frau scheiden, die sich während seiner Abwesenheit etliche Seitensprünge geleistet hatte, und machte Ursula von Amerika aus einen Heiratsantrag. »Sie hat ihn sofort angenommen«, sagte Mr. Walsh bitter. »Daß sie damit ihren Eltern das Herz brach, die durch Seans Tod schon völlig fertig waren, und daß die beiden dann ganz allein sein würden, das war ihr gleich.«

»Aber inzwischen«, unterbrach ihn Bernard, »wart ihr doch wohl aus dem Krieg zurück, du und Onkel Patrick und Onkel Michael?« Damit waren die Dienste seines Vaters für König und Vaterland ziemlich schmeichelhaft umschrieben. Er war aus gesundheitlichen Gründen nur bedingt kriegstauglich gewesen und hatte die Kriegsjahre fast ausschließlich bei einer Sperrballonstaffel in Südlondon verbracht.

»Wir hatten selber Familie, um die wir uns kümmern mußten.« Mr. Walsh stand auf und holte den Kessel, den er nochmals zum Kochen aufgesetzt hatte. »Die Zeiten waren schwer, das Geld war knapp. Was Ursula wöchentlich nach Hause brachte, war wichtig für die alten Leute. Aber es ging ja nicht nur um das Geld. Mit Ursulas Hilfe wären sie leichter über Seans Tod weggekommen. Er war ihr Augapfel. Der Erstgeborene.« Mr. Walsh goß heißes Wasser in die Teekanne, dann ging er mit dem leeren Kessel in der Hand zum Küchenbüfett hinüber und betrachtete das Foto des lachenden Obergefreiten. »Die Leiche ist nie geborgen worden«, sagte er. »Deshalb fiel es uns wohl allen so schwer zu akzeptieren, daß er wirklich tot war.«

»Aber früher oder später hätte Ursula doch sowieso geheiratet.«

»Wir dachten eigentlich, daß sie nicht der Typ dafür ist. Sie ging gern tanzen oder zu Partys, aber einen festen Freund hatte sie nie. Wenn es einem mal ernst wurde, hat sie ihn rasch wieder abgehängt. Ganz offen gesagt – sie poussierte gern ein bißchen. Deshalb waren wir ja so fassungslos, als sie sich diesem Ami an den Hals geschmissen hat. Kurz und gut – sie nahm die erste Passage, die sie kriegen konnte, auf der *Mauretania,* glaube ich, und fuhr nach New Jersey, um Rick zu heiraten. Erst war alles eitel Sonnenschein. Wir kriegten Briefe und Karten, in denen sie von Amerika schwärmte. Von den Flitterwochen in Florida. Von dem großen Haus. Dem großen Wagen. Dem großen Kühlschrank. Zum Schluß wußten wir bis in alle Einzelheiten, was da alles an Flaschen und Lebensmitteln drin war. Kannst dir vorstellen, wie entzückt wir waren, wo wir doch nach dem Krieg noch so lange Lebensmittelkarten hatten.«

»Aber sie hat uns Freßpakete geschickt«, sagte Bernard. »Das weiß ich noch.« Er erinnerte sich plötzlich an das Glas Erdnußbutter, das eines Tages auf dem Küchentisch gestanden hatte, etwas für ihn völlig Neues und Unbekanntes, hörte auf seine Frage, woher das denn käme, die kurz angebundene Antwort seiner Mutter: »Von Tante Ursula, woher sonst.« Auf dem Etikett war ein strahlendes Erdnußmännchen zu sehen, das per Sprechblase verkündete: »Aaah, phantastisch!« Für Bernard hatte es eine Ohrfeige gesetzt, weil er mit dem Finger in das Glas gefahren war, um die eigenartig kleistrige, nicht ganz süße und nicht ganz salzige Paste zu kosten.

»Das konnte man ja wohl auch verlangen«, sagte Mr. Walsh. »Ja, und dann kamen die Briefe immer seltener. Rick kriegte einen neuen Job in Kalifornien, gut bezahlt, in der Luftfahrtindustrie, da zogen sie hin. Und eines Tages schrieb sie, daß sie auf Urlaub nach England kommen würde. Allein.«

»Daran erinnere ich mich noch«, sagte Bernard. »Sie hatte ein weißes Kleid mit roten Punkten an.«

»Du lieber Himmel, sie hatte für jeden Wochentag ein anderes Kleid. Mit so vielen Punkten drauf, daß einem ganz schwummerig werden konnte«, sagte Mr. Walsh. »Aber einen Mann hatte sie nicht mehr. Rick hatte sie verlassen, vor Monaten schon, aber nun ließ es sich nicht mehr verheimlichen, er war mit einer anderen Frau durchgebrannt. Wir hatten sie gewarnt. Bloß gut, daß keine Kinder da waren.«

»Wollte sie wieder zurück nach England?«

»Mag sein, daß sie ursprünglich an so was gedacht hatte. Aber es gefiel ihr hier nicht, andauernd hat sie über die Kälte gejammert und über den Schmutz. Sie ist dann wieder nach Kalifornien gegangen, hat sich von Rick scheiden lassen und wohl ganz schön abgesahnt dabei. Danach hat sie sich einen Job gesucht, als Sekretärin bei einem Zahnarzt oder so. Später war sie bei einem Rechtsanwalt. Andauernd hat sie gewechselt, ist ständig umgezogen, wir kamen gar nicht mehr mit.«

»Geheiratet hat sie aber nicht nochmals?«

»Nein. Gebranntes Kind scheut das Feuer.«

»Und besucht hat sie euch auch nicht wieder?«

»Nein. Nicht mal, als unser Vater im Sterben lag. Angeblich hat sie den Brief erst Monate später gekriegt. Und das hat natürlich noch mehr böses Blut gegeben. War schließlich ihre Schuld, daß wir ihn an eine alte Adresse geschickt hatten.«

Schweigend tranken sie ihren Tee.

»Ich finde, du solltest mit nach Hawaii kommen, Daddy«, sagte Bernard schließlich.

»Zu weit. Wie weit ist es denn?«

»Es ist eine lange Reise«, räumte Bernard ein. »Aber mit dem Flugzeug braucht man nicht mal einen Tag.«

»Ich bin noch nie geflogen«, sagte Mr. Walsh, »und in meinem Alter fange ich damit auch nicht mehr an.«

»Es ist überhaupt nichts dabei. Heutzutage fliegt jeder, auch Senioren und Babys. Statistisch gesehen ist es die sicherste Art der Fortbewegung.«

»Nicht, daß ich Angst hätte«, sagte Mr. Walsh würdevoll. »Ich bin bloß nicht scharf drauf.«

»Ursula ist bereit, uns den Flug zu zahlen.«

»Wieviel?«

»Ich könnte ein Sonderangebot haben. Siebenhundertneunundzwanzig Pfund.«

»Gott im Himmel. Pro Nase?«

Bernard nickte. Ganz offensichtlich hatte das Eindruck auf seinen Vater gemacht, auch wenn er jetzt fortfuhr:

»Und damit, denkt sie wohl, wäre alles in Ordnung. Fast vierzig Jahre meldet sie sich nicht bei ihrer Familie, und dann schnippt sie mal eben mit den Fingern, und wir kommen haste was kannste angereist, weil sie uns den Flug zahlt. Die Macht des Dollars.«

»Wenn du nicht mitkommst, bereust du es vielleicht später.«

»Was gibt's da zu bereuen?«

»Ich meine, falls sie stirbt ... wenn sie stirbt, tut es dir vielleicht leid, daß du nicht gekommen bist, als sie dich darum gebeten hat.«

»Sie hat kein Recht, so was von mir zu verlangen«, sagte sein Vater etwas beklommen. »Es ist nicht fair. Ich bin ein alter Mann. Bei dir ist es was anderes. Flieg du hin.«

»Ich kenne sie ja kaum. Sie möchte dich sehen.« Und unvorsichtigerweise fügte er hinzu: »Krankenbesuche gehören zu den wichtigsten praktischen Werken der Barmherzigkeit.«

»Du hast es gerade nötig, mich über meine Christenpflicht zu belehren«, fuhr der Alte auf, und zwei rote Flecke zeichneten sich auf seinen hohen Wangenknochen ab. »Ausgerechnet du!«

Bernard begriff, daß er sich damit alle Chancen verscherzt hatte, seinen Vater umzustimmen, zumal wenig später Tess eintraf. Sie war mit dem Wagen aus ihrem grünen Vorort am Rande von Kent gekommen in der nur schlecht verhehlten Absicht, das Gespräch nach ihren Wünschen zu steuern. Da Tess ihrem Vater von allen Kindern räumlich am nächsten stand (Brendan war in der Verwaltung einer Hochschule im Norden tätig, Dympnas Mann war Tierarzt in East Anglia), war sie zwangsläufig diejenige, die sich am meisten um ihn kümmerte. Sie entledigte sich dieser Aufgabe – über die sie bei ihren Geschwistern gelegentlich in leicht selbstgerechtem Ton zu murren pflegte – mit sanfter Tyrannei. Auch heute hatte sie, kaum angekommen, schon Sachen entdeckt, die ihrer Meinung nach in die Wäsche gehörten, war mit dem Finger über Möbelkanten gefahren und hatte die Nachlässigkeit der Haushaltshilfe beim Staubwischen beklagt, hatte schnuppernd den Kühlschrank aufgemacht und alles, was den Geruchstest nicht bestand, rigoros in den Mülleimer geworfen. Mit schweren Schritten, die das Geschirr in den Schränken klirren ließen, ging sie in der Küche umher, eine massige Frau mit breitem Becken nach den vielen Geburten, der Adlernase ihres Vaters und seinem dichten Kraushaar, das bei ihr noch schwarz und nur leicht mit Silberfäden durchzogen war.

»Was hältst du von der Idee, Ursula zu besuchen?« fragte sie ihren Vater zu Bernards Überraschung, der erwartet hatte, daß sie den Plan in Bausch und Bogen verdammen würde. Auch Mr. Walsh, der noch wegen der rücksichtslosen Dezimierung seiner Lebensmittelvorräte grollte, schien verdutzt.

»Meinst du etwa, ich soll hinfahren?«

»Ich würd's ja selber tun«, sagte Tess, »wenn ich, wie Bernard, alles stehen- und liegenlassen könnte. Gar nicht schlecht, so ein bezahlter Urlaub auf Hawaii.«

»Eine Vergnügungsreise ist es ja nicht gerade«, wandte Bernard ein. »Ursula liegt im Sterben.«

»Sagt sie. Woher willst du wissen, daß das nicht nur Torschlußpanik ist? Hast du mit ihrem Arzt gesprochen?«

»Nicht persönlich. Aber Ursula sagt, daß er ihr nur noch ein paar Monate gibt, selbst mit Chemotherapie, und die hat sie abgelehnt.«

»Warum?« fragte Mr. Walsh.

»Weil sie mit ihren eigenen Haaren auf dem Kopf sterben will, hat sie gesagt.«

Mr. Walsh erlaubte sich ein kleines, frostiges Lächeln. »Typisch Ursula.«

»Vielleicht solltest du doch hinfliegen, wenn du dir die Strapaze zutraust, Daddy«, sagte Tess und legte ihm eine Hand auf die Schulter. »Schließlich bist du ihr nächster noch lebender Angehöriger. Vielleicht wäre es ihr lieb, wenn du ... wenn du ihre Angelegenheiten regelst.«

Mr. Walsh wurde nachdenklich. Bernard fiel es nicht schwer, die Botschaft zu entschlüsseln. Wenn Ursula starb, hinterließ sie Geld, womöglich sehr viel Geld. Sie hatte keinen Mann und keine Kinder. Ihr Bruder Jack war ihr nächster Anverwandter. Wenn er ihr Vermögen erbte, würde es früher oder später an seine Kinder und deren Kinder gehen, verteilt nach Verdienst und Würdigkeit unter Berücksichtigung töchterlicher Hingabe und Achtbarkeit und der zusätzlichen Belastung durch behinderte Nachkommen. Falls Bernard allein nach Hawaii reiste, bestand die Gefahr, daß seine dankbare Tante ihm, dem schwarzen Schaf, das ganze schöne Geld vermachte.

»Vielleicht sollte ich wirklich hin«, sagte Mr. Walsh seufzend. »Schließlich ist sie ja doch meine Schwester, die arme Seele.«

»Gut«, sagte Bernard, den die Entscheidung für Ursula freute, auch wenn sie selbstsüchtigen Motiven entsprang und die praktischen Konsequenzen für ihn eher betrüblich waren. »Dann bestätige ich die Tickets. Wir fliegen am Donnerstag.«

»Am Donnerstag«, ereiferte sich Tess. »Aber bis Donnerstag ist Daddy unmöglich reisefertig. Er hat ja nicht mal einen Paß. Und was ist mit dem Visum?«

»Um den Paß kümmere ich mich«, sagte Bernard. »Und für einen Kurzbesuch in den USA braucht man kein Visum mehr.« Diese Weisheit hatte er von dem jungen Mann im Reisebüro.

»Dann mache ich wohl am besten eine Liste«, sagte Mr. Walsh. Er schrieb: *Liste machen* auf einen Zettel und pinnte ihn ans Küchenbüfett.

»Hoffentlich bist du jetzt zufrieden«, sagte Tess zu Bernard, als habe sie sich höchst widerstrebend seinem insistierenden Druck gebeugt. »Daß du mir gut auf Daddy aufpaßt, ist das klar?«

3

»So laß ich mir das Reisen gefallen ... Wenn ich gewußt hätte, daß es so einfach geht, hätte ich's schon längst gemacht. Da sitzt man rum, vornehm wie Graf Koks, wird von vorn bis hinten bedient, kriegt von knackigen jungen Dingern ein schönes Happenpappen gebracht und kostenlosen Schnaps dazu – bei Essen auf Rädern wird einem so was nicht geboten, wirklich wahr! Ob Sie noch so 'n niedliches Pülleken für mich hätten, wenn Sie wieder vorbeikommen, Liebchen?«

»Einen kleinen Moment noch, Sir.«

»Du hast genug, Daddy.«

»Na hör mal, du tust ja grad so, als ob ich nichts vertrage. Dich trink ich noch lange unter den Tisch.«

»Nachher wird dir schlecht. Alkohol führt zur Dehydrierung.«

»Ach, scheiß auf deine Dehydrierung. 'tschuldigung, Schätzchen, ist mir nur so rausgerutscht, soll nicht wieder vorkommen. Aber dieser Bursche hier macht mich ganz schwach, andauernd behandelt er mich wie ein Kind. Wie war doch gleich der Name? Ginny? Ja, so, *Jeannie*. Wunderhübsch, wirklich. *Ich träum von Jeannie mit dem hellbraunen Haar* . . .«, trällert der Alte mit brüchiger Tenorstimme, und dann fängt er an zu husten. Es ist ein langer, rasselnder Husten, der sich aus klebrigverschleimten Tiefen hochquält wie aus einem artesischen Brunnen.

»Nein, nein, nichts weiter, alles in Ordnung, Kindchen«, keucht er schließlich. »Keine Bange. Nur 'n Frosch im Hals. Jetzt brauch ich bloß ein, zwei Glimmstengel. Ja, lachen Sie nur, aber das hilft garantiert. Es heißt doch immer, daß man den Teufel mit Beelzebub austreiben soll. Hier, nehmen Sie eine.«

»Ich habe dir doch gesagt, daß hier Nichtraucher ist, Daddy.«

»Hatte ich glatt vergessen. Typisch, daß du uns zu den Nichtrauchern verfrachtet hast. Denkt nur an sich, der Mann. Wie Ursula, das ist meine Schwester, die wir besuchen wollen. In Honolulu. Sie ist krank, sehr krank. Sie wissen schon... *Krebs!*«

Die Worte, in zischelndem Flüsterton geäußert, dringen wie alles, was er in der letzten halben Stunde gesagt hat, an der unglücklichen Jeannie und ihrem Freund vorbei bis zu Roger Sheldrake, der in der Touristenklasse des Jumbos in der langen Mittelreihe sitzt, einen Platz vom Gang auf der Steuerbordseite entfernt. Roger Sheldrake versucht stirnrunzelnd, sich auf seine Lektüre zu konzentrieren, einen Stoß statistischer Daten, mit denen ihn das Hawaii Visitors' Bureau versorgt hat und die er mühselig hochhalten muß, damit sie nicht in die Reste seines Mittag- oder Abendessens hängen oder was immer man ihm gerade serviert hat in dieser nicht mehr genau definierbaren Zeit irgendwo über dem Nordatlantik.

»Wenn Sie den Käse nicht mehr mögen, Jeannie, nehm ich Ihnen das Stückchen da ab. Und gucken Sie mal, Kindchen, Sie haben ja auch noch Butter übriggelassen.« Der alte Herr fahndet auf dem Tablett seiner Nachbarin nach eingesiegeltem Käse und Minibutterstückchen und steckt sie in die Jackentasche.

»Ich bitte dich, Daddy, was machst du denn da? Das Zeug schmilzt und macht dir die Sachen schmutzig.«

»Blödsinn, ist doch hermetisch versiegelt.«

»Gib her!«

Der alte Herr überläßt ihm widerstrebend die Beute, die sein Sohn in eine Papierserviette packt und in seiner Aktentasche verstaut.

»Wir versorgen uns nämlich selbst«, sagt der alte Herr zu seiner Nachbarin. »Wer weiß, ob die Geschäfte noch aufhaben, wenn wir ankommen. Da sind wir vielleicht ganz froh, wenn wir uns mit einem Bissen Käse über Wasser halten können. Fliegen Sie vielleicht auch nach Hawaii?«

»Nein, nur bis L.A.«, sagt Jeannie, die möglicherweise vor lauter Angst, sich die Tiraden des lästigen alten Trottels noch weitere fünf Stunden anhören zu müssen, spontan ihre Reisepläne geändert hat.

Seit dem Boarden in Heathrow sorgt er ununterbrochen für Aufregung und Unterhaltung – je nachdem. Zunächst blockierte er in einem torschlußartigen Anfall von Flugangst den Zugang zur Maschine, indem er sich hartnäckig ans Treppengeländer klammerte, während sein Sohn und diverse Flugbegleiter abwechselnd streng und begütigend auf ihn einredeten. Endlich war es ihnen gelungen, ihn an Bord zu locken und in seinem Sitz anzuschnallen, wo er unablässig stöhnte und wimmerte, das Amulett, das er unter dem Hemd vorgeholt hatte, umklammerte und halblaute Gebete brabbelte. Wenig später stieß er einen markerschütternden Schrei aus, weil ihm die Flasche Whiskey aus dem Duty Free Shop eingefallen war, die er – oder sein Sohn – im Warteraum hatte stehenlassen, und mußte gewaltsam daran gehindert werden, noch einmal auszusteigen und sie zu holen, denn inzwischen rollte die Maschine bereits zur Startposition. Angstschlotternd und mit großen Augen verfolgte er den Videofilm, auf dem eine lächelnde Flugbegleiterin das Anlegen einer Schwimmweste demonstrierte. Daß in der linken Ecke des Bildschirms eine junge Frau in einem kreisförmigen Ausschnitt, der ein bißchen an einen Heiligenschein erinnerte, die Anweisungen für gehörlose Fluggäste in Zeichensprache übertrug, versetzte ihn in besondere Aufregung. »Was ist denn das, was soll denn das, was macht die Frau da oben? Ist das eine Fee oder ein Gespenst oder was?« Als die Maschine über die Runway donnerte, kniff er die Augen zu, umklammerte die Sessellehnen, bis die Knöchel weiß hervorstanden und wimmerte unablässig: »Jesusmariaundjosef!«, und als sie abhoben und mit hörbarem Poltern das Fahrgestell eingeholt wurde, kreischte er: »Heiligemuttergottes, war das eine Bombe?«

Als dann die Maschine mit Schwung durch die Wolkendecke gestoßen war, die Sonne in die Kabine schien und der Lärm der Triebwerke sich ein wenig legte, verfiel der alte Herr in ein wachsames Schweigen, wobei er noch immer die Sessellehnen umklammerte, als müsse er persönlich das Flugzeug in der Luft festhalten, und beobachtete blinzelnd, mit rastlos hin- und herhuschendem Blick wie ein Vogel im Käfig, das lässige Verhalten seiner Mitreisenden und der Besatzung. Nach und nach entspannte er sich, ein Vorgang, der durch das Nahen des Getränkewagens wesentlich gefördert wurde. Er bestellte irischen Whiskey, akzeptierte gnädig einen Scotch und machte ein Witzchen dazu, das die Stewardess zum Lachen brachte, so daß sie ihm unvorsichtigerweise nicht nur eine, sondern zwei Minifläschchen Haig zusteckte. Eine Viertelstunde später hatte er seine Angst und seine Hemmungen restlos abgelegt und sonderte einen Redeschwall ab, der sich zunächst über seinen leidgeprüften Sohn, dann aber über seine Nachbarin zur Rechten, die kalifornische Studentin Jeannie ergoß, das ganze Essen hindurch anhielt und vorläufig kein Anzeichen des Versiegens erkennen ließ.

»Jaja, meine Schwester Ursula... Gleich nach dem Krieg ist sie in die Staaten ausgewandert, als Dingsbums, als Kriegsbraut, mit einem Ami verheiratet, aber der Bursche taugte nichts, ist mit einer anderen Frau durchgebrannt, zum Glück waren keine Kinder da, und er mußte ihr ganz schön Dingsbums, Unterhalt zahlen, da konnte sie es sich natürlich leisten zu wohnen, wo es ihr paßte, sie hat sich für Hawaii entschieden, weiter weg von der Familie ging's wohl kaum, und jetzt, wo sie auf dem Sterbebett liegt, müssen wir um die halbe Welt reisen, um sie noch mal zu sehen...«

1988 besuchten etwa 6,1 Millionen Touristen Hawaii, die bei einer durchschnittlichen Verweildauer von 10,2 Tagen 8,14 Milliarden Dollar ausgaben. 1982 waren es nur 4,25 Millionen und 1965 sogar nur 0,7 Millionen Besucher gewesen. Der steile Anstieg der Besucherzahlen hing offensichtlich zusammen mit der Einführung der Jumbojets im Jahre 1969. 1970 war die Zahl der mit dem Schiff anreisenden Besucher auf 16 735 zurückgegangen – gegenüber 2,17 Millionen Flugtouristen – und ist ab 1975 so gering, daß keine statistische Erfassung mehr erfolgt.

Roger Sheldrake versucht sich stirnrunzelnd auf seine Zahlen zu konzentrieren und das monologische Geschwafel des Alten zu überhören. Daß er und sein Sohn keine gewöhnlichen Touristen sind, macht die Sache doppelt ärgerlich, weil den beiden somit keine für seine Recherchen verwertbaren anekdotischen Fußnoten abzugewinnen sind.

»Bester Student seines Jahrgangs am English College in Rom, hieß es... Hätte es weit bringen können. Bis zum Monsignor. Oder sogar zum Bischof. Und das alles hat er hingeworfen... Sein Leben verpfuscht, sag ich immer...«

Der Alte spricht jetzt mit vertraulich gedämpfter Stimme und sieht nicht zu seinem Sohn hin, von dem offenbar gerade die Rede ist. Jeannie scheinen diese privaten Mitteilungen eher peinlich zu sein, aber Roger Sheldrake spitzt die Ohren.

»Nur eine Teilzeitstelle als Lehrer in so einer Dingsbums, einer theologischen Hochschule... komische Theologie, wenn da lauter so Typen wie er rumlaufen...«

Roger Sheldrake lehnt sich vor, um den Gegenstand dieser Enthüllungen besser sehen zu können. Der Mann mit dem Bart schläft oder betet oder meditiert – jedenfalls hat er die Augen geschlossen, die Hände liegen locker gespreizt auf seinen Schenkeln, rhythmisch heben und senken sich Brust und Zwerchfell. »Alles, was man an Theologie braucht, steht im Penny-Katechismus, sag ich immer...«

Wer hat dich geschaffen?
 Gott hat mich geschaffen.
 Warum hat Gott dich geschaffen?
 Gott hat mich geschaffen, auf daß ich ihn erkenne und liebe, ihm in dieser Welt diene und auf immer und ewig in der nächsten Welt glücklich mit ihm sei. (Merke: Kein Hinweis auf Glück in dieser Welt!)
 In wessen Bild hat Gott dich erschaffen?
 Gott hat mich erschaffen in seinem Bilde. (Komische Konstruktion, muß eigentlich »nach seinem Bilde« heißen. Vielleicht liegt in der Präposition ja irgendeine subtile theologische Nuance.)
 Ist diese Ähnlichkeit mit Gott in deinem Körper oder in deiner Seele?
 Die Ähnlichkeit ist vornehmlich in meiner Seele. (Man bemerke das »vornehmlich«. Nicht »ausschließlich«. Gott als Menschengestalt, Vatergestalt. Langer weißer Bart, weißes Haar, müßte mal geschnitten werden. Und – natürlich! – weiße Haut. Leicht gekrauste Stirn, als könne er, wenn man ihn reizt, äußerst

unangenehm werden. Auf seinem Himmelsthron sitzend, Jesus zu seiner Rechten, darüber schwebend der Heilige Geist. Engelchor, Mutter Maria und die Heiligen. Wolkenteppich.

Wann hast du aufgehört, an diesen Gott zu glauben?

Vielleicht noch während der Ausbildung zum Priester. Mit Sicherheit aber während meiner Lehrtätigkeit in St. Ethelbert. Genau weiß ich es nicht.

Du weißt es nicht genau?

Wer weiß noch, wann er aufgehört hat, an den Weihnachtsmann zu glauben? Meist ist es gar nicht mal der Moment, in dem du Vater oder Mutter dabei erwischst, wie sie die Geschenke ans Bettende legen, sondern eine Intuition, eine Folgerung, die du in einem bestimmten Alter, einer bestimmten Entwicklungsphase ziehst, aber nicht gleich zugibst. Du läßt diese Frage *Gibt es den Weihnachtsmann?* nicht heraus, weil du insgeheim Angst vor einer negativen Antwort hast, weil du eigentlich viel lieber weiter an den Weihnachtsmann glauben würdest. Die Sache funktioniert ja offenbar, die Geschenke kommen weiter, und wenn es nicht immer genau das ist, was du dir gewünscht hast, kannst du die Enttäuschung immer noch besser verkraften, wenn sie vom Weihnachtsmann kommen (vielleicht hat er deinen Brief nicht erhalten), als wenn es die Eltern sind, die für die Geschenke verantwortlich zeichnen.

Stellst du den Glauben an Gott auf die gleiche Stufe wie den Glauben an den Weihnachtsmann?

Nein, natürlich nicht. Das ist nur eine Analogie. Es dauert meist geraume Zeit, bis wir vor uns selbst zugeben, daß wir nicht mehr zu einer uns liebgewordenen Vorstellung stehen können. Manche Menschen geben sich das selbst gegenüber nie zu. Ich muß oft an meine Kommilitonen am English College und meine Kollegen in St. Ethel denken ... Vielleicht hatten sie alle keinen wahren Glauben mehr und mochten es nur nicht zugeben.

Wie konntest du, ohne an Gott zu glauben, weiterhin Theologie für künftige Priester lehren?

Um Theologie zu vermitteln, braucht man nicht unbedingt an den Gott des Penny-Katechismus zu glauben, das tun heute nämlich nur noch die wenigsten angesehenen Theologen.

Was ist das dann für ein Gott, an den sie glauben?
Gott als »der Grund unseres Seins«, Gott als »ultimatives Anliegen«, Gott als »das Jenseits in der Mitte«.
Und wie betet man zu so einem Gott?
Eine gute Frage, auf die es natürlich auch Antworten gibt. Daß das Gebet symbolisch unser Streben nach Frömmigkeit ausdrückt zum Beispiel. Unseren Wunsch, tugendhaft zu sein, unvoreingenommen, uneigennützig, hilfsbereit, ohne anspruchsvolles Ego, frei von Begierden.
Aber warum sollte jemand nach Frömmigkeit streben, wenn es keinen persönlichen Gott gibt, der ihn dafür belohnt?
Um ihrer selbst willen.
Bist du in diesem Sinne fromm?
Nein. Ich würde es gern sein. Ich dachte einmal, ich wäre es. Ich habe mich geirrt.
Wie hast du das gemerkt?
Durch die Bekanntschaft mit Daphne, glaube ich.

Bernard schlug die Augen auf. Während er gedöst oder gegrübelt oder geträumt hatte, war sein Tablett mit dem Berg von Plastikmüll verschwunden, und so etwas wie ein künstlicher Abend hatte sich über die Kabine des Jumbojets gesenkt. Die Jalousien vor den Fenstern waren heruntergezogen, die Beleuchtung gedimmt, vor ihm auf der Leinwand zuckte und zappelte ein pastellfarbener Film. Eine Autojagd war im Gange, Fahrzeuge rasten in Schräglage um die Ecke, sprangen langsam und mit der Grazie von Ballett-Tänzern hoch in die Luft, überschlugen sich und gingen in Flammen auf. Mr. Walsh war eingeschlafen und schnarchte laut, sein Kopf hing schlaff nach vorn wie bei der unbenutzten Handpuppe. Bernard legte ihm den Sitz nach hinten, hob seinen Kopf an und schob ein Kissen unter. Der alte Herr knurrte unwillig, hörte aber auf zu schnarchen.

Bernard hatte sich die Monographie über Prozeßtheologie mitgenommen, aber die Lektüre lockte ihn nicht. Er setzte den Kopfhörer auf und schaltete sich in den Film ein. Bald hatte er die Grundzüge der Handlung erfaßt. Der Held war ein unmittelbar vor der Pensionierung stehender Polizist, dem aufgrund einer Verwechslung von Blutproben im Krankenhaus fälschlicherweise eröffnet worden war, er sei unheilbar krank, und der sich daraufhin in seiner letzten Dienstwoche freiwillig für die gefährlichsten Aufträge meldete in der Hoffnung, in Ausübung seiner Pflicht den Tod zu finden, damit seine Frau, der er sich entfremdet hatte, in den Genuß seiner Pension kam und den gemeinsamen Sohn aufs College schicken konnte. Nicht genug damit, daß der Polizist zu seinem großen Verdruß sämtliche Gefahrensituationen überlebte – er wurde überdies noch zu einem mit Orden und Ehrungen überhäuften öffentlichen Helden, bestaunt und beneidet von seinen Kollegen, die ihn immer für übervorsichtig gehalten hatten.

Bernard ging unwillkürlich gefesselt mit, obgleich ihm das raffinierte Ausschlachten einer Situation, die eine unheilbare Krankheit thematisierte, gegen den Strich ging. Die Zuschauer konnten genüßlich Pathos und Edelmut des Helden auf sich wirken lassen in der beruhigenden Gewißheit, daß der Mann in Wirklichkeit gar nicht krank war und das Genre es überdies nicht zulassen würde, daß er eines gewaltsamen Todes starb. Natürlich gab es da noch eine Randfigur (einen Schwarzen, der als Busfahrer arbeitete und somit zweifach marginalisiert war), von dem die verwechselte Blutprobe stammte und der, ohne es zu wissen, dem Tode geweiht war, aber in der Fiktion gilt bekanntlich die Devise: aus dem Auge, aus dem Sinn. Zum Schluß hatte man den Eindruck, als stürze der Held von einem Hochhaus, und als in der nächsten Szene eine Beerdigung über die Leinwand flimmerte, schien es, als hätten die Filmemacher in einem plötzlichen Anfall künstlerischer Integrität den Spieß umgedreht. Doch dann stellte sich heraus, daß dies ein besonders zynischer Trick gewesen war: Die Kamera fuhr zurück und brachte den Helden auf Krücken ins Bild, wie er, versöhnt mit seiner Frau, an der Beerdigung des schwarzen Busfahrers teilnahm.

Während des Abspanns stand Bernard auf und stellte sich vor den Toiletten im hinteren Teil der Maschine an. Vor ihm war ein junger Mann in Hemdsärmeln und roten Hosenträgern. Ganz vorn, schon nicht mehr zu sehen, erzählte eine Frau mit lauter Stimme und in den für Bernard unverkennbaren gequetschten Vokalen der West Midlands, sie und ihr Mann seien auf dem Weg in die zweiten Flitterwochen. Der junge Mann drehte sich mit einem kehligen Würgelaut zu Bernard um. »Na, das ist gut!« sagte er bitter.

»Wie meinen Sie?« fragte Bernard verdutzt.

»Haben Sie das gehört? Zweite Flitterwochen. Ausgesprochene Masochisten, kann ich nur sagen.«

Sein Haar war zerwühlt, und in seinen Augen stand ein leicht irrer Glanz. Bernard kam zu dem Schluß, daß sein Vater nicht der einzige Fluggast war, der zum Essen dem Alkohol etwas reichlich zugesprochen hatte.

»Sind Sie verheiratet?« wollte der junge Mann wissen.

»Nein.«

»Dann geb ich Ihnen einen guten Rat: Lassen Sie's sein!«

»Das dürfte mir nicht allzu schwer fallen.«

»Reizende Flitterwochen, wenn die Frau nicht mit einem redet, was?«

Bernard folgerte, daß der junge Mann von sich sprach. »Bis in alle Ewigkeit wird sie das doch sicher nicht durchhalten«, sagte er tröstend.

»Sie kennen Cecily nicht«, sagte der junge Mann düster. »Ich schon. Ich kenne sie. Erbarmungslos in ihrer Wut. Erbarmungslos. Ich hab erlebt, wie sie Oberkellner – Londoner Oberkellner, gestandene Männer, abgebrühte Zyniker – zum Weinen gebracht hat.« Auch er sah aus, als könne er jeden Augenblick in Tränen ausbrechen.

»Warum . . .?«

»Warum ich sie geheiratet habe?«

»Nein, warum sie nicht mit Ihnen spricht, wollte ich fragen.«

»Bloß wegen Brenda, dieser Schlampe«, sagte der junge Mann. »Schüttet sich bei der Hochzeit zu und quatscht aus, daß wir letztes Jahr bei der Betriebsweihnachtsfeier im Lagerraum ne kleine Nummer geschoben haben. Du lügst, hat Cecily gesagt und ihr ein Glas Sekt ins Gesicht geschüttet. Das war vielleicht 'n Hochzeitsempfang, sag ich Ihnen. Riesig!« Der junge Mann lächelt bitter in der Erinnerung. »Und wie sie Brenda rausschleppen, kreischt sie: ›Hey, Cessie, hat er ne Narbe auf dem Hintern, ja oder nein?‹ Die hab ich von einem

Unfall, bin als Kind mal über ein Parkgitter geklettert.« Er fuhr sich über die Hinterfront, als sei die Stelle noch wund.

»'tschuldigung, Jungs.« Eine Frau mittleren Alters in kanariengelbem Kleid mit einem Muster aus roten Sonnenschirmen schob sich, durchdringenden Parfümduft verströmend, an ihnen vorbei.

»Äh – ich glaube, es ist was freigeworden«, half Bernard behutsam nach.

»Ja, richtig. Vielen Dank.« Der junge Mann verschwand in einer der engen Zellen und mühte sich fluchend mit der Falttür ab.

Als Bernard wenige Minuten später an seinen Platz zurückging, erkannte er ihn im Dämmerlicht an seinem gestreiften Hemd und den Hosenträgern, er saß vornübergebeugt neben einer jungen Frau mit glattem, von einem Schildpattkamm aus der blassen Stirn gehaltenem hellem Haar, die sich Kopfhörer aufgesetzt hatte. Cecily hörte offenbar Musik, denn gleichzeitig las sie konzentriert und ohne eine Miene zu verziehen in einem Taschenbuch, das sie in den Lichtstrahl der über ihnen angebrachten Leselampe hielt. Der junge Mann sagte etwas zu ihr und legte ihr die Hand auf den Arm. Sie schüttelte seine Hand ab, ohne den Blick von ihrem Roman zu heben, und der junge Mann ließ sich mit finsterer Miene in seinen Sitz zurückfallen.

Bernard entdeckte auch die Dame in Gelb, sie saß neben dem Mann mit den plusterigen Koteletten und der Videokamera, der einen Fensterplatz hatte und eifrig filmte, wenn auch Bernard sich nicht recht vorstellen konnte, was er filmte, da sie in einer Höhe von 30 000 Fuß über einer dichten Wolkendecke hinflogen. Er schwankte leicht, als die Maschine plötzlich bockte und ins Schlingern kam. Mit einem warnenden Ping leuchtete das »Bitte anschnallen«-Schild auf, und die gedämpfte Stimme des Flugkapitäns ersuchte die Passagiere, ihre Plätze wieder einzunehmen, da sie zur Zeit eine Strecke leichter Turbulenzen durchflogen. Mr. Walsh hatte sich, als Bernard zurückkam, kerzengerade aufgesetzt, die Hände um die Sessellehnen geklammert, die Augen angstgeweitet. »Um Gottes willen, was war das? Was ist los? Stürzen wir ab?«

»Nur eine kleine Turbulenz, Daddy. Luftströmungen. Kein Grund zur Aufregung.«

»Ich muß unbedingt was trinken.«

»Nein«, sagte Bernard. »Da fängt gerade ein neuer Film an. Willst du ihn sehen?«

»Ich bin am Verdursten. Meinst du, daß ich eine Tasse Tee kriegen könnte?«

»Das glaube ich kaum. Nicht jetzt jedenfalls. Ich bringe dir einen Saft, wenn du willst. Oder ein Glas Wasser.«

»Hundsmiserabel ist mir«, jammerte der Alte. »Ich hab grauenhafte Blähungen, meine Füße sind geschwollen, und mein Mund ist so trocken wie die Wüste Gobi.«

»Das kommt vom vielen Alkohol. Ich habe dich gewarnt.«

»Nie hätte ich mich von dir zu dieser hirnrissigen Expedition überreden lassen dürfen. Heller Wahnsinn in meinem Alter. Das wird noch mein Tod sein.«

»Wenn du nur tun würdest, was man dir sagt, wäre alles in bester Ordnung«, erklärte Bernard und bückte sich – einigermaßen mühsam in dem beengten Raum –, um seinem Vater die Schuhbänder zu lockern. Als er sich, gerötet und atemlos von der Anstrengung, wieder aufrichtete, begegnete er dem leicht tadelnden Blick eines glatzköpfigen Mannes in beigefarbenem Safarianzug am anderen Ende der Reihe, der ein Buch in der Hand hielt und sich vorbeugte, um festzustellen, was jetzt schon wieder los war. Bernard sah auf die Uhr und stellte bestürzt fest, daß von dem elfstündigen Flug noch nicht mal fünf Stunden vergangen waren.

»Gibt's auf dieser Kiste auch ein Klo?« fragte Mr. Walsh.

»Ja, natürlich. Mußt du mal?«

»Vielleicht werd ich da diese Blähungen los. Wenn sie mich dem Vogel hier an den Schwanz binden, brauchen sie ihre Düsentriebwerke nicht mehr, dann furz ich euch bis nach Hawaii.«

Bernard gluckste ein bißchen, aber insgeheim war er leicht schockiert. In die Redeweise seines Vaters hatte sich – vielleicht ausgelöst durch den Alkohol, vielleicht aber auch durch die Höhe – ein obszöner Ton eingeschlichen, den er bei ihm noch nie gehört hatte und der wohl aus der rauhen Welt der Arbeit und der Pubs stammte, die er seiner Familie stets ferngehalten hatte. Fast sein ganzes Berufsleben hatte Mr. Walsh als Angestellter einer Spedition in den Londoner Docks verbracht und es dort bis zum Versandleiter gebracht. Mit vierzehn hatte Bernard unter einem Vorwand seinen Vater an dessen Arbeitsplatz aufgesucht, in einem schäbigen hölzernen Schuppen in einer Ecke eines Hofs, der voller Laster stand. Die Fahrer hatten Arme wie tätowierte Schinken, sie spuckten auf die Erde und versetzten den hohen Rädern mit den dicken Profilen einen Tritt, ehe sie sich auf den Bock schwangen. Sein Vater hatte von einem Stahlschreibtisch mit Akten und auf Stahldorne gespießten Rechnungen aufgesehen und sehr ungehalten gefragt: »Was zum Teufel willst du denn hier?« Nachdem Bernard seine belanglose Nachricht losgeworden war, hatte er ihm nachdrücklich eingeschärft, sich hier nicht noch mal sehen zu lassen, und erst in diesem Moment hatte Bernard begriffen, daß der Vater sich seiner bescheidenen Stellung und des unerfreulichen Drumherums schämte. Er hätte gern etwas Tröstliches, Aufbauendes gesagt, aber das Richtige wollte ihm nicht einfallen, und so hatte er sich mit schlechtem Gewissen und selbst schamerfüllt davongemacht. Es war eine Art Schlüsselerlebnis gewesen, etwas sehr Irisches, bei dem es nicht um ein Geheimnis des Geschlechtlichen, sondern um das Geheimnis einer Stellung ging.

Als Sue Butterworth die Falttür der Toilette aufmacht, in der sie sich längere Zeit bemüht hat, einen Soßenfleck aus ihrem rosa-blauen Jogginganzug zu entfernen, erschrickt sie ein bißchen, weil der alte Ire, mit dem sie im Warteraum geplaudert hat, so dicht vor ihr steht. Er stutzt ebenfalls, weicht zurück und sagt böse zu seinem Sohn, der wachsam wartend im Hintergrund steht: »Ist das hier etwa für Damen?«

»Nein, nein, die Toiletten in Flugzeugen sind sowohl-als-auch.«

»Hat Ihnen der Film gefallen?« fragt Sue, um den peinlichen Augenblick zu entschärfen. »Zum Schluß bin ich tatsächlich drauf reingefallen. Auf die Beerdigung, meine ich.«

Der Alte schweigt.

»Er ist eben erst aufgewacht und fühlt sich nicht besonders«, sagt der bärtige Sohn. »Kommst du allein zurecht, Daddy?«
»Was denkst du denn . . .«
»Worauf wartest du dann noch?«
Dem vielsagenden Blick, den der Alte zu Sue hinüberschickt, entnimmt sie, daß er auf ihren Rückzug wartet, ehe er sich bequemt, die Toilette zu betreten. Sie geht zu ihrem Platz neben Dee zurück, die ein Freiexemplar von *Cosmopolitan* liest.
»Ich hab auf der Toilette gerade den alten Iren und seinen Sohn getroffen.«
»Zu dritt muß es da ganz schön eng geworden sein.«
»So hab ich das natürlich nicht gemeint. Als ich rausgekommen bin, standen sie da und haben gewartet. Der Sohn ist ganz nett, nicht? Wäre was für dich, Dee.«
»Na du bist gut! Der ist doch mindestens fünfzig.«
»Glaub ich nicht. Fünfundvierzig vielleicht. Männer mit Bart sind so schlecht zu schätzen.«
Dee schüttelt sich. »Ich hasse Bärte. Beim Küssen ist es, als wenn man im Dunkeln gegen Spinnweben läuft.«
»Den Bart könnte er sich ja abnehmen. Er ist sehr lieb zu seinem alten Vater. Ich mag Männer, die lieb sind.«
»Dann nimm du ihn doch.«
»Aber Dee! Ich hab doch Des!«
»In Hawaii ist Harlow weit.«
»Du bist einfach schrecklich, Dee.« Sue kichert.
»Und außerdem«, sagt Dee, »ist er wahrscheinlich verheiratet.«
»Glaub ich nicht«, sagt Sue. »Witwer vielleicht. Er sieht aus wie jemand, der viel gelitten hat.«
»Jedenfalls leidet er an seinem Alten, soviel steht fest«, sagt Dee.

Langsam, sehr langsam verstrichen die Stunden. Ein neuer Film begann, eine Familiengeschichte, die in Wyoming spielte und bei der es um die Beziehung eines Jungen zu seinem Pferd ging. Bernard fand ihn unerträglich kitschig, sah ihn sich aber trotzdem an in der Hoffnung, sein Vater würde es ihm gleichtun. Helle Sonne flutete in die Kabine, als die Jalousien hochgeschoben wurden und die Passagiere ihre zweite Mahlzeit, einen leichten Imbiß, bekamen. Hinter einem Smogschleier schien immer noch die Sonne, als sie um sechzehn Uhr Ortszeit – nach der inneren Uhr der Fluggäste war es Mitternacht – in Los Angeles landeten. Steif und ungelenk tappten sie über die langen, teppichbelegten Gänge, standen passiv wie Gepäckstücke auf einem rollenden Band, stellten sich geduldig in einer riesigen, durch verschiebbare Absperrungen und dicke Seile unterteilten Halle, in der kein lautes Wort erklang, zur Paßkontrolle an. Woran erinnerten einen solche Orte? An Visionen vom Jenseits, dachte Bernard, oder die Reise dorthin, die er als Kind und Halbwüchsiger im Kintopp von Brickley gesehen hatte, in Filmen von abgestürzten Fliegern, die heiterbeseligt auf Rolltreppen in eine Art himmlischer Empfangshalle mit weißen Kunststoffwänden und geschwungenen Möbeln in Modulbauweise emporstiegen, um sich bei einem dienstfertigen Beamtenengel zur Stelle zu melden. Das populistische *pareschaton*.

»Urlaub?« fragte der Beamte, der Bernards Landekarte in der Hand hielt.

Der junge Mann im Reisebüro hatte ihm geraten, die Frage zu bejahen, weil er dann die wenigsten Schwierigkeiten wegen des fehlenden Visums zu erwarten hatte.

»Gehört der Alte zu Ihnen?«

»Mein Vater.«

Der Beamte sah von einem zum anderen und dann auf die Landekarte. »Sie wohnen im Waikiki Surfrider?«

»Ja.« Bernard hatte den Namen des Hotels in seinem Urlaubspack gefunden.

Der Beamte stempelte die Pässe und riß einen Abschnitt der Landekarte ab. »Viel Spaß«, sagte er. »Und seien Sie schön vorsichtig in der Brandung.«

Bernard lächelte matt. Mr. Walsh war der Ironie des Paßbeamten ebensowenig zugänglich wie allem anderen. Er war mehr als erschöpft, die Arme hingen schlaff von den gebeugten Schultern, die blutunterlaufenen Augen blickten glasig. Bernard zerriß der Anblick das Herz, und sein Gewissen schlug heftig. Zum Glück kamen sie reibungslos durch den

Zoll, im Gegensatz zu der rothaarigen Familie, was den Familienvorstand sichtlich verbitterte.

»Das ist doch grotesk«, giftete er. »Sehen wir aus wie Schmuggler?«

»Wenn Schmuggler aussehen täten wie Schmuggler, Kumpel, wär unser Job ein gutes Stück leichter«, sagte der Zollbeamte, während er einen der Koffer durchsuchte. »Was ist das?« Er schnupperte mißtrauisch an einem Paket.

»Tee.«

»Warum ist er nicht in Teebeuteln?«

»Weil wir Teebeutel nicht mögen«, sagte die Mutter. »Und Ihren Tee auch nicht.«

Eine gehetzte junge Schwarze in der Travelwise-Uniform trat an Bernard und seinen Vater heran. »Hi, wie geht's?« Ohne eine Antwort abzuwarten fuhr sie fort: »Ihr Flug nach Honolulu geht von Terminal sieben ab. Folgen Sie den Schildern zum Ausgang, dort nehmen Sie dann die Pendel-Tram. Und nicht erschrecken – draußen ist es sehr heiß heute.« Bernard und sein Vater traten aus dem Limbus der Ankunftshalle für die internationalen Flüge in das lärmende, wirbelnde Gewimmel der Haupthalle. Hier war man eindeutig in einem anderen Land zu einer anderen Tageszeit: Menschen in den unterschiedlichsten Gewandungen, vom dunklen Anzug bis zu Laufshorts, bewegten sich rasch und zielstrebig vorwärts, saßen essend und trinkend an Tischen oder machten Einkäufe in den Airport-Boutiquen. An seinen Kofferkuli gelehnt, hatte Bernard den Eindruck, als sei er für all diese Leute unsichtbar wie ein Gespenst.

»Ist das Hawaii?« fragte Mr. Walsh.

»Nein, Daddy, das ist Los Angeles. Nach Honolulu fliegen wir mit einer anderen Maschine.«

»Ich setz keinen Fuß mehr in ein Flugzeug«, sagte Mr. Walsh. »Weder jetzt noch später.«

»Sei nicht albern«, sagte Bernard und bemühte sich um einen leichten, neckenden Ton. »Du willst doch nicht den Rest deines Lebens auf dem Flughafen von Los Angeles verbringen?«

Sobald sie durch die Automatiktüren die klimatisierte Halle verlassen hatten, brach Bernard der Schweiß aus allen Poren.

Er spürte, wie die Schweißtropfen ihm unter seiner Kleidung, die ihm plötzlich unerträglich dick und kratzig vorkam, am Körper herunterrannen. Die von Treibstoff- und Dieseldämpfen geschwängerte Luft war so heiß, daß er jeden Augenblick mit einer Selbstentzündung rechnete. Mr. Walsh schnappte nach Luft wie ein Fisch auf dem Trockenen.

»Heiligemuttergottes«, keuchte er, »ich zerschmelze.«

Es war nicht nur heiß, sondern auch laut. Reifen zischten auf dem Asphalt, kehlige Autohupen posaunten, und über ihren Köpfen starteten donnernd die Flugzeuge. Knalligbunte Autos, Taxis, Lieferwagen und Busse rollten in einem endlosen Strom vorbei wie einander ausweichende und umeinander herumkurvende Fische in einem Aquarium. Eine Tram allerdings war weit und breit nicht zu sehen. Bernard, die Augen in der dunstigen Nachmittagshitze zusammenkneifend, sah sich ratlos um, dann erspähte er die junge Frau in dem rosa-blauen Jogginganzug, die einen Fuß auf das Trittbrett eines kleinen, ganz in der Nähe parkenden Busses gestellt hatte und ihnen zuwinkte.

»Komm schnell, Daddy!«

»Wohin denn jetzt schon wieder?«

Der Bus (aus unerfindlichen Gründen hierzulande offenbar Tram genannt) hatte seitlich einen Hohlraum fürs Gepäck. Als Bernard die Koffer verstaut hatte, machte der Fahrer die Tür des Fahrzeugs auf und ließ sie hinter ihnen wieder zuschnappen wie eine Falle. Die Passagiere fröstelten im eisigen Luftzug der Klimaanlage. Bernard lächelte der jungen Frau in Rosa-Blau dankbar zu. Sie lächelte zurück, und dann verwandelte sich das Lächeln unvermittelt in ein Gähnen. Ihre Freundin, die neben ihr saß, hatte die Augen geschlossen und einen leidenden Zug um den Mund. Im Vorbeigehen nickte Bernard dem muffig neben Cecily sitzenden jungen Mann zu, dessen rote Hosenträger jetzt ein Leinenjackett mit hochgekrempelten Ärmeln verdeckte. Cecily, scheinbar von dem vorbeiflutenden Verkehr gefesselt, sah aus dem Fenster an der Straßenseite. Jetzt stieg auch die rothaarige Familie ein, die beiden Kinder sahen müde aus und hatten entzündete Augen. Nur den Zweitflitterwöchnern, die sich im hinteren Teil des Busses angeregt unterhielten, hatten offenbar die Strapazen des Fluges nichts anhaben können. Der Fahrer wollte schon starten, aber sie baten ihn lautstark, noch auf ein Paar zu warten, das ebenfalls zur Travelwise-Gruppe gehörte. Da kamen die beiden auch schon an, die Frau in stahlblauem Pullover und langen Hosen schob hochrot und schwitzend den Kofferkuli, der dickbäuchige Mann stolperte neben ihr her. Beim Einsteigen wurde sie von dem aufgeräumten Midlands-Ehepaar mit großem Hallo begrüßt und darauf aufmerksam gemacht, daß auf ihr Betreiben der Bus gewartet habe und der Spurt der beiden Nachzügler auf Video festgehalten sei. Offenbar hatten sich die beiden Frauen auf dem Flug nach London angefreundet, und dadurch waren sich jetzt auch die beiden Männer nähergekommen. Die vier saßen direkt hinter Bernard, der wohl oder übel jedes Wort der Unterhaltung mitbekam. »Puh, gerade noch geschafft. Wir sind nach dem Zoll in die falsche Richtung gegangen«, sagte die blaue Dame. »Na, das wär eine schöne Bescherung gewesen, wenn wir den Anschluß verpaßt hätten. Terry hätte dumm geguckt, wo er uns doch in Honolulu abholen will.«

»Wir hätten um ein Haar heute vormittag unsere Maschine nach London verpaßt, der Verkehr auf der Ringstraße war mal wieder grauenvoll«, sagte die gelbe Dame.

»Terry sagt, daß er jemand besonders Liebes mitbringt. Sie wird wohl auch am Flughafen sein, denke ich.«

»Brian selbst wär ja die Strecke gar nicht gefahren, aber wir hatten ein Taxi genommen, um die Kosten für die Tiefgarage zu sparen, ist doch unerhört, was die heutzutage nehmen, nicht?«

»Er hat's wirklich weit gebracht mit seiner Fotografie, arbeitet für die besten Modemagazine da unten in Australien. Paß mal auf, hab ich zu Sidney gesagt, würd mich nicht wundern, wenn seine Freundin Model wär.«

»Brian interessiert sich auch sehr für Fotografie, natürlich nur als Hobby, er muß sich ja ums Geschäft kümmern.«

»Sie haben ein eigenes Geschäft?« fragte Sidney.

»Ja. Sonnenbänke, Vermietung und Verkauf«, sagte Brian. »Ging bis vor einem Jahr blendend, aber neuerdings läuft es nicht mehr so recht. Muß an der Sensationsmache in der Presse liegen, wegen dieser Hautkrebsgeschichte. Dabei kennen diese Zeitungsschmierer noch nicht mal den Unterschied zwischen UVA und UVB.«

»Äh ... ich meine ...«

»Ultraviolett A und Ultraviolett B, das sind die beiden Strahlungstypen, von denen wir braun werden.«

»Ach so.«

»UVA geht eine Reaktion mit dem Melanin in den toten Zellen der Außenhaut ein –«

»Toten Zellen?« wiederholte Sidney voller Unbehagen.

»Tote und sterbende Zellen«, sagte Brian. »Ein ständiger Prozeß. UVB verbrennt die Haut. Die Sonne gibt beide Arten von Strahlung ab, aber Sonnenbänke haben meist nur UVA, sind also viel gesünder. Ist ja klar.«

»Sie benutzen diese Geräte auch selber?«

»Ich? Nein, also ... ich bin nämlich allergisch. Kommt unter tausend Fällen einmal vor. Für die meisten Leute sind Sonnenbänke bombensicher. Ich könnte Ihnen billig eine ablassen, wenn Sie Interesse haben.«

»Ich? Nein, danke. Muß ein bißchen vorsichtig sein.«

»Also ehrlich gesagt – ich könnte Ihnen hundertfünfzig Stück billig ablassen. Wir wollen auf Fitnessmaschinen umstellen.«

Die »Tram« setzte die Travelwise-Gruppe am Terminal Sieben ab, und weitere Rolltreppen und rollende Bänder beförderten sie in den Warteraum, wo man früher oder später ihren Weiterflug aufrufen würde. Indes plätscherte der Redestrom der beiden Ehepaare munter weiter.

»Wird nämlich Zeit, daß er heiratet, grad neulich hab ich zu Sidney gesagt, jetzt muß der Terry aber langsam ein bißchen häuslich werden, sein Leben scheint eine einzige Kette von Vergnügungen zu sein, Partys, Restaurants, Surfen, alles gut und schön, aber man soll mit der Familiengründung nicht zu lange warten. Haben Sie Kinder?«

»Zwei Jungs, die hüten zusammen mit meiner Mutter das Haus. Bei einer zweiten Hochzeitsreise kann man Kinder nicht gebrauchen, stimmt's?«

»Ich habe eine verheiratete Tochter, sie wohnt in Crawley,

ihr Mann ist Computerfachmann. Sie haben ein tolles Haus, riesiges Wohnzimmer und Einbauküche in Hell-Eiche. Sidney hat ihnen zur Hochzeit das Badezimmer gemacht, runde Badewanne mit eingebautem Whirlpool und goldenen Armaturen. Er war in der Branche.«

»Beim Bau?« fragte Brian.

»Installation und Zentralheizung. Komplette Einrichtung von Luxusbadezimmern. Betrieb mit drei Leuten. Hab verkaufen müssen.«

»Hat's ordentlich was gebracht?«

»Grad so viel, daß man im Ruhestand davon leben kann.«

»Sie suchen nicht zufällig 'ne günstige kleine Anlagemöglichkeit?«

»Nein, danke.«

»Das Problem bei Fitnessmaschinen ist, daß sie so langweilig sind. Schon mal probiert? Stinklangweilig, sag ich Ihnen. Deshalb haben die Leute dabei meist ihren Walkman im Ohr. Meine Idee ist nun, daß die Leute sich nicht einfach – sagen wir mal – eine Rudermaschine kaufen und tagein, tagaus nur immer rudern, oder eine Fahrradmaschine und andauernd treten, sondern daß sie einen Mietvertrag mit uns machen und wir die Maschinen monatlich austauschen. Wie eine Leihbücherei. Eine Fitnessmaschinen-Bücherei. Klingt doch gut, was?«

»Da sind Sie bei mir leider an der falschen Adresse. Ich habe Herzgeschichten, wissen Sie. Mein Doktor hat mich gewissermaßen vorzeitig in den Ruhestand geschickt.«

»Aber Fitnessmaschinen sind ganz toll fürs Herz, genau das, was Sie brauchen.«

»Was wollen Sie denn dann mit Ihren Sonnenbänken machen?«

»Möglichst günstig abstoßen. Vielleicht klappere ich mal ein paar Hotels in Honolulu ab.«

Sidney lachte etwas unsicher. »Als ob für Sonnenbänke auf Hawaii viel Bedarf besteht . . .«

»Wahrscheinlich nicht. Aber wenn ich ein paar geschäftliche Besprechungen nachweise, wo ich schon mal da bin, kann ich die ganze Reise als Werbungskosten abschreiben. Beryl führe ich ja sowieso als meine Sekretärin.«

»Ach so. Ganz schön schlau«, sagte Sidney.

Die anderen Travelwise-Urlauber verzichteten aufs Fraternisieren, sammelten sich aber alle in derselben Ecke der Abfluglounge und behielten einander aufmerksam im Auge, um nur ja nicht den Aufruf für ihren Flug nach Honolulu zu verpassen. Der Warteraum ging auf die Runway hinaus, und durch die Fenster konnte man die Landung der Maschinen verfolgen. Bernard betrachtete fasziniert den Himmel über dem Horizont. Etwa jede Minute erschien dort ein Punkt, ein winziges Lichtpünktchen wie ein Stern, das nach und nach größer wurde, bis es sich als Jetliner mit ausgefahrenen Klappen und eingeschalteten Landescheinwerfern entpuppte. Langsam näherte sich die Maschine dem Boden, qualmend setzten die Räder auf, und Sekunden später donnerte der Jet, riesengroß, schwer und bedrohlich, an ihm vorbei und verschwand aus seinem Blickfeld; und Bernard blickte erneut zu dem scheinbar leeren Himmel hoch, bis mit schöner Regelmäßigkeit das nächste Pünktchen erschien, einem leuchtenden kleinen Sämling gleich, der zu einem weiteren Flugzeug heranwuchs.

»Gibt's was Interessantes da draußen?«

Bernard wandte sich um; neben ihm stand der Mann in dem beigefarbenen Safarianzug. »Nur die hereinlandenden Maschinen. Etwa im Minutenabstand, wie vom Fließband. Bestimmt ist das einer der verkehrsreichsten Flughäfen der Welt.«

»Keine Spur. Nicht mal unter den ersten zehn.«

»Nein?«

»Der verkehrsreichste ist O'Hare in Chicago, wenn man die Flugbewegungen nimmt. Heathrow hat mehr internationale Flüge und die meisten Passagiere.«

»Sie kennen sich offenbar gut aus«, sagte Bernard.

»Bringt der Beruf so mit sich.«

»Sie sind aus der Tourismusbranche?«

»Gewissermaßen. Ich bin Anthropologe, mein Spezialgebiet ist der Tourismus. Ich lehre am South West London Polytech.«

Bernard musterte seinen Nebenmann mit erwachendem Interesse. Er hatte, obgleich er nicht älter als fünf- oder sechsunddreißig sein mochte, einen kahlen, stark gewölbten Schädel und einen sehr ausgeprägten Unterkiefer, der jetzt mit rauhen schwarzen Stoppeln bedeckt war wie mit magnetischen Eisenspänen.

»Erstaunlich«, sagte Bernard. »Ich wußte gar nicht, daß der Tourismus in den Bereich Anthropologie fällt.«

»Aber ja. Ausgesprochenes Wachstumsfach. Wir haben jede Menge zahlender Studenten aus dem Ausland, sind deswegen sehr beliebt bei unseren Verwaltungsheinis. Und für so was gibt's haufenweise Forschungsgelder. Wirkungsstudien... Attraktivitätsstudien... Anthropologen von der alten Schule rümpfen die Nase drüber, ist ja klar, aber die sind nur neidisch. Als ich mit meiner Dissertation anfing, wollte mir mein Doktorvater einen obskuren afrikanischen Stamm schmackhaft machen, die Uff-Uff, die in ihrer Sprache keine Zukunft kennen und sich nur zur Sommer- und Wintersonnenwende waschen.«

»Ist doch hochinteressant«, sagte Bernard.

»Ja, schon, aber für eine Arbeit über die Uff-Uff können Sie nirgendwo ein anständiges Stipendium lockermachen. Und überhaupt... wer will schon zwei Jahre in einer Lehmhütte hausen, umgeben von einer Horde stinkender Wilder, die nicht mal ein Wort für ›morgen‹ haben? Wenn ich recherchiere, wohne ich in Drei-Sterne-Hotels. Mindestens. Übrigens, ich heiße Sheldrake, Roger Sheldrake. Vielleicht ist Ihnen mal ein Buch von mir untergekommen. *Sightseeing*. Verlag Surrey University Press.«

»Nein, bedaure.«

»Na ja, ich dachte nur, weil Sie doch wohl selber Akademiker sind. Ich habe zufällig gehört, wie Ihr Vater vorhin in der Maschine... es ist doch Ihr Vater...« Sheldrake deutete mit seinem formidablen Kinn zu Mr. Walsh hinüber, der mit dem dumpfen Elendsblick eines Flüchtlings im Übergangslager ein paar Plätze weiter in seinem Sitz hing. »Er sagte, Sie seien Theologe.«

»Ich unterrichte an einer theologischen Hochschule.«

»Aber Sie sind nicht gläubig?«

»Nein.«

»Bestens«, sagte Sheldrake. »Ich selbst interessiere mich sehr für Religion. Indirekt. Mein Buch vertritt die These, daß

Sightseeing ein Ersatz für religiöses Ritual ist. Die Besichtigungsreise als säkulare Pilgerfahrt. Erlangung göttlicher Gnade durch Verweilen an den Schreinen der Hochkultur. Souvenirs als Reliquien. Reiseführer als Andachtshilfen. Sie merken schon, wo ich hin will...«

»Sehr interessant«, sagte Bernard. »Sie machen also eine Art Arbeitsurlaub.« Er deutete auf den Travelwise-Aufkleber an Sheldrakes Edelstahl-Aktenkoffer.

»Gott behüte, nein.« Sheldrake lächelte unfroh. »Ich fahre nie in Urlaub. Deshalb habe ich mich ja überhaupt für dieses Fach entschieden. Urlaub war mir schon immer ein Greuel, von klein auf. Fürchterliche Zeitverschwendung, am Strand zu hocken und mit Sandförmchen rumzumachen, statt zu Hause ein interessantes Hobby zu betreiben. Dann, nach meiner Verlobung – wir waren damals beide noch im Studium – hat meine Braut nicht geruht, bis sie mich auf den Kontinent geschleppt und dort die Sehenswürdigkeiten abgeklappert hatte: Paris, Venedig, Florenz, die alte Leier. Ging mir entsetzlich auf den Geist, bis mir eines Tages, als ich auf einem Stein vor dem Parthenon saß und den Touristen zusah, die dort rumwuselten, ihre Kameras klicken ließen und sich in zig verschiedenen Sprachen unterhielten, der große Seifensieder aufging: Tourismus ist die neue Weltreligion. Katholiken, Protestanten, Hindus, Muslime, Buddhisten, Atheisten – sie alle eint der Glaube, daß man unbedingt den Parthenon gesehen haben muß. Oder die Sixtinische Kapelle oder den Eiffelturm. Ich beschloß, über dieses Thema meine Doktorarbeit zu schreiben. Habe es nie bereut. Nein, die Travelwise-Pauschalreise ist gewissermaßen ein Sachwert-Stipendium. Ich bekomme sie vom Britischen Reisebüroverband bezahlt. Dort gilt es als gute PR-Masche, hin und wieder eine wissenschaftliche Arbeit zu unterstützen. Wenn die wüßten...« Wieder erschien das unfrohe Lächeln.

»Wieso?«

»Ich mache mit dem Tourismus das, was Marx mit dem Kapitalismus und Freud mit dem Familienleben gemacht hat. Ich dekonstruiere ihn. Meiner Meinung nach haben die Leute nämlich gar keine Lust, auf Urlaub zu gehen, ebensowenig, wie sie Lust haben, zur Kirche zu gehen. Man hat ihnen nur erfolgreich eingehämmert, daß es ihnen gut tut oder sie glücklich macht. Umfragen haben ergeben, daß Urlaub eine unheimlich stressige Angelegenheit ist.«

»Diese Leute machen doch einen recht munteren Eindruck.«

Bernard deutete auf die Fluggäste, die darauf warteten, an Bord der Maschine nach Honolulu zu gehen. Mit näherrückendem Abflugtermin waren es immer mehr geworden, vor allem Amerikaner in schriller Freizeitkleidung, etliche in Shorts und Sandalen, als wollten sie direkt aus der Maschine zum Strand stürzen. Das Gewirr nölend-näselnder Stimmen, das Lachen, Rufen, Juchzen wurde immer lauter.

»Eine künstliche Munterkeit«, sagte Sheldrake. »In vielen Fällen, würde ich sagen, angeheizt durch doppelte Martinis. Die Leute wissen, was sich für angehende Urlauber gehört. Sie haben gelernt, entsprechend aufzutreten. Tun Sie einen tiefen Blick in ihre Augen, und Sie sehen Angst und Sorge.«

›Wenn man den Menschen tief genug in die Augen blickt, sieht man das bei allen. Probieren Sie's mal bei mir‹, hätte Bernard am liebsten gesagt. Statt dessen fragte er: »Sie wollen also Sehenswürdigkeiten auf Hawaii studieren?«

»Nein, nein, das ist eine andere Art von Tourismus. Sightseeing ist bei diesen Fernreisen zu sonnigen Stränden – Mauritius, Seychellen, Karibik, Hawaii – nicht das eigentliche Verkaufsargument. Hier, sehen Sie mal...« Er holte einen Urlaubsprospekt aus dem Aktenkoffer, den er Bernard unter die Nase hielt, wobei er mit der Hand den Slogan zudeckte, der auf der Umschlagseite stand. Dort war das Farbfoto eines Tropenstrandes zu sehen – Meer und Himmel blitzeblau, der Sand blendendweiß, im Mittelgrund zwei abgeschlaffte menschliche Gestalten, im Schatten einer grünen Palme ruhend. »Was sagt dieses Bild zu Ihnen?«

»Ihr Reisepaß ins Paradies«, erwiderte Bernard.

Sheldrake schien verdutzt. »Sie kennen das Ding«, sagte er vorwurfsvoll und nahm seine Hand weg, unter der eben diese Worte zum Vorschein kamen.

»Ja, es ist doch der Travelwise-Prospekt«, erwiderte Bernard.

»Wirklich?« Sheldrake sah sich die Broschüre näher an. »Stimmt! Spielt aber keine Rolle, diese Prospekte ähneln sich wie ein Ei dem anderen. Ich habe einen ganzen Packen dabei, das gleiche Bild, mehr oder weniger dieselbe Schlagzeile. Paradies. Natürlich himmelweit entfernt von der Realität.«

»Meinen Sie?«

»Im letzten Jahr waren sechs Millionen Besucher auf Hawaii. Was glauben Sie wohl, wie viele von denen einen derart menschenleeren Strand vorgefunden haben? Das ist ein Mythos. Darum geht's in meinem nächsten Buch. Tourismus und der Mythos vom Paradies. Deshalb erzähle ich Ihnen das alles. Könnte ja sein, hab ich mir gedacht, daß Sie mich auf die eine oder andere Idee bringen.

»Ich?«

»Hat doch auch wieder was mit Religion zu tun, nicht?«

»Ach so, ja ... Was wollen Sie eigentlich mit Ihrer Forschungsarbeit erreichen?«

»Die Rettung der Welt«, erklärte Sheldrake feierlich.

»Wie bitte?«

»Der Tourismus macht den Planeten kaputt.« Sheldrake langte wieder in sein silbriges Aktenköfferchen und holte ein Bündel mit gelbem Leuchtstift markierter Zeitungsausschnitte hervor, die er rasch durchblätterte. »Die Fußwege im Lake District sind zu Gräben geworden. Die Fresken der Sixtinischen Kapelle werden durch den Atem und die Körperwärme der Beschauer kaputtgemacht. In jeder Minute betreten hundertacht Menschen Notre Dame, ihre Füße tragen den Boden ab, und die Auspuffgase der Busse, die sie herankarren, zerfressen den Stein. Folge der Umweltverschmutzung durch die Fahrzeuge, die sich in langer Schlange zu den Skigebieten der Alpen quälen, sind Baumsterben, Erdrutsche und Lawinen. Das Mittelmeer ist wie ein Klo ohne Spülung: Jeder sechste holt sich beim Schwimmen eine Infektion. 1987 mußte Venedig wegen Überfüllung einen Tag geschlossen werden. 1963 fuhren täglich vierundvierzig Leute auf einem Floß den Colorado herunter, heute werden täglich tausend Floßfahrten gezählt. 1939 reisten eine Million Menschen ins Ausland, im letzten Jahr waren es vierhundert Millionen. Bis zur Jahrtausendwende könnten wir es auf sechshundertfünfzig Millionen Auslandtouristen bringen und auf fünfmal so viele Urlauber, die im eigenen Land herumreisen. Allein der Energieverbrauch, der sich daraus ergibt, ist horrend.«

»Was Sie nicht sagen«, staunte Bernard.

»Bremsen läßt sich diese Entwicklung – außer durch entsprechende Gesetze – nur dann, wenn man den Leuten klarmacht, daß sie ja gar nicht aus Jux und Dollerei in der Weltgeschichte herumgondeln, sondern sich damit auf ein abergläubisches Zeremoniell einlassen. Es ist kein Zufall, daß der Aufstieg des Tourismus ausgerechnet zu dem Zeitpunkt einsetzte, als der Niedergang der Religion begann. Er ist das neue Opium für das Volk und muß als solches entlarvt werden.«

»Machen Sie sich aber nicht selbst arbeitslos, wenn Ihnen das gelingt?« fragte Bernard.

»Die Gefahr scheint mir im Augenblick gering zu sein«, sagte Sheldrake mit einem Blick in die überfüllte Abfluglounge.

In diesem Moment kam Bewegung in die Menge, Fluggäste, die einen Bodensteward zum Mikro hatten greifen sehen, drängten zum Ausgang. »Meine Damen und Herren, wir möchten zunächst die Passagiere der Reihen 46 bis 37 bitten, an Bord zu gehen«, tönte er.

»Das sind wir«, sagte Bernard. »Ich muß sehen, daß ich meinen Vater in Gang bekomme.«

Sheldrake sah auf seine Einsteigkarte. »Ich sitze in Reihe 16. Und die Maschine scheint voll zu werden. Schade, ich hätte Sie gern ein bißchen ausgefragt. Aber vielleicht können wir uns mal in Honolulu zusammensetzen. Wo wohnen Sie?«

»Das weiß ich noch nicht«, sagte Bernard.

»Ich bin im Wyatt Imperial. Bestes Haus im Travelwise-Prospekt. Dreißig Pfund Zuschlag pro Tag. Wenn ich selber zahlen müßte. Kommen Sie doch mal auf einen Drink vorbei.«

»Sehr nett von Ihnen«, sagte Bernard. »Versprechen kann ich es nicht. Kommt drauf an, was alles anliegt. Ich fliege nämlich auch nicht in die Ferien.«

»Nein, das habe ich mir schon gedacht«, sagte Sheldrake mit einem Blick auf Mr. Walsh.

4

Den ganzen Tag waren sie hinter der Sonne hergejagt. Die aber hatte, als sie in Los Angeles auf ihren Anschlußflug warteten, einen tüchtigen Vorsprung gewonnen, und während des Fluges nach Hawaii holte die Dunkelheit ihre Maschine ein. Bernard hatte einen Fensterplatz, doch sein Blick ging wie in eine schwarze Schlucht. In der Zeitschrift der Fluglinie fand er eine Streckenkarte, auf der zwischen der Westküste Amerikas und dem Hawaiischen Archipel – über eine Entfernung von zweieinhalbtausend Meilen – keine Spur von Land auszumachen war. Wenn nun an ihrem Flugzeug irgendwas kaputtging? Wenn die Triebwerke plötzlich aussetzten? Außer ihm schienen solche Erwägungen niemanden in der Maschine zu belasten. Die Stewardessen, die Blumen im Haar und bunt geblümte Sarongs trugen, hielten die Fluggäste vor, zum und nach dem Essen großzügig mit Getränken frei, Partystimmung machte sich breit. Die dicken Amerikaner schlenderten, Plastikgläser in der Faust wie in der Kneipe oder im Klub, durch die Gänge, beugten sich über Sitzlehnen, um einen Schwatz mit Bekannten zu halten, schlugen sich gegenseitig auf die Schulter und belachten herzhaft die Witze des anderen. Bernard beneidetete sie um ihre Selbstsicherheit. Er hatte immer das Gefühl, er müsse den Finger heben und fragen, ob er mal aufstehen dürfe. Als er Roger Sheldrake in seine Richtung kommen sah, ging er hinter seiner Zeitschrift in Deckung. Einem weiteren Tourismus-Seminar fühlte er sich noch nicht gewachsen, außerdem wollte er seinen Vater nicht wecken, der gottlob gerade schlief. Den Aperitif hatte Bernard ihm gestrichen, zu seinem Hähnchen-Teriyaki aber hatte er ihm eine Viertelflasche kalifornischen Burgunder genehmigt, der auch prompt als Schlummertrunk gewirkt hatte.

Das Licht in der Kabine wurde heruntergedreht, und der

nächste Film begann. An diesem einen Tag hatte Bernard bestimmt mehr Filme gesehen als in den letzten drei Jahren zusammen. Diesmal war es eine romantische Komödie, in der zwei reiche und schöne Menschen, denen es offenkundig vom Schicksal bestimmt war, sich ineinander zu verlieben, infolge einer Verkettung höchst unglaubhafter Mißverständnisse das Kunststück fertigbrachten, dieses unabwendbare Finale um eine Stunde und vierzig Minuten hinauszuzögern. Sogar Bernard durchschaute diesen Plot als ziemlich alt und verbraucht. Neu und etwas schockierend für ihn war es, daß Held wie Heldin im Verlauf der Handlung jeweils mit anderen Partnern im Bett gezeigt wurden. Das hatte es im Kintopp von Brickley nicht gegeben. Er sah sich den Film mit einem Hauch lüsterner Neugier an und war heilfroh, daß sein Vater schlief.

Danach döste auch er eine Weile, bis ihn das veränderte Fluggeräusch und das unverkennbare Gefühl des Sinkflugs weckten. Der Anflug auf Hawaii hatte begonnen. Vor und unter der Maschine war es noch völlig dunkel. Dann aber änderte die Maschine den Kurs und ging in eine Kurve. Bernard schaute aus dem Fenster. Unter ihm lag ein wundersames Gebilde – etwas, das wie eine vielsträngige Halskette aus Licht auf dem schwarzen Samt des Meeres ausgebreitet war. Er packte seinen Vater an der Schulter und schüttelte ihn.

»Wach auf, Daddy, wir sind gleich da.«

Stöhnend erwachte der alte Mr. Walsh, fuhr sich mit der Zunge über die Lippen und rieb sich die rotgeränderten Augen.

»Das mußt du sehen. Es ist einfach toll. Komm, setz dich ans Fenster.«

»Nein, besten Dank. Wenn du's sagst, wird's schon stimmen.«

Bernard blickte fasziniert aus dem Fenster und drückte sich die Nase an der Scheibe platt, die Hände vors Gesicht gelegt, um von der Kabinenbeleuchtung nicht geblendet zu werden, während die Maschine sich Honolulu näherte. Als sie an Höhe verlor, entpuppten sich die glitzernden Lichterketten als Hochhausblocks, Straßen, Häuser und rollende Fahrzeuge. Wie erstaunlich das war, unvermittelt diese hell beleuchtete moderne Stadt zu entdecken, die in der schwarzen Unendlichkeit des Meeres pulsierte wie ein Stern. Und wie wunderbar im Wortsinne war es, daß ihre Maschine unbeirrt über Tausende von Meilen dunkler Wasserfläche ihren Weg bis zu diesem lichterfüllten, sicheren Hafen gefunden hatte.

Die nächtliche Fahrt übers Meer hatte fast etwas Mythisches an sich, obschon die sich reckenden, gähnenden Fluggäste um ihn herum das alles offenbar als völlig selbstverständlich hinnahmen. Das Flugzeug senkte sich erneut und legte sich in eine Kurve, und die rote Leuchtschrift forderte: »Bitte anschnallen!«

Die Nachtluft auf dem Flughafen von Honolulu war für Bernard eine völlig neue Erfahrung, warm und samtig, fast mit Händen zu greifen. Sie fühlte sich an wie die Zunge eines großen, freundlichen Hundes, dessen Atem nach Jasminblüten und einem Hauch von Benzin riecht, und sie empfing die Fluggäste sofort nach der Ankunft, denn die Gänge – auf den meisten Flughäfen stickige, verglaste Kästen, praktisch Verlängerungen der klaustrophobischen Flugzeugkabine – waren hier an den Seiten offen und ließen die Luft herein. In den dicken englischen Sachen brach ihm und seinem Vater bald wieder der Schweiß aus, aber eine sanfte Brise umfächelte ihre Wangen und raschelte in den angestrahlten Palmen. Neben dem Flughafengebäude war so etwas wie ein tropischer Garten mit künstlichen Teichen und Bächen und brennenden Fackeln zwischen dem Buschwerk angelegt. Es war dieser Anblick, der Mr. Walsh offenbar davon überzeugte, daß sie endlich ihr Ziel erreicht hatten. Er blieb stehen und machte Stielaugen. »Schau dir das an! Dschungel!«

Während sie sich an eines der Gepäckkarussells in der Ankunftshalle stellten, kam eine braunhäutige junge Schöne in Travelwise-Uniform mit strahlendem Lächeln auf sie zu. »*Aloha*«, sagte sie. »Willkommen in Hawaii. Mein Name ist Linda, und ich bin Ihr Airport-Engel.«

»Hallo«, sagte Bernard. »Mein Name ist Walsh, und das ist mein Vater.«

»Ah ja, hier haben wir Sie...« Linda hakte die Namen auf ihrem Klemmbrett ab. »Mr. Bernard Walsh und Mr. John

Walsh.« Sie streifte die beiden mit jenem raschen, fragenden Blick, den Bernard nun schon kannte. »Keine Mrs. Walsh?«

»Nein«, sagte Bernard.

»Okay«, fuhr Linda fort. »Sobald Sie Ihre Koffer haben, stellen Sie sich bitte mit den anderen dort drüben zur Laienbegrüßung auf.«

So jedenfalls hatte es Bernard verstanden. Jäh ergriff ihn die ganz törichte Angst, seine Lebensgeschichte könne ihm in entstellter Form nach Hawaii vorausgeeilt sein, und ein Komitee örtlicher Honoratioren habe sich eingefunden, um ihm ihren Gruß zu entbieten oder aber ihm Peinlichkeiten zu bereiten.

»Laienbegrüßung?«

»Ja, sie ist im Pauschalpreis inbegriffen. Sie wohnen im Waikiki Surfrider, nicht?«

»Ja.« Bernard fand, daß sie zu dieser späten Stunde, müde wie sie waren, besser daran täten, sich heute abend nicht mehr bis zu Ursulas Wohnung durchzufragen.

»Vor dem Terminal steht ein Bus, der die einzelnen Hotels anfährt«, sagte Linda. »Gleich nach der Laienbegrüßung.«

Während sie am Karussell nach ihren Koffern Ausschau hielten, kramte Bernard in seinem Urlaubspack und förderte zwei Gutscheine über »ein *lei* im Wert von US $ 15,–« zutage. Was sie erwartete, war demnach keine Begrüßung durch nichtklerikale Gläubige, sondern die hawaiische Blumengirlande, *lei* genannt. In der belebten Halle sah man allenthalben frisch eingetroffene Fluggäste, denen Freunde und professionelle Abholer unter lautem *Aloha*-Rufen diese traditionelle Willkommensgabe um den Hals hängten. Auch Sidney, der Mann mit den Herzgeschichten, und seine Frau Lilian wurden gerade von zwei vergnügten jungen Männern mit Messerhaarschnitt und gepflegt-buschigen Schnauzbärten so damit bekränzt. »Aber das wäre doch nicht nötig gewesen, Terry, wir bekommen sie umsonst, sie sind im Preis mit drin«, sagte Lilian zu einem der jungen Männer. »Laß nur, Mum«, sagte der, »dann kriegst du eben zwei. Ich möchte dich mit meinem Freund Tony bekanntmachen.«

»Freut mich sehr«, sagte Lilian und lächelte mit ihren dritten Zähnen, aber nicht mit den Augen.

Die anderen Travelwise-Touristen versammelten sich anweisungsgemäß am Informationsschalter, neben dem ein Ständer mit kostenlosen Zeitungen und Urlaubsprospekten aufgestellt war. Bernards Blick blieb an einem Titel hängen: *Paradies Nachrichten*... Er nahm sich ein Exemplar des Blattes. Dem Anspruch, Nachrichten aus dem Paradies zu vermitteln, wurde der Inhalt nicht ganz gerecht, denn das Magazin machte hauptsächlich Werbung für einheimische Restaurants mit wunderlichen Namen – *El Cid Canteen, The Great Wok of China, The Godmother, The Shore Bird Beach Broiler, It's Greek to Me* – und brachte auch gleich Beispiele aus den Speisekarten dieser Etablissements. Eine Kleinanzeige auf der ersten Seite rechts unten schlug einen ernsteren Ton an. *»Wie überlebt man den Bruch einer Beziehung?* Lesen Sie dieses Buch. Es wird Sie von Ihrem schlechten Gewissen befreien. Es wird Ihnen Ihr Selbstvertrauen zurückgeben. Es wird Ihnen helfen, Ihr Leben weiterzuführen.« Unauffällig riß Bernard das Deckblatt ab und steckte es in die Brusttasche.

»Was Interessantes gefunden?«

Bernard sah auf und begegnete Roger Sheldrakes Blick.

»Vielleicht was für Sie?« Bernard deutete auf das Magazin.

»Paradies Nachrichten! Phantastisch. Woher haben Sie das?« Sheldrake stürzte sich auf den Ständer und raffte gierig das kostenlose Informationsmaterial an sich.

Jetzt tauchte auch Airport-Engel Linda wieder auf. Sie hatte einen großen Pappkarton voller *leis* mitgebracht, die sie gegen Abgabe der Gutscheine aus den Urlaubspacks an ihre Schützlinge verteilte. Als sie zu Cecily und ihrem Mann kam, fragte sie: »Sie sind doch die Hochzeitsreisenden, nicht? Haben Sie das Hawaiische Hochzeitslied bestellt?«

»Nein«, sagte Cecily kurz angebunden. Die anderen Mitglieder der Gruppe musterten die jungen Leute mit neu erwachtem Interesse. »Na, so ein Zufall«, sagte Beryl Everthorpe. »Wo wir doch auf unserer zweiten Hochzeitsreise sind...«, und Lilian Brooks sagte: »Hab mir doch gleich gedacht, daß mit denen was ist...«, und die junge Frau in dem rosa-blauen Jogginganzug sagte: »Riesig romantisch, so eine Hochzeitsreise, das muß ich Des erzählen«, und Dee sagte: »Du kriegst allenfalls eine Hochzeitsreise im Zelt auf dem Ben Nevis – wenn überhaupt.«

Linda kam gerade auf Bernard zu, als sich von hinten eine Girlande aus feuchten, süß duftenden weißen Blüten wie ein Lasso um seinen Hals legte. Verdutzt wandte er sich um und sah eine kleine, braune, verhutzelte ältere Dame mit rosa getöntem Haar vor sich stehen, die ein langes, togagleich wallendes Gewand mit pinkfarbenem Blütenmuster trug. In dem gleichen Pink leuchteten auch ihre Finger- und Zehennägel.

»*Aloha*«, sagte sie. »Sie sind doch Ursulas Neffe, nicht?« Das konnte Bernard nicht leugnen. »Hab Sie sofort erkannt. Sie haben ihre Nase. Ich bin Sophie Knoepflmacher und wohne mit Ursula in einem Haus. Und das muß ihr Bruder Jack sein. »*Aloha!*« Der zweite *lei* legte sich zielsicher über Hals und Schultern des alten Mr. Walsh, der verstört einen halben Schritt zurückwich. »Sie wissen, was *aloha* heißt?«

»Hallo, nehme ich an«, vermutete Bernard.

»Richtig. Oder Lebewohl, je nachdem, ob Sie gerade kommen oder gehen.« Die kleine Dame gackerte belustigt. »Und auch: Ich liebe dich.«

»Hallo, leb wohl, ich liebe dich?«

»Eine Art Allzweckwort. Ursula hat mich gebeten, Ihnen die Schlüssel zu ihrer Wohnung zu geben, und da hab ich gedacht, am besten hole ich Sie ab.«

»Das ist wirklich sehr nett von Ihnen«, sagte Bernard. »Wir haben ein Hotelzimmer – «

»Wo?«

»Im Waikiki Surfrider.«

»Da sind Sie bei Ursula besser aufgehoben. Viel geräumiger. Mit Wohnzimmer und Küche.«

»Also gut«, sagte Bernard nachgiebig. Wenn Mrs. Knoepflmacher sich schon die Mühe gemacht hatte, sie abzuholen, war es wohl am vernünftigsten und auch am höflichsten, ihrem Vorschlag zu folgen.

»Na, dann wollen wir mal. Mein Wagen steht draußen auf dem Parkplatz. Sie sind bestimmt ganz schön müde.« Das ging speziell an die Adresse von Walsh senior.

»Müde war ich in Los Angeles«, sagte der. »Wie ich mich jetzt fühle, das ist überhaupt nicht mehr zum Sagen.«

»Es war sein erster Flug«, erläuterte Bernard.

»Das darf ja nicht wahr sein! Also ich finde das einfach phantastisch, Mr. Walsh, daß Sie die lange Reise auf sich genommen haben, um Ihre arme Schwester zu besuchen.«

Mr. Walsh strich dieses Lob wie selbstverständlich, aber mit merklicher Genugtuung ein. Bernard sagte Linda Bescheid, daß sie weder den Bus zum Hotel noch weitere *leis* brauchten, und dann zogen sie los, Mrs. Knoepflmacher mit Mr. Walsh voran, Bernard mit dem Kofferkuli hinterher. Vor dem Terminal trennte sich Mrs. Knoepflmacher von ihnen, um den Wagen zu holen. Ihr rosa Gewand wallte im Wind.

»Nett von ihr, daß sie uns abgeholt hat«, sagte Bernard.

»Wie heißt sie doch gleich?«

»Knoepflmacher. Ein deutscher Name. Der Mann, der Knöpfe macht...«

»So wie sie redet, hätte ich sie nicht für eine Deutsche gehalten.«

»Wahrscheinlich ist ihre Familie oder die Familie ihres Mannes zweite oder auch dritte Generation. Deutsche Juden vermutlich.«

»Soso.« Das hätte er lieber nicht sagen sollen. Mr. Walshs Stimme klang etwas frostig. »Darf ich das abnehmen?« fragte er und zupfte an seinem *lei*.

»Besser jetzt noch nicht, das könnte undankbar aussehen.«

»Ich komm mir vor wie ein Weihnachtsbaum.«

»Das ist nun mal Landessitte.«

»Echt bescheuert, wenn du mich fragst.«

Roger Sheldrake, der seine Girlande aus gelben Blüten trug wie ein Bürgermeister die Amtskette, kam vorbei, ihm voran ging ein Mann mit Schirmmütze, der seinen Koffer in der Hand hatte. Sheldrake blieb stehen und kam noch einmal zu Bernard zurück.

»Das Wyatt hat mir eine Großraumlimousine geschickt«, sagte er und deutete auf ein merkwürdig verformtes, überlanges und tiefergelegtes Fahrzeug am Straßenrand, das aussah wie ein Auto im Spiegelkabinett einer Jahrmarktsbude. »Sehr anständig. Kann ich Sie irgendwo absetzen?«

»Nein, danke, wir sind abgeholt worden«, sagte Bernard.

»Na, dann bis bald. Vergessen Sie nicht, mich anzurufen.« Der Chauffeur hielt den Wagenschlag auf. Bernard sah flüchtig taubengrauen Teppichboden, Lederpolster und etwas, was eine kleine Bar zu sein schien.

Die Luxuskarosse war kaum abgefahren, als Mrs. Knoepflmacher am Steuer eines schnittigen weißen Toyota mit versenkbaren Scheinwerfern angebraust kam. Sie war so klein, daß sie auf der äußersten Kante des Fahrersitzes balancieren mußte, um an die Pedale zu kommen.

»Schön kühl«, bemerkte Bernard, als sie glücklich alle im Wagen saßen.

»Ja, der Toyota hat eine Klimaanlage. Mr. Knoepflmacher hat ihn noch abgeholt, und am gleichen Tag ist er dann gestorben«, sagte Mrs. Knoepflmacher. »Er ist gleich bis Diamond Head und wieder zurück gefahren, und wie er sich an dem Wagen gefreut hat, das können Sie sich gar nicht vorstellen. Nachts ist er dann friedlich eingeschlafen. Gehirnblutung.«

»Das tut mir aber leid«, sagte Bernard.

»Na, immerhin ist er glücklich gestorben«, meinte Mrs. Knoepflmacher. »Ich habe den Wagen gewissermaßen als Andenken behalten. Viel fahre ich ja nicht mehr, in Waikiki komme ich fast überall zu Fuß hin. Was für einen Wagen fahren Sie, Bernard?« Sie sprach den Namen französisch aus, mit der Betonung auf der zweiten Silbe.

»Ich habe keinen.«

»Genau wie Ursula«, sagte Mrs. Knoepflmacher. »Sie kann gar nicht fahren. Muß in der Familie liegen.«

»Ich habe einen Führerschein«, sagte Bernard, »aber im Augenblick keinen Wagen. Wie geht es meiner Tante? Haben Sie Ursula in letzter Zeit mal gesehen?«

»Nicht, seit sie aus der Klinik raus ist.«

»Ursula liegt nicht mehr im Krankenhaus?«

»Ach, wußten Sie das nicht? Sie ist in so einer Art Pflegeheim draußen am Stadtrand. Nur vorübergehend, wie sie sagt. Ich hatte den Eindruck, daß sie dort keinen Wert auf Besuch legt. Ihre Tante ist eine sehr reservierte Person, Bernard, sie läßt sich nicht gern in die Karten gucken. Da bin ich ganz anders. ›Du redest zuviel‹, hat Lou immer gesagt.«

»Haben Sie die Adresse?«

»Die Telefonnummer.«

»Und wie geht es ihr?«

»Nicht besonders, Bernard, gar nicht besonders. Aber es wird ihr unheimlich gut tun, Sie und Ihren lieben Vater zu sehen. Wie geht's da hinten, Mr. Walsh?«

»Danke, gut«, ließ sich Mr. Walsh von der Rückbank her grämlich vernehmen.

In gemäßigtem Tempo fuhren sie über eine breite, belebte Schnellstraße, auf der man rechts in einiger Entfernung das Meer und links steile Hügel oder kleine Berge sehen konnte, dunkle Kuppen, auf denen sich hier und da beleuchtete Häuser abzeichneten. Grüne Ausfahrtschilder huschten vorbei, die für Bernard einen drollig-ansprechenden Klang hatten, wie Straßennamen aus einem Kinderbuch: Likelike Highway, Vineyard Boulevard, Punchbowl Street. Mrs. Knoepflmacher machte sie auf die Wolkenkratzersilhouette von Downtown Honolulu aufmerksam, dann bog sie in eine Ausfahrt mit dem Schild Punahou St. ein. »Ihnen als *malihinis* muß ich doch die Kalakaua Avenue vorführen.«

»Was ist ein *malihini*?«

»Jemand, der zum erstenmal die Inseln besucht. Kalakaua ist Waikikis Bummelmeile. Manche Leute meinen, daß sie ein bißchen heruntergekommen ist, aber ich finde sie nach wie vor toll.«

Wie lange sie schon auf Hawaii lebe, wollte Bernard wissen.

»Neun Jahre. Als Lou und ich vor zwanzig Jahren mal auf Urlaub hier waren, hat Lou zu mir gesagt: ›Das ist es, Sophie, das ist das Paradies, hier verbringen wir unseren Lebensabend.‹ Gesagt, getan. Wir haben eine Wohnung in Waikiki gekauft, einmal im Jahr dort Urlaub gemacht und sie die übrige Zeit vermietet. Und als Lou sich dann zur Ruhe setzte – er war in Chicago in der koscheren Fleischbranche – sind wir ganz hergezogen.«

»Und es gefällt Ihnen hier?«

»Ich find's traumhaft. Das heißt, mit Lou war es traumhaft. Jetzt bin ich manchmal ein bißchen einsam. Meine Tochter redet mir zu, ich soll wieder nach Chicago kommen. Aber wie soll man den Winter in Chicago aushalten, wenn man das hier gewohnt ist? Hier brauche ich das ganze Jahr nur einen *muumuu*.« Sie zupfte an ihrem pinkfarbenen Blütengewand und streifte Bernards Tweedsakko und die Kammgarnhosen mit einem kurzen Blick. »Sie müssen sich ein paar Aloha-Hemden kaufen, Sie und Ihr Vater. So nennt man die bunten Hawaiihemden mit den verrückten Mustern, die man über den Hosen trägt. Das ist die Kalakaua.«

Langsam fuhr sie über eine belebte Durchgangsstraße, gesäumt von hell erleuchteten Geschäften, Restaurants und im Hintergrund hoch aufragenden großen Hotels. Obgleich es fast zehn war, wimmelte es auf den Gehsteigen von meist leicht und lässig, mit Shorts, Sandalen, T-Shirts bekleideten Passanten. Menschen jeder Gestalt und Größe, jeden Alters und jeder Hautfarbe schlenderten umher, schauten, aßen und tranken im Gehen, manche hielten Händchen oder gingen eng umschlungen. Ein Gemisch aus lautsprecherverstärkter Musik, Verkehrslärm und menschlichen Stimmen drängte durch die Wagenfenster. Bernard erinnerte die Szene an das Gewühl um Victoria Station, nur daß hier alles viel sauberer war. Sogar vertraute Namen – McDonald's, Kentucky Fried Chicken, Woolworth – entdeckte er an den Schaufensterfassaden, daneben aber auch exotischere Bezeichnungen: Hula Hut, Crazy Shirts, Sushi zum Mitnehmen, Paradies Expreß und ein Schild, das er nicht entziffern konnte: japanische Schriftzeichen.

»Na, wie finden Sie das?« fragte Mrs. Knoepflmacher.

»Ganz so hatte ich es mir nicht vorgestellt«, gestand Bernard. »So viele Häuser ... Ich hatte irgendwie ein Bild von Sand, See und Palmen im Hinterkopf.«

»Und Hulamädchen, wie?« lachte Mrs. Knoepflmacher und knuffte Bernard freundschaftlich in die Rippen. »Der Strand ist gleich hinter den Hotels«, sie deutete nach rechts, »und in den Hotels sind die Mädchen und geben Vorstellungen. Bei unserem ersten Besuch konnte man zwischen den Hotels noch das Meer sehen, aber das ist vorbei. Unglaublich, was inzwischen alles gebaut worden ist.« Sie hob die Stimme und drehte den Kopf. »Und wie gefällt es Ihnen, Mr. Walsh?«

Hinten blieb alles still. Mr. Walsh war eingeschlafen.

»Der Ärmste! Er ist wirklich fix und fertig. Aber jetzt sind wir gleich da.« Sie verließen das Lichtergefunkel der Hauptstraße, und nachdem sie eine weitere breite Straße gekreuzt hatten, kamen sie in ein stilles Wohngebiet. Weiter hinten schimmerte dunkel das Wasser eines Kanals. »Da wären wir. Kaolo Street 144.« Mrs. Knoepflmacher rollte über eine Rampe in die Tiefgarage unter dem Wohnblock und hielt ziemlich unvermittelt an.

Mr. Walsh fuhr verstört auf. »Wo sind wir?« stieß er hervor. »Noch mal kriegt ihr mich nicht in ein Flugzeug.«

»Schon gut, Daddy«, beschwichtigte ihn Bernard. »Hier wohnt Ursula. Wir sind da.«

»Mag ja sein, aber ob ich hier je wieder heil rauskomme, weiß kein Mensch«, sagte Mr. Walsh kläglich, während sie ihm aus dem Wagen halfen.

Ursulas Wohnung im dritten Stock war klein, ordentlich und pieksauber, konventionell tapeziert und eingerichtet und mit viel verspielten Nippes und Zierat auf Borden und Beistelltischchen ausgestattet. Im Wohnzimmer war es heiß und stickig, und Mrs. Knoepflmacher machte rasch die Glastür auf, die zu einem schmalen Balkon führte. »Die meisten Leute hier haben sich eine Klimaanlage einbauen lassen«, meinte sie. »Aber Ursula hat sich wohl gesagt, daß es nicht lohnt, weil ihr ja die Wohnung nicht gehört.«

Diese Mitteilung kam Bernard unerwartet.

»Nein, sie wohnt nur zur Miete. Schade eigentlich. Eine große Baugesellschaft interessiert sich für das Grundstück, und wenn die uns auskaufen wollen, müssen sie schon einiges hinblättern.«

Bernard trat auf den Balkon. »Wollen Sie damit sagen, daß man dieses Haus, das doch völlig in Ordnung ist, abreißen und ein neues dafür hinstellen will? Warum denn nur?«

»Damit sie höher bauen und mehr Rendite herausschlagen können. Unser Haus hat nur vier Stockwerke und ist inzwischen fast fünfundzwanzig Jahre alt. Das ist für Waikiki schon fast historisch.«

Bernard sah in einen gepflasterten Innenhof mit einem hellbau schimmernden rechteckigen Wasserbecken. »Wem gehört der Swimmingpool?«

»Der gehört zum Haus, er ist für die Bewohner.«

»Kann ich da schwimmen?«

»Natürlich. So oft Sie wollen. Ich zeig Ihnen mal die Küche.«

Nur ungern verließ Bernard den Balkon. »Sehr belebend, diese Brise.«

»Das ist der Passat. Er hält die Inseln kühl. Ein natürlicher Deckenventilator gewissermaßen«, sagte Mrs. Knoepflmacher mit ihrem heiseren Lachen. »Aber im Sommer brauchen wir den auch. Sie sind zur heißesten Zeit gekommen.«

Mrs. Knoepflmacher zeigte ihm, wie der Herd und der Abfallzerkleinerer in der Spüle funktionierten. »Ich hab Ihnen ein paar Sachen in den Kühlschrank gestellt: Milch, Brot, Butter, Saft, was Sie morgens so zum Frühstück brauchen. Macht drei Dollar fünfundfünfzig, doch die können Sie mir irgendwann mal zurückzahlen. An der Ecke ist ein ABC Store, aber was Sie an normalen Lebensmitteln brauchen, kaufen Sie besser im Ala-Moana-Einkaufszentrum, da ist alles viel billiger. Hier sind die Wohnungsschlüssel, und hier ist die Telefonnummer von Ursulas Pflegeheim. Und das ist die Nummer von ihrem Arzt in der Klinik, falls Sie mit ihm sprechen wollen. Wenn Sie sonst noch was brauchen – ich wohne nur ein paar Türen weiter, Nummer 37.«

»Vielen herzlichen Dank«, sagte Bernard. »Das war wirklich sehr lieb.«

»Gern geschehen.« Mrs. Knoepflmacher sah sich suchend im Wohnzimmer um und trat an eine der verglasten Vitrinen heran. »Süß, diese Meißener Porzellanfiguren, nicht? Falls mal was mit Ursula ist und Sie die Wohnung auflösen, hätte ich gern das Vorkaufsrecht.«

Bernard war verblüfft, ja, geradezu entrüstet, und es dauerte ein paar Sekunden, bis er etwas Stotternd-Unverbindliches herausgebracht hatte. Warum eigentlich entrüstet, dachte er, während er sie zur Tür brachte. Sie ist doch nur realistisch. Als er ins Wohnzimmer zurückkam, hatte sein Vater Schuhe und Strümpfe ausgezogen, saß da und betrachtete seine Füße. Sie sahen aus wie an den Strand gespülte Krustazeen, schwielig-verhornt und entzündet, ab und zu zuckte eine Zehe, als habe sie ein Eigenleben.

»Haben mich fast verrückt gemacht, meine Füße«, sagte er.

Weil er sich hartnäckig gegen Bad oder Dusche sträubte, brachte Bernard aus der Küche eine Schüssel mit lauwarmem Wasser. Der alte Mr. Walsh schloß die Augen und tauchte mit einem tiefen Seufzer die Füße hinein.

»Ob's hier wohl Tee gibt?« fragte er. »Seit England hab ich keinen anständigen Schluck Tee mehr gekriegt.«

»Mußt du dann nicht nachts raus?«

»Muß ich sowieso«, sagte Mr. Walsh. »Fragt sich nur, wie bald und wie oft.«

In der Küche fanden sich Teebeutel – Lipton's English Breakfast Tea –, und Bernard brühte eine Kanne auf. Mr. Walsh schlürfte das Gebräu durstig und bewegte ächzend die Zehen im warmen Wasser. Bernard kniete sich hin, um ihm die Füße mit einem Handtuch abzutrocknen. Er mußte an die Gründonnerstagsmesse denken, besonders in der Gemeindekirche in Saddle, wo er bei den Gemeindemitgliedern, die sich zur Fußwaschung beim Priester einfanden, oft solche mitgenommenen, durchgetretenen Füße vorgefunden hatte. Die Füße der Seminaristen waren weiß und glatt gewesen, zur Feier des Tages sorgfältig vorgewaschen und pediküet. Sein Vater sah ernst und nachdenklich drein, möglicherweise gingen seine Gedanken in die gleiche Richtung, aber es fiel kein Wort darüber.

Die Wohnung hatte nur ein Schlafzimmer und nur ein Bett. Es war zwar groß genug für zwei, aber Bernard entschied sich für die Couch im Wohnzimmer, die sich zu einem bequemen Gästebett ausklappen ließ. Nachdem sein Vater sich hingelegt hatte, duschte Bernard, ließ seine schmutzigen, verschwitzten Sachen in einem Haufen auf dem Fußboden liegen und zog sich, da er keinen Morgenrock mitgebracht hatte, einen seidigen Hausmantel von Ursula über, der an einem Haken hinter der Badezimmertür hing. Er wollte nackt schlafen – der Flanellpyjama, den er im Gepäck hatte, war entschieden zu warm –, hatte aber Hemmungen, im Adamskostüm in der Wohnung herumzulaufen, obgleich er seinen Vater tief und regelmäßig atmen hörte. Er selbst war merkwürdigerweise überhaupt nicht müde, vielleicht hatte der Tee ihn wieder munter gemacht, oder die so ganz andere Umgebung wirkte als Aufputschmittel.

Er ging auf den Balkon und lehnte sich übers Geländer. Zwischen drinnen und draußen gab es jetzt keinen merklichen Temperaturunterschied mehr. Obgleich der Passat recht kräftig wehte und die Wipfel der Palmen zauste, war die Luft, die er auf seiner Haut spürte, lau und lind. Wolkenfetzen fegten über den Himmel und verdunkelten immer wieder kurz die Sterne. Dabei konnte man sich leicht einbilden, daß gar keine Wolken am Himmel standen, sondern daß es die Sterne selbst waren, die sich bewegten und über den Himmel rollten wie das ptolemäische System im Schnellgang. Ein großes Staunen ergriff ihn, daß er nun hier stand, auf dieser tropischen Insel, während er gestern noch im Rummidge gewesen war mit seinen Fabriken und Werkstätten, mit den tristen Straßen voll geduckter Reihenhäuschen, wo alles verbraucht und schmutzig wirkte unter den tiefhängenden grauen Wolken. Er sah auf den Swimmingpool hinunter, der in der warmen Nacht lockend glitzerte. Morgen würde er dort unten schwimmen.

Als er wieder aufsah, bemerkte er einen Mann und eine Frau, die auf dem beleuchteten Balkon eines Nachbarhauses standen. Der Mann trug nur Boxershorts und hielt ein hohes Glas in der Hand; die Frau hatte einen japanischen Kimono an. Sie deuteten kichernd zu Bernard hinüber und schienen sich über seinen Aufzug zu amüsieren. Vielleicht war ja der geblümte Hausmantel mit den wattierten Schultern und dem weiten Rock – besonders in der Kombination mit Bart – wirklich ein etwas bizarrer Anblick, doch die Reaktion erschien ihm trotzdem übertrieben. Vielleicht waren sie betrunken. Er wußte nicht recht, was er machen sollte. Gutmütig winken? Oder mit strenger Miene zu ihnen hinübersehen? Er schwankte noch, als die Frau den Gürtel löste und mit einer theatralischen

Bewegung den Kimono öffnete, unter dem sie völlig nackt war. Er sah die halbmondförmigen Schatten unter ihren Brüsten, das dunkle Dreieck der Schamhaare. Dann drehten sich die beiden mit einem letzten lauten Heiterkeitsausbruch um, traten ins Zimmer zurück und zogen einen Vorhang vor. Das Licht auf dem Balkon erlosch.

Bernard blieb noch einen Augenblick reglos am Geländer stehen, als wolle er damit dartun, daß ihn das alles unberührt gelassen hatte. Innerlich aber war er ratlos und leicht verstört. Was hatte die Frau mit dieser Geste bezweckt? Hatte sie ihn verspotten, hatte sie ihn kränken, vielleicht sogar so etwas wie eine Einladung aussprechen wollen? Es war fast, als sei ihr auf telepathischem Wege die klägliche Szene in jener Einzimmerwohnung in Henfield Cross bekanntgeworden – Daphne ohne Bluse und BH, die sich ihm erwartungsvoll zuwandte – und als habe sie ihn an Schuld und Versagen erinnern wollen, die er als schwere Bürde in seinem Gepäck mitgebracht hatte.

Er ging wieder ins Wohnzimmer, warf Ursulas Morgenrock ab und legte sich, nackt unter einem dünnen Bettuch, auf die ausgeklappte Couch. In der Ferne hörte er die Sirene eines Streifenwagens jaulen. Er verdrängte das Bild des Paares auf dem Balkon, indem er sich überlegte, was morgen früh zu erledigen war: Zuallererst, gleich nach dem Frühstück, würde er Ursula anrufen und sich zu einem Besuch bei ihr anmelden. Ehe er weiterdenken konnte, war er schon eingeschlafen.

5

Nach dem Unfall war Bernard stundenlang damit beschäftigt, ihn für sich in Gedanken zu rekonstruieren. Sie waren – er und sein Vater – gerade aus dem Haus gekommen und wollten über die Straße. Und zwar, wie die Frau, die Polizisten und die Sanitäter übereinstimmend versichert hatten, an der verkehrten Stelle. Das Überqueren der Fahrbahn war offenbar nur an Kreuzungen erlaubt. Doch es war eine ruhige Gegend, es herrschte nicht viel Verkehr, und daß man hier nicht nach Lust und Laune über die Straße lief wie in England, war ihnen noch nicht aufgefallen. Es war ihr erster Vormittag in Honolulu, der Jetlag machte ihnen noch zu schaffen, und sie waren beide leicht benommen, weil sie zu lange geschlafen hatten. Neunzig Prozent aller Urlauberunfälle, hatte Sonia Mee von der Unfallstation gesagt, ereignen sich in den ersten achtundvierzig Stunden nach der Ankunft.

Bernard hatte, als sie am Straßenrand standen, seinen Vater allenfalls eine Sekunde aus den Augen gelassen, hatte den Blick nach links gerichtet und den kleinen weißen Wagen gesehen, der in gemäßigtem Tempo heranrollte. Sein Vater hatte offenbar, wie er es von Haus aus gewöhnt war, nach rechts geschaut, hatte eine leere Fahrbahn vor sich gesehen – und war direkt in den Wagen hineingelaufen. In dem Moment, als das Fahrzeug an ihm vorbeikam, hörte Bernard einen dumpfen Aufschlag und Bremsenquietschen. Er drehte sich um und sah in fassungslosem Entsetzen seinen Vater schlaff und reglos auf dem Gehsteig liegen, gleich einer umgestürzten Vogelscheuche. Bernard kniete rasch neben ihm nieder. »Alles in Ordnung, Daddy?« hörte er sich sagen, eine törichte Frage, gewiß, aber dahinter stand eigentlich: ›Lebst du noch, Daddy?‹ Sein Vater stöhnte. »Hab ihn nicht gesehen«, flüsterte er.

»Ist es schlimm?« Eine Frau in locker fallendem rotem Kleid beugte sich über die beiden. Bernard brachte sie mit dem weißen Wagen in Verbindung, der ein paar Meter weiter geparkt war. »Gehören Sie zusammen?«

»Mein Vater.«

»Was haben Sie sich dabei gedacht, hier über die Straße zu gehen? Ich konnte nichts machen, er ist mir direkt hineingelaufen.«

»Ich weiß«, sagte Bernard. »Es war nicht Ihre Schuld.«

»Haben Sie das gehört?« sagte die Frau zu einem Mann in Laufshorts und Turnhemd, der neugierig stehengeblieben war. »Es war nicht meine Schuld, hat er gesagt. Sie sind Zeuge.«

»Ich hab nichts gesehen.«

»Wenn Sie trotzdem so nett wären, mir Ihren Namen und Ihre Adresse zu geben, Sir . . .«

»Ich will da nicht reingezogen werden.« Der Mann wich zurück.

»Dann holen Sie wenigstens einen Krankenwagen!«

»Wie denn?«

»Indem Sie sich ein Telefon suchen und 911 wählen«, sagte die Frau. »Herrgottnochmal!«

»Kannst du dich umdrehen, Daddy?« fragte Bernard. Der alte Mr. Walsh lag bäuchlings auf der Straße, eine Wange auf dem Pflaster, die Augen geschlossen. Er sah aus wie jemand, der versucht einzuschlafen und nicht gestört werden will, aber Bernard drängte es, das Gesicht von dem steinernen Kissen zu heben. Als er versuchte, ihn auf den Rücken zu drehen, zuckte sein Vater stöhnend zusammen.

»Sie dürfen ihn nicht bewegen«, ließ sich eine Frau mit einem karierten Einkaufsroller aus dem kleinen Halbkreis der Zuschauer vernehmen, der inzwischen den Unfallort umgab. »Auf gar keinen Fall bewegen.« Gehorsam ließ Bernard seinen Vater liegen, wie er lag.

»Hast du Schmerzen, Daddy?«

»Bißchen«, flüsterte der alte Herr.

»Wo?«

»Da unten.«

»Wo unten?«

Keine Antwort. Bernard sah zu der Frau in dem roten Kleid auf. »Haben Sie etwas, was man ihm unter den Kopf legen könnte?« Hätte er ein Sakko angehabt, hätte er es zu einem Kissen zusammenfalten können, aber er war nur im Kurzarmhemd aus dem Haus gegangen.

»Ja, natürlich.« Sie wandte sich um und war gleich darauf mit einer Strickjacke und einer alten Decke wieder da, in deren Gewebe feine Sandkörner glitzerten. Bernard legte seinem Vater die zusammengerollte Strickjacke unter den Kopf und deckte ihn trotz der Hitze zu, weil er irgendwie im Hinterkopf hatte, daß man das bei Unfallopfern so machen muß. Er bemühte sich, nicht an die schlimmen Folgen zu denken, die dieser Vorfall haben konnte, nicht an die Vorwürfe, die andere ihm machen, an die Gewissensbisse, die ihn selbst plagen würden. Für Jammern und Klagen blieb später noch Zeit genug.

»Das wird schon wieder, Daddy«, sagte er in munterzuredendem Ton. »Der Krankenwagen ist unterwegs.«

»Nicht ins Krankenhaus«, murmelte Mr. Walsh. Krankenhäuser waren ihm seit jeher ein Graus.

»Wir müssen dich doch von einem Arzt ansehen lassen«, sagte Bernard. »Vorsichtshalber.«

Ein Streifenwagen, der auf der anderen Straßenseite vorbeifuhr, wendete und hielt mit eingeschaltetem Blinklicht an. Die Zuschauer machten respektvoll Platz für zwei uniformierte Beamte, deren Halfter mit den schweren Revolvern in Bernards Augenhöhe waren.

Als er aufblickte, sah er in zwei runde, braune, leidenschaftslose Gesichter.

»Was ist passiert?«

»Mein Vater ist überfahren worden.«

Einer der Polizisten beugte sich vor und fühlte Mr. Walsh den Puls. »Wie geht's denn, Sir?«

»Will nach Hause«, sagte Mr. Walsh, ohne die Augen aufzumachen.

»Na immerhin, er ist bei Bewußtsein«, sagte der Polizist. »Das ist schon was. Wo ist er denn zu Hause?«

»In England«, sagte Bernard.

»Das ist eine weite Reise, Sir«, sagte der Polizist zu dem alten Mr. Walsh. »Da bringen wir Sie doch lieber erst mal ins Krankenhaus.« Er wandte sich an Bernard. »Hat schon jemand einen Krankenwagen gerufen?«

»Ich glaube ja.«

»Da wäre ich nicht so sicher«, sagte die Frau in Rot. »Der Trottel in den Laufshorts hat sich bestimmt abgesetzt.«

»Hat er nicht«, rief eine Stimme aus der hinteren Zuschauerreihe. »Der Krankenwagen muß gleich da sein.«

»Wer ist der Wagenhalter?« fragte der zweite Polizist.

»Ich«, sagte die Frau in Rot. »Der Alte da ist mir direkt vor den Kühler gelaufen. Hoffnungsloser Fall.«

Das schien für Mr. Walsh das Stichwort zu sein, ein Bußgebet herzusagen. »In Demut und Reue bekenne ich meine Sünden. Herr, erbarme dich...« Bernard, der neben ihm kniete, spürte, wie sich reflexartig seine Hand in der Geste der Lossprechung hob. Rasch verwandelte er die Geste und strich seinem Vater verlegen über die Stirn. »So schlimm steht es nicht, Daddy«, sagte er. »Das kommt schon alles wieder in Ordnung.« Er wandte sich an den Polizisten. »Er hat in die falsche Richtung geguckt. In England fahren wir nämlich links.«

Ein Mann in flottem Tropenanzug trat einen Schritt vor. »Lassen Sie sich gut raten und geben Sie nichts zu«, sagte er zu Bernard und nahm eine Karte aus der Brieftasche, die er Bernard hinstreckte. »Ich bin Anwalt. Wenn Sie wollen, übernehme ich den Fall auf Erfolgsbasis. Sie zahlen mir nur dann ein Honorar, wenn wir den Prozeß gewinnen.«

»Sie halten sich da gefälligst raus, Mister.« Die Frau in Rot schnappte sich die Karte und riß sie mittendurch. »Ihr Typen kotzt mich an. Wie die Geier!«

»Dafür kann ich Sie gerichtlich belangen«, sagte der Anwalt mit seidenweicher Stimme.

»Jetzt halten Sie aber mal die Luft an, Lady«, sagte der Polizist.

»Sie sind mir vielleicht ein Herzchen! Ich fahre ganz friedlich meiner Wege, plötzlich taucht dieser Alte auf, wie vom Himmel gefallen, und wirft sich vor meine Räder, der geschniegelte Typ da will mir einen Prozeß anhängen, und Sie sagen, ich soll die Luft anhalten. Herrgottnochmal.«

»Jesuserbarmdichmariahilf«, murmelte Mr. Walsh.

»Sagen Sie's ihnen«, bat sie Bernard. »Sagen Sie ihnen, daß es nicht meine Schuld war.«

»Ja, das stimmt«, bestätigte Bernard.

»Mein Klient befindet sich im Schock«, sagte der Anwalt. »Er weiß nicht, was er sagt.«

»Er ist nicht Ihr Klient, Sie Arsch«, sagte die Frau in Rot.

»Wo bleibt denn der Krankenwagen?« fragte Bernard und fand, daß seine Stimme verdächtig weinerlich klang. Er beneidete die Frau in Rot um ihre Wut und ihre Kraftausdrücke.

Fast noch stärker kam ihm seine eigene Unzulänglichkeit zu Bewußtsein, als der Krankenwagen endlich eingetroffen war. Die Sanitäter waren echte Profis. Sie stellten Bernard ein paar knappe, sachliche Fragen nach dem Ablauf des Unfalls und entlockten dem alten Mr. Walsh das Eingeständnis, daß ihm die Hüfte weh tat. Der Dienstältere fragte Bernard, in welches Krankenhaus sie seinen Vater bringen sollten, und Bernard nannte spontan das Geyser, in dem Ursula gelegen hatte, weil es das einzige war, das er in Honolulu dem Namen nach kannte. Ob sein Vater in den Geyser-Plan einzahle, wollte der Sanitäter wissen.

»Was ist das?«

»Eine Krankenversicherung.«

»Nein, wir sind Touristen. Aus England.«

»Versichert?«

»Ich denke schon.« Auf Anraten des jungen Reisebüromenschen in Rummidge hatte er beim Abholen der Tickets tatsächlich eine kleine Summe für irgendeine Urlaubsversicherung draufgezahlt, hatte sich aber, weil die Zeit drängte, nicht in das Kleingedruckte vertieft. Die Unterlagen waren in Ursulas Wohnung, er konnte kaum seinen Vater in der Gosse liegenlassen, um rasch mal nachzusehen. Erneut schwappte ein Schwall kalter Angst über ihn hin. Man hörte ja wahre Schauergeschichten von der Gewinnsucht der amerikanischen Ärzteschaft, von Patienten, die man genötigt hatte, Blankoschecks zu unterschreiben, während sie in den OP gerollt wurden, von nicht versicherten Kranken, die eine Behandlung in den Ruin getrieben hatte oder denen man die Behandlung überhaupt verweigert hatte, weil sie nicht das nötige Kleingeld hatten. Vielleicht mußte er den Krankenwagen an Ort und Stelle bezahlen, und er hatte kaum Geld bei sich.

Sie waren auf dem Weg zur Bank gewesen, als der Unfall passierte. Gleich nach dem Frühstück hatte er Ursula angerufen und von ihr erfahren, daß ihre Bank Anweisung hatte, ihm zweieinhalbtausend Dollar auszuzahlen, die für die Tickets (sein Vater hatte die Summe zunächst aus seinen Ersparnissen vorgeschossen) und die laufenden Kosten auf Hawaii gedacht waren. Er solle sich für das Geld auch einen Leihwagen leisten, hatte Ursula gesagt. »Die Bruchbude hier liegt am Ende der Welt, Bernard, mit dem Bus kommst du da nie hin.« Um diese Dinge zu erledigen und voller Vorfreude darauf, wieder einmal am Steuer eines Wagens zu sitzen, hatte er sich auf den Weg gemacht und seinen Vater mitgenommen, der sich dagegen sträubte, in der Wohnung allein gelassen zu werden. Sie waren – noch immer nicht so recht auf die Hitze eingestellt, aber in ihren leichten Sachen sehr viel unbeschwerter als am Vorabend – kaum hundert Meter weit gegangen, als das Schicksal zuschlug.

»Das Geyser liegt ziemlich weit außerhalb«, sagte der ältere Sanitäter. »Wenn Sie nicht unbedingt dorthin müssen, könnten wir Sie ins Bezirkskrankenhaus in Downtown Honolulu bringen. Oder ins Sankt Joseph, das ist katholisch.«

»Ja«, flüsterte der alte Mr. Walsh deutlich vernehmbar.

»Gut, bringen Sie ihn nach Sankt Joseph«, entschied Bernard. »Wir sind Katholiken.« Das Pluralpronomen rutschte unwillkürlich heraus. Für eine Diskussion über die Feinheiten religiöser Überzeugungen und Zugehörigkeiten war dies entschieden nicht der richtige Ort. Wenn sein Vater meinte, in einem katholischen Krankenhaus besser aufgehoben zu sein, hätte Bernard notfalls auch auf offener Straße das Glaubensbekenntnis hergesagt.

Er hörte das Knistern im Funkgerät, als einer der Sanitäter Verbindung mit dem Krankenhaus aufnahm. »Ja, ein Notfall, ein alter Mann ist überfahren worden. Trauma, aber er ist bei Bewußtsein. Könnt ihr ihn nehmen? Schwer zu sagen. Das Becken vielleicht, Milzriß... Nein, Touristen... Der Sohn ist dabei, er meint, daß sie versichert sind... sie wollten ein katholisches Krankenhaus... ist recht... nein, keine sichtbaren Blutungen... ja, gut... Viertelstunde ungefähr.« Er wandte sich an seinen Kollegen. »Okay, das geht klar. Der Doktor sagt, wir sollen ihn vorsichtshalber an den Tropf hängen. Für den Fall, daß er innere Blutungen hat. Legen wir ihn auf die Trage.«

Behutsam, rasch und routiniert legten sie den alten Mr. Walsh auf eine zusammenklappbare Trage mit Rädern, schoben sie in den Laderaum und legten ihm einen intravenösen Tropf mit Kochsalzlösung an. Die Flasche war an der Innenwand des Fahrzeugs befestigt. Einer der Sanitäter stieg noch einmal aus und sah Bernard fragend an. »Wollen Sie mitfahren?« Bernard sprang in den Krankenwagen und hockte sich neben den anderen Sanitäter. Die Frau in Rot, die gerade von einem der Polizisten vernommen wurde, trat, als der Sanitäter gerade die hinteren Türen schließen wollte, an den Krankenwagen heran. Sie hatte einen bräunlichen Teint und schwarze Haare und mochte um die vierzig sein.

»Hoffentlich geht alles in Ordnung mit Ihrem Vater.«

»Danke. Das hoffe ich auch.«

Der Fahrer schlug die Türen zu und setzte sich ans Steuer. Die Frau blieb an der Bordsteinkante stehen, in gerader, fast strammer Haltung, die Arme an die Seite gelegt, und sah stirnrunzelnd dem anfahrenden Krankenwagen nach. Auf Anraten der Polizei hatten sie Namen und Adressen ausgetauscht. Bernard nahm den Zettel aus der Brusttasche. Yolande Miller, las er. Die Adresse – irgendwas mit Heights – sagte ihm nichts. Der Krankenwagen fuhr mit jaulender Sirene um eine Ecke und entzog die Frau seinem Blick.

»Ist Ihr Vater gegen irgendwas allergisch?« fragte der Sanitäter, der während der Fahrt ein Formular ausfüllte.

»Nicht daß ich wüßte. Sagen Sie, wieviel kostet der Krankenwagen eigentlich?«

»Der Standardsatz ist 130 Dollar.«

»Soviel habe ich nicht bei mir.«

»Macht nichts, die schicken Ihnen eine Rechnung.«

Die getönten Scheiben des Krankenwagens färbten die ganze Welt blau, als sei das Fahrzeug ein U-Boot und Waikiki eine Stadt auf dem Meeresboden. Die Palmen wiegten sich hin und her wie Tang in der Flut, Touristenschwärme schwammen vorbei und glotzten. Der Verkehr war dicht, und der Krankenwagen wurde trotz der durchdringenden Sirene und des Blinklichts häufig zum Halten gezwungen. Bei einer dieser erzwungenen Pausen sah Bernard plötzlich der sommersprossigen Tochter aus der rothaarigen Familie in seiner Reisegruppe direkt ins Gesicht. Sie stand nur wenige Meter entfernt von ihm auf dem Gehsteig und starrte ihn unverwandt an. Er brachte ein Lächeln und ein resigniertes Achselzucken zustande, eine Art pantomimisches »Schöne Bescherung, was?«, aber sie verzog keine Miene. Klar, von der Straßenseite aus waren ja die Fenster nicht einsehbar. Er kam sich etwas albern vor. Zu seiner Verblüffung verzog sie urplötzlich das Gesicht zu einer höhnisch-verächtlichen Grimasse, schielte zum Gotterbarmen und streckte die Zunge heraus. Der dämonische Ausdruck verschwand so schnell, wie er gekommen war – ja, er fragte sich schon fast, ob er ihn sich nur eingebildet hatte –, und er sah wieder ein unbewegtes Kindergesicht vor sich. Der Krankenwagen fuhr weiter, und Bernard verlor die Kleine aus den Augen.

»Amanda! Trödel nicht so!« Auf der belebten Straße drehen sich mehrere Leute um, als sie die hohe, abgehackte Männerstimme mit dem englischen Akzent hören – nur nicht Amanda. Jedenfalls nicht gleich. Um ihren Gefühlen Luft zu machen, schneidet sie dem lärmenden Krankenwagen eine bitterböse Grimasse, dann glättet sie rasch ihre Miene und trottet hinter ihrem Vater her.

»Du wirst abgehängt, wenn du nicht aufpaßt«, schilt ihre Mutter, als Amanda die anderen einholt. »Und dann dürfen wir den Rest des Tages nach dir suchen.«

»Ich würd schon zum Hotel zurückfinden.«

»Würdest du? Ja, das glaub ich dir aufs Wort«, sagt ihre Mutter sarkastisch. »Ich bin ja nicht mal sicher, ob ich wieder zurückfinden würde. Mir scheint, als ob wir schon Stunden unterwegs sind.«

Amandas Bruder Robert sieht auf seine Digitaluhr. »Genau elf Minuten.«

»In dieser Hitze kommt es mir vor wie Stunden. Ich hatte ja keine Ahnung, daß es so weit bis zum Strand ist. Echter Betrug, das Hotel Hawaiian Beachcomber zu nennen. Von wegen Strandläufer... Daß ich nicht lache!«

»Ich werde mich beschweren«, sagt Mr. Best über die Schulter. »Schriftlich.«

Das Jaulen des Krankenwagens wird schwächer. »Drück die Daumen, kreuz den Zeh, damit es dir nicht auch so geh«, sagt Amanda leise vor sich hin, kreuzt beim Laufen die Zehen in den Sandalen und versucht gleichzeitig, nicht auf die Spalten zwischen den Gehsteinplatten zu treten. Sie tut, was sie kann, um das Gemecker der Alten nicht hören zu müssen. Ob alle Erwachsenen so sind? Wohl kaum. Sie hat nicht den Eindruck, daß andere Mädchen sich von morgens bis abends vor Verlegenheit winden, weil ihre Eltern sich mal wieder unbeliebt machen oder ein solches Schauspiel jeden Moment zu erwarten ist.

Russel Harvey oder »Russ«, wie ihn seine Freunde und Kollegen im Händlersaal der Londoner Investmentbank nennen, in der er arbeitet, hört den fernen Laut der Krankenwagensirene auf dem Balkon seines Zimmers im 27. Stock des Waikiki Sheridan, wo er allein beim Frühstück sitzt. Es sieht danach aus, als müsse er auf dieser Hochzeitsreise die meisten Aktivitäten – Sex eingeschlossen – solo angehen. Cecily schläft noch – oder tut jedenfalls so. Sie liegt in einem der beiden Doppelbetten; aus dem anderen hat sich Russ vor kurzem erhoben. In den Hotelzimmern stehen offenbar überall zwei Doppelbetten, wovon aus der Sicht von Russ eins überflüssig ist. Gestern abend hatte sich Cecily, nach langwierigen Zurichtungen im abgeschlossenen Badezimmer, als erste hingelegt. Als er zu ihr unter die Decke schlüpfen wollte, war sie stillschweigend ein Bett weitergezogen, und Russ hatte sie ziehen lassen. Cecily war es zuzutrauen, daß sie sonst die ganze

Nacht Bäumchen-wechsel-dich gespielt hätte. Er fühlt sich schlecht behandelt. Natürlich ging es in dieser ersten Nacht nicht darum, die Ehe zu vollziehen oder eine schon lange lodernde Begierde endlich zu stillen – immerhin wohnen er und Cess seit fast zwei Jahren zusammen –, aber seinen kleinen Nahkampf wird man ja als Mann auf Hochzeitsreise wohl noch verlangen können...

Russ steht auf, lehnt sich ans Geländer und sieht trüben Blicks an dem geschwungenen, palmenbestandenen Strand entlang zu dem ins Meer hineinragenden abgeplatteten Berg. Laut Aussage des Kellners, der ihm das Frühstück gebracht hat, ist das der Diamond Head. Die malerische Aussicht vermag seine Stimmung nicht zu heben. Das Gejaul verstärkt sich. Er sieht auf die Straßenkreuzung herunter. Auf die Fahrbahn ist eine große Blume mit fünf Blütenblättern gemalt. Einen richtigen Blumentick haben die hier. Auf den Kopfkissen lagen gestern abend Blüten, in der WC-Schüssel schwamm eine, sogar seine Cornflakes heute früh waren mit einer Blume dekoriert. Wenn man nicht aufpaßt, ißt man so ein Ding am Ende noch mit.

Jetzt kommt der Krankenwagen in Sicht, fährt über die fünfblättrige Blüte und bleibt im Verkehrsgewühl stecken. Das Gejaul verwandelt sich in ein verzweifeltes Kläffen. Dann löst sich der Stau, der Krankenwagen quetscht sich durch eine Lücke und ist gleich darauf verschwunden. Wer da wohl drinliegen mag, überlegt Russ müßig. Ein klappriger Tourist mit einem Hitzschlag vielleicht (auf dem Balkon ist es schon jetzt brütend heiß); ein geiler Zweitflitterwöchner, der sich beim Bumsen einen Bandscheibenvorfall zugezogen hat; ein verschmähter Liebhaber, der in seiner Verzweiflung –

Russ hat eine Idee. Er stellt sich mit ausgestreckten Armen an die offene Balkontür auf einen Stuhl, so daß die Morgensonne seinen gekreuzigten Schatten ins Zimmer wirft, stößt einen erstickten Schrei aus, springt so leise wie möglich auf den Balkon herunter und hockt sich hin, so daß man ihn vom Schlafzimmer aus nicht sehen kann. Eine lange Minute hockt er zusammengekauert da und kommt sich zunehmend albern vor. Dann wirft er einen vorsichtigen Blick ins Zimmer. Cecily hat sich nicht gerührt. Entweder schläft sie wirklich, oder sie hat seine List durchschaut. Oder aber sie ist ein noch abgebrühteres Luder, als er gedacht hat.

Auch Sidney Brooks, der im Pyjama auf einem Balkon des Hawaii Palace steht, hört die Sirene des Krankenwagens, aber nur sehr leise, denn sein Hotel ist direkt am Meer, und das Zimmer hat Seeblick (für Terrys Ansprüche ist nur das Beste gut genug). Das Zimmer von Terry und Tony ist nur ein Stockwerk tiefer und drei Türen weiter und liegt rechtwinklig zu dem ihren.

Gestern abend haben sie sich alle einen Gutenachtgruß zugewinkt, aber heute früh regt sich auf dem anderen Balkon noch nichts. Die Sirene verstummt kurz und fängt gleich wieder an zu jaulen. In Sidney regt sich trotz der heißen Sonne, die auf den Balkon herunterbrennt, eine leise, kalte Angst, als er sich eigener, noch nicht allzu lange zurückliegender Krankenwagenfahrten erinnert. Er holt ein paarmal tief Luft, ein, aus, ein, aus, und hält dabei seinen Bauch fest wie einen Medizinball. »Herrlicher Blick, Lilian«, sagt er über die Schulter. »Komm mal her. Wie eine Postkarte. Palmen, Sand und See. Alles da.«

»Du weißt doch, daß ich die Höhe nicht vertrage«, sagt sie. »Und paß du auch auf, sonst wird dir wieder schwindlig.«

»Ach wo«, sagt er, kommt aber ins Zimmer zurück. Lilian sitzt im Bett und trinkt den Tee, den er ihr aufgebrüht hat. Im Badezimmer hängt ein schlauer kleiner Wasserkocher an der Wand samt zuvorkommend von der Direktion bereitgestellter Teebeutel und Tütchen mit löslichem Kaffee. Sidney hat heute früh des längeren mit sachkundigem Blick die Badezimmerarmaturen inspiziert und ist beeindruckt.

»Sag mal, bist du so da draußen gewesen?« fragt Lilian. »Du stehst ja fast im Freien.«

Sidney greift sich unter den Hängebauch und zieht den klaffenden Hosenschlitz zusammen. »Hat doch niemand gesehen. Terry und Tony scheinen noch nicht aufzusein.«

Lilian blickt stirnrunzelnd in ihre Tasse. »Was hältst du denn davon?«

»Wovon?«

»Von diesem Tony.«

»Scheint ganz nett zu sein. Ich hab noch nicht viel mit ihm reden können.«

»Findest du das nicht irgendwie komisch? Zwei Männer, die zusammen Urlaub machen. In ihrem Alter. In einem Zimmer . . .«

Sidney sieht sie mit großen Augen an. Da ist schon wieder diese leise kalte Angst, und er fröstelt. »Ich weiß gar nicht, was du meinst«, sagt er und wendet sich ab.

»Wo willst du denn hin?«

»Über so was red ich nicht«, sagt er.

Als der Krankenwagen an dem Hotel von Brian und Beryl Everthorpe vorbeifährt, drehen sie gerade »Erwachen in Waikiki – Tag eins«. In Wirklichkeit ist Beryl seit über einer Stunde wach, hat sich gewaschen, angezogen und sich, während Brian noch schlief, unten am Frühstücksbüfett gestärkt, aber als sie wieder nach oben kam, mußte sie sich nochmal ausziehen, in ihr Nachthemd schlüpfen und wieder ins Bett steigen. Jetzt steht Brian mit schußbereiter Kamera auf dem Balkon. Auf sein Stichwort hin soll Beryl sich aufsetzen, die Augen aufschlagen, sich gähnend recken, aus dem Bett steigen, ihr Negligé überwerfen, langsam auf den Balkon gehen und verzückt die Aussicht bewundern. In Wirklichkeit geht der Blick auf das gegenüberliegende Hotel, aber wenn er sich (von Beryl sicherheitshalber am Gürtel gehalten) ganz weit übers Geländer hängt, meint Brian, gelingt es ihm bestimmt, eine Totale von einem Stück Strand mit Palmen zu erwischen, die dann an der passenden Stelle eingebaut werden kann. »Action!« schreit er. Beryl wacht auf, steigt aus dem Bett, geht auf die geöffnete Schiebetür zu und gähnt überzeugend, aber als sie gerade den Balkon erreicht hat, jault unten der Krankenwagen. »Cut! Cut!« schreit Brian Everthorpe.

»Was?« Beryl ist stehengeblieben.

»Die Kamera hat ein eingebautes Mikro«, erklärt Brian. »Einen Krankenwagen können wir auf der Tonspur nicht gebrauchen, so was macht die ganze Stimmung kaputt.«

»Ach so«, sagt Beryl. »Muß ich das jetzt alles noch mal machen?«

»Ja«, sagt Brian. »Bißchen mehr Ausschnitt bitte! Und übertreib's nicht mit dem Gähnen.«

Roger Sheldrake hört den Krankenwagen, ohne sich von dem Geräusch ablenken zu lassen. Er ist seit Stunden auf, sitzt, mit Notizbuch, Fernglas und Zoom-Kamera bewaffnet, auf dem Balkon seines Zimmers hoch oben im Wyatt Regency, und ist mit Feuereifer dabei, am Swimmingpool des großen Hotels gegenüber rituelle Verhaltensweisen zu beobachten, im Bild festzuhalten und zu dokumentieren. Auftakt war in den frühen Morgenstunden das Bereitmachen des Pools durch das Hotelpersonal: Abspritzen des Poolbereichs, Abfischen des Beckens mit einem Netz an langem Stiel zwecks Entfernung etwaiger Fremdkörper, Aufstellung der Plastikliegen und Plastiktische in ordentlichen Reihen, Verteilung wasserfester Auflagen, Stapeln sauberer Handtücher in dem kleinen Kiosk am Pool. Um halb neun waren dann die ersten Gäste aufgetaucht und hatten ihre Stammplätze belegt. Jetzt, um elf, ist kaum ein Liegeplatz mehr frei, zwischen den Reihen gehen Kellner mit Tabletts herum, auf denen sie den Gästen Getränke und kleine Snacks bringen.

Der Pool ist, wie Roger Sheldrake aus seinen Recherchen weiß, in den meisten Fällen eigentlich nicht zum Schwimmen gedacht. Er ist klein und unregelmäßig geformt, so daß es fast unmöglich ist, richtige Bahnen zu schwimmen, ja, man kann eigentlich kaum ein paar Züge tun, ohne an den Rand oder gegen andere Badende zu stoßen. Im Grunde ist der Pool ausschließlich dazu da, daß man um ihn herumsitzt oder -liegt und Drinks konsumiert. Weil es mit dem Schwimmen nichts Rechtes wird, setzen den Gästen Hitze und Durst zu, so daß sie zahlreiche Drinks bestellen, die mit kostenlosen Salznüssen serviert werden, um den Durst noch zu vergrößern und die Bestellung weiterer Drinks zu fördern. Trotzdem ist der Pool – noch in seiner minimalsten Form – ein *sine qua non*, das Herzstück des Rituals. Die meisten Sonnenanbeter gehen wenigstens einmal kurz ins Wasser, man kann es nicht Schwimmen nennen, eher ein Untertauchen. Eine Art Taufe.

Roger Sheldrake macht sich eine Notiz. Das Jaulen des Krankenwagens verklingt in der Ferne.

Sue Butterworth und Dee Ripley haben den Krankenwagen weder gehört noch gesehen. Sie schlafen beide noch, weil sie wegen der Zeitverschiebung mitten in der Nacht aufgewacht sind und Schlaftabletten geschluckt haben, zudem hat ihr Doppelzimmer im Waikiki Coconut Grove keinen Balkon, da es sich preislich am unteren Ende des Travelwise-Angebots befindet. Doch wenige Minuten, nachdem der Krankenwagen vorbeigefahren ist, läutet an Dees Bett das Telefon. Verschlafen tastet sie nach dem Hörer und krächzt: »Hallo?«

»Aloha«, sagt eine singende Frauenstimme. »Sie wollten geweckt werden. Wir wünschen Ihnen einen schönen Tag.«

»Was?«

»Aloha. Sie wollten geweckt werden. Wir wünschen Ihnen einen schönen Tag.«

»Ich hab keinen Weckauftrag gegeben«, sagt Dee böse.

»Aloha. Sie wollten geweckt werden. Wir wünschen Ihnen einen schönen Tag.«

»Hab ich mich nicht klar genug ausgedrückt, blöde Kuh?« schreit Dee ins Telefon. »Sie können mich mal mit Ihrem Scheiß-Weckauftrag!«

»Was ist denn, Dee?« fragt Sue schlaftrunken vom Nebenbett.

Dee hält den Hörer vom Ohr weg und betrachtet ihn in aufdämmerndem Verständnis und voll ohnmächtiger Wut. Schwach ist die singende Stimme zu vernehmen: »Aloha. Sie wollten geweckt werden. Wir wünschen Ihnen einen schönen Tag.«

6

Das Sankt Joseph war ein bescheiden proportionierter Bau aus beigefarbenem Beton und getöntem Glas, an einer grünen Vorortstraße in den Hügeln gelegen, oberhalb der Hafenanlagen von Honolulu. Tief unten in dem flachen Industriegelände blinkten silbrige Öltanks zwischen Lagerhäusern und Kränen. Die Unfallstation vermittelte einen Eindruck gelassen-unauffälliger Effizienz, die Bernard als wohltuend empfand. Der alte Mr. Walsh wurde gleich zur Untersuchung und Durchleuchtung in den sogenannten Traumasaal gerollt, während Bernard von einer Krankenhausangestellten beiseite genommen wurde, einer Asiatin, deren Namensschild an der gestärkten weißen Bluse sie als Sonia Mee auswies. Sie bat ihn, am Schreibtisch Platz zu nehmen, brachte ihm Kaffee in einem Plastikbecher, und dann ging es wieder einmal ans Ausfüllen eines Formulars. Als die Frage nach der Versicherung an die Reihe kam, gestand Bernard, daß er nicht wußte, inwieweit sie die Kosten decken würde. Keine Sorge, meinte Sonia Mee, sie würden erst einmal abwarten, ob sein Vater überhaupt hierbleiben müsse.

Nach ein paar Minuten kam ein junger Arzt in hellblauem Krankenhauskittel in die Aufnahme. Ja, Mr. Walsh würde in der Tat im Krankenhaus bleiben müssen. Er hatte einen Beckenbruch. Offenbar hätte der Bruch schlimmer und an einer ungünstigeren Stelle sein können, er würde sich vermutlich mit zwei oder drei Wochen Bettruhe ausheilen lassen, aber sie würden in jedem Fall einen Facharzt zuziehen müssen, einen der Orthopäden, mit denen die Klinik zusammenarbeitete, sofern Bernard keine besonderen Wünsche hatte. Die hatte er nicht, erkundigte sich aber besorgt nach den Kosten. »Es wäre schon gut«, sagte Sonia Mee, »wenn Sie uns so schnell wie möglich den Namen Ihrer Versicherung geben könnten.« Er würde die Police sofort holen, sagte Bernard. »Nicht nötig.

Rufen Sie uns einfach an und sagen Sie uns die Angaben durch. Und machen Sie sich inzwischen keine Sorgen um Ihren Vater. Bei uns steht der Patient an erster Stelle.« Bernard wäre ihr am liebsten um den Hals gefallen.

Er ging in den Traumasaal, wo sein Vater noch auf der Trage lag, und erstattete so knapp und beruhigend wie möglich Bericht. Der alte Herr machte die Augen nicht auf, seine Lippen wurden schmal, und die Mundwinkel senkten sich nach unten, aber er nickte ein paarmal und schien begriffen zu haben, was man ihm sagte. Von einer Krankenschwester erfuhr Bernard, daß gerade im Haupthaus ein Bett für Mr. Walsh zurechtgemacht wurde. Bernard versprach, später noch einmal vorbeizukommen.

Als er draußen auf der Freitreppe gerade überlegte, wie er nach Waikiki zurückkommen sollte, fuhr ein Taxi vor, das einen Patienten zur ambulanten Behandlung brachte, und Bernard stieg kurz entschlossen ein. Auf der Autobahn herrschte starker Verkehr, und der Fahrer hob verzweifelt die Hände gen Himmel, als auf allen Spuren wieder mal nichts mehr ging. »Wird immer schlimmer«, sagte er, was Bernard eine durchaus treffende Beschreibung seiner eigenen Situation dünkte. Er war nach Hawaii gekommen, um seiner kranken Tante zu helfen, und hatte es bisher nur so weit gebracht, daß sein Vater überfahren worden war. Noch nicht mal bei Ursula war er gewesen, die sich inzwischen bestimmt fragte, wo er wohl abgeblieben war. Daß er in der Kaolo Street buchstäblich den letzten Dollar zusammenkratzen mußte, um das Taxi zu zahlen, erinnerte ihn nachdrücklich daran, daß ein Besuch bei der Bank fällig war, ehe er zu Ursula fahren konnte.

Als er im dritten Stock aus dem Fahrstuhl stieg, stand Mrs. Knoepflmacher vor ihm, die gerade nach unten fahren wollte. Sie nahm interessiert seine ziemlich aufgelöste, vaterlose Erscheinung zur Kenntnis und sah ihn erwartungsvoll an, aber er rief ihr nur über die Schulter einen Gruß zu und machte, daß er in seine Wohnung kam. Seine erster Griff galt der Versicherungspolice in seiner Aktentasche. Herzklopfend überflog er das Kleingedruckte – aber es war alles in Ordnung: Die Versicherung seines Vaters deckte medizinische Versorgung bis zu einer Höhe von einer Million Pfund. Mehr konnte wohl nicht mal eine amerikanische Klinik für einen Beckenbruch verlangen. Bernard sank in einen Sessel und segnete den Reisebüromenschen in Rummidge. Dann rief er Sonia Mee an, gab die gewünschten Einzelheiten der Police durch und versprach, das Schriftstück später mitzubringen. Dann rief er in Ursulas Pflegeheim an und bat, ihr auszurichten, er sei aufgehalten worden. Dann ging er zur Bank.

Es war später Nachmittag geworden, bis er endlich vor Ursula stand. Das »Pflegeheim« entpuppte sich als ein relativ kleines Privathaus, ein Bungalow in einer ziemlich heruntergekommenen Gegend am Rande von Honolulu, nicht sehr weit von Sankt Joseph entfernt, aber näher an der Autobahn. Die Straße war wie ausgestorben. Das einzige Geräusch an diesem schwülen Nachmittag war hier das ferne Summen des Verkehrs, als er seinen Leihwagen parkte, ausstieg und einen Augenblick stehenblieb, um Hemd und Hose zu lockern, die ihm an der schweißnassen Haut klebten. Der Wagen war ein beigefarbener Honda, der schon 93 000 Meilen auf dem Tacho hatte, mit Plastiksitzen, ohne Klimaanlage – das Billigste, was er hatte bekommen können. Vor dem Haus war kein Namensschild, eine handgepinselte Hausnummer prangte auf dem Briefkasten, der schief und krumm an einen morschen Pfahl genagelt war. Das Haus stand auf Backsteinstützen und war von einer Wildnis aus Bäumen und ungepflegten Büschen umgeben. Drei ausgetretene Holzstufen führten zur Veranda. Die Haustür stand offen, nur die Fliegenschutztür war zu. Irgendwo im Haus greinte ein Kleinkind. Der Laut verstummte abrupt, als Bernard den Klingelknopf drückte, der hinten im Haus ein schepperndes Geräusch erzeugte. Eine dünne braunhäutige Frau in grellfarbigem Hauskittel kam zur Tür und bat ihn unterwürfig lächelnd herein.

»Mister Walsh? Ihr Tantchen wartet schon den ganzen Tag auf Sie.«

»Haben Sie ihr nicht ausgerichtet, daß ich angerufen habe?« fragte Bernard besorgt.

»Aber klar doch.«

»Wie geht es ihr?«

»Nicht gut. Sie ißt nichts, Ihr Tantchen. Ich koche gut für sie, aber sie ißt nichts«, sagte die Frau in einschmeichelndem, etwas weinerlichem Ton. Die Diele wirkte, wenn man aus dem grellen Tageslicht kam, sehr dunkel, und Bernard blieb einen Augenblick stehen, um sich zu orientieren. Die Figur eines nur mit einem Hemdchen bekleideten Zwei- oder Dreijährigen tauchte aus der Düsternis hoch wie ein fotografisches Bild im Entwicklerbad. Der Junge sah daumenlutschend aus großen weißen Augen zu Bernard hoch. Ein Rotzfaden lief ihm aus einem Nasenloch in den Mundwinkel.

»Sie hat eben nicht viel Appetit, Mrs. . . . . äh . . .?«

»Jones«, sagte die Frau zu seiner Überraschung. »Mrs. Jones heiß ich. Sie können denen im Krankenhaus sagen, daß ich gut für Ihr Tantchen koche, okay?«

»Sie geben bestimmt Ihr Bestes, Mrs. Jones.« Die Worte klangen steif und gestelzt, fand Bernard, hatten aber auch einen irgendwie vertrauten Klang. Wenn er die Augen schloß, fühlte er sich in die Diele eines der Sozialreihenhäuschen zurückversetzt, in denen er seine Krankenbesuche gemacht hatte, nur daß es hier anders nach Essen roch – süßlich und stark gewürzt.

»Kann ich jetzt bitte zu meiner Tante?«

»Aber klar doch.«

Er folgte Mrs. Jones und dem Jungen über den Gang. Ihre nackten Sohlen klatschten auf den polierten Holzboden, und er überlegte, ob er vielleicht im Haus auch die Schuhe hätte ausziehen sollen. Die Frau klopfte an eine Tür und machte auf, ohne die Antwort abzuwarten.

»Hier bring ich Ihnen Ihren Besuch, Mrs. Riddell. Ihren Neffen aus England.«

Ursula lag auf einem niedrigen Rollbett unter einer dünnen Baumwolldecke, aus der nur der eingegipste Arm in der Schlinge hervorsah. Sie hob den Kopf, als er ins Zimmer kam, und streckte ihm zum Gruß den gesunden Arm entgegen. »Bernard«, sagte sie heiser. »Wie schön, daß du da bist.« Er nahm ihre Hand und gab ihr einen Kuß auf die Wange, und sie sank, noch immer seine Hand festhaltend, auf das Kissen zurück. »Danke«, sagte sie. »Danke, daß du gekommen bist.«

»Ja, dann laß ich euch beiden Hübschen mal allein«, sagte Mrs. Jones und machte die Tür hinter sich zu.

Bernard zog sich einen Stuhl ans Bett und setzte sich. Obgleich er nicht zum erstenmal einer Krebspatientin gegenübersaß, erschütterte ihn der Anblick der kläglich dünnen Glieder, der stumpfen, gelblichen Haut, der scharfen Umrisse des Schlüsselbeins unter dem dünnen Baumwollnachthemd. Nur die tief in den Höhlen liegenden Augen – himmelblau wie die seines Vaters – waren unvermindert wach und lebendig. Er konnte kaum glauben, daß diese ausgemergelte weißhaarige alte Dame einst jene dralle, lebhafte blonde Frau mit dem Pünktchenkleid gewesen war, die vor Jahren sein Elternhaus in Brickley heimgesucht und seine verdutzte, leicht schockierte Familie mit amerikanischem Konfekt und amerikanischen Lauten überschüttet hatte. Aber sie war unverkennbar seine Tante. Die Walsh'sche Kopfform, die hohe Stirn, die schmalen, scharf geschnittenen Züge traten überdeutlich hervor – fast wie bei einem Totenschädel. Es war wie eine mahnende Vorausschau auf das Bild, das sein Vater – oder er selbst – auf dem Totenbett bieten würde.

»Wo ist Jack?« fragte Ursula.

»Es tut mir sehr leid, aber Daddy hatte einen Unfall.« Bernard merkte überrascht, wie groß seine Enttäuschung war, als er Ursula dieses Geständnis machen mußte, und er begriff, daß er sich in der letzten Woche eine Art sentimentale Wunschvorstellung zusammengeträumt hatte, in der er stolz über einem rührenden Wiedersehen von Bruder und Schwester präsidierte – mit Tränen, Lächeln und schluchzenden Geigen. Nicht nur die Hüfte seines Vaters, sondern auch seine eigene Eitelkeit hatte durch den Unfall einen Knacks bekommen.

»Ach du liebe Güte«, sagte Ursula, als er ihr Bericht erstattet hatte. »Das ist ja schlimm. Er wird mir die Schuld geben.«

»Nein, mir«, sagte Bernard. »Ich mache mir ja selber Vorwürfe.«

»Du konntest nichts dafür.«

»Ich hätte besser auf ihn aufpassen müssen.«

»Jack ist schon immer völlig hemmungslos über die Straße gelaufen. Als wir Kinder waren, hat er Mummy damit wahnsinnig gemacht. Und die Versicherung zahlt wirklich alles?«

»Ja, so sieht es aus. Einschließlich Rücktransport, denn wir werden nun wohl länger als die vorgesehenen vierzehn Tage bleiben müssen.«

»Dabei fällt mir ein ... hast du dir das Geld von meiner Bank geholt?«

»Ja.« Er klopfte auf die dicke Brieftasche, die er in die Brusttasche seines Hemds gesteckt hatte.

»Bist du nicht gescheit, Bernard? Man läuft hier nicht mit zweieinhalbtausend Dollar Bargeld durch die Gegend.«

»Ich bin gleich von der Bank aus zu dir gefahren.«

»Sie hätten dich ausrauben können. Waikiki wimmelt heutzutage von kriminellen Elementen. Tu mir die Liebe und wechsle das Geld in Reiseschecks um oder versteck es in der Wohnung. Ich habe dafür eine braune Keksdose in der Küche.«

»Ja, gut. Aber jetzt zu dir, Ursula. Wie fühlst du dich?«

»Okay. Oder nein, eigentlich nicht besonders, wenn ich ehrlich sein soll.«

»Schmerzen?«

»Nicht sehr. Ich habe meine Pillen.«

»Mrs. Jones sagt, daß du nicht viel ißt.«

»Ihre Sachen schmecken mir nicht. Sie kommt von den Fidschi-Inseln oder den Philippinen oder so, da essen sie eben anders.«

»Aber du mußt essen.«

»Ich habe keinen Appetit. Seit ich hier bin, leide ich an Verstopfung, das liegt wohl an den Schmerzmitteln. Und es ist so verdammt heiß.« Sie fächelte sich mit der Decke Kühlung zu. »Bis in diese Ecke von Honolulu scheinen die Passatwinde sich nicht zu verirren.«

Bernard sah sich in dem kleinen, kahlen Zimmer um. Der Rolladen war kaputt und hing schief herunter, so daß man nur ein Stück des Gartens sah, der offenbar hauptsächlich als Lagerplatz für ausrangierte Haushaltsgeräte – Kühlschränke und Waschmaschinen – diente, die dort, schon halb überwachsen, still vor sich hin rosteten. An einer Wand war ein Fleck, dort hatte es offenbar mal durchgeregnet. Auf dem Holzboden lag Staub. »Hat die Klinik nichts Besseres für dich finden können?«

»Es war das Billigste, was sie hatten. Meine Versicherung sieht nur Krankenhauspflege vor, keine Nachsorge. Ich bin nicht reich, Bernard.«

»Aber dein Mann, dein Ex-Mann meine ich . . .«

»Ja, weißt du, Unterhaltszahlungen hören auch mal auf. Außerdem ist Rick tot. Seit ein paar Jahren schon.«

»Das wußte ich nicht.«

»Keiner von der Familie weiß es, ich habe es niemandem erzählt. Ich lebe hauptsächlich von meiner Rente, und das ist nicht so einfach. Honolulu hat die höchsten Lebenshaltungskosten in den Staaten. Fast alles muß eingeführt werden. Paradiessteuer nennen sie das hier.«

»Aber du hast doch gespart?«

»Ein bißchen was, aber es könnte mehr sein. In den siebziger Jahren habe ich mich bös verspekuliert und viel verloren. Jetzt habe ich nur noch Standardwerte, aber 1987 sind die ganz schön in den Keller gefallen.« Sie zuckte wie in jähem Schmerz zusammen und rückte sich unter der Decke zurecht.

»Besucht dein Spezialist dich hier?«

»Mrs. Jones kann ihn in der Klinik anrufen, wenn sie es für nötig hält, aber allzu gern sehen sie das nicht.«

»War er überhaupt schon mal da?«

»Nein.«

»Ich werde mit ihm sprechen. Mrs. Knoepflmacher hat mir die Nummer gegeben.«

Ursula verzog das Gesicht. »Du hast also Sophie kennengelernt.«

»Sie macht einen sehr netten Eindruck.«

»Diese Person muß überall ihre Nase reinstecken. Der darfst du nichts erzählen, sonst ist es im Handumdrehen im ganzen Haus rum.«

»Sie war sehr hilfsbereit, als Daddy und ich ankamen, sie hat uns vom Flughafen abgeholt.«

»Der arme Jack!« klagte Ursula. »Es ist wirklich unfair. Da reist ihr um die halbe Welt, um eine arme kranke alte Frau zu besuchen, und kaum seid ihr da, wird einer von euch überfahren. Warum läßt Gott solche Sachen zu?«

Bernard schwieg.

Ursula sah ihn aus ihren himmelblauen Augen scharf an. »Du glaubst doch noch an Gott, Bernard?«

»Nicht direkt.«

»Nein? Du, das enttäuscht mich sehr.« Ursula schloß die Augen und machte ein trauriges Gesicht.

»Du wußtest doch aber, daß ich nicht mehr in der Kirche bin?«

»Ich wußte, daß du nicht mehr Priester bist, aber daß du mit dem Glauben ganz Schluß gemacht hast, ist mir neu.« Sie schlug die Augen wieder auf. »Es gab da eine Frau, die du heiraten wolltest, nicht?«

Bernard nickte.

»Und daraus ist nichts geworden?«

»Nein.«

»Und danach wollten sie dich nicht mehr, was? Als Priester, meine ich.«

»Ich wollte nicht mehr, Ursula. Meinen Glauben hatte ich schon lange vorher verloren. Ich hatte nur noch so getan als ob und nicht den Mut gehabt, den entscheidenden Schritt zu tun. Daphne war nur ein ... Katalysator.«

»Was ist denn das? Hört sich an wie etwas Unangenehmes, was sie dir im Krankenhaus verpassen, wenn du kein Wasser lassen kannst.«

»Ich glaube, du meinst einen Katheter«, sagte Bernard lächelnd. »Ein Katalysator ist ein chemischer Begriff, der –«

»Ist schon gut, Bernard. Ich kann in Frieden sterben, ohne zu wissen, was ein Katalysator ist. Wir haben über Wichtigeres zu reden. Ich hatte gehofft, du könntest mich in der einen oder anderen Glaubensfrage beraten. Bei manchen Sachen fällt es mir immer noch schwer, sie fraglos hinzunehmen ...«

»Da bist du bei mir leider an der falschen Adresse. Ich fürchte, daß ich in jeder Beziehung eine große Enttäuschung für dich bin.«

»Aber nein! Es ist mir ein großer Trost, daß du hier bist.«

»Möchtest du sonst noch etwas mit mir besprechen?«

Ursula seufzte. »Ja, weißt du, es muß alles mögliche entschieden werden. Ob ich die Wohnung aufgeben soll zum Beispiel.«

»Das wäre vielleicht sinnvoll«, sagte Bernard. »Wenn...«

»Wenn ich sowieso nie wieder dort lebe?« half Ursula nach. »Aber was soll ich dann mit meinen Sachen anfangen? Einlagern? Zu teuer. Verkaufen? Eine scheußliche Vorstellung, daß Typen wie Sophie Knoepflmacher in meinen Sachen herumwühlen. Und wo soll ich hin? Hier kann ich nicht ewig bleiben.«

»In ein richtiges Pflegeheim vielleicht.«

»Hast du eine Vorstellung davon, was die kosten?«

»Nein, aber ich könnte mich erkundigen.«

»Ein Vermögen, sage ich dir!«

»Laß uns jetzt mal praktisch denken, Ursula. Du hast über deine Rente hinaus einige realisierbare Werte. Wenn wir zusammenzählen, was dabei herauskommt —«

»Wenn ich meine Aktien verkaufe? Und vom Kapital lebe? Nein, das möchte ich nicht.« Ursula schüttelte heftig den Kopf. »Was ist, wenn das Geld weg ist, ehe ich tot bin?«

»Wir könnten versuchen, dagegen vorzusorgen«, sagte Bernard.

»Ich will dir sagen, was dann wäre. Sie würden mich in ein staatliches Heim stecken. Ich hab mal einen Besuch in so einem Haus gemacht. Irgendwo ganz weit draußen auf dem Land. Ordinäres Volk, manche total daneben. Und ein Geruch, als ob die meisten einnässen. Sie saßen alle zusammen in einem großen Raum an der Wand.« Sie schüttelte sich. »Da würde ich glatt sterben.«

Sterben... Das Wort hallte wie Hohn in der feuchten Luft.

»Du solltest es mal von einer anderen Warte sehen«, sagte Bernard. »Was hätte es für einen Sinn, deine Ersparnisse nicht auszugeben? Warum willst du dir nicht den Rest deines Lebens noch so angenehm wie möglich machen?«

»Ich will nicht als Sozialfall sterben. Ich möchte etwas behalten, was ich jemandem hinterlassen kann. Dir zum Beispiel.«

»Unsinn. Ich brauche dein Geld nicht.«

»Bei unseren Gesprächen letzte Woche hatte ich einen anderen Eindruck...«

»Ich brauche es nicht, und ich will es nicht.« Auf eine fromme Lüge mehr oder weniger kam es jetzt schon nicht mehr an. »Und die anderen ebensowenig.«

»Wenn's bei mir nichts zu erben gibt, werdet ihr alle mich sehr bald vergessen haben, dann bleibt überhaupt nichts von mir. Ich habe keine Kinder, habe nichts aus meinem Leben gemacht. Was könnten sie auf meinen Grabstein schreiben? ›Sie hat raffiniert Bridge gespielt.‹ ›Mit 69 konnte sie noch eine halbe Meile schwimmen.‹ ›Ihre Schokoladentoffees waren sehr beliebt.‹ Ja, und das war's dann schon.« Ursula angelte ein Papiertaschentuch aus einer Schachtel am Bett und wischte sich die Augen.

»Ich werde dich nicht vergessen«, sagte Bernard sanft. »Ich werde nie deinen Besuch in London vergessen, als ich ein Junge war, und dein rotweißes Kleid.«

»Richtig, dieses Kleid... Weiß mit roten Punkten, nicht? Aber daß du das noch weißt...« Ursula lächelte, sichtlich erfreut und in Erinnerungen versunken.

Bernard sah auf die Uhr. »Jetzt muß ich aber los. Ich will noch mal ins Krankenhaus, um nach Daddy zu sehen. Bis morgen.« Er küßte sie auf die knochige Wange und ging.

In der dunklen Diele überfiel ihn Mrs. Jones. »Ihr Tantchen okay?«

»Die Verstopfung macht ihr zu schaffen.«

»Weil sie nichts ißt.«

»Ich werde mit ihrem Arzt sprechen.«

»Sagen Sie ihm, daß ich gut für Ihr Tantchen koche, okay?«

»Ja, Mrs. Jones«, sagte Bernard geduldig und machte, daß er weg kam.

Er hatte den Wagen in der Sonne abgestellt, und die Hitze im Innenraum verschlug ihm buchstäblich den Atem. Der Plastiksitz versengte ihm durch die Hose hindurch die Schenkel, und das Lenkrad war so heiß, daß er es kaum anfassen konnte. Trotzdem war er froh, dem dunklen, stickigen Haus und Ursulas bedrückendem Krankenzimmer entkommen zu sein.

Das Gefühl war ihm von seinen Krankenbesuchen her vertraut – das selbstsüchtige, aber unbezähmbare Wiederaufleben der Lebensgeister, wenn die Haustür sich hinter einem geschlossen hatte, die animalische Genugtuung, daß man selber gesund und beweglich war und nicht krank und ans Bett gefesselt.

Er stellte den Automatikhebel auf D und drehte den Zündschlüssel, ohne daß sich etwas tat, und es kostete ihn etliche Minuten schweißtreibender Angst, bis er begriffen hatte, daß der Wagen sich nur in der Parkposition starten ließ. Heute vormittag bei der Leihwagenfirma hatte er das Fahrzeug mit laufendem Motor übernommen. Er fuhr zum erstenmal einen Automatikwagen, und seine Fahrt zum Haus von Mrs. Jones war ziemlich nervenaufreibend gewesen. Beim Beschleunigen ging sein linker Fuß unwillkürlich immer zum Bremspedal, als müsse er über die Kupplung in den nächsten Gang schalten, woraufhin der Wagen sich in einer kreischenden Notbremsung stillsetzte und ein empörtes Hupkonzert seiner dicht auffahrenden Hintermänner provozierte. Als Gegenmittel hatte er sich angewöhnt, den linken Fuß unter dem Fahrersitz zu verstecken, obschon er dadurch genötigt war, einigermaßen krüppelhaft-verkrümmt am Steuer zu sitzen. Auch jetzt machte er es so, als er mit dem rechten Fuß von der Bremse zum Gas ging. Der Wagen fuhr gehorsam und ohne Rucken an, und über Bernards Gesicht ging unwillkürlich ein kindlich-beseligtes Lächeln. Er war schon immer gern Auto gefahren, und das Schwebend-Mühelose der automatischen Schaltung machte diese Art der Fortbewegung zu einem echten Genuß. Er kurbelte die Scheibe herunter und ließ die kühle Brise ein.

In Sankt Joseph gab er den Versicherungsschein Sonia Mee, die mit dem, was sie dort las, offenbar zufrieden war. Sein Vater war inzwischen ins Haupthaus verlegt, vom Tropf genommen und sediert worden. Er lag in einem Krankenhausnachthemd hinter einem Wandschirm in einem Zweibettzimmer und atmete ruhig und gleichmäßig. Die Stationsschwester sagte Bernard, was er am nächsten Tag an Kleidung und Toilettenartikeln mitbringen sollte. Er dachte an den verschossenen, ungeschickt gestopften Uraltpyjama mit den zwei fehlenden Knöpfen, in dem sich sein Vater gestern zu Bett gelegt hatte, und beschloß, ihm auf dem Heimweg zwei neue Schlafanzüge zu kaufen.

Die Empfangsschwester in der Halle empfahl ihm dafür das Kaufhaus Penney und beschrieb ihm den Weg zum Ala Moana Shopping Center, einem riesigen Komplex über einer noch riesigeren Tiefgarage, wo er gute dreißig Minuten völlig verloren zwischen Brunnen und Grünpflanzen und glitzernden, musikberieselten Boutiquen umherirrte, die alle nur erdenklichen Waren – mit Ausnahme von Herrenschlafanzügen – feilboten, bis er am oberen Ende einer Rolltreppe glücklich das Kaufhaus Penney entdeckt hatte, wo er seine Einkäufe tätigte. Für sich kaufte er bei dieser Gelegenheit gleich ein paar leichte Sachen, zwei kurzärmlige Hemden, Khakishorts und eine Cotton-Freizeithose. Die Verkäuferin machte Stielaugen, als er zwei Hundertdollarscheine von dem Packen in seiner Brieftasche blätterte. In Ursulas Wohnung brachte er dann gewissenhaft den größten Teil des Geldes in der bewußten Keksdose unter. Er rief im Geyser Hospital an und ließ sich für den nächsten Vormittag einen Termin bei Ursulas Spezialisten geben. Dann setzte er sich in einen Sessel und fing an, all die Dinge, die noch erledigt werden mußten, in einer Liste zusammenzustellen – Höhe von Ursulas Rücklagen ermitteln, Erkundigungen wegen der Pflegeheime einziehen –, bis ihn jäh lähmende Müdigkeit überfiel. Er nahm sich vor, nur mal kurz die Augen zuzumachen, und schlief sofort ein.

Das Telefon weckte ihn. Acht Uhr. Draußen war es schon fast dunkel. Er hatte fast eine volle Stunde geschlafen.

»Hallo, hier Yolande Miller«, sagte eine Frauenstimme.

»Wer?«

»Der Unfall heute früh... Ich bin die Frau, die am Steuer saß.«

»Ach so. Entschuldigen Sie bitte, ich war noch nicht ganz da.« Er unterdrückte ein Gähnen.

»Ich wollte nur fragen, wie es Ihrem Vater geht.«

Bernard berichtete kurz.

»Freut mich, daß es nicht schlimmer ist«, sagte Yolande Miller. »Aber Ihren Urlaub können Sie jetzt wohl abschreiben.«

»Wir sind nicht auf Urlaub hier«, sagte Bernard und erzählte ihr, warum sie nach Hawaii gekommen waren.

»Das tut mir aber leid. Ihr Vater hat also seine Schwester noch gar nicht gesehen?«

»Nein, sie sind nur ein paar Meilen voneinander entfernt, aber da sie beide ans Bett gefesselt sind, könnten es ebensogut tausend sein. Irgendwann wird es mit einem Treffen wohl doch klappen, aber es ist schon ein rechtes Trauerspiel.«

»Machen Sie sich keine Vorwürfe«, sagte Yolande Miller.

»Wie bitte?« Bernard glaubte sich verhört zu haben.

»Ich habe den Eindruck, daß Sie sich für den Unfall verantwortlich fühlen.«

»Natürlich mache ich mir Vorwürfe«, brach es aus ihm heraus. »Die ganze Expedition war meine Idee. Das heißt, nicht direkt meine Idee, aber ich habe alles organisiert, ich habe meinen Vater zum Mitkommen überredet. Hätte ich ihn nicht hergeschleppt, wäre er nicht unter Ihr Auto gekommen. Statt in einem fremden Land im Krankenhaus zu liegen und Schmerzen zu leiden, säße er gesund und munter in seinen eigenen vier Wänden. Natürlich mache ich mir Vorwürfe.«

»Im Grunde bin ich ja in derselben Situation. *Yolande,* könnte ich mir sagen, *du hättest dir denken müssen, daß der Alte auf die Fahrbahn läuft, du hättest nicht nach Waikiki zum Einkaufen fahren dürfen –* ... das mache ich nämlich so gut wie nie, aber ich hatte in der Zeitung gelesen, daß da ein Ausverkauf von Sportsachen ist ... All das könnte ich mir sagen. Aber es würde nichts ändern. Was passiert ist, ist passiert. Man muß es verarbeiten und weitermachen. Sie denken wahrscheinlich, daß mich das überhaupt nichts angeht.«

»Aber nein«, sagte Bernard, obgleich der Gedanke natürlich nicht von der Hand zu weisen war.

»Ich bin nämlich Lebensberaterin. Es ist eine Art Reflex bei mir.«

»Ja, dann schönen Dank für den Rat, er ist natürlich sehr vernünftig.«

»Gern geschehen. Und gute Besserung für Ihren Vater.«

Bernard legte den Hörer auf. »Na so was...«, sagte er verblüfft in den leeren Raum hinein. Aber Yolande Millers aufdringlicher Anruf hatte ihn, wie er zu seiner eigenen Überraschung merkte, weniger geärgert als amüsiert. Und noch etwas merkte er plötzlich – daß er einen Bärenhunger hatte. Er war den ganzen Tag noch nicht zum Essen gekommen. In der Kühl-Gefrier-Kombination fand er nur das, was Mrs. Knoepflmacher ihnen zum Frühstück gekauft hatte, sowie ein paar Packungen tiefgefrorenes Gemüse und Eis. Er würde sich ein Restaurant suchen.

In diesem Moment klingelte es an der Wohnungstür. Vor ihm stand Mrs. Knoepflmacher. Sie hatte eine Plastikdose in der Hand.

»Ich dachte, Ihr Vater freut sich vielleicht über hausgemachte Hühnersuppe«, sagte sie.

»Sehr lieb von Ihnen, aber mein Vater ist leider im Krankenhaus.«

Er bat sie herein und berichtete ihr kurz von dem Unfall. Mrs. Knoepflmacher war fasziniert und empört zugleich. »Wenn Sie einen guten Anwalt brauchen«, sagte sie, als er fertig war, »kann ich Ihnen einen empfehlen. Sie werden doch bestimmt die Frau verklagen...«

»Aber nein, es war ausschließlich unsere Schuld.«

»So was darf man nie sagen«, erklärte Mrs. Knoepflmacher. »Und das Geld zahlt ja sowieso die Versicherung.«

»Ich habe im Augenblick andere Sorgen«, sagte Bernard. »Meine Tante zum Beispiel.«

»Wie geht's ihr denn?«

»Mäßig. Ich finde ihre Unterbringung ziemlich unbefriedigend.«

Sophie Knoepflmacher nickte verständnisinnig, als er ihr Mrs. Jones' Etablissement schilderte. »Ja, das kenne ich. Ein sogenanntes Nachsorgeheim. Die Frauen, die so was übernehmen, sind nicht entsprechend ausgebildet, es sind keine richtigen Krankenschwestern.«

»Den Eindruck hatte ich auch.«

»Gott bewahre mich davor, mein Leben an so einem Ort zu beenden«, sagte Mrs. Knoepflmacher mit frommem Augenaufschlag. »Zum Glück bin ich durch Mr. Knoepflmacher gut versorgt. Vielleicht möchten Sie die Suppe essen?«

Bernard nahm sie ihr ab, bedankte sich und stellte sie in den Kühlschrank. Sein Hunger verlangte nach kräftigerer Kost.

Auf der Kalakaua Avenue fand er ein Restaurant, das sich Paradies-Pasta nannte, preiswert und durchaus ansprechend aussah. Die Bedienung hieß Darlette, wie man auf dem Namensschild an ihrer Schürze lesen konnte. Sie stellte einen Krug Eiswasser auf den Tisch und sagte munter: »Wie geht's uns heute abend, Sir?«

»So lala«, erwiderte Bernard und überlegte, ob die Strapazen dieses Tages ihn so deutlich gezeichnet hatten, daß es sogar Wildfremde drängte, sich besorgt nach seinem Befinden zu erkundigen. Darlette sah ihn verblüfft an, und er begriff, daß die Erkundigung eine reine Höflichkeitsfloskel war. »Danke gut«, setzte er deshalb hinzu, und ihr Gesicht hellte sich wieder auf.

»Unsere Spezialität heute abend?« sagte sie.

»Ja, ich weiß nicht . . .« Bernard griff nach der Speisekarte. Doch der Satz war trotz der Intonation offenbar keine Frage, denn fast ohne Atem zu holen, nannte sie ihm besagte Spezialität, nämlich Spinat-Lasagne. Er bestellte Spaghetti Bolognese mit Salat und ein Glas roten Hauswein.

Überraschend schnell stellte Darlette eine riesige Schüssel Salat vor ihn hin und sagte: »Na dann mal in die vollen!«

»Wohin?« fragte Bernard verdutzt und dachte, er müsse sich vielleicht die Spaghetti selber holen, aber offenbar war auch das nur eine Floskel und bedeutete, daß man von ihm, ehe die Spaghetti auf den Tisch kamen, die restlose Vertilgung seines Salats erwartete. Brav kaute er sich durch die bunte, knackige, aber ziemlich fade Rohkost, bis ihm die Kinnbacken weh taten. Die Pasta aber war schmackhaft und die Portion sehr großzügig. Bernard aß hungrig und bestellte ein zweites Glas kalifornischen Zinfandel.

War es der Wein, der die seit dem Unfall auf ihm liegende Angst- und Schuldenlast ein wenig leichter machte? Schon möglich. Sonderbarerweise aber hatte ihm auch das Gespräch mit Yolande Miller gutgetan. Es war wie eine Art Beichte mit anschließender Absolution gewesen. Vielleicht, dachte er, sind

Lebensberater die Priester unserer weltlichen Zukunft, ja, vielleicht sind sie es jetzt schon. In welchem Rahmen mochte sie ihren Beruf ausüben? Yolande Miller, ein Oxymoron von einem Namen, eine groteske Paarung von Exotischem und Banalem. Er sah sie deutlich vor sich mit ihrem locker fallenden roten Kleid und dem schwarzglänzenden Haar, das ihr bis auf die Schultern fiel, in gerader, fast strammer Haltung, die braunen Arme an die Seite gelegt, die Stirn nachdenklich gerunzelt, während der Krankenwagen anfuhr. Bräunlicher Teint mit hohen Wangenknochen und voller Oberlippe. Kein schönes, aber ein starkes Gesicht.

Er zahlte und ging gemächlich über die Kalakaua Avenue zurück. Die Nacht war warm und feucht, auf dem Gehsteig herrschte das gleiche Gewimmel wie am Vorabend, als er aus Sophie Knoepflmachers Wagenfenster gesehen hatte (war er wirklich erst vierundzwanzig Stunden in Waikiki? Ihm kam es vor wie ein ganzes Leben). Eine entspannt schlendernde, schaufensterbummelnde, eisschleckende, an Strohhalmen nukkelnde Menschenmenge strömte an ihm vorbei, leicht und lässig gekleidet, in bunt gemusterten Hemden und T-Shirts mit Textaufdruck. Viele Passanten trugen an einem Gürtel kleine Reißverschlußtaschen um den Bauch und sahen dadurch aus wie eine ganz besondere Spezies Beuteltier. Popmusik dröhnte aus Einkaufspassagen und aus einem hell erleuchteten Basar, der sich International Market Place nannte und mit billigem Schmuck und zweifelhafter Volkskunst vollgestopft war. Die Insel war voller Geräusche. Nicht direkt süße Weisen, aber Calibans Feststellung

Manchmal sumsen tausend klimpernde Instrumente um mein Ohr

schien ihm für das allgegenwärtige Gewimmer der Hawaiigitarren durchaus treffend.

Am Eingang zu einem großen Hotel, aus dem lautsprecherverstärkte Beatmusik auf die Straße drang, blieb er stehen. Hinter den Toren, neben einem ovalen Swimmingpool, sah man einen großen offenen Platz mit Tischen und Stühlen unter bunten Lichterketten, wie eine Café-Terrasse auf einem impressionistischen Gemälde. Auf einer Bühne vollführten zwei

Tanzmädchen zur Begleitung einer dreiköpfigen Band gutgemeinte Verrenkungen. Von einem der Tische winkte ihm jemand lebhaft zu. Es war die junge Frau mit dem rosa-blauen Jogginganzug, die heute abend, ebenso wie ihre Freundin, ein flottes Baumwollkleid trug.

»Hallo! Setzen Sie sich und trinken Sie was mit uns«, sagte sie, als er zögernd näher trat. »Sie erinnern sich doch noch? Ich bin Sue, und das ist Dee.« Dee nahm seine Ankunft mit einem schmalen Lächeln und kurzen Nicken zur Kenntnis.

»Ja, gut, vielleicht einen Kaffee«, sagte er. »Schönen Dank.«

»Wissen wir eigentlich, wie Sie heißen?« sagte Sue.

»Bernard. Bernard Walsh. Wohnen Sie hier?«

»Ach wo, das könnten wir uns nie leisten. Aber hier kann jeder sitzen, der was trinkt. Von denen haben wir schon zwei intus.« Kichernd deutete sie auf ein hohes Glas, in dem Stücke tropischer Früchte in einer perlenden rosa Flüssigkeit schwammen. Zwei Strohhalme und ein Plastikschirmchen ragten über den Glasrand. »Hawaiian Sunrise. Köstlich, nicht, Dee?«

»Man kann's trinken«, sagte Dee, ohne die Bühne aus den Augen zu lassen. Zwei vollbusige Blondinen in BH und Röckchen aus glänzenden blauen Plastikstreifen drehten und wanden sich zu einer Art hawaiischer Rockmusik. Ihr starres, gelacktes Lächeln streifte, Suchscheinwerfern gleich, über die Zuschauer hin.

»Hula-hula«, bemerkte Sue.

»Sehr echt sieht es nicht aus«, sagte Bernard.

»Ausgesprochener Talmi«, sagte Dee. »Da habe ich schon echtere Hula-Tänze im Londoner Palladium gesehen.«

»Wart nur ab«, sagte Sue, »bis wir im Polynesian Cultural Center sind. Sie wissen doch...«, sagte sie zu Bernard, als sie seinen fragenden Blick bemerkte. »Polynesisches Kunstgewerbe, Kanufahrten, Eingeborenentanz. Eine Art Disneyland, glaube ich. Also nicht direkt Disneyland«, schränkte sie rasch ein, als sei ihr gerade noch eingefallen, daß diese Bezeichnung nicht eben eine ethnische Echtheitsgarantie war. »Es ist eine Art Park auf der anderen Seite der Insel. Man fährt mit dem Bus hin. Sie sollten Ihren Vater mitnehmen, das würde ihm Spaß machen. Wir wollten eigentlich am Montag hin, nicht, Dee?«

»Mein Vater wird leider vorläufig nirgendwohin fahren können«, sagte Bernard und gab wieder einmal seine traurige Geschichte zum besten. Er kam sich langsam vor wie der alte Seemann in dem berühmten Coleridge-Gedicht. Sue stieß verständnisvolle Laute des Kummers und der Bestürzung aus, als er den Unfall und seine Folgen schilderte, schnappte erschrocken nach Luft im Augenblick des Aufpralls, zuckte zusammen, als Bernard versuchte, seinen Vater umzudrehen, und seufzte erleichtert beim Eintreffen des Krankenwagens. Selbst Dee schien Bernards Geschichte nicht unberührt zu lassen. »Typisch, so was passiert ausgerechnet immer im Urlaub«, sagte sie düster. »Ich hab auch ständig Pech. Entweder verstauche ich mir den Knöchel, oder ich krieg eine Halsentzündung oder schlag mir einen Zahn aus.«

»Aber nein, Dee«, sagte Sue. »Nicht immer.«

»Oder du«, sagte Dee. »Wie letztes Jahr.«

Sue quittierte diesen Hieb mit einem gutmütigen Lachen. »Ja, richtig. Letztes Jahr in Rimini hab ich mir beim Schwimmen im Meer eine Augeninfektion geholt und den ganzen Tag nur noch geweint, stimmt's, Dee? Dee hat gesagt, daß es die Männer abschreckt, wenn ich abends in der Hotelbar sitze und mir die Tränen übers Gesicht laufen.« Sie gluckste belustigt.

»Ich geh zurück ins Hotel.« Dee stand unvermittelt auf.

»Aber doch jetzt noch nicht, Dee«, stieß Sue bestürzt hervor. »Du hast doch nicht mal deinen Hawaiian Sunrise ausgetrunken. Und ich bin auch noch nicht fertig.«

»Du brauchst ja nicht mitzukommen.«

Bernard stand auf. »Meinen Sie, man kann hier nachts allein herumlaufen?«

»Danke, aber es ist völlig ungefährlich«, sagte Dee.

In diesem Moment kam der Kellner mit Bernards Kaffee und präsentierte ihm auch gleich die Rechnung. Bis sie beglichen war, drängte sich Dee schon zwischen den Tischen durch zum Ausgang, ein bißchen unsicher auf ihren hochhackigen Sandalen, aber erhobenen Hauptes.

»Ach je . . .«, seufzte Sue. »Dee ist so empfindlich. Wissen Sie, warum sie gegangen ist? Weil ich das von Rimini gesagt habe. Von den Männern. Wissen Sie, was sie zu mir sagen wird, wenn ich zurückkomme: ›*Dieser Bernard denkt bestimmt, daß wir ihn einfangen wollen.*‹«

Bernard lächelte. »Sie können Ihre Freundin beruhigen. So was wäre mir nie in den Sinn gekommen.«

Von den hawaiischen Sonnenaufgängen beschwingt, plauderte Sue munter weiter, und nach und nach erfuhr Bernard Näheres über die seltsame Symbiose zwischen den beiden Frauen. Kennengelernt hatten sie sich in einem Lehrerseminar und waren dann zusammen an eine Gesamtschule in einer der neuen Städte bei London gegangen. Den Urlaub verbrachten sie immer gemeinsam. Zuerst fuhren sie an die englische Südküste, dann wurden sie wagemutiger, reisten auf den Kontinent und zum Mittelmeer, nach Belgien, Frankreich, Spanien und Griechenland, immer in der geheimen Hoffnung, »jemand Nettes« kennenzulernen. Die Urlaubstage verliefen gleichförmig und überschaubar. Morgens legten sie sich im Badeanzug an Strand oder Pool, um die vorgeschriebene Urlaubsbräune zu erwerben. Abends zogen sie ihre hübschen Sommerkleider an und holten sich einen kleinen Schwips bei Cocktails und einer Flasche Wein, die sie sich zum Abendessen teilten. Angesprochen wurden sie oft genug, von Einheimischen oder auch von Miturlaubern, aber »jemand Nettes« war eigentlich nie dabei. Bernard konnte sich, so unerfahren er auf diesem Gebiet auch war, des Eindrucks nicht erwehren, daß sie, obgleich sie sich so attraktiv wie möglich herrichteten, dem Typ von Männern mißtrauten, die in Urlaubsorten Frauen ansprachen. Er konnte sich lebhaft vorstellen, wie sie bei einem solchen Annäherungsversuch dem Betreffenden hochmütig den Rücken drehten oder kichernd und sich anstoßend auf ihren hochhackigen Schuhen davonstöckelten.

So ging es immer weiter, jahrein, jahraus: Jugoslawien, Marokko, Türkei, Teneriffa. Und dann lernte Sue plötzlich »jemand Nettes« in der Heimat kennen, zu Hause in Harlow. Desmond war stellvertretender Filialleiter der Bausparkasse, bei der Sue ein Konto hatte. Sie taten sich zusammen. »Irgendwann werden wir wohl auch heiraten, aber Des sagt, er hat es nicht eilig. Als dann der nächste Urlaub anstand, habe ich Des gefragt, ob Dee mitkommen könnte, solo natürlich, und da hat er gemeint, ich müßte mich entscheiden: er oder sie. Es ist ein Jammer, aber Des und Dee können einfach nicht miteinander. Ja, und da gab es eben nur eins...«

Seither verreiste Sue Butterworth im Sommer zweimal – einmal zum Pauschalurlaub mit Dee, einmal zum Camping mit Des. Zum Glück war Desmond in dieser Hinsicht eher für das Preiswerte und Bodenständige, trotzdem spürte Sue die doppelten Kosten recht schmerzlich im Portemonnaie, zumal es Dee immer weiter in die Ferne zog. »Letztes Jahr Florida, diesmal Hawaii – wer weiß, wo das noch endet. Aber vielleicht lernt sie ja doch noch jemand Nettes kennen.« Sue nuckelte an ihrem Strohhalm und warf Bernard unter ihrem feinen Kräuselhaar einen hoffnungsvollen Blick zu.

Bernard sah auf die Uhr. »So langsam wird es Zeit für mich.«

»Für mich auch.« Sue angelte ihre Handtasche unter dem Stuhl hervor. »Es ist wirklich zum Heulen. Dee ist echt nett, aber sie stößt die Leute ab.«

Als sie gingen, schwenkten die beiden vollbusigen Blondinen noch immer unentwegt lächelnd die Hüften, allerdings hatten sie jetzt grüne Plastikröckchen an – oder vielleicht hatte nur die Beleuchtung gewechselt. Ein pomadisierter Sänger, der ein Handmikrophon schwenkte wie eine Peitsche, animierte das Publikum, in den Refrain eines Songs mit dem schönen Titel »I love Hawaii« einzustimmen.

»Nett, nicht?« sagte Sue. »Hier ist immer was los.«

Vor dem Tor zögerte Bernard einen Augenblick. Er überlegte, ob er Sue anbieten sollte, sie zu ihrem Hotel zu bringen. Eigentlich wäre das ein Gebot der Höflichkeit gewesen – aber er mochte keine Mißverständnisse aufkommen lassen. Zum Glück stellte sich heraus, daß das Hotel auf seinem Weg lag. Drei junge Burschen, die stark angeheitert aus einer Bar kamen, torkelten rempelnd und grölend auf der Straße herum. Einer trug ein T-Shirt mit dem Aufdruck »Seid nett aufeinander in Waikiki«. Sue rückte erschrocken näher an Bernard heran. »Hoffentlich ist Dee gut nach Hause gekommen«, bemerkte sie.

»Ich habe den Eindruck, daß sich Ihre Freundin durchaus ihrer Haut zu wehren weiß«, erwiderte Bernard. Er staunte über die Selbstaufopferung dieser jungen Frau, die sich – auf Lebenszeit, wie es aussah – dazu verurteilt hatte, jedes Jahr einen ungewünschten zweiten Urlaub zu machen, nur weil Dee sonst niemanden fand, der mit ihr verreisen mochte.

»Haben Sie schon mal daran gedacht, sich den Bart abzunehmen?« fragte Sue unvermittelt.

»Nein«, sagte er verdutzt und lächelte. »Warum fragen Sie?«

»Ach, nur so. Das ist unser Hotel. The Waikiki Coconut Grove.«

Bernard sah an der Fassade eines weißen, mit tausend wabenartigen Fenstern durchsetzten Betonturmes hoch. »Nach einem Kokoshain sieht mir das ja nicht gerade aus«, überlegte er laut.

»Dee meint, daß sie das Hotel drüber gebaut haben.« Bernard schüttelte Sue die Hand und wünschte ihr eine gute Nacht.

»Hoffentlich sieht man sich mal wieder«, sagte sie. »Waikiki ist im Grunde ziemlich klein, nicht?«

»Ja, es scheint so. Zumindest in der Horizontale.«

»Ist das nicht der Sohn von dem Alten, der beim Boarden in Heathrow so einen Aufstand gemacht hat?« sagt Beryl Everthorpe zu ihrem Mann. Sie sitzen in einem Bus, der auf der Kuhio Avenue im Stau steht und der sie vom Luau-Festmahl in der Sunset Cove zurückgebracht hat. Der Prospekt für diese sieben Tage in der Woche – auch sonn- und feiertags – geöffnete Attraktion liegt aufgeschlagen auf ihrem Schoß. »Jeden Abend werden den Gästen in der Sunset Cove nach der Begrüßung mit einem exotischen Mai Tai (hawaiischer Fruchtpunsch mit Rum) als Willkommenstrunk Lieder und Tänze aus dem alten Hawaii geboten sowie eine Imu-Zeremonie, bei der die Zubereitung des Schweins für das Braten im Erdofen vom Königlichen Hof überwacht wird. Dazu kommt ein stimmungsvolles Kukilau (Zeremonie im Zusammenhang mit der traditionellen Küstenfischerei, bei der die Gäste beim Einholen des riesigen Netzes Hand anlegen). Es folgt ein üppiges Luau, umrahmt von Hula-Tänzen, den Darbietungen kühner Feuerschlucker, Steel-guitar-Klängen und vielem, vielem mehr.« Der

Schock, daß sie in einer Menge von etwa tausend Teilnehmern mit Bussen zur Sunset Cove verfrachtet und dort an große Plastiktische verteilt wurden, die in langen Reihen aufgestellt waren wie in einem Flüchtlingslager, war ihnen zwar ein bißchen in die Glieder gefahren, zum Glück aber saßen sie dann nur fünfzig Meter von der Bühne entfernt, auf der die Darbietungen stattfanden, so daß Brian mit seiner Videokamera voll zum Zuge kam. Das Essen schmeckte eher nach Mikrowelle als nach Erdofen und hatte nichts Exotisches an sich, dafür konnte man essen, soviel man wollte.

Brian Everthorpe rülpst und fragt: »Wer?«

»Der Mann da drüben, der mit dem Bart.« Beryl deutet über das Verkehrsgewühl auf der Fahrbahn zum Eingang eines großen Hotels hinüber.

Brian Everthorpe zückt seine Videokamera, fängt mit dem Sucher einen Mann und eine Frau ein und zoomt sie sich heran. »Ja«, sagte er. »Kommt mir bekannt vor. Die Puppe auch. Auf dem Flug hatte sie einen Jogginganzug an.«

»Ja, richtig. Aber sie gehörten nicht zusammen, glaube ich.«

»Jetzt schon«, sagt Brian Everthorpe und betätigt den Auslöser. Der Motor surrt.

»Wozu filmst du denn die? Was machen sie gerade?«

»Geben sich die Hand.«

»Na und?«

»Man kann nie wissen«, sagt Brian Everthorpe. »Drogenhändler vielleicht.« Das ist nur halb geflachst. Er lebt ständig in der Hoffnung, mit seiner Videokamera vor Ort zu sein, wenn ein Verbrechen, ein Bankraub etwa, geschieht oder irgend etwas Hochdramatisches vonstatten geht, ein Großbrand oder der Sprung eines Selbstmörders von einer Brücke. Er hat solche Sequenzen, unscharf und verwackelt, aber von einer Faszination, der man sich nicht entziehen kann, schon – als »Amateurvideo« gekennzeichnet – in den Fernsehnachrichten gesehen. »Was will er denn sonst mit seinem Alten in Hawaii? Daß die hier Urlaub machen, kannst du mir nicht erzählen. Mafia, schätze ich.«

Beryl schnaubt skeptisch. Der Bus fährt wieder an und entzieht den bärtigen Mann und die junge Frau ihrem Blick.

»Du, eh ich's vergesse, erinnerst du dich an die Flitterwöchner, die mit uns geflogen sind?«

»Der Yuppie und die Schneekönigin?«

»Die hab ich heute am Strand gesehen, als du die Miezen gefilmt hast.«

»Was für Miezen?«

»Du weißt schon. Sie hat mich gegrüßt. Er hat nicht gerade einen himmelhochjauchzenden Eindruck gemacht.«

»Hat sich wahrscheinlich 'ne Frostbeule am Pimmel geholt.«

»Pst...«

»Wobei mir einfällt«, sagt Brian Everthorpe und fährt mit der Hand an Beryls Schenkel entlang, »was hältst du davon, wenn wir heute abend unsere zweite Hochzeitsreise angehen, wie sich das gehört?«

»Einverstanden«, sagt Beryl. »Ich hoffe ja nur, daß du das nicht auch filmen willst.«

In Ursulas Wohnung machte Bernard die Balkontür auf, ließ den Passat ins Wohnzimmer und trat auf den Balkon. Die balsamische Nachtluft streifte sanft sein Gesicht, die Palmen schwankten im Wind und ließen ihre Röcke rauschen wie Hula-Tänzerinnen. Ein Sichelmond stand am Himmel und zog einen hellen Stern hinter sich her. Bernard ließ den Blick über die Fassade des Nachbarhauses gehen, hin- und hergerissen zwischen Furcht und Hoffnung, das geheimnisvolle Paar vom Vorabend wiederzusehen. In mehreren Zimmern brannte Licht, ohne daß die Jalousien heruntergelassen waren, so daß man hineinsehen konnte. In einem saugte eine dicke Frau in Unterwäsche den Teppich, in einem zweiten hatte ein Mann ein Tablett mit Essen vor sich und sah starr in den Raum, vermutlich auf einen Fernseher, der knapp außerhalb von Bernards Blickwinkel stand, in einem dritten fönte eine Frau im Bademantel sich das Haar und schüttelte es unter dem Trockner wie eine Mähne. Es war glänzendes schwarzes Haar und erinnerte ihn an Yolande Miller. Das Paar vom Vorabend ließ sich nicht blicken, er wußte nicht einmal mehr genau, welcher Balkon es gewesen war.

Im Wohnzimmer läutete das Telefon, und er fuhr zusammen. Während er hineinging, kam ihm die verrückte Idee, es sei vielleicht jenes Paar, das ihn, hinter den Vorhängen verborgen, von gegenüber beobachtet hatte. Er würde den Hörer abnehmen, und eine spöttische Stimme würde sagen... Ja, was? Und woher sollten sie die Nummer haben? Er schüttelte den Kopf, als könne er damit diesen Unsinn loswerden, und meldete sich. Es war Tess.

»Du wolltest mir doch Bescheid geben, daß ihr gut angekommen seid«, sagte sie vorwurfsvoll.

»Es ist ein bißchen schwierig, wegen des Zeitunterschieds«, erwiderte er. »Mitten in der Nacht mochte ich dich nicht aus dem Bett holen.«

»Wie geht es Daddy? Hat er sich wieder erholt?«

»Erholt?«

»Von der Reise.«

»Ach so. Ja, ich denke schon.«

»Kann ich ihn mal sprechen?«

»Leider nein.«

»Warum nicht?«

Bernard überlegte. »Er liegt im Bett«, sagte er schließlich.

»Wieso? Wie spät ist es denn?«

»Halb elf. Abends.«

»Ja, dann stör ihn lieber nicht. Wie geht es Ursula? Hat sie sich gefreut, Daddy zu sehen?«

»Sie hat ihn noch nicht gesehen. Ich bin heute allein hingefahren. Ursula ist aus dem Krankenhaus in ein ziemlich unerfreuliches sogenanntes Pflegeheim verlegt worden.« Er verbreitete sich des längeren über die Unerfreulichkeit des Pflegeheims und die finanziellen Zwänge, auf die Ursula bei ihrer Entscheidung Rücksicht nehmen mußte.

Tess war merklich verstimmt. »Soll das heißen, daß Ursula *arm* ist?« fragte sie schließlich.

»Nicht direkt arm, aber alles andere als wohlhabend. Ein vornehmes Privatsanatorium könnte sie sich auf längere Sicht nicht leisten. Die Frage ist natürlich, wie lange sie es brauchen würde, und es ist ein bißchen heikel, über diese Dinge mit ihr zu sprechen....«

»Eine schöne Geschichte«, sagte Tess erbost. »Da hat uns Ursula aber einen sehr irreführenden Eindruck von ihrem Lebensstil vermittelt.«

»Meinst du nicht, daß wir uns diese Auslegung zurechtgezimmert haben, weil sie uns so gut in den Kram paßte?«

»Ich kann mich jetzt nicht mit Haarspaltereien aufhalten, Bernard«, sagte Tess. »Das Gespräch kostet so schon ein Vermögen.« Sie legte ihm noch einmal ans Herz zurückzurufen, »wenn ich mit Daddy sprechen kann«, und machte dann ziemlich abrupt Schluß.

Erschüttert von seiner Doppelzüngigkeit betrachtete Bernard den Hörer wie einen rauchenden Colt. Daß er versprochen hatte, Tess anzurufen, war ihm völlig entfallen, zwar hatte er sich am Rand seines Bewußtseins schon den ganzen Tag mit der Frage herumgeschlagen, wie er ihr die Nachricht vom Unfall seines Vaters beibringen sollte, aber zum gründlichen Durchdenken des Problems hatte ihm die Zeit gefehlt. Jetzt, da ihm von Tess selbst eine Chance gegeben worden war, hatte er sie vertan. Er hatte Tess belogen – oder kasuistisch ausgedrückt vielleicht nicht direkt belogen, aber eindeutig hintergangen.

Es drängte ihn, Tess sofort zurückzurufen und reinen Tisch zu machen. Er hatte schon den Hörer in der Hand und begann die lange Durchwahlnummer zu tippen, doch dann legte er wieder auf, erhob sich und lief unruhig im Zimmer hin und her. Das mit dem Unfall würde sie früher oder später natürlich erfahren müssen. Da sie andererseits an der Sache selbst nichts ändern konnte, war eigentlich nicht einzusehen, warum er nicht warten sollte, bis sein Vater eindeutig auf dem Weg der Besserung war. Die Logik schien zwingend, aber eine Restschuld blieb und vergrößerte die Last, die auf sein Gewissen drückte.

Um sich abzulenken, zog er sich einen dünnbeinigen Stuhl an Ursulas Schreibsekretär und fahndete anhand der Hinweise, die sie ihm gegeben hatte, nach ihren Bankauszügen und Wertpapieren, die er auch ohne Mühe fand. Dabei stieß er auf ein dickes, in steifes blaues Leinen gebundenes Schreibheft – früher hieß so etwas Diarium, erinnerte er sich –, das leer und unberührt war. Als er es aufschlug, lagen die linierten Seiten flach und einladend vor ihm. Sie fühlten sich glatt und seidig an. Genau das richtige für ein Tagebuch, dachte Bernard. Oder für eine Beichte.

Er mußte plötzlich gähnen und spürte, wie wieder eine Welle der Müdigkeit über ihn hin ging. Er schloß den Schreibsekretär und legte sich ins Bett. Das Diarium nahm er mit.

Überall in Waikiki machen sich die verschiedensten Leute für die Nacht zurecht oder schlafen bereits. Dee Ripley scheint zu schlafen, in ihrem scharfgeschnittenen, nachtcremeglänzenden Gesicht auf dem weißen Kissen regt sich nichts, als Sue Butterworth auf Zehenspitzen an ihr vorbei ins Badezimmer schleicht. Amanda Best hört sich auf ihrem kleinen Stereo-Empfänger Madonna an. Unter der Decke, um ihre Mutter nicht zu stören, die im Bett neben ihr schläft. Da Amanda und Robert schon zu alt für ein gemeinsames Zimmer sind und Mr. Best nicht einsieht, warum er den seiner Meinung nach unverschämten Einzelzimmerzuschlag zahlen soll, hat er zusammen mit seinem Sohn das eine Doppelzimmer bezogen und das andere Mrs. Best und Amanda zugewiesen. Die Alten, hat Robert sich Amanda gegenüber geäußert, sind vielleicht deshalb so besonders mies drauf, weil sie nicht zusammen schlafen können. Amanda kann sich ihre Eltern sowieso nur schwer beim Geschlechtsverkehr vorstellen, und es ist erst die zweite Urlaubsnacht, aber da die Eltern selbst für deren Verhältnisse ungewöhnlich mißgelaunt sind, ist vielleicht an dieser Theorie doch was Wahres. Als Lilian und Sidney Brooks, die mit Terry und Tony zu Abend gegessen haben, wieder auf ihr Zimmer kommen, sind die Nachttischlampen eingeschaltet, aus dem Radio rieselt leise Musik. Die Bettücher sind zurückgeschlagen und geben ein dreieckiges Stück schneeiges Laken frei. Die bescheidenen Nachtgewänder von Marks & Spencer, die Lilian und Sidney morgens zusammengerollt und unter den Kopfkissen versteckt hatten, sind geglättet und liebevoll auf dem Bett drapiert, auf jedem Kopfkissen liegen eine Orchideenblüte und eine in Goldpapier gewickelte Praline. Lilian sieht sich ängstlich um, als habe sie den Verdacht, das mit diesen Aufmerksamkeiten befaßte Wesen lauere in einem Schrank, um sie mit lautem Aloha – oder wie immer Gute Nacht auf Hawaiisch heißen mag – zu überfallen. Roger Sheldrake sitzt in seinem superbreiten Bett, unterstreicht in der Zeitschrift *Diese Woche in Oahu* das Wort Paradies und trinkt dazu Champagner, den ihm die Direktion mit den besten Empfehlungen aufs Zimmer geschickt hat. Brian und Beryl Everthorpe geben sich kräftezehrenden Ehefreuden hin und haben sich dabei auf dem Bett so plaziert, daß Brian seine Leistungen im Kleiderschrankspiegel überprüfen kann, wenn er auch leider auf ein Replay verzichten muß. Und Russell Harvey zieht sich verkniffen einen Porno aus dem Videokanal des Hotels rein, indes von einem der Doppelbetten her Cecilys tiefe, regelmäßige Atemzüge zu vernehmen sind.

Russ hat einen aufreibenden Tag hinter sich. Dank Cecilys bewundernswertem Ideenreichtum hat sie nicht ein einziges Mal direkt das Wort an ihn zu richten brauchen. Morgens hat sie vom Zimmer aus beim Empfang angerufen. »Wir möchten ans Meer, welchen Abschnitt empfehlen Sie?« Somit weiß Russ, wenn sie abmarschbereit sind, wohin die Reise gehen soll. Als sie sich einen Platz am überfüllten Strand erobert haben, macht sie sich mit einer Frau auf der Bastmatte nebenan bekannt und hält ein Schwätzchen mit ihr. »Gute Idee, diese Matten«, sagt sie. »Wo haben Sie die her?« Nun weiß Russ, daß er losgehen und zwei Matten kaufen muß. Etwas später sagt sie zu der Frau: »Ich glaub, ich geh jetzt ins Wasser«, und Russ weiß, daß es Zeit zum Schwimmen ist. Nach einer Stunde: »Ich glaube, für den ersten Tag reicht es uns jetzt...« Und Russ weiß, daß es Zeit wird, ihre Siebensachen zusammenzusuchen und wieder ins Hotel zu ziehen. Dort erkundigt sie sich beim Portier, wie man in den Zoo kommt, und nun ist er auch über das Nachmittagsprogramm im Bilde. Auf der Hochzeitsreise in den Zoo – am ersten Urlaubstag und ausgerechnet in Honolulu –, das ist wohl das Hinterletzte. Von allem anderen abgesehen muß es ja bei dieser Hitze dort zum Himmel stinken. Als Russ sich in diesem Sinne äußert, lächelt Cecily liebenswürdig und sagt zum Portier: »Er braucht ja nicht mitzukommen...«

Natürlich kommt Russ mit in den Zoo, und natürlich stinkt es dort zum Himmel.

Den lieben langen Tag geht das so. Und den lieben langen Abend. Als das Essen überstanden ist, gähnt Cecily dem Kellner ins Gesicht und sagt: »Entschuldigen Sie bitte. Jetlag wahrscheinlich. Am besten legen wir uns heute mal früh aufs Ohr.« Somit weiß Russ, daß sie ins Bett gehen werden. Jeder in seins. Als das Zimmermädchen klopft und wissen will, ob sie das Bett abdecken soll, lächelt Cecily wieder liebenswürdig und sagt: »Beide Betten bitte.« Dann schließt sie sich eine Stunde im Badezimmer ein, nimmt eine Schlaftablette und ist sofort weg.

Ein aufreibender Tag, alles was recht ist, und jetzt hat sich offenbar selbst der Pornokanal vorgenommen, ihn vor Frust zur Raserei zu treiben. Der Film bietet die gewohnte geistlose Handlung, die gewohnten roboterhaften Bewegungsabläufe – und seit einer Dreiviertelstunde keine einzige Bumsszene. Ein bißchen Strip, eine neckische Andeutung, daß die Heldin im Badezimmer Hand an sich gelegt hat – aber nicht ein einziger Shot mit simuliertem Geschlechtsverkehr, was ja schließlich Sinn und Zweck dieser Filme und die einzige Berechtigung dafür ist, dem Gast acht Dollar pro Streifen abzuknöpfen. Wann immer es aussah, als käme die Heldin jetzt mit einem ihrer Bewunderer zur Sache, wurde abgeblendet, und plötzlich war sie wieder angezogen und spielte eine ganz andere Szene. Da hat er zu Hause auf BBC 2 schon Schärferes gesehen. Russ dämmert allmählich, daß der Film gekürzt ist. Zensiert. Wie zur Bestätigung dieses Verdachts endet der Streifen unvermittelt nach nur fünfundfünfzig Minuten. Russ ist empört. Er erwägt ernsthaft, sich beim Empfang zu beschweren. Nur – wie soll man so eine Beanstandung formulieren? Er läuft im Zimmer hin und her. Er bleibt stehen und mustert Cecily mit finsterem Blick. Sie liegt auf dem Rücken, das helle Haar ist über das Kissen hingebreitet. Ihr Busen hebt und senkt sich rhythmisch unter dem Bettuch. Russ schlägt langsam das Bettuch zurück. Cecily trägt ein langes, weißes, züchtig geschnittenes Nachthemd. Er hebt den Rock. Dort ist alles mehr oder weniger so, wie er es in Erinnerung hat, nur die Schenkel sind von der Sonne leicht gerötet. Er ist versucht, der eigenen

Ehefrau Gewalt anzutun, besinnt sich dann aber eines Besseren. Er läßt den Nachthemdzipfel los, zieht Cecily das Bettuch bis zum Kinn und geht zurück zum Fernseher. Er fällt in den Sessel und drückt aufs Geratewohl einen Knopf der Fernbedienung. Eine gewaltige blaugrüne Woge schwappt über die ganze Breite des Bildschirms, eine bewegliche Felswand aus Wasser, unten glatt und glasig, oben kochend und schäumend gleich einem auf den Kopf gestellten Wasserfall, und diese Woge schiebt eine mit den Zehen ans Surfbrett geklammerte, in unmöglichem Winkel balancierende, die Arme reckende und die Knie beugende winzigkleine triumphierende Menschengestalt vor sich her. Russ richtet sich kerzengerade auf.

»Verdammt, das ist ein Hammer«, murmelt er anerkennend vor sich hin.

TEIL II

Und dunkle Düfte raunen, und weiche Wogen kriechen herbei,
Schimmern gleich Haaren von Frauen, verebben und steigen
  aufs neu;
Und neue Sterne brennen am alten Himmel dabei
Über dem murmelnden, sanften Meer von Hawaii.

Und ich such im Gedächtnis, versteh nicht, begreif doch,
  vergesse es wieder,
Und denke dennoch an eine Geschichte, die ich erfahren, gehört,
Von zwei Verliebten – oder waren sie's nicht? – denen zuwider
Einer töricht Böses tat, dessen Herz war verstört.
Eine Geschichte von Torheit und Schmerz, sinnlos und leer,
Doch das war lange her, an einem andren Meer.

RUPERT BROOKE, *Waikiki*

I

Samstag, der zwölfte

Heute früh im Geyser Hospital zum Termin mit Ursulas Onkologen. Das Geyser ist eine gewaltige medizinische Zitadelle, viel weitläufiger und großartiger als Sankt Joseph, ein Neubau aus Beton mit weichen Rundungen und Spiegelglas, etwa zehn Meilen außerhalb von Honolulu. Ich erfuhr, daß die Klinik vorher unten am Wasser war, direkt neben dem Jachthafen am Rand von Waikiki, vor ein paar Jahren aber wurde das Grundstück an eine Baugesellschaft verkauft, die Klinik abgerissen und dafür ein Hochhaus-Luxushotel hingeklotzt. Auch die Eingangshalle der neuen Klinik erinnert ein bißchen an ein Luxushotel – Teppichboden und Polstermöbel in geschmackvollem Grau und Lila und hawaiische Volkskunst an den Wänden, offenbar war der Ortswechsel durchaus profitabel. Wie mir Dr. Gerson sagt, verfügt die Klinik selbstverständlich über modernstes medizintechnisches Gerät, aber wenn man das Pech hat, in Waikiki überfahren zu werden, ist es mit dem Krankenwagen hierher doch eine recht lange Fahrt.

Gerson räumt ein, daß er dem Blick aus seinem früheren Zimmer nachtrauert, der ging direkt auf die Marina, und er konnte die Jachten beim Ein- und Auslaufen beobachten. Er ist ein begeisterter Windsurfer, und so, wie er aussieht, auch ein Könner – mager, drahtig, noch relativ jung. Während er in Ursulas Akte blätterte, kippte er seinen Drehsessel ganz weit nach hinten, als stünde er auf dem Surfbrett vor dem Wind. Die Unterarme, die aus den kurzen Ärmeln seines gestärkten weißen Kittels hervorsahen, waren muskelstraff und braungebrannt und mit feinen blonden Härchen bedeckt.

Er bedankte sich, daß ich nach Honolulu gekommen war. »Ehrlich gesagt, erleichtert es mir die Arbeit, wenn in solchen Fällen Angehörige sich um das Praktische kümmern.« Er war sachlich, offen und etwas kühl, fand ich, aber das ist wohl fast unvermeidlich in seinem Geschäft. Die Sterberate bei seinen Patienten dürfte ziemlich hoch sein. Er bestätigte das, was mir Ursula über ihren Zustand gesagt hatte: Malignes Melanom mit Metastasen in Leber und Milz. »Hervorgerufen, das muß man leider so sagen, durch exzessives Sonnenbaden zu einer Zeit, als die Gefahr noch nicht so klar erkannt war. Damals kamen die Leute des Klimas wegen und packten sich den ganzen Tag an den Strand. Das konnte einfach nicht gutgehen. Zum Surfen nehme ich immer eine Sonnencreme mit Schutzfaktor 15. Das würde ich Ihnen auch am Strand raten.«

Ich warf ein, daß mir wohl kaum viel Zeit zum Sonnenbaden bleiben würde.

Eine Prognose sei schwierig, besonders bei älteren Patienten, sagte er. Nach seiner Einschätzung hat Ursula noch ein halbes Jahr zu leben, vielleicht mehr, vielleicht aber auch viel weniger. Eine Heilung sei auszuschließen. »Auf Strahlen- oder Chemotherapie spricht diese Krebsart nicht gut an. Ich hatte sie Mrs. Riddell angeboten, weil in manchen Fällen ein gewisser Aufschub erreichbar ist, aber sie hat abgelehnt, und ich respektiere diese Entscheidung. Ihre Tante ist eine zähe alte Dame, die weiß, was sie will.«

Als ich meine Unzufriedenheit über ihre Unterbringung äußerte, sagte er erwartungsgemäß, sie habe darauf bestanden, möglichst billig unterzukommen. »Aber ich bin ganz Ihrer Meinung, in ihrem Zustand ist es nicht das richtige, zumal man jederzeit mit einer Verschlechterung rechnen muß.« Es gibt eine Reihe privater Pflegeheime in Honolulu und Umgebung, sie kosten monatlich von dreitausend Dollar an aufwärts, je nach Betreuung und Ausstattung. Er gab mir eine von der Pflegeleitung der Klinik zusammengestellte Liste. Ursulas Versicherung, erläuterte er, deckt stationäre Behandlung ab, das heißt Betreuung rund um die Uhr durch ausgebildetes Personal, wie sie im Krankenhaus üblich ist, nicht aber ambulante Pflege, die im Augenblick ausreicht. Sagt er. Ich hatte den Eindruck, daß er unter einem gewissen Druck steht, die Patienten nicht leichtfertig in die Klinik einzuweisen, weil sie dann der Geyser-Stiftung auf der Tasche liegen. Am günstigsten wäre es wohl, meinte ich, wenn Ursula in die Klinik käme, während ich mich um einen geeigneten Pflegeheimplatz bemühte. Ich bat ihn, sie zu besuchen. Zunächst wollte er mich mit einem Hinweis auf seine Überlastung abwimmeln, aber als ich ihm von der quälenden Verstopfung erzählte, versprach er, möglichst heute noch vorbeizufahren.

Auf der Autobahn ins Sankt Joseph zu Daddy. Er klagt über Schmerzen, nörgelt und ist schlechter Laune. Über die Schlafanzüge, die ich ihm gekauft hatte, rümpfte er die Nase, weil man sie nicht am Hals zuknöpfen kann. In diesem Klima, sagte ich, brauchst du keine Schlafanzüge, die man am Hals zuknöpfen kann, und er meinte: »Und zu Hause? Oder glaubst du, ich komme gar nicht mehr nach Hause?« Er solle nicht albern sein, sagte ich und erzählte von meinem gestrigen Besuch bei Ursula, was ihn offenbar nicht übermäßig interessierte. Es scheint, daß die Menschen als Kranke noch garstiger und ichbezogener werden, als sie schon in gesunden Tagen sind. Aus meiner Zeit als Seelsorger kann ich die Zahl der Patienten, die ich zu Hause oder im Krankenhaus besuchte und die »über ihrem Leiden standen«, an einer Hand abzählen. Und ich wäre bestimmt nicht darunter.

Ob ich Tess angerufen und ihr von seinem Unfall erzählt hätte, wollte Daddy wissen. Es habe keinen Sinn, sie zu beunruhigen, wenn es nicht unbedingt nötig sei, meinte ich, was er sehr ungnädig aufnahm. Sie habe ein Recht, es zu erfahren, sagte er, die ganze Familie habe ein Recht darauf. Womit er wohl meinte, daß er ein Recht hat zu wissen, daß sie sich seinetwegen halbtot sorgen und mir Vorwürfe machen. Durchtrieben sagte er: »Du hast Schiß vor Tess, wie?« *Touché.*

Im Hinausgehen traf ich Dr. Figuera, den für Daddy zuständigen Facharzt, einen aufgeräumten, korpulenten Mann um die sechzig, der mir versicherte, Daddy sei auf dem Wege der Besserung, und Komplikationen seien nicht zu erwarten. »Gute Knochen«, sagte er. »Alles was recht ist, gutes Material. Keine Sorge, der wird schon wieder.«

Weiter zu Mrs. Jones. Draußen stand ein weißer BMW mit Surfbrett auf dem Dachgepäckträger: Dr. Gerson, der gerade wieder losfahren wollte. Wir führten unser Gespräch auf der Straße, durchs offene Wagenfenster. Der braungebrannte Arm mit den goldenen Härchen war nach oben abgewinkelt und hielt das Dach fest.

»Es war ganz richtig, daß Sie mich gerufen haben, sie ist in schlechter Verfassung. Ich weise sie wieder bei uns ein, wir müssen etwas gegen die Verstopfung tun. Das gibt Ihnen ein paar Tage Zeit, um ein Pflegeheim ausfindig zu machen. Ist das okay?« Auf meine Frage, wann Ursula in die Klinik kommen könne, fragte er zurück: »Wann können Sie uns Ihre Tante bringen?« Ich deutete auf den alten Honda. »In dem da? Können Sie ihr keinen Krankenwagen schicken?« Seine Reaktion klang etwas gereizt: »Ihnen scheint nicht klar zu sein, daß ich gewissen finanziellen Zwängen unterliege. Jeder Einsatz des Krankenwagens muß von mir medizinisch begründet werden. Wenn Ihre Tante es allein bis ins Badezimmer schafft, kann sie auch die paar Schritte bis zu Ihrem Wagen gehen.«

Ich wies darauf hin, daß sie sich mit dem eingegipsten Arm schwertäte.

»Sie kann sich ja nach hinten setzen.«

»Der Wagen hat nur zwei Türen, die Kletterei auf die Rückbank schafft sie nie.«

Er seufzte. »Also meinetwegen... Sie sollen Ihren Krankenwagen haben.«

Ich blieb bei Ursula und half ihr, die wenigen Sachen zusammenzupacken, die sie mitgebracht hatte. Mrs. Jones, die mich an der Haustür recht frostig begrüßt hatte, ließ sich nicht blicken. »Sie denkt, daß es deine Schuld ist, wenn ich verlegt werde«, sagte Ursula. »Gar nicht so falsch«, sagte ich, und wir lachten wie die Verschwörer.

Ursula war selig, daß sie aus diesem trostlosen Haus herauskam. Zum erstenmal seit unserer Ankunft in Hawaii, ja, zum erstenmal seit langer Zeit erfüllte mich ein Gefühl tiefer Befriedigung, weil ich etwas erreicht, weil ich die Situation nach meinem Willen geändert, weil ich etwas Sinnvolles zustande gebracht hatte. Auch Ursula war nicht untätig gewesen. Sie hatte sich von Mrs. Jones ein schnurloses Telefon bringen lassen und mit ihrer Bank, ihrem Börsenmakler und ihrem Anwalt gesprochen. Offenbar brauche ich eine Vollmacht, ehe ich ihre Bankkonten konsolidieren und ihre Wertpapiere veräußern kann.

Eben habe ich diesen Satz noch einmal gelesen – er klingt enorm geschäftsmännisch. Dabei habe ich nur ziemlich nebelhafte Vorstellungen von dem, was dabei zu tun ist. Bei meinen eigenen Finanzen habe ich mich um etwas Komplizierteres als ein Girokonto und ein Postsparbuch nie zu kümmern brauchen. Als ich Gemeindepfarrer von St. Peter und Paul war, hat mein Hilfspfarrer Thomas, der gottlob einen guten Kopf für Zahlen hatte, die ganze Buchhaltung erledigt. Eigentlich kann man sich also keine ungeeignetere Person für die Regelung von Ursulas Finanzen denken, aber zumindest bin ich lernwillig, vielleicht kann mir ja sogar Ursula das eine oder andere beibringen, so wie sie selbst möglicherweise von Rick gelernt hat. Daß sie ihr Geld – ob gut oder schlecht – überhaupt angelegt hat, finde ich geradezu erstaunlich. Geld war für die Walshs immer ein Buch mit sieben Siegeln. Mit abstrakten Vorgängen – Zinsertrag, Inflation oder Abwertung – können wir nichts anfangen. Geld begreifen wir nur als Bares: Münzen und Banknoten in Marmeladegläsern und unter Matratzen, unverzichtbar, heißbegehrt, aber auch leicht anrüchig. Familientreffen – Hochzeiten, Beerdigungen, Besuche bei oder von den irischen Verwandten – waren immer dadurch gekennzeichnet, daß man sich gegenseitig zusammengelegte kleine Scheine in die Hand oder in die Taschen steckte. Zu Hause hatten wir nie genug Geld, und mit dem wenigen, das wir hatten, wurde schlecht gewirtschaftet. Mummy schickte täglich eine der Töchter nach Kleinigkeiten, statt im großen einzukaufen. Daddy hatte nie nennenswerte Ersparnisse. Ich glaube, er hat heimlich Pferdewetten gemacht. Als ich noch zur Schule ging und mir mal einen Regenmantel von ihm auslieh, fand ich einen Wettschein in der Tasche. Davon habe ich nie ein Wort gesagt.

Um drei kam der Krankenwagen. Die Sanitäter setzten Ursula in einen Rollstuhl, den sie die Stufen heruntertrugen, und ich ging mit ihrer kleinen Reisetasche hinterher. Mrs. Jones spielte den Sanitätern ölig-mitleidsvolle Besorgnis vor und tätschelte Ursula die Hand, als sie über die Schwelle getragen wurde. In gemäßigtem Tempo und ohne Sirene rollte der Krankenwagen über die Autobahn zur Geyser-Klinik, und ich fuhr in meinem Honda hinterher. Ich brachte Ursula die Sachen auf die Station, hielt mich dann aber nicht weiter dort auf. Sie liegt in einem Vierbettzimmer, aber die Betten sind schräg versetzt, so daß die Frauen sich nicht quer durch den Raum anstarren müssen wie in britischen Krankenhäusern.

Ich erzählte Ursula noch, daß ich das Diarium in ihrem Schreibsekretär gefunden hatte, und fragte, ob ich es behalten könne.

»Natürlich, Bernard, nimm dir von meinen Sachen, was du willst, du brauchst es nur zu sagen.« Sie hatte sich das Heft ursprünglich zugelegt, um Rezepte hineinzuschreiben, hatte es aber nie benutzt und inzwischen völlig vergessen.

Auf dem Rückweg nochmal nach Sankt Joseph, wo zu meiner freudigen Überraschung Mrs. Knoepflmacher an Daddys Bett saß, in knallgelbem *muu-muu* und goldenen Sandalen. (Mir schien, daß sie ihr Haar passend dazu aschblond getönt hatte... Ist das denkbar? Vielleicht trägt sie eine Perücke.) Auf dem Nachttisch stand ein kleiner Korb mit Obst, die Früchte sahen knalligbunt und künstlich aus wie Hutputz. Ich hatte wohl gestern ganz nebenbei den Namen der Klinik erwähnt, und da ist sie einfach mal vorbeigekommen, um Daddy zu besuchen. Ich fand es sehr nett von ihr, wenn auch Ursula wahrscheinlich sagen würde, daß ihre Triebfeder unstillbare Neugier sei. Ich bedankte mich herzlich. Das Gespräch plätscherte noch ein paar Minuten dahin, dann ließ sie uns allein.

»Mannomann, ich hab schon gedacht, die geht nie«, sagte Daddy. »Gleich platze ich. Sag der Schwester Bescheid, daß ich eine Ente brauche. Wenn ich das Ding da drücke, kommt ja doch keiner.« Er deutete auf den Klingelknopf am Nachttisch. Ich trieb eine hübsche hawaiische Schwester auf, die ihm die Ente brachte und die Vorhänge um sein Bett zuzog, und ich wartete ein bißchen verlegen, bis er sich erleichtert hatte. Die Schwester kam wieder und nahm die Ente mit.

»Kann mir auch was Schöneres vorstellen in meinem Alter«, maulte er, »als in eine Flasche zu pinkeln und sie, in ein Handtuch gewickelt wie besten Schampus, einer wildfremden schwarzen Weibsperson in die Hand zu drücken. Und über das andere Geschäft wollen wir gar nicht reden.«

Ich erzählte ihm das Neueste von Ursula und daß die Frau, die am Steuer des weißen Wagens gesessen hatte, angerufen und sich nach ihm erkundigt hatte.

»Die andere da, Mrs. Knopfloch oder wie sie heißt, meint, wir sollten sie verklagen.«

»Du weißt ganz genau, daß es deine Schuld war, Daddy. Unsere Schuld. Wir sind an der verkehrten Stelle über die Straße gegangen. Du hast in die verkehrte Richtung gesehen.«

»Mrs. Dingsbums sagt, du brauchst dem Anwalt nur was zu zahlen, wenn wir den Prozeß gewinnen«, sagte er mit habgierigem Glitzerblick. Ich hätte nicht die Absicht, einen Prozeß anzustrengen, der einem in meinen Augen völlig unschuldigen Menschen nichts als Ärger und Kummer einbringen würde, gab ich zurück, und wir gingen im Unfrieden auseinander. Auf der Heimfahrt schlug mir das Gewissen. Hatte ich denn unbedingt so hochmoralisch daherreden müssen? Statt mich aufs hohe Roß zu setzen, hätte ich getrost auf Daddy eingehen können. Der Gedanke an einen fiktiven Prozeß hätte ihn von Enten und Bettpfannen abgelenkt. Wieder mal voll ins Leere gegriffen.

Heute abend häuslich geblieben. Wollte mir eine Packung tiefgefrorene Cannelloni aus Ursulas Gefrierschrank warmmachen, habe sie aber wohl nicht lange genug im Ofen gelassen oder vielleicht die falsche Temperatur eingestellt. Jedenfalls war das Zeug nicht ganz durch, am äußeren Rand dampfte und brodelte es, innen war es noch steinhart. Vielleicht ein Symbol für irgendwas? Hoffentlich bekomme ich keine Lebensmittelvergiftung. Alle drei Walshs gleichzeitig im Krankenhaus – das wär's noch! Ich sehe uns hilflos in drei verschiedenen Krankenhäusern von Honolulu liegen, indes Mrs. Knoepflmacher mit Hühnersuppe und Obstkörben in immer neuen Perücken von einem Bett zum anderen eilt.

Ich war gerade beim Abwaschen und überlegte, ob Tess Verdacht schöpfen würde, weil sie noch nichts von mir gehört hatte, als das Telefon läutete. Vor Schreck hätte ich beinah den Teller fallen lassen, den ich gerade abtrocknete. Aber es war nicht Tess, sondern Yolande Miller, die sich wieder nach Daddy erkundigen wollte. Ihr war wohl meine gepreßte Stimme aufgefallen, denn sie fragte, ob mit mir alles in Ordnung sei. Ich erzählte ihr von meinem Dilemma und fragte dann spontan: »Was meinen Sie, soll ich meiner Schwester jetzt von dem Unfall erzählen? Wie würden Sie aus beruflicher Sicht entscheiden?«

»Kann sie irgend etwas Konkretes tun?«

»Nein.«

»Und Sie sagen, daß er auf dem Weg der Besserung ist?«

»Ja.«

»Dann hat es keine Eile, denke ich ... Es sei denn, daß Sie sich danach besser fühlen.«

»Eben! Da liegt der Hund begraben.«

Sie lachte verständnisvoll, und dann trat eine verlegene Pause ein. Ich wollte das Gespräch nicht von mir aus beenden, aber mir fiel nichts mehr ein und ihr zunächst wohl auch nicht, dann aber sagte sie: »Hätten Sie Lust, irgendwann mal zum Abendessen zu kommen?«

»Abendessen?« echote ich, als hätte ich das Wort noch nie gehört.

»Kommen Sie sich nicht abends ein bißchen verloren vor, wenn Sie Ihre Krankenhausbesuche hinter sich gebracht haben?«

»Ja ... äh ... sehr liebenswürdig, aber ... ich weiß nicht recht...« Mit diesem Gebrabbel versuchte ich meine totale Panik zu kaschieren. Als ich meine Reaktion später in Ruhe analysierte, begriff ich, daß die Einladung schmerzliche Erinnerungen an Daphne geweckt hatte. Damit hatte damals unsere Beziehung – unsere persönliche Beziehung – angefangen. Nachdem sie ein paar Wochen zur Unterweisung ins Pfarrhaus gekommen war, sagte sie eines Abends, schon im Gehen: »Wäre es unschicklich, Sie irgendwann mal zum Essen einzuladen?« Ich lachte. »Natürlich nicht, wie kommen Sie denn darauf? Vielen Dank.« Natürlich war es nicht ganz schicklich, und ich sagte weder meiner Haushälterin noch meinem Hilfspfarrer, wohin ich an jenem Samstag ging, der ein Schicksalstag für mich werden sollte.

»Wie wäre es mit morgen?« fragte Yolande Miller. »Wir essen gewöhnlich gegen sieben.« Mir fiel ein Stein vom Herzen, als ich das »wir« hörte. Demnach erwartete mich ein Essen im Familienkreis und nicht ein *dîner à deux*. Dankend nahm ich die freundliche Einladung an.

Sonntag, der dreizehnte

Heute früh zwei der billigsten Privatpflegeheime auf Dr. Gersons Liste besichtigt. Sie zierten sich ein bißchen, weil Sonntag war, aber ich sagte, der Fall sei dringend. (Gerson behält Ursula keinen Tag länger als nötig im Geyser, und wenn ich nicht bald ein geeignetes Heim finde, droht ihr wieder Mrs. Jones oder etwas in der Art.) Es war eine unheimlich deprimierende Erfahrung – irgendwie schlimmer als eine Pflegestation in einem unserer staatlichen Krankenhäuser, die ja schon schlimm genug sind, vielleicht wegen des Kontrasts zwischen drinnen und draußen. Du fährst durch ein imposantes Tor, die Reifen schnurren auf glattem Asphalt, du stellst deinen Wagen auf dem begrünten Parkplatz ab und betrittst die Halle mit dem spiegelnden Parkett und den gemütlichen Sofas. In der Anmeldung fragt man lächelnd nach deinem Namen und ersucht dich, Platz zu nehmen. Dann erscheint eine Dame, die dich herumführen soll. Ihr Lächeln ist lange nicht so strahlend, ihre Begrüßung lange nicht so überschwenglich wie die ihrer Kollegin in der Anmeldung. Sie weiß, wie es hinter der verschlossenen Doppeltür im Hintergrund zugeht.

Das erste, was du registrierst, ist der ammoniakscharfe Uringestank. Du machst eine entsprechende Bemerkung. Viele der Heimbewohner, erläutert die Dame, sind inkontinent. Viele sind offenbar auch senil. Sie streben in Pyjama und Morgenrock schlurfend ihren Zimmern zu, glotzen uns an, als versuchten sie, unsere Gesichter irgendwo unterzubringen, grinsen zahnlos oder brabbeln unverständliche Fragen. Lange Speichelfäden hängen ihnen vom Kinn. Manche kratzen sich geistesabwesend die Rippen oder reiben sich die Geschlechtsteile. Viele sitzen im Bett, matt zuckend wie sterbende Insekten, und sehen mit leerem Blick in die Landschaft oder dämmern mit geschlossenen Augen und offenem Mund vor sich hin. Die Betten stehen eng beieinander, zwei oder vier in einem Raum. Die Wände sind mit glänzender Ölfarbe gestrichen, in typischen Anstaltsfarben, grün und beige. Es gibt eine Art Aufenthaltsraum mit hochlehnigen Stühlen, die aus verständlichen Gründen Plastiksitze haben, dort hocken die Heiminsassen, die bis hierher haben kriechen können, blättern in Zeitschriften, sehen fern oder starren blicklos in die Gegend. Die Betreuerinnen, meist farbige Frauen in Baumwollkitteln und flappenden Pantoffeln, reden gutmütig-deftig auf ihre Schützlinge ein, während sie, ihre Wagen mit Pillen vor sich herschiebend wie Getränkeverkäufer, durch die Stationen und über die Gänge laufen.

In so einer Umgebung würde Ursula es nicht lange aushalten, und ich würde ihr so etwas natürlich auch nie zumuten. Doch für Alte und Kranke ist hier offenbar Endstation im Paradies, sofern sie keine Angehörigen haben, die sich um sie kümmern, nicht reich genug sind, um sich eine anständige Betreuung leisten zu können, oder nicht arm genug, um Anspruch auf Sozialhilfe zu haben. Private Verwahrung betagter Kranker in Billigausführung. Meine Begleitung weiß es und läßt es mich spüren. Ihr Gesicht, ihr Ton sagen: Hätten wir beide es weiter gebracht im Leben, müßte ich nicht in dieser Bruchbude schaffen, und du, mein Junge, würdest dir nicht überlegen, ob du deine Tante hier abladen kannst. Am Ende des Rundganges bedanke ich mich, nehme höflichkeitshalber noch einen Prospekt mit Preisliste mit und mache mich davon.

Das zweite Heim ist nur um Nuancen besser, außerdem haben sie dort nichts frei. Kaum zu glauben, daß es für derart trostlos deprimierende Häuser auch noch eine Warteliste gibt!

Selbst in ziemlich trostlos deprimierter Stimmung fuhr ich nach Waikiki zurück und setzte mich an den Strand, was ein Fehler war. Die Sonne brannte, und die wenigen Schattenplätze unter den Palmen waren längst belegt. Das Meer blitzte und blinkte, daß einem die Augen weh taten, der Sand war so heiß, daß es eine Tortur war, ihn mit bloßen Füßen zu betreten. Die meisten Leute um mich herum trugen Gummischlappen mit Riemchen zwischen den Zehen und hatten sich Bastmatten untergelegt. Ich staune, wie sie es fertigbringen, sich in dieser gnadenlosen Hitze hinzulegen und alle viere von sich zu strecken. Der Schweiß lief mir in Bächen aus den Achselhöhlen, aber aus Angst vor einem Sonnenbrand traute ich mich nicht, mein Hemd auszuziehen. Ich rollte die Hosenbeine auf, ganz wie im heimischen England an der See, und watete eine Weile unten im seichten Wasser herum. Es war warm und trüb, die Flut hatte Papierfetzen und Plastikmüll auf den groben Sand gespült. Eine unablässige Prozession Kühlung suchender Urlauber stapfte am Meeressaum entlang, alle Altersstufen, Figuren und Größen waren vertreten, viele führten Getränke, Eis oder Hot Dogs mit. Amerikaner nehmen ihre Nahrung offenbar gern im Gehen zu sich – wie Vieh auf der Weide. Die meisten waren natürlich in Badesachen, die für ältere, beleibte Personen häufig nicht sehr kleidsam sind. Bei den jungen Männern scheinen paradoxerweise pludrige knielange Badehosen große Mode zu sein, die in nassem Zustand unangenehm an den Hüften kleben, wohingegen die Schwimmanzüge der jungen Frauen hautnah und an der Hüfte extrem hoch geschnitten sind. In einer halben Stunde kamen zweimal sehr professionell wirkende Strandläufer vorbei, ausgerüstet mit Taschen und Beuteln, mit Kopfhörern und elektronischen Metalldetektoren, und fahndeten im Sand nach vergrabenen Schätzen.

Der Wind war schwach und drehte immer wieder. Die Schwimmer wiegten sich in den Wellen und versuchten ohne viel Erfolg, sich von der trägen Dünung tragen zu lassen. Weiter draußen standen ernsthafte Wellenreiter auf ihren Brettern und erwarteten die nächste kräftige Woge. Ein großer Katamaran mit gelbem Segel und einer Mannschaft von Polynesiern, deren Haut wie geöltes Teak glänzte, war in einiger Entfernung am Strand festgemacht und rief mit einem

Tusch wie aus einem lautsprecherverstärkten Tritonshorn zu einer Vergnügungsfahrt. Auf See, in Richtung Diamond Head, saßen Urlauber in Outrigger-Kanus und paddelten oder ließen sich paddeln, und eine winzige, von einem Fallschirm hängende Gestalt wurde von einem Speedboot über den Himmel gezogen. Es hielt schwer, dieses Bild unschuldiger, wenn auch ziemlich geistloser Vergnügungen mit dem zu verknüpfen, was ich gerade in den beiden Pflegeheimen gesehen und noch so deutlich vor Augen hatte – die Badenden und Sonnenanbeter in ihrer prallen Körperlichkeit mit den sabbernden, ausgemergelten Gestalten, die nur wenige Meilen von diesem Strand entfernt durch die tristen Stationen, die kahlen Gänge geisterten. Ich kam mir vor wie ein aus dem Reich der Toten zurückgekehrter sprachloser Prophet, mir war, als müsse ich eine Botschaft oder eine Warnung an die Menschheit richten, ohne aber recht zu wissen, wie ich sie formulieren sollte. *Nehmt immer eine Sonnencreme mit Schutzfaktor 15* vielleicht, aber das schien bereits weitgehend bekannt zu sein, denn ich sah allenthalben Urlauber, die ihre toten und sterbenden Hautzellen voller Hingabe mit den verschiedensten Cremes und Lotionen salbten. Während ich noch in dem lauwarmen Flachwasser stand und mit zusammengekniffenen Augen ins Meer hinaussah, erhob sich plötzlich wenige Meter von mir entfernt ein Schwimmer aus den Fluten wie ein auftauchendes Unterseeboot. Er hatte eine Gummimaske mit Sichtfenster vor dem Gesicht und einen Plastikschlauch im Mund und stolperte aufgeregt winkend herum, so daß ich zunächst glaubte, er sei in Not, aber als er die Maske abnahm, erkannte ich Roger Sheldrake. Er tappte, behindert durch die gewaltigen Schwimmflossen, die er an den Füßen trug, auf mich zu, ein richtiger Land-Fisch, und begrüßte mich erstaunlich herzlich.

»Auch Schnorcheln«, erläuterte er und legte seine Ausrüstung ab, »gehört zum Handwerk«.

Ob er interessante Fische gesichtet hätte, wollte ich wissen. Nein, sagte er, nur Plastiktüten, aber an diesem Strand seien die Bedingungen auch nicht günstig, das Wasser sei zu schmutzig. Man habe ihm eine Stelle auf der anderen Seite von Diamond Head empfohlen, Hanauma Bay. »Wollen Sie nicht mal mit mir hinfahren?« Ich sei leider zur Zeit völlig verplant, sagte ich und erzählte ihm in Kurzfassung, was mir seit meiner Ankunft in Hawaii widerfahren war. Er schnalzte mitleidig mit der Zunge. »Ja, aber nach Ihrem geriatrischen Dienst brauchen Sie doch auch mal Entspannung. Kommen Sie auf einen Drink mit in mein Hotel. Die Direktion schickt mir andauernd Sekt aufs Zimmer, ich hab schon ein ganzes Lager.« Ich entschuldigte mich, weil ich vor dem Abendessen bei den Millers noch in beiden Krankenhäusern vorbeischauen wollte, und er kaufte mir an einem Strandkiosk ein sogenanntes Shave-Ice, die hiesige Spezialität, eine Art Schneematsch mit Fruchtgeschmack. In der glühenden Sonne war der Matsch längst zu Wasser geworden, ehe ich den Becherboden erreicht hatte. Alles ist überdimensioniert hierzulande, die Steaks, die Salate, das Eis, Überdruß stellt sich ein, ehe man aufgegessen hat.

Wir setzten uns nebeneinander auf die Bastmatte, auf der Sheldrake seine Sachen deponiert hatte, und aßen unser Shave-Ice, und ich erkundigte mich nach seiner Arbeit. Es lief recht gut, er hatte schon eine Reihe von Paradies-Verweisen gesehen. Aus seiner Hemdentasche angelte er ein Notizbuch und las vor: »Paradies-Blumen, Paradies-Gold, Paradies-Geschenkverpackdienst, Paradies-Getränke, Paradies-Bedachungen, Paradies-Gebrauchtmöbel, Paradies-Ungezieferverrnichtung...« All diese Bezeichnungen hatte er an Häusern oder Lieferwagen oder in Zeitungsanzeigen entdeckt. Ich fragte, ob es nicht einfacher sei, im Telefonbuch von Honolulu unter *Paradies* nachzuschlagen, aber da kam ich schön an. »Das ist nicht der Sinn eines Feldversuches«, sagte er. »Ziel der Übung ist es, sich ganz mit den Versuchspersonen zu identifizieren, dieselben Erfahrungen mit dem Umfeld zu machen wie sie, in diesem Fall das Wort *Paradies* nach und nach, durch einen langsameren Wachstumsprozeß, ins Bewußtsein dringen zu lassen.« Ich folgerte, daß es dann wohl auch nicht zulässig war, wenn ich ihm von mir gesichtete Paradies-Motive weitergab, aber das sah er offenbar nicht so eng, und ich erzählte ihm von meinem Besuch in der Paradies-Pasta. Hocherfreut machte er sich mit einem Kugelschreiber, der in der Hitze ausgelaufen war, eine Notiz.

Seine Arbeit basiert auf der These, daß die Touristen einfach durch die Wiederholung des Paradiesmotivs einer Gehirnwäsche unterworfen werden, die ihnen suggeriert, daß sie – ungeachtet des Mißverhältnisses zwischen Realität und Archetypus – im Paradies gelandet sind. Der Strand, an dem wir saßen, hatte wahrhaftig wenig Ähnlichkeit mit dem Bild auf der Titelseite des Travelwise-Prospekts. »Ja, Waikiki ist jetzt einer der dichtestbesiedelten Orte der Welt«, bestätigte er, als ich das erwähnte. »Er nimmt eine Fläche von nur einer siebentel Quadratmeile ein, weniger als die Hauptrollbahn des Flughafens von Honolulu, aber auf diesem kleinen Stück Land drängen sich hunderttausend Menschen zusammen.«

»Aber gleichzeitig ist es auch einer der abgelegensten Orte der Welt«, sage ich und dachte daran, wie aus dem schwarzen Schlund der pazifischen Nacht so unvermittelt die Lichter von Honolulu aufgetaucht waren. »Das hat trotz des Gewimmels und der Kommerzialisierung etwas Mythisches.«

Bei dem Wort *mythisch* spitzte Sheldrake die Ohren.

»Wie die Gärten der Hesperiden oder die Inseln der Seligen in der klassischen Mythologie«, führte ich weiter aus. »Heimstätte der glücklichen Toten, in der es keinen Winter gibt. Angeblich befanden sie sich am äußersten westlichen Rand der bekannten Welt.«

Ganz aufgeregt bat er mich um Quellennachweise. Er solle bei Hesiod und Pindar nachschlagen, sagte ich, und er notierte mit blauverschmierten Fingern die Namen in seinem schlauen Buch.

»Wenn man es recht bedenkt«, sagte ich, »ist die Vorstellung vom Paradies als Insel eher heidnischer als jüdisch-christlicher Herkunft. Eden war keine Insel. Nach Meinung bestimmter Wissenschaftler waren die *Insulae Fortunatae* in Wirklichkeit die Kanarischen Inseln.«

»Na, ich danke!« sagte er. »Von Glücklichsein kann da heute wohl keine Rede mehr sein. Waren Sie letzthin mal auf Teneriffa?«

Als ich ihn fragte, ob bei seinen Forschungsreisen gelegentlich auch seine Frau mit von der Partie sei, erwiderte er ziemlich kurz angebunden, er sei nicht verheiratet.

»Ja so«, sagte ich etwas konsterniert. »Dann entschuldigen Sie bitte.«

»Ich war mal verlobt«, sagte er, »aber nachdem ich mit meiner Doktorarbeit angefangen hatte, hat sie Schluß gemacht. Es verdirbt ihr den Urlaub, hat sie gesagt, wenn ich dabei ständig alles zergliedere.«

In diesem Moment rief zu meiner Verblüffung eine weibliche Stimme: »Hallo, Bernard!« Ich sah auf, und vor mir stand eine strahlende Sue mit ihrer Freundin Dee. Beide trugen glänzende einteilige Schwimmanzüge und Strohhüte und hatten den üblichen Strandkrimskrams in Plastiktüten bei sich. Ich rappelte mich auf und machte sie mit Sheldrake bekannt. Sie wollten sich gerade Karten für die Fahrt in den Sonnenuntergang holen, sagte Sue und fragte Sheldrake und mich, ob wir nicht mitkommen wollten. Sie zwinkerte mir verschwörerisch zu, während Dee den Blick abwandte, als wolle sie mit dem Vorschlag nichts zu tun haben. Ich lehnte bedauernd ab, redete aber Sheldrake zu, doch mitzumachen. Er schien nicht abgeneigt. Offenbar ist er genauso einsam wie ich und leidet noch mehr darunter.

Nachmittags nach Sankt Joseph zu Daddy. Als ich in sein Zimmer kam, spendete ihm der Krankenhauskaplan gerade die Kommunion. Ein peinlicher Augenblick. Ich blieb unentschlossen an der Tür stehen. Vielleicht konnte ich mich noch unbemerkt verdrücken? Doch da hatte Daddy mich schon bemerkt und sagte etwas zu dem Priester, der mich lächelnd heranwinkte. Es war ein ziemlich junger, fülliger Mann mit kurzgeschnittenem Haar, unter der Stola trug er ein graues Priesterhemd und schwarze Hosen. Ein gelangweilt wirkender Jüngling in Jeans und Joggingschuhen war als Meßdiener dabei. Ich kam mir ganz sonderbar vor, als sie das vertraute Zeremoniell vollführten, als sähe ich eine frühere Inkarnation meiner selbst vor mir (wieso habe ich neuerdings so oft das Gefühl, nur als Gespenst anwesend zu sein?). Daddy schloß die Augen und streckte die Zunge vor, um die Hostie in der herkömmlichen Art aufzunehmen. Er hat sich nie mit der nach dem Zweiten Vatikanischen Konzil eingeführten Praxis anfreunden können, die Kommunion in die Hand zu empfangen. Gottloser Protestantenkram, sagt er verächtlich dazu.

Der Priester schloß den Deckel des Ciboriums, dann legte er Daddy die Hand auf den Kopf und betete laut für seine Genesung. Ich erkannte das Markenzeichen des Charismatikers. Daddy schüttelte den Kopf wie ein scheuendes Pferd, aber der Kaplan ließ seinen Kopf nicht los und betete ungerührt weiter. Ich unterdrückte nur mit Mühe ein leises Lächeln. Als der Priester fertig war, wandte er sich mir zu und fragte, ob ich beten wolle. Ich schüttelte den Kopf, woraufhin Daddy sich seinerseits ein leichtes Grinsen nicht verkneifen konnte.

Er sei Pater Luke McPhee, stellte der Pfarrer sich vor, und mache zur Zeit Vertretung für einen der Krankenhausseelsorger, der zu einem Lehrgang nach Kalifornien geflogen sei. Er betrachte das als große Ehre, weil die Kranken die Eucharistie offenbar so viel höher schätzten als die Gemeinde bei der normalen Sonntagsmesse. Ich murmelte etwas Angemessenes, aber vielleicht wirkte ich nicht überzeugt oder nicht überzeugend genug, denn er musterte mich scharf – wie ein Offizier, der einen verkleideten Deserteur wittert.

In die Geyser-Klinik zu Ursula. Ich erzählte ihr nichts Näheres über die Pflegeheime, sondern sagte nur, sie wären ungeeignet, und ich würde morgen zwei weitere Heime besichtigen. Sie erkundigte sich besorgt nach Daddy. Offenbar hatte sie versucht, ihn in Sankt Joseph anzurufen, und dort hatte man ihr gesagt, er sei nicht erreichbar. Sie hatte gebeten, man möge ihm einen Gruß von ihr ausrichten, aber er hatte nicht zurückgerufen. Er habe kein Telefon am Bett, sagte ich, worauf sie meinte, man würde ihm eins bringen, er brauche es nur zu sagen. Daß ihr Bruder nur ein paar Meilen von ihr entfernt und doch unerreichbar war, machte ihr sehr zu schaffen. »So nah und doch so fern... es wäre schön, wenn wir wenigstens miteinander sprechen könnten.« Daddy habe nie viel von einem Schwatz per Telefon gehalten, sagte ich, und das stimmt auch. Vielleicht kommt es daher, daß er sein Arbeitsleben fast ausschließlich zwischen schrillenden Telefonen verbracht hat.

Zu mir hat er nichts davon gesagt, daß Ursula versucht hatte, ihn zu erreichen.

Sie war richtig neidisch, als ich ihr erzählte, er habe die Kommunion empfangen. Im Geyser käme der katholische Seelsorger nur alle Jubeljahre mal vorbei, sagte sie. Viel lieber wäre sie in einem katholischen Krankenhaus, aber aufgrund ihrer Versicherung ist sie nun mal ans Geyser gebunden. Pater Luke sei sicher gern bereit, sie zu besuchen, sagte ich, aber dann müsse sie laute Gebete über sich ergehen lassen. Diese Art von Billy-Graham-Frömmigkeit läge ihr eigentlich weniger, meinte sie. »Aber sie scheint sich bei den Katholiken auch schon einzuschleichen. Als ich vor ein paar Jahren wieder anfing, zur Kirche zu gehen, habe ich den Gottesdienst kaum wiedererkannt. Es war wie in einem Popkonzert, oben am Altar standen junge Leute mit Tamburins und Gitarren, die flotte Lieder sangen wie am Lagerfeuer, nicht die schönen alten Choräle von früher, *Gott wohnt in einem Lichte* oder *Sakrament der Liebe Gottes*. Die Messe war auf Englisch und nicht auf Latein, die Lesung am Altar hatte eine *Frau* übernommen, und der Priester sprach die Messe mit dem Gesicht zur Gemeinde. Es war mir richtig peinlich, als ich ihn die Hostie kauen sah. In der Klosterschule hatten sie uns eingebleut, die Hostie nie mit den Zähnen zu berühren. Wir mußten sie mit der Zunge gewissermaßen zusammenfalten und runterschlucken.«

Ein alter Aberglaube, sagte ich, der schon seit Jahren nicht mehr in der Vorbereitung zur Erstkommunion gelehrt wird. Ich gab ihr einen kurzen Überblick über die Eucharistie aus heutiger theologischer Sicht: Die Bedeutung des gemeinsamen Mahls in der jüdischen Kultur, Stellenwert des *agape* oder Liebesmahls im Leben der frühen Christen, die irregeleiteten Versuche der Scholastik, eine aristotelische Grundlage für die Eucharistie zu schaffen, die zur Doktrin der Transsubstantiation und der abergläubischen Vergegenständlichung der geweihten Hostie führte. Ich merkte, daß ich mehr und mehr in die Tonart eines Dozenten vom St. John verfiel und Ursula immer unruhiger wurde, aber irgendwie kam ich aus der Rille nicht mehr heraus. Als ich fertig war, fragte sie: »Was haben denn überhaupt die Juden mit der Sache zu tun?« Jesus sei Jude gewesen, sagte ich. »Mag sein, aber irgendwie ist er mir nie jüdisch vorgekommen. Auf dem Grabtuch von Turin sieht er nicht jüdisch aus.« Das Grabtuch von Turin, sagte ich, sei kürzlich als mittelalterliche Fälschung entlarvt worden. Sie schwieg einen Augenblick. Dann fragte sie: »Steckt diese Sophie Knoepflmacher immer noch ihre neugierige Nase in meine Angelegenheiten?«

Es ist manchmal gar nicht so einfach, unwissenden, mit Vorurteilen behafteten alten Leuten liebende Zuwendung zu schenken, selbst wenn sie krank und hilflos sind.

Zurück in die Wohnung, um Vorbereitungen für meinen Besuch bei den Millers zu treffen. Um viertel nach fünf war ich fertig: Geduscht, Bart getrimmt, Hemd gewechselt. Ich überlegte, ob ich einen Schlips umbinden sollte, entschied mich aber dagegen: zu heiß. Damit die Zeit vergeht, habe ich Tagebuch geschrieben. Es ist jetzt viertel nach sechs. Sonderbar, wie nervös, wie aufgeregt und erwartungsvoll ich bin. Warum? Vielleicht, weil ich niemandem von der Einladung erzählt habe, nicht Daddy, nicht Ursula, nicht mal Mrs. Knoepflmacher, die eben mit einem Thunfischsalat bei mir geklopft hat. Ich habe ihn dankend entgegengenommen und in den Kühlschrank gestellt. Es ist ein bißchen so, als ob ich die Schule schwänze oder mit dem Feind fraternisiere. Ja, das muß es wohl sein ...

10.00 Uhr abends

Zurück vom Abendessen bei Yolande Miller. Interessanter Abend und zumeist erfreulich, wenn auch das Ende ziemlich unvermittelt und unbefriedigend war, was voll und ganz auf mein Konto geht. Ich bin fahrig und verdrießlich und hellwach. Muß noch Jetlag sein. Wenn ich mich hinlege, schlafe ich doch nicht, also werde ich meine Eindrücke festhalten, solange sie noch frisch sind.

Das Haus der Millers ist einer dieser eingeschossigen kleinen Holzbauten, die an den Hängen eines feuchten, schmalen Spalts am .Ende eines Tals in den Hügeln oberhalb der Universität kleben, die ihrerseits oberhalb von Waikiki liegt. Die Straße stieg stetig an und war schließlich so steil und gewunden, daß ich mich mehr als einmal fragte, ob mein altersschwacher Honda die nächste Kurve noch schaffen würde. Das Klima ist ganz anders als in Waikiki, feuchter und mit mehr Niederschlag, die Vegetation ist saftig-grün und üppig. »Willkommen im Regenwald«, rief Yolande von der Veranda, als ich den schmalen Zugang von der Straße hochgeklettert war. Die Stufen waren glitschig von festgetretenen Blättern und Hibiskusblüten. Sie sagt, daß es dort fast täglich regnet, allerdings nie lange. Die Wolken streifen die Hügelkuppen und lassen hin und wieder einen sanften Niederschlag fallen. »Aus reiner Gewohnheit«, sagte sie. »Wie ein Hund, der am Laternenpfahl das Bein hebt.« Alles, was aus Metall ist, rostet, die Bücher verschimmeln, der Wein wird sauer. »Ich finde es furchtbar«, sagte sie, »aber ich kann hier nicht weg.«

An diesem Abend allerdings regnete es nicht, und von der Veranda aus (oder der *lanai,* wie Yolande mit drolliger Betonung sagte, als wolle sie sich damit von jedem ethnisch-affektierten Getue distanzieren) hatte man einen überwältigenden Blick auf den Sonnenuntergang hinter Waikiki, der die Skyline in Pink- und Lilatönen aufleuchten ließ. Von dort oben sieht man erst so richtig, wie unheimlich kompakt dieser Ort ist. Er sieht aus wie ein Mini-Manhattan, neu und sauber, gleich einem Architektenmodell, das wie durch Zauberkraft an einem Tropenstrand aus dem Boden geschossen ist. Yolande zeigte mir den Ala-Wai-Kanal, der die Stadt zum Landesinneren hin begrenzt. »Den Kanal haben sie zur Entwässerung der Sümpfe angelegt, dadurch wurde Waikiki erst bewohnbar. Planerisch war es ein Geniestreich, denn er zieht die Touristen nicht nur an, sondern sperrt sie auch ein, so daß sie all ihr Geld in den Hotels und Läden von Waikiki ausgeben und uns nicht weiter stören. Das hat mein Mann mir erklärt. Er ist Geograph.«

Ich erfuhr bald, daß sie von ihrem Mann getrennt lebt und daß das »wir« der Einladung sich auf ihre sechzehnjährige Tochter Roxy bezog, der ich als »Mr. Walsh, dessen Vater den Unfall hatte« vorgestellt wurde. Roxy musterte mich neugierig und erkundigte sich höflich nach Daddys Befinden. Ihr Vater hat Yolande offenbar vor einem Jahr wegen einer Jüngeren verlassen, einer Dozentin aus seinem Fachbereich. Die Scheidung hat sich aufgrund von Auseinandersetzungen um die finanzielle Regelung verzögert, und Yolande gibt offen zu, daß sie diese Auseinandersetzungen bewußt in die Länge zieht.

»Er möchte, daß ich aus seinem Leben verschwinde, daß ich die Scheidung schnellstens durchziehe, meinen Anteil am Haus kassiere und wieder aufs Festland gehe. Aber so billig kommt er mir nicht davon, das sehe ich überhaupt nicht ein. Ich will ihn in Verlegenheit setzen. Ich will ihn beschämen. Ich will ihm wehtun. Er soll wissen, daß er in keinen Supermarkt, in keinen Drugstore, zu keiner Fachbereichsparty gehen kann, ohne Gefahr zu laufen, daß er mir begegnet. Und dann kriegt er – oder sie – einen besonders bösartigen Blick von mir, den übe ich vor dem Badezimmerspiegel. Wenn Sie jetzt denken, daß das nicht gerade von großer Reife zeugt, besonders bei einer Therapeutin, haben Sie natürlich recht. Aber es hat mich sehr getroffen. Ich habe es als Verrat empfunden. Ich kannte nämlich die Frau. Sie hat bei Lewis ihr Diplom gemacht und hier im Haus verkehrt. Ich habe so was wie eine Freundin in ihr gesehen.«

Vielleicht sollte ich hier anfügen, daß sie, als sie so weit mit ihren Geständnissen gekommen war, schon einiges getrunken hatte. Einen steifen Gin Tonic vor dem Abendessen (sofern der, den sie für mich mixte, ein Maßstab war) und mehr als die Hälfte von dem Beaujolais, den ich mitgebracht hatte. Wir waren bei Käse und Obst angekommen. Die tief nach unten gezogene Pendelleuchte warf einen hellen Lichtkreis auf den reifen Camembert. Ihr Gesicht blieb im Schatten. Wir waren allein. Roxy hatte eilig Salat und Zitronenhähnchen verschlungen und war mit Freunden ins Autokino gefahren. (»Komm nicht so spät«, sagte Yolande, als sich unten eine Autohupe räusperte und Roxy aufsprang. »Wie spät?« – »Nicht nach zehn.« – »Elf.« – »Halb elf.« – »Viertel vor elf«, rief Roxy von der Vortreppe, als die Fliegentür hinter ihr zuschlug. Yolande verzog seufzend das Gesicht. »Familienunterhandlungen nennt man so was«, sagte sie.)

Roxy (eine Abkürzung von Roxanne), ein hübsches Mädchen mit dem brünetten Teint und dem glänzend schwarzen Haar ihrer Mutter, spielt eine nicht unwichtige Rolle in dem Scheidungspatt. Laut Yolande ist sie zwar mit dem Verhalten ihres Vaters nicht einverstanden, besucht ihn aber regelmäßig und möchte den Kontakt zu ihm nicht verlieren. Es ist noch ein Sohn da, der Gene heißt, er ist schon älter, besucht ein College in Kalifornien und hat im Augenblick einen Ferienjob in einem der Naturparks, aber Yolande macht sich hauptsächlich Gedanken um Roxy. »Wenn ich mit ihr von Hawaii weggehe, trägt sie mir das bestimmt nach. Insgeheim, glaube ich, hofft sie, daß Lewis und ich eines Tages wieder zusammenfinden.«

Ich faßte mir ein Herz. »Besteht diese Möglichkeit?«

»Nein.« Sie schenkte sich den Rest Beaujolais ins Glas. »Ich glaube nicht. Und Sie, Bernard, sind Sie verheiratet?«

Ich schüttelte den Kopf.

»Geschieden? Witwer?«

»Nein, schlicht und einfach Junggeselle.« Irgend etwas, ich weiß nicht was – wahrscheinlich hatte ich auch mehr als gewohnt getrunken –, veranlaßte mich zu sagen: »Und schwul bin ich auch nicht.«

Sie lachte. »Das hatte ich auch nicht angenommen. Ich hätte Sie sonst nicht hierher eingeladen, um sie mit meinen weiblichen Listen zu umgarnen.«

»Weiblichen Listen?« wiederholte ich heiser. Vor Schreck war mir die Kehle eng geworden. Bitte mach, daß sie sich mir nicht an den Hals wirft, betete ich insgeheim (zu wem?). Bitte, bitte... Es war ein so schöner Abend, wunderbares Essen, der Wein, nette Gesellschaft, das Gefühl, vorübergehend der Verantwortung für Ursula und Daddy ledig zu sein. Und ich hatte große Angst, sie könnte mit einem handfesten Annäherungsversuch alles verderben, auf den ich nicht würde eingehen können. Sie würde gekränkt sein, ich müßte schleunigst das Haus verlassen, wir würden uns nie wiedersehen. Ich wollte sie wiedersehen. Ich spürte, daß wir Freunde werden konnten, und ich sehne mich so sehr nach Freundschaft.

»Das Essen, die feine Tischdecke, gedämpfte Beleuchtung... Sie wissen gar nicht, wie glücklich Sie sich schätzen dürfen, in Honolulu echten französischen Camembert zu bekommen. Und ehrlich gesagt finde ich mich ziemlich gut in diesem Kleid. Eine Wucht, hat Roxy gesagt.«

»Ein sehr hübsches Kleid«, sagte ich lahm und sah nicht hin. Ich hatte den unbestimmten Eindruck, daß es vor allem dunkelrot war. Und seidig.

Sie lachte wieder. »Okay. Kommen wir zum Hauptproblem des Abends. Werden Sie mich verklagen oder nicht?«

Ich brauchte ein, zwei Sekunden, um zu begreifen, was sie meinte. Dann lachte ich auch – vor Erleichterung. »Natürlich nicht. Es war unsere Schuld. Wir sind an der verkehrten Stelle über die Straße gegangen.«

»Ja, ich weiß. Aber die Cops haben, nachdem Sie mit dem Krankenwagen weggefahren waren, eine Bremsprüfung bei mir gemacht, von der sie offenbar nicht begeistert waren. Wahrscheinlich dürfte ich Ihnen das gar nicht erzählen, aber glauben Sie mir, der Unfall hätte sich trotzdem so abgespielt. Ihr Vater ist mir vor die Räder gelaufen, ehe ich überhaupt Zeit zum Bremsen hatte.«

»Ich weiß.« Ich erinnerte mich an die Abfolge der Ereignisse, den schaurigen Aufprall, das Bremsenquietschen.

»Aber das sind so die Dinge, auf die Anwälte sich stürzen. Ich hatte den Wagen schon länger nicht beim Kundendienst. Es ging ein bißchen knapp zu bei uns, Lewis hatte sich mit den Unterhaltszahlungen Zeit gelassen, und außerdem kam ich einfach nicht dazu. Noch mehr Rechtsstreitigkeiten kann ich im Augenblick nicht gebrauchen, auch finanziell nicht. Hat man Ihnen nicht geraten, mich zu verklagen?«

Ja, räumte ich ein, das habe man in der Tat, aber ich sei, wie gesagt, nicht daran interessiert.

»Danke.« Sie lächelte. »Ich hatte gleich das Gefühl, daß Sie ein Ehrenmann sind. Davon gibt es heutzutage nicht mehr allzu viele.« Wenn sie lächelt, ist ihr Gesicht wie verwandelt. In Ruhestellung hat es durch die volle Oberlippe etwas Aggressives, ja, fast Verdrossenes, aber wenn sie lächelt und sich die vollen Lippen über dem Sichelbogen der weißen Zähne schürzen, leuchtet das ganze Gesicht auf, und die dunkelbraunen Augen funkeln.

Beim Kaffee erzählte sie mir in Kurzfassung ihre Lebensgeschichte.

Geboren und aufgewachsen ist sie in einem wohlhabenden äußeren Vorort von New York als Tochter eines Anwalts, der täglich nach Manhattan pendelte. »Und der, ob Sie's glauben oder nicht, Argument heißt. Das war mein Mädchenname. Yolande Argument. Trifft den Nagel auf den Kopf, hat Lewis immer gesagt. Ursprünglich stammte die Familie wohl von Hugenotten ab.« Sie besuchte Mitte der sechziger Jahre ein College in Boston, war, der damaligen Moderichtung folgend, sehr radikal, machte ihren Abschluß in Psychologie, belegte einen Doktorandenkurs und lernte Lewis Miller kennen, der damals gerade seine Dissertation schrieb, um in Geographie zu promovieren. Sie zogen zusammen, und als Yolande versehentlich schwanger wurde, heirateten sie. In den ersten Ehejahren arbeitete Yolande im Büro, um Lewis mit durchzubringen, und kam deshalb nicht dazu, die eigene Doktorarbeit abzuschließen. »Da müßte der Schuft mir doch eigentlich dankbar sein, nicht? Von wegen . . .« Einer der derzeitigen Streitpunkte ist, daß Yolande im Rahmen der Scheidungsregelung einen finanziellen Ausgleich für die nicht beendete Doktorarbeit und den ihr dadurch entgangenen Mehrverdienst in einem akademischen Beruf verlangt. »Meine Anwältin ist Feuer und Flamme von der Idee.«

In den siebziger Jahren kam Yolande zur Frauenbewegung. »Ich war reif dafür. Statt aber in der Praxis anzuwenden, was dort gepredigt wurde, und wieder an die Uni zu gehen, steckte ich all meine Energien in die Bewegung selbst – Versammlungen, Demos, Workshops. Eine Weile sah ich mich als feministische Künstlerin. Ich machte Collagen aus Windeln, Tampons, Strumpfhosen und Ausrissen aus Frauenzeitschriften. Nicht zu glauben, wieviel Zeit ich damit verplempert habe. Lewis war schlau. Während ich bei den Schwestern Dampf abließ, kniete er sich in seine Karriere. Gleich nach der Promotion bekam er eine Professur in seinem Fachbereich. Mit Women's Lib hatte er keine Probleme. Die Frauen in meiner Gruppe beneideten mich immer, weil er nach außen hin ein so guter Hausmann war, ohne Murren seinen Anteil am Kochen und Einkaufen erledigte. Kunststück! Kochen und Einkaufen machten ihm einfach Spaß.«

Eines Tages kam Lewis von einer großen Tagung in Philadelphia zurück und erzählte, daß man ihm einen guten Job angeboten habe, einen Lehrstuhl mit fester Anstellung an der University of Hawaii. »Er wollte unbedingt hin. Es war eindeutig ein Aufstieg und ideal für seine Forschungsarbeit. Er ist Klimatologe. Ich fand die Vorstellung, nach Hawaii zu ziehen, einfach grotesk. Das ist doch kein Ort, den man ernst nehmen, an dem man ernsthafte Arbeit leisten kann, dachte ich damals. Nach Hawaii fuhr man auf Urlaub oder in die Flitterwochen, wenn man sentimental veranlagt war, das nötige Kleingeld und nichts gegen Langstreckenflüge hatte. Ein Urlaubs-, ein Zufluchtsort. Buchstäblich die letzte Zuflucht, denn hier endet Amerika, endet der Westen. Dahinter kommt gleich Asien. Japan, Hongkong. Wir hängen hier am Rande der westlichen Zivilisation und klammern uns krampfhaft mit den Fingerspitzen fest... Aber ich merkte, wie sehr die Sache Lewis am Herzen lag, und dachte mir, daß er es mir später nachtragen würde, wenn ich ihm diese Chance verbaut hätte. In New England war Winter. Ich war erkältet, die Kinder waren erkältet, und für ein paar Jahre war vielleicht Hawaii gar keine so schlechte Idee. Lewis versprach, höchstens fünf Jahre zu bleiben. Also gab ich nach.

Ich war kaum hier, da merkte ich, daß es ein Fehler gewesen war. Für mich jedenfalls. Lewis fand es herrlich. Das Klima gefiel ihm, der Fachbereich gefiel ihm, die Kollegen waren lange nicht so futterneidisch wie an der amerikanischen Ostküste, und für die Studenten war er eine Respektsperson. Unsere Kinder fanden es auch herrlich – Schwimmen und Surfen und Picknicks das ganze Jahr über. Aber ich war nie glücklich hier. Warum nicht? Im Grunde wohl deshalb, weil es langweilig ist. Ja, so ist es. Leider. Das Paradies ist langweilig, aber man darf es nicht laut sagen.«

Warum? fragte ich. Warum es langweilig ist, fragte sie zurück, oder warum man es nicht laut sagen darf. Beides, sagte ich.

»Langweilig ist Hawaii unter anderem deshalb, weil es keine kulturelle Identität hat. Die ursprüngliche polynesische Kultur ist mehr oder weniger ausgelöscht, weil sie nur auf mündlicher Überlieferung beruhte. Erst die Missionare haben ein Alphabet für die Hawaiianer erfunden, und das diente dazu, die Bibel zu übersetzen und nicht zur Aufzeichnung heidnischer Mythen. Es gibt keine Bauwerke, die älter sind als neunzehntes Jahrhundert, und auch davon nicht viele. Aus tausend Jahren hawaiischer Geschichte vor Kapitän Cook sind uns nur ein paar Angelhaken und Axtköpfe und ein paar Stücke *tapa*-Tuch im Bishop Museum geblieben. Ich übertreibe – aber nicht sehr. Landschaft, ja, die gibt es hier in Hülle und Fülle: phantastische Vulkane, Wasserfälle, Regenwälder – deshalb liebt Lewis die Inseln ja auch so sehr –, aber kaum Geschichte. Geschichte im Sinn von Kontinuität. Die Bevölkerung setzt sich aus zahlreichen grundverschiedenen Elementen zusammen – Menschen, die zu den verschiedensten Zeiten aus den verschiedensten Gründen herkamen – *haole*, Chinesen, Japaner, Polynesier, Melanesier, Mikronesier –, und sie alle schwimmen wie Treibgut in einer lauwarmen See amerikanischer Konsumkultur. Das Leben hier ist unglaublich oberflächlich. Seit Pearl Harbor ist in Hawaii nichts von Bedeutung geschehen. Die sechziger Jahre sind fast unbemerkt vorbeigegangen. Nachrichten aus der übrigen Welt brauchen so lange, daß sie, bis sie eintreffen, ihre Aktualität verloren haben. Während wir die Montagszeitung lesen, werden in London schon die Schlagzeilen für Dienstag gedruckt. Alles ist so weit weg, daß man sich mit jeder Art von Engagement unglaublich schwertut. Bei Ausbruch des Dritten Weltkrieges würden sie die Meldung wahrscheinlich irgendwo auf einer der Innenseiten des *Honolulu Advertiser* verstecken, und der Aufmacher wäre die drastische Erhöhung der hiesigen Steuern. Man kommt sich irgendwie abgekoppelt von der Zeit vor, als wäre man eingeschlafen und in einer Art Lotusland wieder aufgewacht, wo jeder Tag genauso aussieht wie der vorhergehende. Vielleicht verbringen deshalb so viele Leute ihren Lebensabend auf Hawaii. Hier können sie sich in der Illusion wiegen, daß sie nie sterben müssen, weil sie ja schon scheintot sind. Mit den Jahreszeiten ist es ähnlich. Wir haben jede Menge Wetter, jede Menge Klima, aber keine Jahreszeiten, sie fallen jedenfalls nicht weiter auf. An den Jahreszeiten merkt man, daß die Zeit vergeht. Sie glauben gar nicht, wie sehr mir der Neuengland-Herbst fehlt. Die Ahornblätter, die sich rot, gelb, braun färben und dann zu Boden fallen, bis die Zweige schwarz und kahl sind. Der erste Frost. Schnee. Schlittschuhlaufen im Freien. Der Frühling, das junge Grün, Knospen, Blüten... Hier kann man das ganze Jahr über Scheißblüten sehen. Pardon...« Ich war wohl leicht zusammengezuckt, als das Kraftwort fiel. »Da spricht der Inselkoller, so heißt das hier. Die panische Angst davor, zweieinhalbtausend Meilen von der nächsten Landmasse entfernt hier endgültig gestrandet zu sein. Der verzweifelte Wunsch zu entkommen. Unter den dienstälteren Hochschullehrern gilt man dadurch gesellschaftlich als gezeichnet, die Kollegen meiden einen, wenn man damit geschlagen ist, implizit fällt es ja auch auf sie zurück, weil sie sich hier angesiedelt haben. Vielleicht glauben sie auch, daß Inselkoller ansteckend ist. Oder sie haben ihn schon und lassen nur die Symptome nicht raus. Die offizielle Lesart ist, daß wir alle unheimlich glücklich hier sind in diesem herrlichen *Klima,* aber manchmal, wenn die Leute sich unbeobachtet glauben, haben sie diesen tristen, fernen Blick. Inselkoller.

Ich habe mir ehrlich Mühe gegeben, mich einzuleben, habe Kurse in hawaiischer Kultur genommen, sogar ein paar Brocken der Sprache gelernt, aber bald hatte mich die Langeweile gepackt. Und die Depression. Es gibt so wenig hier, was noch wirklich echt ist. Die Geschichte Hawaiis ist die Geschichte eines Verlusts.«

»Das verlorene Paradies?« sagte ich.

»Das gestohlene Paradies. Das geschändete Paradies. Das infizierte Paradies. Das in Besitz genommene, zugebaute, parzellierte, verkaufte Paradies.

Zumindest, dachte ich mir, könnte ich wieder anfangen zu studieren und meine Dissertation fertigmachen, aber dazu kam ich mir dann doch zu alt vor, es war zu viel Zeit vergangen, ich hab es nicht fertiggebracht, mich wieder in den Hörsaal zu setzen und bei den Professoren Schleimpunkte zu sammeln, und auf meinem Gebiet gab es hier sowieso keinen, bei dem es gelohnt hätte. Ich wollte einen Job haben, ich wollte mein eigenes Geld verdienen, um nicht wegen jeder Kleinigkeit Lewis anzapfen zu müssen. Vielleicht schwante mir da schon etwas. Eines Tages sah ich die Anzeige, mit der eine Teilzeitkraft für Beratung und Lebenshilfe am Center for Student Development gesucht wurde. Eigentlich hatte ich nicht die nötigen Qualifikationen, die klinische Ausbildung fehlte mir, aber meine Zeugnisse machten ihnen offenbar Eindruck, und ich hatte ja auch jede Menge praktische Erfahrung, Therapiegruppen und Selbsthilfe in der Frauenbewegung und so, und allzu wählerisch konnten sie nicht sein, weil die Uni nicht viel zahlt. Ich bekam den Job und lernte aus der Praxis. Die jungen Leute, die ich im ersten Jahr beraten habe, tun mir jetzt noch leid. Aber unter den Blinden ist der Einäugige König – es ist offenbar nicht weiter aufgefallen.«

Ich fragte, mit welchen Problemen sie zu tun hatte.

»Das Übliche: Liebe, Tod, Geld. Und auf Hawaii Rassenfragen, ein heißes Thema. Angeblich haben wir die multikulturelle Gesellschaft, einen echten Schmelztiegel. Glauben Sie kein Wort davon. Noch Kaffee?«

Ich lehnte dankend ab und sagte, ich müsse gehen.

»Aber doch jetzt noch nicht«, protestierte sie. »Ich habe Ihnen meine Lebensgeschichte erzählt, jetzt sind Sie dran.« Sie sagte es beiläufig, aber nur halb im Scherz. Im Grunde war es auch kein unbilliges Verlangen. Und genau deshalb wollte ich ja weg – weil ich fürchtete, sie würde von mir erwarten, daß ich mich für ihre faszinierenden Enthüllungen in gleicher Weise revanchierte. Ich lächelte matt und sagte, meine Lebensgeschichte sei sehr langweilig.

»Wo wohnen Sie in England?« wollte sie wissen.

»In Rummidge, das ist eine große Industriestadt in Mittelengland. Sehr grau, sehr schmutzig und alles in allem sehr häßlich. Einen größeren Kontrast als Rummidge und Hawaii kann man sich kaum vorstellen.«

»Haben Sie dort Nebel?«

»Nicht sehr oft. Aber im Sommer kommt das Licht wie durch leichten Dunst und im Winter wie durch sämige Suppe.«

»Ich hatte mal einen Regenmantel, der *London Fog* hieß. Ich habe ihn des Namens wegen gekauft. Londoner Nebel, das fand ich einfach romantisch. Ich mußte dabei an Charles Dickens und Sherlock Holmes denken.«

»Rummidge ist alles andere als romantisch.«

»Hier hab ich ihn nie getragen. Es regnet zwar andauernd, aber es ist zu warm für Regenmäntel. Zu guter Letzt habe ich ihn in die Kleidersammlung gegeben. Sind Sie in Rummidge geboren?«

»Nein, nein, ich bin erst seit ein paar Jahren dort. Ich lehre Theologie an einer interkonfessionellen Hochschule.«

»Theologie?« Sie streifte mich mit einem Blick, den ich nur zu gut kannte und in dem rasch hintereinander und in teilweiser Überschneidung Verblüffung, neugieriges Interesse und enttäuschte Langeweile zum Ausdruck kamen. »Sind Sie Pfarrer?«

»Jetzt nicht mehr.« Ich stand auf. »Herzlichen Dank für die Einladung. Es war ein reizender Abend. Jetzt muß ich aber wirklich los, ich habe morgen eine Menge vor.«

»Aber ja«, sagte sie und zuckte lächelnd die Schultern. Falls sie sich brüskiert fühlte, ließ sie es nicht anmerken. Wir schüttelten uns auf der Vortreppe die Hand, und sie trug mir einen Gruß an Daddy auf, »wenn er überhaupt etwas von mir wissen will«.

Ich fuhr, um meine Wut auf mich selber abzureagieren, ziemlich unvorsichtig die steile, kurvenreiche Straße hinunter, die Reifen quietschten, die Scheinwerfer tanzten wild über die Straßenschilder. Ich hatte mich täppisch und taktlos benommen, und dieser Meinung bin ich nach wie vor. Ich hätte mich für ihr Vertrauen erkenntlich zeigen, hätte ihr die ganze Geschichte erzählen sollen. Etwa so:

Geboren und aufgewachsen bin ich in Südlondon als eins von vier Kindern einer Familie eingewanderter Iren der zweiten Generation. Unsere Eltern gehörten zum unteren Mittelstand, an der Grenze zur Arbeiterklasse. Mein Vater war Angestellter in einer Spedition. Meine Mutter arbeitete viele Jahre lang in der Essensausgabe einer Schule. Wir Kinder waren alle aufgeweckt und geistig interessiert und bestanden unsere Prüfungen mit fliegenden Fahnen. Wir besuchten staatlich subventionierte katholische Gymnasien oder Klosterschulen. Mein älterer Bruder machte ein Studium, meine

Schwestern gingen auf ein Lehrerseminar. Von Anfang an rechnete man in der Familie irgendwie damit, ich könne Priester werden. Ich war ein ziemlich frommer Junge, ein treuer Frühmessebesucher, Ablaßsammler und Novenenbeter. Und ein bißchen wohl auch ein Strebertyp. Mit fünfzehn kam ich zu dem Schluß, daß ich berufen war. Im Rückblick denke ich, daß dies meine Art war, mit den Problemen des Erwachsenwerdens fertigzuwerden. Die Veränderungen, die sich in meinem Körper abspielten, und die Gedanken, die durch meinen Kopf geisterten, beunruhigten mich. Der Begriff der Sünde beschäftigte mich sehr – wie leicht man eine begehen konnte und welche Konsequenzen es hatte, wenn man im Stand der Sünde starb. Das sind so die Folgen einer katholischen Erziehung – oder das waren sie zumindest zu meiner Zeit. Horror vor der Hölle und meine Ahnungslosigkeit in Sachen Sex lähmten mich geradezu. Wenn auf dem Spielplatz und hinter dem Fahrradschuppen die üblichen losen Reden geschwungen wurden, durfte ich nie dabei sein. Es war, als spürten die anderen Jungen, daß ich für ein enthaltsames Leben bestimmt war. Vielleicht hatten sie auch nur Angst, ich könnte petzen. Spontan konnte ich mich nicht zu den Grüppchen stellen, in denen man über zotige Witze und schmierige Zeitschriften lachte, dabei wäre vielleicht unter Schmutz und Schund auch die eine oder andere nützliche Information gewesen. Mit meinen Eltern konnte ich nicht reden, für die war das Thema Sex tabu. Meinen älteren Bruder zu fragen wagte ich nicht, außerdem war er zu dieser für mich entscheidenden Phase an der Uni. Ich war erstaunlich ignorant und voller Ängste. Wenn du dich dem Priesterstand verschreibst, hatte ich mir wohl gedacht, sind alle Probleme – Sex, Ausbildung, Berufswahl und ewiges Leben – auf einen Schlag geregelt. Solange ich mich darauf konzentrierte, Priester zu werden, konnte ich nicht »fehlgehen«, wie es so schön heißt. In meinen Augen war es eine völlig logische Entscheidung.

Auf Anraten unseres Gemeindepfarrers und eines Monsignore, der in der Diözese für Berufungen zuständig war, verließ ich nach der Mittleren Reife die Schule und ging in ein Juniorseminar, eine Art Vorbereitungsstufe für das eigentliche

Priesterseminar. Sinn der Sache war es, den Priesterkandidaten vor gefährlichen weltlichen Einflüssen und Versuchungen – insbesondere vor Mädchen – abzuschotten, was auch recht gut funktionierte. Vom Juniorseminar wechselte ich ins eigentliche Priesterseminar und von dort ans English College in Rom – eine Auszeichnung, die ich meinem Platz als Klassenbester in Theologie und Philosophie verdankte. Ich wurde in Rom ordiniert und dann nach Oxford geschickt, um meinen Doktor der Theologie zu machen.

Ich wohnte in einem Jesuitenheim und hatte einen Jesuiten als Doktorvater, so daß ich mit dem allgemeinen Universitätsleben kaum in Berührung kam. Man hatte mir eine akademische Laufbahn innerhalb der Kirche zugedacht, aber normalerweise hätte man mich nach dem Studienabschluß zumindest ein paar Jahre als Hilfspfarrer in eine Gemeinde geschickt. Nur ergab es sich gerade so, daß der angesehene Theologe, der mich im Priesterseminar unterrichtet hatte, im Zuge der Streitigkeiten wegen *Humanae Vitae* plötzlich ausschied und wenig später exkommuniziert wurde, weil er eine frühere Nonne heiratete, so daß in St. Ethelbert eine Lücke entstand, die sie rasch mit mir stopften.

Nun war ich wieder da, wo ich angefangen hatte, in Ethel's (wie wir unsere *alma mater* nannten), und dort blieb ich zwölf Jahre lang. Wenn man meine Ausbildungsjahre dazurechnet, habe ich den größten Teil meines Erwachsenenlebens fern von den Problemen und Realitäten einer modernen weltlichen Gesellschaft verbracht. Wir lebten ein bißchen so wie Oxford-Professoren in viktorianischer Zeit – zölibatär, maskulin ausgerichtet, hohen Zielen hingegeben, aber nicht unbedingt asketisch. Die meisten meiner Kollegen konnten durchaus einen anständigen Wein bestellen oder bei einer Diskussion über die Vor- und Nachteile konkurrierender Malt Whiskys mithalten. Das Seminar selbst war eine Art Oxford-Imitat – ein würdiges neugotisches Gebäude in einem kleinen Park. Die Innenräume – eine Mischung aus Internat und Krankenhaus – waren weniger eindrucksvoll: gefliese Böden, Ölfarbe an den Wänden, die Hörsäle nach englischen Märtyrern benannt, *Aula More*, *Aula Fisher* usw. Am Sonntagmorgen mischten sich auf den Gängen Braten- und Kohlgerüche aus der Küche mit Weihrauchdüften aus der Kapelle.

Das Leben ging seinen streng geregelten, gleichförmigen Gang. Man stand früh auf, meditierte eine halbe Stunde, zelebrierte um acht gemeinsam die Messe in der Kapelle, frühstückte (Lehrkörper und Studenten getrennt und deshalb mit besonderem Genuß), hielt seine Vorlesungen – selten mehr als zwei am Tag – und setzte sich von Fall zu Fall mit einzelnen Studenten zu Tutorien zusammen. Das Mittagessen wurde gemeinsam eingenommen, aber den Nachmittagstee gab es im Aufenthaltsraum für den Lehrkörper. Wenn ich es recht bedenke, aßen wir ziemlich unmäßig, obgleich die Kost mampfig und geschmacklich wenig verlockend war. Die Nachmittage hatten wir meist zur freien Verfügung. Man konnte im Park spazierengehen, Arbeiten korrigieren oder an einem Artikel für eine theologische Fachzeitschrift arbeiten. Nach dem Abendessen saßen wir meist im Aufenthaltsraum zusammen, sahen fern oder zogen uns zum Lesen auf unsere Zimmer zurück. (Meine Kollegen bevorzugten für die Freizeit Krimis oder Biographien, während ich meine Vorliebe für Lyrik, die ich noch in der Schule entdeckt hatte, weiter pflegte. Ich denke oft, daß ich, wäre ich nicht Priester geworden, einen ganz ordentlichen Englischlehrer an einer katholischen Höheren Schule abgegeben hätte.) Kam eine wichtige Persönlichkeit, ein Bischof etwa, zu Besuch, gab es Aperitifs. Hin und wieder leisteten wir uns ein diskretes Gelage in einem Restaurant am Ort. Es war ein kultiviertes, würdiges, nicht unbefriedigendes Dasein. Die Studenten sahen zu uns auf. Wohin hätten sie sonst auch sehen sollen? Wir hatten unser künstliches kleines Reich fest im Griff.

Natürlich konnten wir nicht ganz die Tatsache ignorieren, daß immer weniger junge Leute sich berufen fühlten, immer mehr Studenten vorzeitig ihre Ausbildung abbrachen und eine immer größere Zahl ordinierter Priester ihr Amt aufgaben oder die Kirche ganz verließen. Wenn es jemand war, den man persönlich kannte, jemand, mit oder bei dem man studiert oder dessen Arbeiten man gelesen und bewundert hatte, wirkte das stets als Schock. Es war, als sei mitten in einer Party oder einer lebhaften Versammlung, bei der alle aus Leibeskräften aufeinander einredeten, die Tür zugeschlagen. Das Stimmengewirr verstummt jäh, die Versammelten wenden sich zur Tür und begreifen, daß einer der Ihren den Raum verlassen hat und nicht wiederkommen wird, doch nach einer Weile setzt das Gerede und Geraune wieder ein, als sei nichts geschehen. Die meisten Abtrünnigen heirateten früher oder später, mit oder ohne Zurückversetzung in den Laienstand, und wir, die Zurückgebliebenen, schoben ihren Abgang auf sexuelle Probleme. Es war einfacher, die Schuld beim Sex zu suchen als über die Glaubwürdigkeit dessen nachzudenken, was wir lehrten.

Je kleiner unsere Zahl wurde, um so mehr wurde jeder einzelne von uns gefordert, damit sämtliche Bereiche der Theologie abgedeckt werden konnten. Ich mußte plötzlich Vorlesungen über biblische Exegese und Kirchengeschichte halten, wovon ich nicht viel Ahnung hatte, statt mich auf mein Spezialgebiet, die Dogmatik, zu beschränken. In meiner Ausbildung hatte ich auch Bekanntschaft mit einem Fach gemacht, das sich Apologetik nannte. Das war eine verbissene Verteidigung aller Artikel der katholischen Orthodoxie gegen die Kritik oder Konkurrenzansprüche anderer Kirchen, Religionen und Philosophien unter Verwendung aller erdenklichen rhetorischen Hilfsmittel, Argumente und biblischen Zitate. In dem durch das Zweite Vatikanische Konzil geschaffenen Klima wurde die Ausbildung toleranter und berücksichtigte auch weitgehend Fragen der Ökumene, aber die katholischen Priesterseminare in England – zumindest von St. Ethelbert kann ich das sagen – blieben theologisch konservativ. Von unseren bischöflichen Vorgesetzten kam kein Anstoß, den Glauben der immer kleiner werdenden Zahl von Priesterkandidaten zu erschüttern, indem wir sie dem kalten Wind moderner radikaler Theologien aussetzten. Auf diesem Gebiet gaben die Anglikaner den Ton an, und wir empfanden eine gewisse Schadenfreude angesichts der Kräche und drohenden Spaltungen in der englischen Staatskirche, ausgelöst durch Bischöfe und Priester, die die Doktrin der Jungfrauengeburt, der Auferstehung, ja selbst der Göttlichkeit Jesu leugneten. Ich baute in meine Einführungsvorlesungen über Theologie immer einen Witz ein, die Entmythologisierer hätten das Jesuskind mit dem Bade ausgeschüttet, der stets mit Gelächter honoriert wurde. Und dann gab es noch die Geschichte von dem anglikanischen Pfarrer, der seine drei Töchter Glaube, Hoffnung und Doris genannt hatte, weil er zwischen Nummer zwei und Nummer drei Tillich gelesen hatte, – ein Witzchen, über das die Kollegen im Aufenthaltsraum noch wochenlang lachten. Genaugenommen ist mir von Ethel's am deutlichsten in Erinnerung geblieben das ein wenig zu herzhafte Lachen, das durch die Hörsäle, die Aufenthaltsräume und das Refektorium zog. Lautes Wiehern, bebende Schultern, gefletschte Zähne. Warum lachen Kleriker so unmäßig noch über die dümmsten Witze? Um sich bei Laune zu halten? Lachen sie so, wie man pfeift, wenn man durch einen dunklen Wald geht?

Das theologische Spiel jedenfalls spielten wir auf Nummer Sicher. Bei schwierigen Bällen – pardon Fragen – mauerten wir oder ließen sie an uns vorbeifliegen, ohne sie anzunehmen. Die leichten spielten wir ins Aus. Und rote oder gelbe Karten bekamen wir nie, weil wir gleichzeitig Schiedsrichter waren. (Yolande müßte ich diese Ausdrücke natürlich erklären.)

Man braucht sich gar nicht allzu gründlich mit Religionsphilosophie zu beschäftigen, um zu begreifen, wie unmöglich es ist, bestimmte religiöse Lehrsätze zu beweisen oder zu widerlegen. Für Rationalisten, Materialisten, logische Positivisten und dergleichen ist das Grund genug, das ganze Thema nicht recht ernst zu nehmen. Für den Gläubigen aber ist ein nicht widerlegbarer fast so gut wie ein beweisbarer Gott und selbstverständlich besser als überhaupt kein Gott, weil es ohne Gott keine tröstliche Antwort auf die immer wiederkehrende Frage nach dem Sinn des Bösen, nach dem Sinn von Unglück und Tod gibt. Der Zirkelschluß des theologischen Diskurses, der die Offenbarung nutzt, um einen Gott wahrzunehmen, für dessen Existenz es keinerlei Beweise außerhalb der Offenbarung gibt (*pace* Aquinas) kümmert den Gläubigen nicht, denn der Glaube selbst steht außerhalb des theologischen Spiels, er ist das Stadion, in dem das Spiel abläuft. Er ist ein Geschenk – das Geschenk des Glaubens –, etwas, das man bekommt oder das einem aufgedrängt wird, durch die Taufe oder auf dem Weg nach Damaskus. Laut Whitehead ist Gott eben nicht die große Ausnahme von allen metaphysischen Prinzipien, die besagte Prinzipien vor dem Zusammenbruch bewahrt, aber aus philosophischer Sicht ist ER leider genau das, und Whitehead ist es nie gelungen, überzeugend das Gegenteil zu beweisen.

So hängt denn also alles am Glauben. Unter der Prämisse eines persönlichen Gottvaters hält das Gesamtgebäude der katholischen Doktrin leidlich zusammen. Unter dieser Prämisse ist das Spiel fast schon gelaufen. Unter dieser Prämisse kannst du dir ein paar heimliche Vorbehalte im Hinblick auf die eine oder andere Doktrin leisten – die Existenz der Hölle etwa oder die Himmelfahrt Mariens –, ohne an deinem Glauben irre zu werden. Und nach eben dieser Methode verfuhr ich auch. Ich nahm meinen Glauben als Selbstverständlichkeit hin. Ernsthafte Hinterfragung, genaue Prüfung – so etwas gab es für mich nicht.

Ich definierte mich durch den Glauben. Er lieferte die Erklärung dafür, warum ich der Mensch war, der ich war, und warum ich mich eben dieser Tätigkeit – dem Theologieunterricht für künftige Priester – verschrieben hatte. Daß mir mein Glaube abhanden gekommen war, merkte ich erst, als ich das Seminar verlassen hatte.

So schnörkellos formuliert, klingt das unglaublich. Immerhin hatte ich das, was wir ein »Gebetsleben« nannten. Mehr oder weniger jedenfalls. Ich nahm es mit der vorgeschriebenen halbstündigen Meditation vor dem Frühstück genauer als die meisten meiner Kollegen.

Zu wem aber meinte ich denn zu beten? Dazu kann ich nur sagen, daß das Gebet zu der selbstverständlichen Hinnahme meines Glaubens gehörte, durch ein ungebrochenes Kontinuum verknüpft mit der schlichten Akzeptanz frommer Vorstellungen, die in dem Augenblick einsetzten, als meine Mutter zum erstenmal beim Schlafengehen Handflächen und Finger meiner Babyhändchen zusammenlegte und mich das »Gegrüßet seist du Maria« lehrte. Sicher hatte es auch etwas mit meiner ausschließlich akademischen Laufbahn innerhalb der Kirche zu tun. Lévi-Strauss sagt irgendwo, daß »der Student, der sich für die Lehrtätigkeit entscheidet, nicht Abschied von der Welt der Kindheit nimmt, ganz im Gegenteil: Er versucht, in ihr zu verharren.«

Anfang der achtziger Jahre setzte in den katholischen Ausbildungsstätten in England und Wales eine Rationalisierungswelle ein, und Ethel's wurde geschlossen. Ein Teil der Lehrkräfte wurde auf andere Institute verteilt. Ich aber wurde von meinem Bischof zu einem Gespräch gebeten. Es sei vielleicht ganz sinnvoll für mich, meinte er, vorübergehend auch Erfahrungen in der Gemeindeseelsorge zu sammeln. Man hatte ihm wohl zugetragen, daß ich als Lehrer weder besonders inspirierend noch besonders inspiriert war und es nicht recht verstand, die Studenten für ihr künftiges Amt zu motivieren. Daran mag etwas Wahres gewesen sein, aber zum Teil lag es auch am Lehrplan. Aufgrund des Zufalls, der aus einem Lernenden unmittelbar einen Lehrenden gemacht hatte, wußte ich so gut wie nichts über das normale Leben eines gewöhnlichen Priesters. Ich war wie ein Stabsoffizier, der nie selbst an der Front gewesen ist und Rekruten mit einer noch aus dem Mittelalter stammenden Wehr- und Waffentechnik in einen modernen Krieg schickt.

Der Bischof entsandte mich nach St. Peter und Paul in Saddle, einem dieser amorphen Orte etwa zwanzig Meilen nordöstlich von London, einem früheren Dorf, das sich nach dem Krieg zu einer Kleinstadt gemausert hatte. Es gibt dort eine Sozialsiedlung für Arbeiter und eine Mittelstandssiedlung für mittlere Führungskräfte und ein bißchen Leichtindustrie und Gartenbau, aber ein Großteil der arbeitenden Bevölkerung pendelt täglich nach London. Es gibt eine anglikanische Kirche mit einem frühgotischen Turm, eine neugotische Backsteinkirche für die Methodisten und eine zweitklassig-moderne, etwas wackelig wirkende katholische Kirche aus Hohlblocksteinen und buntem Glas.

Die Zusammensetzung meiner Gemeinde war recht typisch für das katholische England: Meist Iren der zweiten oder dritten Generation, daneben Einsprengsel italienischer Einwanderer aus neuerer Zeit, die nach dem Krieg Arbeit in den Baumschulen gefunden hatten, eine Handvoll Konvertiten und etliche Katholiken aus altem Geschlecht, deren Stammbaum bis zu der Zeit der Verfolgungen zurückreichte.

Für englisch-katholische Verhältnisse war die Gemeinde recht wohlhabend. Die Arbeitslosigkeit hatte sich hier nicht so katastrophal ausgewirkt wie anderswo. Jungen Paaren machte knapper und teurer Wohnraum das Leben schwer, aber echte Armut oder die damit verbundenen drückenden Probleme wie Kriminalität, Drogen und Prostitution gab es nicht. Es war eine achtbare Gesellschaft mit einigem Geld. Hätte man mich in eine Gemeinde in São Paulo oder Bogotá oder auch nur in einen der notleidenderen Bezirke von Rummidge geschickt, wäre vielleicht alles anders gekommen. Möglich, daß ich mich dem Kampf um soziale Gerechtigkeit verschrieben, »für die Armen optiert« hätte, wie das in der Befreiungstheologie heißt. Möglich... Für sehr wahrscheinlich allerdings halte ich es nicht. Ich bin nicht aus dem Holz, aus dem man Helden schnitzt. Und wir waren in Metroland und nicht in Südamerika. Meine Gemeindekinder bedurften weder der politischen noch der wirtschaftlichen Befreiung und wünschten sie auch gar nicht. Die meisten hatten Mrs. Thatcher gewählt. Meine Rolle war klar: Ich war für sie eine Jenseitsversicherung. Von der Kirche erwarteten sie eine spirituelle Dimension für ein Leben, das sich äußerlich in nichts von dem ihrer weltlichen Nachbarn unterschied. Vielleicht zum Glück für mich hatte sich der große Krach um die Geburtenkontrolle und *Humanae Vitae,* der das katholische Gemeindeleben in den sechziger und siebziger Jahren beherrscht hatte, schon gelegt, als ich in meine Gemeinde kam. Die meisten meiner Schäflein hatten das Problem mit ihrem Gewissen ausgemacht und vermieden es taktvoll, mich damit zu behelligen. Mich brauchten sie zu Trauungen, zur Taufe ihrer Kinder, zum Trost bei Trauerfällen und gegen die Angst vor dem Tod. Ich sollte ihnen die Gewißheit geben, daß im Grunde noch nichts verloren war, daß sie nicht zu verzweifeln brauchten, nur weil sie nicht so wohlhabend oder erfolgreich waren, wie sie es gern geworden wären, weil ein Partner sie verlassen hatte, ihre Kinder nicht gut taten oder unheilbare Krankheiten sie heimgesucht hatten. Denn da gab es ja jenen anderen Ort, jene Zeit jenseits der Zeit, wo man sie für alles entschädigen, wo ihnen Gerechtigkeit widerfahren würde, wo Schmerz und Leiden schwanden und wir alle für immer herrlich und in Freuden leben würden.

Denn das war es ja, was die Worte der Messe ihnen Sonntag für Sonntag versprachen: »*Erbarme Dich unser aller, mache uns würdig, das ewige Leben zu teilen mit Maria, der jungfräulichen Muttergottes, mit den Aposteln und allen Heiligen, die Deinen Willen erfüllt haben durch die Jahrhunderte. Laß uns Dich loben in Gemeinschaft mit ihnen und Dich rühmen für immer und ewig.*« Zweites Eucharistisches Hochgebet. Ein beliebiger Blick ins Gebetbuch (ich habe gerade mit Ursulas Gebetbuch auf dem Schreibsekretär die Probe aufs Exempel gemacht, einem ziemlich neuen, weißen Kunstlederband mit frommen Bildchen zwischen den Goldschnittseiten), und dort endlose Variationen zum gleichen Thema gefunden: »*Gott unser Vater, laß uns Dich lieben in allen Dingen und über allen Dingen und laß uns die Freuden erreichen, die Du uns über alles Begreifen bereitet hast . . .*« (Eröffnungsgebet, 20. Sonntag der Meßordnung, Jahr A.) »*Herr, wir bringen Dir diese Gabe, gehorsam Deinem Wort. Möge sie uns reinigen und erneuern und uns zu unserem ewigen Lohne führen.*« (Zur Gabenbereitung, 6. Sonntag der Meßordnung, Jahr C.) »*Allmächtiger Gott, Du gibst uns neues Leben mit dem Mahl, das Dein Sohn uns in dieser Welt bereitet hat. Mögen wir die wahre Freude finden, wenn wir uns in Deinem ewigen Reich mit Dir zu Tische setzen.*« (Gebet nach der Kommunion, Gründonnerstag, Letztes Abendmahl.)

Seit jeher besteht darin die eigentliche Anziehungskraft des Christentums. Kein Wunder, denn der größte Teil der Menschheit hat von Anbeginn der Geschichte eben kein langes, glückliches, erfülltes Leben geführt. Selbst für den eher unwahrscheinlichen Fall, daß der Fortschritt eines schönen Tages einen derart utopischen Zustand möglich machen sollte, ist das kein nachträglicher Ausgleich für Milliarden von Menschen, deren Dasein durch Unterernährung, Kriege, Unterdrückung, durch körperliche und geistige Gebrechen karg, kümmerlich und eingeschränkt verlief. Daher rührt ja unsere sehnsuchtsvolle Bereitschaft, an ein Leben im Jenseits zu glauben, in dem die offenkundigen Ungleichheiten und Ungerechtigkeiten dieses Leben für immer abgeschafft sind. Und eben deshalb verbreitete sich im ersten Jahrhundert das Christentum im Römischen Reich so rasch unter den Armen, den Unterprivilegierten, den Besiegten und Versklavten. Die ersten Christen und allem Anschein nach Jesus selbst waren der Meinung, daß in der Wiederkehr Christi und der Aufrichtung Seines Reiches das Ende der Geschichte und damit das Ende von Ungerechtigkeit und Leid unmittelbar bevorstand – eine Erwartung, die bis heute fundamentalistische Sekten inspiriert. Die Lehren der Amtskirche schoben Christi Wiederkehr und Jüngstes Gericht auf unbestimmte Zeit hinaus und stellten das Geschick der einzelnen Menschenseele nach dem Tod in den Mittelpunkt. Im wesentlichen aber ändert das nichts an der Zugkraft der Botschaft im Neuen Testament. Die Gute Nachricht ist eine Nachricht vom Ewigen Leben, eine Paradies Nachricht. Für meine Schäflein war ich eine Art Reisebüromensch, der Tickets ausschreibt, Versicherungen ausstellt, Prospekte ausgibt – Garantie für ultimative Glückseligkeit. Und während ich Woche für Woche vom Altar aus diese Hoffnungen und Verheißungen verkündete, in ihre Gesichter blickte, in diese geduldigen, vertrauensvollen, ein wenig gelangweilten Gesichter, und mir überlegte, ob die Menschen dort unten wirklich glaubten, was ich da sagte, oder nur hofften, es wäre wahr, begriff ich, daß ich es nicht mehr glaubte, kein Wort davon, auch wenn ich nicht genau festmachen konnte, wann der Sinneswandel eingetreten war, so dünn, schien mir, war die Membran, so kurz die Distanz zwischen Glauben und Unglauben.

Die Aussagen jener radikalen, entmythologisierenden Theologie, gegen die ich mich ein Leben lang gestemmt hatte, sah ich plötzlich mit größter Selbstverständlichkeit als wahr an. Orthodoxes Christentum – das war eine Mixtur aus Mythos und Metaphysik, die in der modernen Welt der Nach-Aufklärung nur dann Sinn machte, wenn man sie historisch begriff und metaphorisch interpretierte. Jesus war – sofern es gelang, seine wahre Identität aus dem *midrasch* der Evangelisten herauszukristallisieren – bestimmt ein bemerkenswerter Mensch gewesen, der zweifellos bedeutende (aber rätselhafte, sehr rätselhafte) Weisheiten zu vermitteln hatte, als Persönlichkeit eindeutig interessanter als vergleichbare apokalyptische Eiferer aus dem gleichen Abschnitt der jüdischen Historie, und die Geschichte seiner Kreuzigung war (wenn auch historisch nicht nachprüfbar) bewegend und erhebend. Das ganze übernatürliche Drum und Dran aber, die Vorstellung, er sei Gott selbst und habe als Gottvater gleichsam sich selber vom Himmel auf die Erde »gesandt«, sei von einer Jungfrau geboren, auferstanden von den Toten, aufgefahren gen Himmel, von wo er am Tag des Jüngsten Gerichts kommen wird zu richten die Lebendigen und die Toten, und so weiter und so fort ... nun ja, auch das war narrativ gewiß eindrucksvoll und von symbolischer Aussagekraft, aber doch nicht glaubhafter als viele andere Mythen und Legenden über Gottheiten, die zur gleichen Zeit im Mittelmeerraum und im Nahen Osten im Schwange waren.

So war ich denn zu einem atheistischen oder zumindest einem agnostischen Priester geworden – und wagte es nicht, mich irgend jemandem zu offenbaren. Ich nahm mir die radikalen anglikanischen Theologen vor – John Robinson, Maurice Wiles, Don Cupitt und Genossen –, die ich in meinen Einführungsvorlesungen zur Theologie mit Hohn und Spott bedacht hatte, und las sie mit mehr Achtung. In ihrem Werk fand ich so etwas wie eine Rechtfertigung dafür, weiter mein Priesteramt zu versehen. So sprach etwa Cupitt von »Menschen, die in der Stille Agnostiker sind oder Zweifel an den übernatürlichen *Doktrinen* des Christentums hegen, trotzdem aber die christliche *Religion* weiterhin mit beachtlichem Erfolg praktizieren«. Zu diesen Menschen, dachte ich mir, könntest du auch gehören. Cupitt, der seine eigenen Zweifel durchaus nicht in der Stille hegte und öffentlich als »atheistischer Pfaffe« beschimpft worden war, faszinierte mich besonders, da er in etlichen Büchern grimmig an dem Ast sägte, auf dem er saß, bis zwischen ihm und dem Abgrund nur noch eine Kierkegaardsche »religiöse Forderung« stand: »Es gibt für uns keinen Gott außer der religiösen Forderung, der Entscheidung für die Akzeptanz ihrer Ansprüche und der befreienden Selbsttranszendenz, die sie in uns bewirkt.« Früher hatte ich meine Priesterschüler in St. Ethel zum Lachen gebracht, indem ich aus derlei Sentenzen ein Credo zusammenbastelte: »Ich glaube an die religiöse Forderung . . .« Jetzt schien mir selbst das, was Cupitt sagte, reichlich anmaßend. Wo war sie denn, diese befreiende Selbsttranszendenz? Ich spürte nichts davon. Ich spürte nur Einsamkeit, Leere, Unausgefülltsein.

An diesem Punkt kam Daphne in mein Leben. Die Umstände entbehrten nicht einer gewissen Ironie. Sie leitete eine Frauenstation in einer Klinik, in der ich regelmäßig Krankenbesuche machte. Hin und wieder sprachen wir in dem kleinen Kabuff, das für sie als Dienstzimmer herhalten mußte, über die Patienten. Besonderen Anteil nahmen wir am Schicksal einer ihrer Patientinnen, einer Ordensschwester namens Philomena. Sie war um die vierzig und litt an unheilbarem Knochenkrebs. Über viele Monate war sie immer wieder im Krankenhaus und hatte oft starke Schmerzen. Sie amputierten ein Bein, konnten aber damit den Krebs nicht aufhalten. Mehr war nicht zu machen. Schwester Philomena nahm ihr Schicksal gefaßt und tapfer hin. Sie hatte einen sehr starken Glauben und war fest davon überzeugt, daß sie ihrem Schöpfer oder – wie es in ihrem Ordensgelübde hieß – ihrem Bräutigam bald gegenüberstehen würde. Selbstverständlich behelligte ich sie nicht mit meinen Zweifeln, sondern stellte mich gewissermaßen als williger Reflektor für ihren eigenen Glauben zur Verfügung. Schwester Philomena hatte Daphne wohl erzählt, wie tröstlich und erhebend meine Besuche für sie seien, und ich mußte mir nun, so peinlich das auch war, diese völlig unverdiente Lobrede aus zweiter Hand anhören.

Nachdem Schwester Philomena die Station zum letzten Mal verlassen hatte und in ihr Kloster zurückgekehrt war, um dort auf den Tod zu warten (der dann zwei Monate später eintrat), sagte Daphne, diese Erfahrung habe sie so sehr beeindruckt, daß sie Näheres über den katholischen Glauben erfahren wolle. Sie fragte, ob sie von mir Unterweisung erhalten könne (ein Ausdruck, den sie offenbar von Schwester Philomena hatte). Ich versuchte, sie an meinen Hilfspfarrer abzuschieben, aber sie wollte unbedingt zu mir persönlich. Vielleicht hätte mir das eine Warnung sein sollen, aber eine Ablehnung wäre unhöflich, ja unverständlich gewesen. So kam denn Daphne jeden

Donnerstagabend – oder wenn sie Nachtdienst hatte am Freitagnachmittag – ins Pfarrhaus, wir gingen in das Vorderzimmer mit der tickenden Wanduhr, dem plumpen Gipskruzifix über dem Kaminsims und den grellbunten Missionsplakaten an der Wand, saßen uns an dem polierten Tisch auf Stühlen mit gerader Rückenlehne gegenüber, deren kunstledergepolsterte Sitze längst zu flachen, unbequemen Kratern eingesunken waren, und arbeiteten uns durch die Artikel des katholischen Glaubens. Was für eine Farce!

Zuerst versuchte ich, die ganze Sache so schnell wie möglich hinter mich zu bringen, und wenn Daphne mit einem Einwand kam oder mit einer bestimmten Doktrin nichts anfangen konnte, zuckte ich die Schultern und sah weg und sagte ja, rein vernunftmäßig sei das wohl ein Problem, aber man müsse die Frage in den großen Zusammenhang des Glaubens als Ganzes stellen, und wandte mich rasch der nächsten Doktrin zu. Bald aber freute ich mich auf die wöchentlichen Besuche. Ich war sehr einsam, die Kameraderie der Kollegen im Gemeinschaftsraum von Ethels fehlte mir. Thomas, mein Hilfspfarrer, ein junger Mann aus Liverpool, der noch nicht lange ordiniert war und den man an unsere priesterarme Diözese abkommandiert hatte, war ein netter Kerl, aber seine weltlichen Interessen beschränkten sich fast ausschließlich auf Fußball und Rockmusik (er engagierte sich sehr für den Jugendclub und zelebrierte am Sonntagabend eine überaus beliebte Folk-Messe), und diese Dinge waren mir völlig fremd. Unsere Haushälterin war eine verschrumpelte, arthritisgeplagte Witwe namens Aggie, mit der man fast nur über Lebensmittelpreise und Gliederreißen reden konnte. Intellektuell war Daphne kein großes Licht, aber sie interessierte sich für das, was in der Welt vorging, sie sah sich ernsthafte Sendungen im Fernsehen an, las mit Literaturpreisen bedachte Romane und fuhr hin und wieder nach London ins Theater oder zu einer Ausstellung. Sie hatte ein gutes Mädcheninternat besucht (ihr Vater war Berufsoffizier und oft im Ausland stationiert) und hatte sich dort einen etwas gezierten Akzent und eine ebensolche Ausdrucksweise zugelegt, die viele Leute abstieß (ich hörte, wie das Krankenhauspersonal sie hinter ihrem Rücken nachäffte), mich aber nicht störte. Meist plauderten wir nun, wenn wir das vorgeschriebene Pensum unserer Unterweisung absolviert hatten, noch eine Weile über weltliche Dinge. Allmählich trat die Unterweisung in den Hintergrund, die weltlichen Gespräche wurden uns wichtiger. Mir kam der Verdacht, daß die Aussicht, Daphne für den katholischen Glauben zu gewinnen, nicht günstiger standen als die, mich zum Glauben zurückzuführen, und daß sie persönliche Gründe dafür haben mochte, an dem Glaubensunterricht festzuhalten.

Was fand sie wohl an mir? Später habe ich mir diese Frage oft gestellt. Nun ja, sie war fünfunddreißig und wollte unbedingt heiraten, vielleicht, um Kinder zu bekommen. Und äußerlich war sie, das muß ich hier ehrlich sagen, nach modisch-aktuellen (oder vielleicht auch nach anderen) Maßstäben nicht sehr attraktiv, obgleich mir das zuerst nicht auffiel, denn ich war seit langem darauf gedrillt, Frauen nicht als Sexualobjekte zu betrachten. Sie war groß und hatte eine sehr frauliche Figur. In Schwesterntracht sah sie besser aus als in ihren Privatsachen. Sie hatte ein blasses, etwas schlaffes Gesicht mit einer Andeutung von Doppelkinn, eine spitze Nase und einen kleinen, schmallippigen Mund, der meist zu einem strengen, geraden Strich zusammengepreßt war (ihre Station leitete sie strikt autokratisch, und die ihr unterstellten jungen Schwestern begegneten ihr mit Respekt und – auch das entging mir nicht – ein wenig Ablehnung). Wenn wir zusammensaßen, erlaubte sie sich manchmal ein Lächeln, wobei zwei ebenmäßige Reihen scharfer weißer Zähne und eine spitze rosa Zunge zum Vorschein kamen, und die Art, wie sie mit der Zunge hin und wieder rasch über die Lippen fuhr, fand ich, als wir uns nähergekommen waren, sinnlich erregend. Auf den ersten Blick konnte man nicht sagen, daß sie eine begehrenswerte Frau war – ebensowenig, wie man von mir behaupten konnte, ich sei ein begehrenswerter Mann. Für Attraktivität hätten wir beide keine hohe Punktzahl erreicht. Vielleicht war sie deshalb zu der Ansicht gelangt, wir seien füreinander bestimmt.

Und so kam jener schicksalhafte Tag der Einladung zum Essen in ihre kleine Wohnung in einem dieser nüchternen

Wohnblocks für kinderlose Paare und alleinstehende junge Akademiker – ein Haus mit Gummibaum in der Halle und teppichbelegten Gängen, in denen das lauteste Geräusch das Jaulen des Aufzugs ist. Es war ein unwirtlicher Februartag, aus tiefhängenden grauen Wolken sprühte kalter Nieselregen. Daphnes Wohnung wirkte warm und einladend, als sie die Tür öffnete – und Daphne selbst ebenfalls. Sie hatte ein weich fallendes Samtkleid an, das ich noch nicht kannte, und trug das sonst zu einem strengen Knoten frisierte Haar offen, es war frisch gewaschen und roch nach parfümiertem Shampoo. Sie schien angenehm überrascht von meiner Erscheinung. Ich trug Pullover und Cordhosen, sie sah mich zum erstenmal nicht im priesterlichen Schwarz. »Das macht Sie jünger«, sagte sie, und ich sagte: »Sehe ich denn sonst so alt aus?« Wir lachten, und sie ließ katzenhaft-kokett die rosa Zunge über ihre Lippen gleiten.

Wir waren beide ein bißchen befangen, aber ein Glas Sherry vor dem Essen löste die Spannung, und eine Flasche Wein zum Essen ließ sie gänzlich schwinden. Unser Gespräch gestaltete sich freier, persönlicher, interessanter als sonst. Ich weiß nicht, was wir aßen, es war etwas Leichtes, Schmackhaftes, gar nicht zu vergleichen mit Aggies schweren, fetten Eintöpfen. Nach dem Essen setzten wir uns mit unserem Kaffee nebeneinander auf das Sofa, das Daphne vors Feuer geschoben hatte, eins dieser Gaskaminfeuer mit erstaunlich echt wirkenden imitierten Kohlen, und wir redeten. Wir redeten, während der Winternachmittag in die Dämmerung überging und es stetig dunkler wurde. Einmal wollte Daphne eine Lampe anknipsen, aber ich hinderte sie daran. Es drängte mich plötzlich, ihr reinen Wein über mich einzuschenken, und das fiel mir im Halbdunkel leichter – als sei das Zimmer zum Beichtstuhl geworden. »Ich muß Ihnen etwas sagen«, begann ich. »Ich kann die Unterweisung nicht fortführen, weil ich nichts mehr von dem glaube, was ich sage. Es wäre unrecht, weiterzumachen. So, jetzt bin ich es los, und Sie sind die einzige, die davon weiß.«

Im Licht des Feuers sah ich, wie sich ihre Augen erregt weiteten. Sie drückte mir die Hand. »Das bewegt mich tief, Bernard«, sagte sie (wir nannten uns seit ein paar Wochen beim

Vornamen). »Ich weiß, wie wichtig das für Sie ist, wie sehr es Sie berührt. Es ist eine große Ehre, daß Sie sich mir anvertraut haben.«

Ein paar Minuten saßen wir feierlich schweigend da und blickten ins Feuer. Dann – Daphne hielt noch immer meine Hand – erzählte ich ihr die ganze Geschichte, mehr oder weniger so, wie ich sie hier aufgezeichnet habe. Abschließend sagte ich: »Deshalb muß ich Sie jetzt an Thomas weitergeben. Er ist ein bißchen unerfahren, aber er hat das Herz auf dem rechten Fleck.«

»Sei nicht albern, du!« sagte sie, beugte sich vor und küßte mich auf den Mund, als wolle sie mich zum Schweigen bringen, was ihr denn auch aufs beste gelang.

Montag, der vierzehnte

Heute vormittag Termin bei Ursulas Anwalt, einem Mr. Bellucci. Er hat sein Büro im sogenannten Downtown Honolulu, dem Finanz- und Geschäftsbezirk. Downtown Honolulu hat – wie auch Waikiki – etwas leicht Unwirkliches an sich, als sei es erst gestern erbaut worden und könne über Nacht abgerissen und weggeräumt werden, um Platz für etwas ganz anderes, Neues zu schaffen. Man biegt – eine Meile hinter dem Shopping Centre – von einem ziemlich heruntergekommenen Stück des Ala Moana Boulevard ab, stellt den Wagen in ein Parkhochhaus und betritt auf der anderen Straßenseite ein Labyrinth aus Fußgängerbereichen und kleinen Plätzen, die zahlreiche elegante Hochhaustürme von verwirrend gleichförmigem Aussehen miteinander verbinden. Überall das gleiche Material: Edelstahl, Rauchglas und glasierte Ziegel. Die Büros oder »Suiten« sind üppig ausgestattet, holzgetäfelt und mit Teppichboden ausgelegt, gnadenlos klimatisiert und durch Jalousien vor den getönten Fenstern so wirkungsvoll von der Außenwelt abgeschirmt, daß man Minuten nach dem Übergang von der heißen Straße in diese Räumlichkeiten schon daran zweifelt, überhaupt noch auf Hawaii zu sein. Vielleicht ist das ein bewußter Versuch, ein arbeitsförderndes künstliches

Kleinklima zu schaffen und die Lethargie der Tropen zu überwinden.

Bellucci und seine Leute kamen mir vor wie Schauspieler, die Bürogeschehen in einer Kommerzmetropole der westlichen Hemisphäre nachspielen. Bellucci selbst trug Schlips und einen Anzug mit Weste, seine Sekretärin ein streng geschnittenes langärmeliges Kleid, Strümpfe und Stöckelschuhe. Ich kam mir in Sporthemd und Freizeithosen verschlampt und geschäftsuntüchtig vor.

Bellucci begrüßte mich förmlich an der Tür zu seinem Zimmer und deutete einladend auf einen grünen ledergepolsterten Klubsessel, der, wie die übrige Einrichtung auch, funkelnagelneu und irgendwie nachgemacht aussah. »Wie geht's, Mr. Walsh?« sagte er. Ich schilderte ihm kurz meine Probleme, Daddys Unfall und so weiter, und er schnalzte teilnahmsvoll mit der Zunge. »Ein richtiges Eigentor. Sagt man das nicht so bei Ihnen in England?« Ich erklärte ihm, was das beim Fußball bedeutet. »Nein, so was ...«, bemerkte er. Es klang fast ein bißchen ungläubig. »Werden Sie die Frau verklagen?« Als ich verneinte, war er sichtlich enttäuscht.

Er bat seine Sekretärin, die Vollmacht zu bringen, und rauchte eine Zigarre, während ich die vier Seiten durchlas. Der Text war in dem typischen Juristenjargon abgefaßt, um jedweder Eventualität vorzubeugen – »... *alle Vermögenswerte – reale, persönliche oder vermischte, materielle wie immaterielle, zu erwerben, verkaufen, vermitteln, vertraglich zu binden, zu belasten, mit Hypotheken zu belegen oder sonstwie zu veräußern ...*« Aber es war schon klar, was gemeint war. Das Schriftstück mußte vor Ursulas Augen im Beisein eines Notars unterschrieben werden. Wie wir das machen sollten, fragte ich, sie sei doch bettlägerig, aber Bellucci erwiderte, der Notar würde ins Krankenhaus kommen. »Die Sozialarbeiterin der Klinik wird das Notwendige veranlassen.« Gesagt, getan. Zu meiner großen Überraschung war nach einer kurzen Zeremonie an Ursulas Bett die ganze Sache heute nachmittag um drei ausgestanden. Ich bin jetzt ohne Einschränkung befugt, ihre Geschäfte zu führen, und in dieser Eigenschaft war es meine erste Tat, Mr. Bellucci sein ansehnliches Honorar von 250 Dollar auszuzahlen.

Zwischen meinen Termin mit Bellucci und der Unterzeichnung der Vollmacht schob ich eine weitere Besichtigung von Heimen auf Dr. Gersons Liste. Zunächst fuhr ich ins Makai Manor, es liegt in einem gehobenen Wohngebiet an der Küste hinter dem Diamond Head. Als ich durchs Tor rollte, wußte ich gleich, daß dieses Heim sehr sehr schön ist. Und unerschwinglich teuer. Es ist ein schneeweißes Haus im Kolonialstil mit einer langen, schattigen Veranda, auf der die mobileren Patienten sich am Anblick und den Düften der üppig-grünen, liebevoll gepflegten Parkanlage erfreuen können. Auch im Haus riecht es angenehm. Alles ist ebenso elegant wie zweckmäßig und blitzsauber. Die Patienten haben helle, ansprechend eingerichtete Einzelzimmer mit Fernseher, Telefon am Bett und dergleichen. Die Pflegerinnen sind heiter und adrett und verteilen Mahlzeiten und Medizin mit der gekünstelten Anmut von Stewardessen. In Makai Manor würde es Ursula gefallen. Leider kostet es $ 6500 im Monat – Ausgaben für Medikamente, Physiotherapie, Beschäftigungstherapie und so weiter nicht gerechnet. Die Angst, so ein Haus wieder verlassen zu müssen, wenn ihr das Geld ausgeht, würde ihr jede Freude daran nehmen. Als könnte sie meine Gedanken lesen, deutete die Mitarbeiterin, die mich herumführte, eine große, stattliche Blondine in makellosem Leinenkostüm, diskret an, man verlange hier bei der Aufnahme unheilbar Kranker gewisse finanzielle Garantien, »um eventuelle Schwierigkeiten von vornherein auszuschalten, die sich ergeben könnten, falls die Prognose sich als übertrieben pessimistisch erweist«, wie sie sich etwas gewunden ausdrückte. An meinem langen Gesicht – und wohl auch an meinen zerknautschten Jeans von Penney – erkannte sie, daß Makai Manor weit über unsere Verhältnisse geht. Damit war dieses Projekt gestorben.

Das zweite Heim hieß Belvedere House, ein etwas anspruchsvoller Name für den schlichten Flachbau aus pastellfarbenem Beton, der von der Straße her eher einer kleinen Schule gleicht. Es liegt exponiert und schattenlos an einer breiten, geraden Hauptstraße in einem ziemlich kahlen, anonymen Vorort am nordwestlichen Stadtrand. Nach dem luxuriösen Makai Manor war es ein bißchen enttäuschend, aber auf den zweiten Blick doch sehr viel besser als die beiden Einrichtungen, die ich mir gestern angesehen hatte. Der Uringeruch war so diskret, daß ich mich, als ich ging, schon fast daran gewöhnt hatte, und das Personal machte einen freundlichen, fürsorglichen Eindruck. Trotzdem gibt es da einiges, was Ursula nicht gefallen wird: Sie müßte ein Zweibettzimmer nehmen, und die Betten stehen sehr dicht beisammen (ich habe den Verdacht, daß die Räume früher mal als Einzelzimmer geplant waren); etliche Patienten sind offenbar nicht mehr ganz da, und mit den Gemeinschaftsräumen und sonstigen Möglichkeiten zur Zerstreuung steht es nicht zum besten. Andererseits kostet es nur $ 3000 im Monat, und sie hätten etwas frei.

Morgen muß ich in Waikiki die Aktienzertifikate aus Ursulas Schließfach holen und sie ihrem Börsenmakler in Downtown Honolulu bringen, der sie verkaufen soll. Ich muß den Safe kündigen, weil es nur unnötige Kosten verursacht, ein kleines Sparbuch auflösen und ein von der Bank verwaltetes Geldmarktpapier über $ 3000 zu Bargeld machen. All das muß dann zu einem zinsbringenden Kontokorrent zusammengelegt werden. Bei der letzten Schätzung, die noch nicht allzu lange zurückliegt, waren Ursulas Aktien um die $ 25 000 wert, was sie sonst noch an Ersparnissen und Aktiva hat, beläuft sich auf etwa $ 15 000, macht zusammen $ 40 000 zusätzlich zu ihrer Rente. Nehmen wir an, sie behält die Rente als Taschengeld und für unvorhergesehene Ausgaben und zahlt die Pflegeheimkosten aus dem Kapital. Wenn sie ins Belvedere geht, würde das etwa ein Jahr lang reichen, das heißt doppelt so lange, wie Gerson ihr gegeben hat, ein akzeptabler Spielraum für eine denkbare Fehlkalkulation. Eine etwas morbide Rechnung, aber man muß den Tatsachen ins Auge sehen.

Ursula scheint dazu bereit zu sein. Ich erzählte ihr von meinen Erkundungen, ohne mich allzu lange bei den unerreichbaren Vorzügen von Makai Manor aufzuhalten. Sie stimmte mir zu, daß Belvedere House wahrscheinlich innerhalb dieser Preisklasse das Beste ist, was wir finden können, und ist einverstanden, daß ich mich gleich um die Aufnahmeformalitäten kümmere. Gerson hat ihre hartnäckige Verstopfung noch immer nicht behoben, aber das ist natürlich nur eine Frage der

Zeit, und danach werden sie Ursula nicht mehr in der Klinik behalten. Sie hat sich voller Schwung in die Sache mit der Vollmacht und die Berechnung ihrer Vermögenswerte gestürzt und daraus paradoxerweise neuen Lebenswillen geschöpft. Sie bat mich, ihr noch Nachtzeug und Unterwäsche aus der Wohnung zu bringen, und morgen läßt sie sich die Haare machen. Die Zeit fliegt nur so, wenn ich bei ihr bin, wir haben immer so viel zu besprechen.

Ich wünschte, das könnte ich auch von meinen Besuchen bei Daddy sagen. Er beschwert sich nur immer über die Schmerzen in der Hüfte, über die Peinlichkeit von Enten und über mich, weil ich ihn in diese mißliche Lage gebracht habe. Er hat Heimweh und fragte noch einmal nach Tess. Am besten rufe ich sie doch heute abend mal an, dann habe ich es hinter mir, aber noch ist es zu früh, in England schlafen sie noch. Ich denke, ich werde schwimmen gehen. Nachdem ich den ganzen Tag auf dem Plastiksitz meines Honda in Honolulu herumgegondelt bin und in Büros und Krankenzimmern herumgesessen habe, brauche ich unbedingt ein bißchen Bewegung.

Ich komme gerade vom Schwimmen, bin um Haaresbreite einer mittleren Katastrophe entronnen und so seelenvergnügt, daß ich ständig vor mich hingrinse, ja manchmal laut herauslache, weil ich sonst an meinem geradezu lächerlichen Triumphgefühl ersticken müßte. Mrs. Knoepflmacher ertappte mich dabei, wie ich leise prustend aus dem Aufzug kam, und beäugte mich mißtrauisch. Als sie sich nach Daddy und Ursula erkundigte, trat sie so dicht an mich heran, daß ich den Eindruck hatte, sie wollte feststellen, ob ich eine Fahne habe. Aber ich bin stocknüchtern.

Eigentlich hatte ich nur in den Swimmingpool gehen wollen, aber als ich vom Balkon aus hinuntersah, lag er verlassen und in tiefem Schatten da und wirkte nicht sehr verlockend. Deshalb stieg ich in die Badehose, zog Shorts darüber und fuhr zu dem Strand am Kapiolani-Park, der dort anfängt, wo die Hotels von Waikiki aufhören. Ich fand ohne Mühe einen Parkplatz unter den Bäumen, denn es war schon spät und der Strand ziemlich leer. Die Urlauber, die sich hier tagsüber um einen Platz an der Sonne streiten, hatten ihre Handtücher und Strohmatten zusammengerollt und waren mit klappernden Sandalen zur Abfütterung in ihre Urlaubssilos zurückgekehrt. Am Strand saßen hauptsächlich Einheimische, die nach Feierabend mit ein paar Dosen Bier oder Cola hergekommen waren, um zu schwimmen, sich zu entspannen und den Sonnenuntergang anzuschauen.

Es war genau die richtige Zeit zum Schwimmen. Die Sonne stand tief und hatte ihre sengende Kraft verloren, aber das Wasser war warm, die Luft mild. Ich schwamm mit kräftigen Stößen etwa hundert Meter in Richtung Australien, dann legte ich mich auf den Rücken, ließ mich treiben und sah zum Himmel auf, der sich über mir wölbte. Im Westen flatterten bannergleich lange Streifen malvenfarbener, goldgeränderter Wolken. Ein Düsenflugzeug donnerte über uns hinweg, konnte aber den Frieden und die Schönheit des Abends nicht trüben. Der Lärm der Stadt war nur ein fernes Summen. Ich machte meinen Kopf ganz leer und ließ mich von den Wellen hin- und herwerfen wie ein Stück Treibgut. Ab und zu schwappte eine größere Welle über mich weg oder schleuderte mich wie ein Streichholz in die Luft, so daß ich prustend und lachend wie ein Schuljunge untertauchte. Ich nahm mir vor, öfter herzukommen.

Ein paar eifrige Wellenreiter nutzten das letzte Licht. Ich war jetzt weiter vom Strand entfernt, so daß ich ihre Gewandtheit und ihr Können besser erkennen und würdigen konnte. Wenn eine große Welle ankommt, gleiten sie mit gebeugten Knien und ausgestreckten Armen diagonal an ihrer glasigen Oberfläche entlang bis unter den überhängenden Wellenkamm, durch eine Hüftdrehung können sie die Richtung ändern, können sogar wenden und durch den Gischt in das Wellental springen. Wenn sie auf der Welle bleiben, bis sie ausrollt, richten sie sich allmählich auf. Manchmal konnte ich von dort, wo ich lag, die Surfbretter nicht erkennen, so daß es aussah, als wandelten die Menschlein da draußen auf dem Wasser. Wenn der Schwung nachläßt, sinken sie wie im Dankgebet in die Knie, dann drehen sie und paddeln wieder aufs offene Meer hinaus. Mir fiel eine Zeile aus dem *Sturm* ein – ich habe sie gerade in Ursulas Buchklub-Ausgabe noch mal nachgeschlagen. Francisco sagt dort über Ferdinand:

Sire, verhoffentlich lebt er noch.
Ich sah ihn die entgegenschwellenden Wellen unter ihm wegschlagen,
und auf ihrem bezwungenen Rüken reiten.

Ob das wohl die erste Erwähnung des Wellenreitens in der englischen Literatur ist?

Am Strand trocknete ich mich ab und setzte mich, um den Sonnenuntergang anzuschauen. Die letzten Wellenreiter schulterten ihre Bretter und gingen davon. Auf See hoben sich die Segel der Katamarane und Schoner auf »Cocktail-Fahrt« dunkel vor dem schimmernden Gold ab. Irgendwo unter den Bäumen des Parks, hinter dem Strand, improvisierte ein unsichtbarer Saxophonspieler lange Jazz-Arpeggien. Das Instrument lieh, mit kehligem Timbre klagend und schluchzend, dem Abend seine Stimme, und ich begriff jetzt, daß Hawaii den Besucher auch verzaubern kann.

Als ich mich dann auf den Heimweg machen wollte, war meine Beschaulichkeit mit einem Schlag dahin: Meine Schlüssel waren weg, waren mir irgendwie aus der Tasche meiner Shorts in den weichen, trockenen Sand gefallen. Ich erstarrte. Mit jeder Bewegung konnten sie auf Nimmerwiedersehen verschwinden. Ich drehte mich langsam einmal um die eigene Achse, wobei mein Schatten auf dem Sand mal länger, mal kürzer wurde, und suchte vergebens alle Dellen und Ritzen in meiner Umgebung ab.

Ich stieß einen leisen, verzweifelten Jammerlaut aus und rang buchstäblich die Hände, denn es ging nicht nur um die Wagen- und Wohnungsschlüssel, sondern auch um den Schlüssel zu Ursulas Banksafe, den sie mir heute nachmittag anvertraut hatte und den ich an dem Schlüsselbund der Leihwagenfirma befestigt hatte, an dem auch der Wohnungsschlüssel hing. Alle Schlüssel waren zweifellos ersetzbar, aber das würde Mühe, Aufwand und viel Zeit kosten. Wie stolz war ich auf die Umsicht gewesen, mit der ich Ursulas Angelegenheiten regelte; durch meinen dummen Leichtsinn hatte ich einen schnellen Abschluß der Transaktion gefährdet und meine neu gewonnene Selbstachtung preisgegeben. Denn es ist wirklich sträflicher Leichtsinn, mit einem Schlüsselbund in einer offenen Tasche am Strand herumzulaufen. Wie leicht kann einem so ein kleiner Gegenstand im Sand abhanden kommen! Deshalb gehen ja den ganzen Tag professionelle Strandläufer mit ihren Metalldetektoren an den Stränden von Waikiki herum. Ich kniff die Augen zusammen in der Hoffnung, einen Vertreter dieser Zunft zu entdecken, und erwog ernsthaft, mich notfalls bis morgen früh nicht vom Fleck zu rühren und auf einen dieser findigen Leute zu warten.

Etwa zehn Meter von mir entfernt saßen zwei dunkelhaarige, braunhäutige junge Leute in verschossenen Jeans mit abgeschnittenen Hosenbeinen und ärmellosen T-Shirts und tranken Bier aus der Dose. Sie waren gekommen, während ich im Wasser war, und ich fragte, ohne mir viel davon zu versprechen, ob sie zufällig einen Schlüsselbund im Sand gesehen hätten. Mitleidig schüttelten sie den Kopf. Ich überlegte, ob ich es riskieren konnte, mich niederzuknien und mit bloßen Fingern den Sand zu durchwühlen. In einer früheren Phase meines Lebens hätte ich mich niedergekniet, um zu beten. Mein Schatten auf dem Sand war jetzt grotesk lang und dünn und sah aus wie eine von Giacomettis magersüchtigen Plastiken, was mir ein durchaus symbolträchtiges Bild für meinen hilflosen Jammer zu sein schien. Ich wandte mich wieder dem Meer zu. Die goldene Sonnenscheibe sank jetzt rasch. Bald würde es für eine Suchaktion nicht mehr hell genug sein. Und das brachte mich auf eine Idee.

Sie war ziemlich ausgefallen, aber wohl meine einzige Chance. Ich ging in gerader Linie bis zum etwa fünfzehn Meter weit entfernten Meeressaum hinunter. Die Sonne berührte jetzt fast den Horizont, ihre Strahlen standen parallel zur Wasserfläche. Ich blieb stehen, drehte mich um, hockte mich hin und sah an dem leicht ansteigenden Strand hoch zu der Stelle, wo ich mich zum Schwimmen umgezogen hatte. Und dort, ein, zwei Meter rechts von meinem Handtuch, sah ich etwas blinken und glitzern und das Licht der untergehenden Sonne reflektieren – gleich einem winzigen Stern in der Unendlichkeit des Raumes. Als ich mich aufrichtete, war es verschwunden. Als ich mich erneut hinhockte, war es wieder da. Die beiden jungen Leute verfolgten meine Turnübungen mit nachsichtiger Neugier. Den Blick fest auf die Stelle gerichtet, wo der kleine Stern gefunkelt hatte, ging ich wieder nach oben, und tatsächlich schaute dort die Spitze von Ursulas Safeschlüssel einen knappen Zentimeter aus dem Sand heraus. »Ha!« machte ich triumphierend, zog den Schlüssel mit seinen Anhängseln heraus und streckte ihn den beiden jungen Burschen hin, die lachend Beifall klatschten. In diesem Moment versank die Sonne hinter dem Horizont, und der Strand verdunkelte sich wie eine Bühne, auf der unvermittelt die Beleuchtung gedämpft worden ist. Die Schlüssel fest umklammernd – die Abdrücke in meiner Handfläche sind immer noch zu sehen! – ging ich beseligt und erleichtert in dem purpurnen Dämmerlicht zurück zu meinem Wagen. Morgen muß ich mir unbedingt eins dieser Bauchtäschchen zulegen.

Ich habe meine »Lebensgeschichte« noch einmal durchgelesen, an der ich in einem langen Anfall von Selbsterkenntnis – oder Selbstprüfung – bis in die frühen Morgenstunden geschrieben hatte. Zunächst sah ich dabei Yolande Miller vor mir, bald aber geriet mir der Bericht zum Selbstgespräch. Und ich hörte gerade an dieser Stelle auf – nicht, weil ich müde war (oder nicht nur), sondern weil es mir so unsäglich schwerfällt fortzufahren. Es tut weh, die nächste Phase meines Lebens aus der Erinnerung zurückzuholen, und es ist sehr mühsam, dieses Knäuel aus spirituellen Entscheidungen und grotesken physischen Ungeschicklichkeiten zu entwirren. Natürlich war das der Grund für meinen überstürzten Aufbruch bei Yolande: Ich hatte Angst, dies alles könnte sich wiederholen. Gestern abend in Yolandes Wohnung hatte ich den gleichen Punkt erreicht wie damals bei Daphne, an jenem dunklen, regnerischen Februarnachmittag, und deshalb in Panik die Flucht ergriffen. Ich werde versuchen, mich so kurz wie möglich zu fassen.

Da saß er nun also, unser Held, den Rücken an die Sofalehne gedrückt, die warmen Lippen einer Frau auf den seinen, zum ersten Mal seit ... ja, ich glaube wirklich, zum ersten Mal in meinem Erwachsenenleben. Als ich sieben war, verliebte ich mich in ein kleines Mädchen aus unserer Straße. Sie hieß

Jennifer, wir waren zusammen auf einem Kindergeburtstag, und ich erinnere mich deutlich, daß ich ihr bei einem Pfänderspiel einen Kuß gab, halb lusterfüllt durch die Berührung ihrer Lippen, die weich und feucht waren wie eine geschälte Traube, halb geniert und voller Verlegenheit, weil der Kuß in aller Öffentlichkeit getauscht werden mußte. Nach der Pubertät aber hatte ich nie eine andere Frau als meine Mutter und meine Schwestern umarmt, und diese Umarmungen, diese Wangenküsse waren natürlich frei von jeder Sinnlichkeit. Es war deshalb für mich eine ganz außerordentliche, ganz neuartige Empfindung, Daphnes Mund auf dem meinen zu spüren. Damals hatte ich keinen Bart, so daß ihre Lippen mich ohne jede Isolierung trafen. Sie küßte mich fest, behutsam, ja, ich möchte fast sagen ehrfürchtig, so wie manche meiner weiblichen Gemeindemitglieder, meist füllige, frauliche Typen wie Daphne, die Füße des gekreuzigten Christus bei der Karfreitagsliturgie zu küssen pflegten, mit einer anmutigen Kniebeuge und einer selbstbewußten, wohlberechneten Kopfneigung, als wollten sie den anderen zeigen, wie man es macht. (Weil ich als Zelebrant, flankiert von zwei Akolythen, die auf den Altarstufen standen und das große Kruzifix festhielten, nach jedem Fußkuß die Gipsfüße mit einem weißen Leintuch abwischte, registrierte ich fast zwangsläufig den sehr unterschiedlichen Vollzug dieser frommen Handlung. Manche benahmen sich schüchtern und verlegen dabei, wie bei einem Pfänderspiel, manche täppisch, aber voller Inbrunst und ganz unbefangen, andere kühl, sicher und auf sich selbst bedacht).

Ich saß stocksteif da, während Daphne mich küßte – überrumpelt, aber ohne mich zu wehren. Im Gegenteil, ich fand es wunderschön. In diesem Moment wurde mir klar, wie sehr mir in den langen Jahren der Ausbildung und des Amtes menschlicher Kontakt gefehlt hatte, der animalische Trost der Berührung, vor allem auch die geheimnisvolle körperliche Andersartigkeit der Frauen, ihre weiche, nachgiebige Fülle, die glatte, seidige Haut, der süße Duft von Atem und Haar. Es war ein langer Kuß. Ich sah, daß Daphne die Augen geschlossen hatte, und da ich auf jeden Fall bei dieser mir unvertrauten Betätigung nach Vorschrift verfahren wollte, schloß ich sie auch. Dann löste sie ihre Lippen von den meinen, setzte sich auf und sagte kokett: »Das hab ich schon seit einer kleinen Ewigkeit tun wollen. Du auch?«

Ein Nein wäre wohl taktlos gewesen, also sagte ich ja. Sie lächelte und schlug die Augen nieder und preßte die Lippen zusammen und hob ihr Kinn, so daß ich mich wohl oder übel vorbeugen und ihren Kuß erwidern mußte. Als ich die Wohnung verließ, um (welch Sakrileg) rechtzeitig zur Sechs-Uhr-Beichte wieder in der Kirche zu sein, war es zwar zu keinen weiteren Intimitäten gekommen, und offen ausgesprochen worden war nichts, aber emotionell war ich nun an Daphne gebunden, und moralisch war ich verpflichtet, das Priesteramt aufzugeben. Es wäre nicht fair zu behaupten, sie hätte mich durch sanften Druck so weit gebracht. Ich war reif für den Bruch mit der Kirche, ja, ich hatte ihn insgeheim herbeigesehnt, um mich von den Widersprüchen meines Amtes zu befreien, um im Hinblick auf meinen Glauben oder Nichtglauben klare Verhältnisse zu schaffen. Allein hätte ich einfach nicht den Mut dazu gehabt. Ich brauchte einen Anstoß, und ich brauchte Rückendeckung. Daphne gab mir beides. Ein zweifelnder Priester, der seine Zweifel verbirgt und aus Furchtsamkeit oder Pflichtbewußtsein weiter sein Amt ausübt (und ich glaube, davon gibt es viele) – das ist eine Sache. Ein katholischer Priester aber, der auf der Couch herumschmust, ist etwas ganz anderes, so etwas ist ein Skandal, eine Abartigkeit und durfte sich nicht fortsetzen. Daphnes Kuß und meine Erwiderung hatten meinen Glaubensverlust besiegelt – oder hatten, besser gesagt, das Siegel über meinen verborgenen Zweifeln gesprengt. Ich hatte kein schlechtes Gewissen, ich war erleichtert und hochgestimmt, als ich vor dem Wegfahren noch einmal zum Fenster von Daphnes Wohnzimmer hochsah, wo der Vorhang zurückgezogen war und eine ausladende Gestalt, die sich dunkel vor dem beleuchteten Raum abhob, mir zu winken schien. Zum zweitenmal hatte ich einen entscheidenden Schritt getan, um mein Leben zu ändern. Beim erstenmal hatte ich mich entschlossen in die Arme der strengen, aber trostreichen Mutter Kirche geworfen, beim zweitenmal in die Arme einer Frau – und in den Strudel unvorhersehbarer Gefahren.

Ich fühlte mich lebendiger als seit Jahren. Ich war »high« von der Erfahrung und glaube, daß ich nie ein besserer Beichtvater gewesen bin als an jenem Abend – mitfühlend, anteilnehmend, ermutigend.

Als ich am nächsten Morgen Messe und Predigt halten mußte, sah das schon anders aus. Ich war nervös und geistesabwesend, versprach mich bei den Lesungen, was sonst selten vorkam, und vermied bei der Kommunion den Blickkontakt mit den Kommunikanten, als fürchtete ich, sie könnten in meinen Augen wie in einer Peepshow ein empörendes Bild von Daphne und mir als eng umschlungenes Paar erblicken. Beim Mittagessen bekam ich kaum ein vernünftiges Wort heraus, und Thomas sah mich ein- oder zweimal verwundert an und fragte, ob mir nicht gut sei. Nachmittags fuhr ich zu Daphne, und wir führten wieder ein langes Gespräch, diesmal über die Zukunft.

Mir ging es vor allem darum, mit den Veränderungen, die sich in meinem Leben vollziehen würden, meinen Eltern möglichst wenig Kummer zu bereiten. Statt auf einen Schlag das Priesteramt, den katholischen Glauben und das Zölibat aufzugeben, beschloß ich, zuerst die Versetzung in den Laienstand zu beantragen, die ich Mummy und Daddy gegenüber mit einer Berufungskrise begründen wollte. Hatten sie sich damit abgefunden, konnte ich ihnen vielleicht auch meine theologischen Zweifel begreiflich machen und sie früher oder später an den Gedanken heranführen, daß ich heiraten würde. Inzwischen würde ich mich irgendwo in Nordengland um eine Lehrerstelle bemühen und zu gegebener Zeit Daphne nachkommen lassen, damit wir uns in aller Ruhe und ungestört durch äußere Einflüsse näher kennenlernen konnten, ehe wir den entscheidenden Schritt in die Ehe taten. Doch dieser naive, unüberlegte Plan war wohl von vornherein zum Scheitern verurteilt.

Ich ging zu dem für mich zuständigen Bischof meiner Diözese, erzählte ihm von dem Verlust meines Glaubens und bat, in den Laienstand versetzt zu werden. Wie nicht anders zu erwarten, empfahl er mir Behutsamkeit, Abwarten, reifliche Überlegung. Ich solle eine Weile in Klausur gehen, um in friedlicher, spiritueller Atmosphäre meine Probleme zu durchdenken. Um meinen guten Willen zu zeigen, ging ich zu einer zweiwöchigen Klausur in ein Karmeliterkloster, das ich drei Tage später, zermürbt von dem Schweigen und der Abgeschlossenheit, wieder verließ. Ich wiederholte meine Bitte um Versetzung in den Laienstand. Der Bischof fragte, ob dabei auch Schwierigkeiten mit dem Zölibat mitspielten, und ich antwortete etwas kasuistisch, meine Zweifel am katholischen Glauben seien rein intellektueller und philosophischer Art, doch sei es wahrscheinlich, daß ich, einmal in den Laienstand versetzt, auch heiraten würde wie die meisten Laien. Er würde mit sich zu Rate gehen, sagte er, in der Hoffnung, daß es gelingen möge, in beiderseitigem Einvernehmen eine unwiderrufliche Entscheidung noch hinauszuschieben. Er würde für mich beten.

Es folgten eine oder zwei Wochen, in denen ich von Unentschlossenheit und widersprüchlichen Regungen hin- und hergerissen wurde. Der Bischof hatte mich von der Messe dispensiert, nach offizieller Lesart war ich nicht wohl, war stark gestreßt und mußte auf Anweisung meines Arztes ausspannen. Ich hatte ein Zimmer in einem Kloster ganz in der Nähe von St. Peter und Paul. Mit Daphne traf ich mich weiterhin heimlich. Ich glaube, sie hatte sogar Spaß an dem verboten-verschwörerischen Element unserer Beziehung und empfand es als romantische Würze. In unseren Gesprächen ging es fast nur um meine Zweifel, meine Entscheidung, die Verzögerungstaktik des Bischofs, aber körperlich kamen wir uns dabei immer näher. Ihre Abschiedsküsse waren lang und sehnsuchtsvoll, und einmal steckte sie mir zu meiner Überraschung ihre nasse, warme Zunge zwischen Lippen und Zähne. Es konnte nicht ausbleiben, daß jemand aus der Gemeinde uns eines Abends dabei beobachtete, wie wir händchenhaltend in einem kleinen, mehrere Meilen von Saddles entfernten Landgasthaus saßen, und damit war die Katze aus dem Sack.

Am nächsten Tag stand der Gemeindeklatsch in üppiger Blüte. Als ich zum Pfarrhaus kam, um meine Post abzuholen, sah Aggie mich an, als seien mir Hörner auf der Stirn und Hufe an den Füßen gewachsen. Ich wurde beim Bischof denunziert, der mich zu einem Gespräch bat und mir vorwarf, ich hätte ihn hintergangen. Es kam zu einem zornigen Wortwechsel, woraufhin ich Knall auf Fall mein Priesteramt hinwarf und mich damit praktisch exkommunizierte. Ich fuhr nach Südlondon, zu einer schmerzlichen Unterredung mit Mummy und Daddy, bei der ich ihnen eröffnete, was ich getan hatte und weiter zu tun gedachte. Der Schock für die beiden war schlimm. Mummy weinte. Daddy saß stumm und zerquält da. Es war grauenvoll. Ich versuchte gar nicht, ihnen die Gründe zu erklären, die mich zu dieser Entscheidung bewogen hatten, das hätte sie nur noch mehr geschmerzt. Sie brauchten ihren schlichten Glauben wie die Luft zum Atmen, er hatte ihnen in allen Anfechtungen und Enttäuschungen Halt gegeben und würde es auch in diesem Fall tun. Als ich ging, sagte Mummy, sie würde von jetzt ab jeden Tag den Rosenkranz beten, damit mir mein Glauben wiedergeschenkt würde, und das hat sie auch bestimmt getan. So viele verschwendete Worte . . . Noch immer macht mich die Vorstellung unsäglich traurig, daß sie Abend für Abend in diesem vergeblichen Bemühen im kalten Schlafzimmer kniete, unter der Statuette Unserer Lieben Frau von Lourdes auf dem Kaminsims, die Augen fest geschlossen, die Rosenkranzperlen um die Knöchel gewunden wie Fesseln, dabei ging es ihr damals gesundheitlich schon nicht mehr gut. Der Bruch meiner kurzen Beziehung mit Daphne machte ihr Hoffnung. Damit stand mir die Rückkehr ins Priesteramt theoretisch noch offen.

Ich gab schnellstmöglich meine Räume im Pfarrhaus von Saddles auf und nahm mir eine Einzimmerwohnung in Henfield Cross (die Ironie des christlichen Restbestandes in dem Ortsnamen war mir nicht entgangen), einem tristen, weniger begüterten Städtchen in etwa acht Meilen Entfernung am Rande von Großlondon. Daphne hatte mir angeboten, mich aufzunehmen, sie hatte ein kleines Gästezimmer, aber die Nähe zu meiner früheren Gemeinde schreckte mich. Die Lokalpresse hatte Wind von der Sache bekommen, und einmal lauerte mir ein Reporter in der Halle von Daphnes Haus auf und bat um ein Interview. Außerdem scheute ich den Kopfsprung in die totale Nähe, das totale Engagement. Im Laufe weniger Wochen war aus jener ersten Umarmung eine Beziehung geworden, und die vage Möglichkeit einer späteren Heirat hatte sich zu einer nüchternen Erörterung praktischer Fragen konkretisiert: Wo, wann, unter welchen Bedingungen? Ich brauchte eine Atempause, um meine Gedanken zu sammeln, mich auf das Laienleben einzustimmen und Daphne besser kennenzulernen. Auch war die Frage meines künftigen Broterwerbs noch nicht gelöst. Vorerst lebte ich von meinen geringen Ersparnissen, die bald aufgebraucht sein würden. Ich meldete mich arbeitslos und ließ mich bei der staatlichen Stellenvermittlung in die Liste arbeitsuchender Akademiker eintragen. Der zuständige Mitarbeiter machte ein dummes Gesicht, als ich unter Beruf »Theologe« angab. »In dieser Branche besteht kaum Bedarf«, sagte er – eine Aussage, die mich sofort überzeugte. Ich wurde zum Stammkunden der Stadtbibliothek, wo ich regelmäßig die Stellenanzeigen, besonders Stellenangebote für Lehrer, durchforstete, weil ich mir dachte, daß ich im Lehramt noch die besten Chancen hatte.

In dieser Zeit war ich regelmäßig mit Daphne zusammen. Oft aßen wir in einem Pub oder in einem asiatischen Restaurant, oder sie kam nach Henfield Cross und machte uns etwas auf meiner Kochplatte. Aus den schon genannten Gründen hatte ich gewisse Hemmungen, in ihre Wohnung zu kommen. Außerdem besaß sie – im Gegensatz zu mir – einen Wagen. Der Ford Escort, der mir als Gemeindepfarrer zur Verfügung gestanden hatte, war mit einem Kredit der Diözese angeschafft worden, und ich hatte ihn abgeben müssen, als ich St. Peter und Paul verließ. Der Wagen ist das einzige, was ich wirklich –

Mitten im Satz unterbrach mich das Telefon. Es war Tess. Ich hatte total vergessen, daß ich ja heute abend in England hatte anrufen wollen. Daß Tess schon wieder die Initiative ergreifen mußte, setzte mich natürlich erneut ins Unrecht, und ich geriet moralisch noch mehr ins Abseits, als ich ihr gestehen mußte, daß sie Daddy nicht sprechen konnte, weil er im Krankenhaus lag. Natürlich regte sie sich furchtbar auf. Ich kam mir fast vor wie eine dieser sattsam bekannten Witzblattfiguren, als ich den Hörer auf Armeslänge von mir gestreckt, ihre Tiraden über mich ergehen ließ. Sie warf mir meinen Leichtsinn und mein Versagen bei Daddys Betreuung vor und bezeichnete es wieder einmal als Wahnsinn, daß ich ihn überhaupt hergeschleppt hatte. Begreiflicherweise schürte es noch ihren Zorn, daß sie selbst ihm zugeredet hatte, die Reise anzutreten, und zwar aus gewinnsüchtigen Erwägungen, die, wie sich inzwischen herausgestellt hatte, jeder Grundlage entbehrten. Ich stellte Daddys Zustand so positiv wie möglich dar und fügte listig hinzu, das Krankenhaus sei nicht nur vorzüglich, sondern auch katholisch. Außerdem rechnete ich es mir als kleinen Verdienst an (der eigentlich dem Reisebüromenschen gebührte), daß ich eine Krankenversicherung abgeschlossen hatte. (Unsere Familie besaß in dieser Beziehung nicht viel Weitblick. In den fünfziger Jahren wurde zweimal bei uns eingebrochen, ehe Daddy sich dazu aufraffte, eine Hausratversicherung abzuschließen.) Ich versprach, dafür zu sorgen, daß Daddy Tess vom Krankenhaus aus anrief, damit sie sich davon überzeugen konnte, daß ich ihr reinen Wein eingeschenkt hatte und er nicht (»man kann ja nie wissen«, unkte sie) eine Gehirnerschütterung davongetragen hatte, im Koma oder auf der Intensivstation lag.

Zur Ablenkung erzählte ich ihr von den Schwierigkeiten, ein passendes Pflegeheim für Ursula zu finden. Tess wollte wissen, wieviel Geld Ursula hatte, und knurrte unzufrieden, als ich ihr die Summe nannte. Als ich sagte, ich hätte Ursula dazu gebracht, für die Kosten des Pflegeheims ihr Kapital anzugreifen, sagte Tess: »Findest du nicht, daß du dich da ein bißchen selbstherrlich verhältst, Bernard? Schließlich ist es Ursulas Geld, auch wenn du diese komische Vollmacht hast. Wenn sie lieber in einem staatlichen Heim wäre und gern etwas Geld in Reserve hätte...«

»Ich bitte dich, Tess«, unterbrach ich sie. »Ursula hat nur noch ein paar Monate zu leben! Außerdem würde das nichts an der Situation ändern. In einem staatlichen Heim würden sie sich aus ihrem Vermögen bedienen und ihr nur einen schäbigen Rest von ein paar tausend Dollar lassen.« (Das hatte ich bei meinen Erkundungen erfahren.)

»Ich geb's auf«, sagte Tess verärgert. »Es ist alles ein fürchterliches Kuddelmuddel. Und zwar ganz allein durch deine Schuld«, schloß sie mit entwaffnender Unlogik und knallte den Hörer auf die Gabel.

Zurück zu Daphne. Ich will diese klägliche Geschichte beenden und zu Bett gehen. Der springende Punkt war wohl der, daß ich die Heirat hinauszuzögern versuchte, um uns beiden Gelegenheit zum besseren Kennenlernen zu geben, daß aber Daphne es eiliger hatte. Sie war fünfunddreißig und wollte Kinder. Ich brauchte ihre Nähe und ihren Halt, hatte aber insgeheim große Angst vor der sexuellen Seite der Ehe. Über Küssen und Schmusen waren wir nie hinausgekommen, und das waren eher gemächlich-züchtige Zärtlichkeiten, die mich erfreuten, aber nicht eben erregten. Erst wenn Daphnes Zunge in meinem Mund zappelte, meldeten sich meine Sinne, und dann ließ ein bedingter Reflex mich sofort zurückweichen und eine Ablenkung suchen, um der Verlockung nicht zu erliegen. Physisch, sagte ich mir, war ich demnach zum Beischlaf fähig, aber wie ich, wenn es so weit war, praktisch mit dem Problem umgehen sollte, war mir ziemlich schleierhaft. Abends in meiner Einzimmerwohnung machte ich einmal entsprechende Andeutungen, die aber so vage und diskret ausfielen, daß Daphne eine Weile brauchte, bis sie begriffen hatte, was mich drückte. Und dann sagte sie in der für sie so typischen burschikosen Art: »Das läßt sich ja feststellen!« und meinte, wir sollten sofort miteinander schlafen.

Ich fasse mich kurz. Es war ein Desaster, ein Fiasko – sowohl in dieser Nacht als auch bei weiteren Anläufen in meiner oder ihrer Wohnung und einmal, als letzter, verzweifelter Versuch, in einem Hotel. Daphne war nicht unberührt, aber ihre sexuellen Erfahrungen beschränkten sich auf ein, zwei kurze, unbefriedigende Affären während der Ausbildung. Nach dem, was sie mir von diesen Episoden erzählt hatte, war es eine traurige kleine Allerweltsgeschichte: Eine übergewichtige, ziemlich unscheinbare junge Frau läßt sich in ihrer Sehnsucht nach Liebe und Geborgenheit allzu rasch mit rücksichtslosen jungen Männern ein, die sich mit ihr vergnügen, ihr wenig geben und sie schnell wieder verlassen. Nach ihrem Abschluß hatte sie sich in einen Chirurgen verliebt, allerdings rein platonisch, denn er war glücklich verheiratet. Sie erzählte mir das, als wolle sie von mir wegen ihrer Selbstbeherrschung und Selbstverleugnung bewundert werden, aber ich frage mich, ob dem Chirurgen das Platonische an der Beziehung nicht ganz gelegen kam und ob er nicht den Ruf an eine australische Hochschule wenig später auch deshalb annahm, um ihrer erdrückenden Hingabe zu entkommen. So war sie denn sexuell unerfahren oder zumindest ungeübt, gleichzeitig aber seltsam schamlos und dadurch denkbar ungeeignet, einem nicht mehr ganz jungen Neuling in Liebesdingen die Hemmungen zu nehmen. Nach fünfzehnjährigem Pflegedienst an Männern und Frauen jeden Alters und jeder Gestalt betrachtete sie den menschlichen Körper samt all seinen Funktionen und Unvollkommenheiten völlig leidenschaftslos, während ich stets in tödliche Verlegenheit geriet, wenn ich mich entblößen mußte, und übersensibel auf den Anblick ihres Körpers reagierte. Daphne ohne einen Faden am Leib war ein ganz anderes Wesen als Daphne in dem Panzer der gestärkten Schwesterntracht oder in ihren damenhaften Kleidern und dem unsichtbaren Darunter, das alles straffte und zusammenhielt. Meine Vorstellungen von einer nackten Frau waren – sofern überhaupt vorhanden – keusch, klassisch und ideal und vermutlich von Vorbildern wie der Venus von Milo und Botticellis Venus geprägt. Die nackte Daphne war mehr wie eine lebensgroße Version jener weiblichen Fruchtbarkeitsfiguren, die man in Museen unter den ethnischen Exotica findet, mit riesigen Brüsten, schwellenden Bäuchen und prallen Hintern, primitiv aus Holz geschnitzt oder aus Ton geformt. Einen mannhafteren, selbstbewußteren Liebhaber hätte diese Fleischesfülle vielleicht entzückt, mich aber schüchterte sie ein.

Vermutlich ist die Vorstellung weit verbreitet, ein aus fünfundzwanzigjähriger erzwungener Enthaltsamkeit erlöster Mann müsse ständig in priapischer Lust erzittern und würde sich am liebsten auf jedes frei herumlaufende weibliche Wesen stürzen. Weit gefehlt. Als Student hatten mich, wie jeden normalen jungen Mann, hin und wieder fast unerträgliche

Lustgefühle heimgesucht, wenn ich nur ein anzügliches Bild in einer Zeitschrift sah oder sich mein Blick, während ich an einem Haltegriff der überfüllten U-Bahn hing, in den tiefen Ausschnitt eines hübschen Mädchens verirrte. Und länger (vermute ich) als die meisten jungen Männer plagten mich nächtliche Ergüsse, durch die sich die eingesperrten Säfte in Schlaf und Traum befreiten. (Mit diesem Problem stand ich nicht allein. Einmal hörte ich zwei Frauen, die in Ethel's die Wäsche besorgten, deftige Witze über »Landkarten von Irland auf den Laken« machen. »Kein Wunder, daß die das hier Semenar nennen!«) Aber das war lange her. Nach und nach ließ die ungewollte sexuelle Erregung nach und wurde leichter beherrschbar. Enthaltsamkeit war nun nicht mehr so sehr Opfer als Gewohnheit. Saft und Kraft gingen zurück.

Auch bei Männern mit normalem Geschlechtsleben kommt wohl einmal die Zeit, da der Geschlechtsverkehr nicht so sehr eine Reflexhandlung als ein Willensakt ist. Vor kurzem las ich ein Bonmot, das einem Franzosen zugeschrieben wird, einen typisch gallischen Geistesblitz: »Fünfzig ist ein gutes Alter, denn wenn eine Frau ja sagt, fühlst du dich geschmeichelt, und wenn sie nein sagt, fällt dir ein Stein vom Herzen.« Ich war nicht fünfzig, ich war erst einundvierzig, als Daphne zu einer von mir nie ausdrücklich formulierten Frage ja sagte, aber wie Muskeln, die nicht in Bewegung gehalten werden, drohen auch nicht ausgelebte Instinkte zu verkümmern. Weder Daphne noch ich vermochten meiner lange unterdrückten Libido neue Impulse zu geben. Ich konnte »ihn nicht hochkriegen« – so heißt es wohl in der Vulgärsprache. Oder wenn ich ihn »hochkriegte«, blieb er nicht lange genug oben, um in Daphne einzudringen, und ihre gut gemeinten Versuche, mir zu helfen, vergrößerten meine Scham und meine Verlegenheit. Jeder Fehlschlag trug schon den Keim des nächsten in sich, weil ich mit jedem Versuch nervöser und gehemmter wurde. Daphne schleppte sogar ein Sexlehrbuch voller erotischer Zeichnungen und Beschreibungen perverser Praktiken für mich an, aber das war wie eine Gourmet-Speisekarte für einen Mann, der sein Leben lang von Brot und Wasser gelebt hat (und tatsächlich war das Buch in Abschnitte mit albernen Überschriften wie Aperitif, Hors d'œuvre, Hauptgerichte usw. unterteilt). Ebensogut konnte man einem Heimwerker, der nur eine Sicherung reparieren will, einen dicken Wälzer über Nuklearphysik in die Hand drücken. Das Ende vom Lied war, daß ich, als die nächste Prüfung nahte, nur noch mehr unter Lampenfieber und dem Gefühl meiner Unzulänglichkeit litt.

Zuerst war Daphne nachsichtig und voll guten Willens, aber ihre Geduld wurde auf eine harte Probe gestellt, und schließlich konnte selbst der Gutwilligste nicht mehr übersehen, daß bei uns kaum mehr Hoffnung auf eine harmonische sexuelle Beziehung bestand. Natürlich litt sie unter dieser vermeintlichen Ablehnung, während ich mich gedemütigt fühlte. Die Problematik auf diesem Gebiet strahlte auch auf alle anderen Bereiche unserer ohnehin streßreichen und verletzlichen Beziehung aus. Es gab Streit um Kleinigkeiten und ein ernsthaftes Zerwürfnis um die wichtige Frage, ob ich die Teilzeitstelle am St. John's College annehmen sollte. Sie wollte nicht nach Rummidge, in diesen widerlichen, dreckigen Industrieslum, wie sie sagte, obgleich sie nur einmal auf der Autobahn durchgefahren war, wo sich die Stadt in der Tat nicht von der besten Seite zeigt. Sie drängte mich, weiter nach einer Stelle im Südosten zu suchen, als Religionslehrer an einer Höheren Schule zum Beispiel. Insgeheim aber wußte ich, daß ich bei einer Horde angeödeter, widersetzlicher Teenager in einer staatlichen Gesamtschule nie Disziplin würde halten können, während die Stellung in St. John's zwar nicht üppig dotiert war, mir aber sonst lag. Außerdem wollte ich weg aus dem Süden, wollte weg aus London und Umgebung in eine Gegend, wo ich nicht so oft Gefahr lief, früheren Studenten und Kollegen zu begegnen und weniger Gelegenheit hatte, Angehörige zu treffen. Und so verließ ich schweren Herzens, zutiefst bedrückt und mit schlechtem Gewissen wenige Monate, nachdem ich die Kirche verlassen hatte, auch Daphne – oder sie verließ mich. Wir trennten uns in gegenseitigem Einvernehmen. Das Scheitern der Beziehung lastete monatelang schwer auf mir. Hatte ich sie, hatte sie mich benutzt? Ich weiß es nicht, vielleicht haben wir beide unsere wahren Motive nicht durchschaut. Ich habe mich sehr gefreut, als ich letztes Jahr erfuhr, daß sie geheiratet hat. Hoffentlich ist es für sie noch nicht zu spät für Kinder.

Dienstag, der fünfzehnte

Etwas Außergewöhnliches und Wunderschönes ist heute passiert. In einer früheren Phase meines Lebens hätte ich es schicksalhaft genannt oder gar »ein Wunder«, wie Ursula heute sagte. Jetzt muß ich es wohl Glück nennen oder Dusel, obgleich »Glück« zu moderat und »Dusel« zu flapsig klingt für ein Ereignis, das etwas von ausgleichender Gerechtigkeit an sich hat. Und der Schlüssel! Der verlorene und wiedergefundene Schlüssel! Ein Mensch, der mehr zum Aberglauben neigt, hätte diese Episode wohl als günstiges Omen gedeutet. Denn ohne den Schlüssel hätte ich heute früh nicht zur Bank gehen können, um Ursulas Schließfach zu öffnen, und ohne das Schließfach zu öffnen, hätte ich nicht ihre Aktienzertifikate herausholen können, und ohne die Aktienzertifikate wäre ich nicht zu dem Makler in Downton Honolulu gegangen und hätte nicht erfahren, daß Ursula finanziell sehr viel besser gestellt ist, als sie sich je hätte träumen lassen. Sie ist eine reiche Frau!

Denn es war ein Joker im Spiel, ein zusätzliches Aktienzertifikat, das Ursula völlig vergessen hatte, in einem weißen, unbeschrifteten, billigen Umschlag, der zwischen ihren gefalteten Trauschein geraten war (den sie seit ihrer Scheidung aus verständlichen Gründen nicht mehr angesehen hatte) und ganz unten in der Kassette lag, unter einer Kopie ihres Testaments und den anderen Aktienzertifikaten, die einzeln in Sichthüllen aus Plastik steckten und die nach ihrer Scheidung von der Firma Simcock Yamaguchi, mit deren Mr. Weinberger ich heute vormittag einen Termin hatte, erworben worden waren. Diese Aktie (denn mehr war es nicht, eine einzige Aktie) hatte sie offenbar zu einer Zeit, als ihre Ehe schon brüchig geworden war, auf Empfehlung einer Freundin oder ihres Anwalts, vielleicht sogar ihres Ex-Mannes gekauft (sie weiß es nicht mehr genau, es ist alles so lange her), eine bescheidene Investition von 234 Dollar. Ein einziger Anteilschein einer damals fast unbekannten Firma. Sie hatte das Zertifikat verräumt, verdrängt und vergessen und der Firma ihre zahlreichen Adreßänderungen nicht mitgeteilt, so daß sie nie Dividenden erhalten hatte, und wie Mr. Weinberger sagte, hatte dann wohl die Firma eines Tages den Versuch aufgegeben, sie zu erreichen.

Stirnrunzelnd hatte er das Zertifikat aus dem Umschlag geholt. »Was haben wir denn da? Das steht ja gar nicht auf Mrs. Riddells Wertpapierliste.«

Er hatte sich Ursulas Wertpapiere auf einen seiner Computerschirme geholt, in goldfarbenen Buchstaben und Zahlen standen sie auf dem braunen Hintergrund. Er hatte die Posten nacheinander geprüft, wozu er weitere Listen und Tabellen auf einem anderen Schirm aufrief – weiße Buchstaben auf grünem Grund –, und mit einer Zurschaustellung von Sachverstand, die an mich gänzlich verschwendet war, denn ich verstehe überhaupt nichts von diesen Dingen, den derzeitigen Marktwert der einzelnen Papiere ermittelt, ehe er die Anweisung zum Verkauf eintippte.

Mr. Weinberger führt ein seltsames Leben, ein Höhlenmenschendasein gewissermaßen. Da die New Yorker Börse um zehn Uhr Hawaii-Zeit schließt, steht er im Dunkeln auf, tritt früh um fünf seinen Dienst an und verbringt acht Stunden in einem großen fensterlosen Großraumbüro mit langen Reihen von Schreibtischen, an denen Männer in dunklen Anzügen und gestreiften Hemden stirnrunzelnd ihre Bildschirme betrachten und in Telefone murmeln, die sie sich unters Kinn geklemmt haben wie Konzertgeigen. Der Händlerraum von Simcock Yamaguchi überzeugt als Wall-Street-Simulation mehr als Mr. Belluccis Suite und läßt einen noch schneller vergessen, daß draußen die Sonne Glanzlichter auf die Brandung setzt und die Palmen sich im Passat wiegen. Hawaii verdankt seinen Wohlstand vermutlich Leuten wie Mr. Weinberger, die unbeeinflußt von den Lockungen des tropischen Klimas bei Kunstlicht ihre Arbeit tun. Um eins dürfte er Feierabend haben, aber er sieht nicht aus, als ob er den Nachmittag am Strand verbringt. Unter dem jetzt schon sichtbaren Bartschatten war er blaß wie ein Hauer unter Tage. Ich stellte mir vor, wie er mit Kollegen in dem eiskalten, trüb beleuchteten Kellerrestaurant eines nahegelegenen Einkaufszentrums zu Mittag essen, dann in seinem klimatisierten Automobil mit den getönten Fenstern heimfahren und sich in seinem durch Fensterläden abgeschotteten Haus vor den Fernseher setzen würde.

»Nicht zu fassen«, sagte er und besah sich das Zertifikat. »Wo haben Sie denn das her?«

Ich erzählte ihm, wo ich es gefunden hatte.

»Haben Sie sich das mal angesehen, Mr. Walsh?«

»Ja. Ein ganz gewöhnlicher Anteilschein, nicht?«

»1952 ausgegeben, und zwar von der Firma International Business Machines.« Er ließ die Finger über seine Tastatur hüpfen und betrachtete den grünweißen Schirm, auf dem weitere Zahlenkolonnen aufmarschiert waren. »Seit 1952 hat es jede Menge Aktiensplittings und Dividenden gegeben, aus der einen Aktie ihrer Tante sind zweitausendvierhundertvierundsechzig geworden, und da IBM zur Zeit mit hundertdreizehn Dollar gehandelt wird, ist die Anlage Ihrer Tante etwa...« (er rechnete rasch) »... zweihundertachtundsiebzigtausend Dollar wert.«

Ich glotzte ihn an. »Haben Sie zweihundertachtundsiebzigtausend gesagt?«

»Nicht gerechnet die Dividenden und angesammelten Zinsen auf die Dividenden, die IBM für Ihre Tante angelegt haben dürfte.«

»Mein Gott«, flüsterte ich ergriffen.

»Hunderttausend Prozent Gewinn gegenüber der ursprünglichen Anlage«, sagte Mr. Weinberger. »Nicht schlecht. Gar nicht schlecht. Was wollen Sie mit den Aktien machen?«

»Verkaufen«, stieß ich hervor. »Sofort, ehe sie fallen.«

»Das ist kaum zu befürchten«, sagte Mr. Weinberger.

Eine Dreiviertelstunde danach verließ ich beschwingten Schrittes sein Büro. In der Tasche hatte ich einen Scheck über $ 301 096,35, den Verkaufserlös von Ursulas Anlagen abzüglich der Kommission von Simcock Yamaguchi. Ich hüpfte in ein Taxi und ließ mich, ganz benommen vor Glück, ins Geyser fahren. Ursulas Probleme waren mit einem Schlag gelöst. Sie würde nie wieder Geldsorgen haben. Keine Rede mehr von Belvedere House oder ähnlichen Einrichtungen. Sie konnte, sobald es sich machen ließ, ins Makai Manor ziehen. Welche Freude, der Überbringer so guter Botschaft zu sein! Ein geradezu irrationaler Besitzerstolz hatte mich erfaßt. Im Sturmschritt betrat ich die Lobby des Geyser und konnte es kaum erwarten, bis ein Fahrstuhl kam. Ich eilte zu Ursulas Station, drängte eine Schwester beiseite, die mich mit einem Hinweis auf die Besuchszeiten abwimmeln wollte, und stürzte an Ursulas Bett. Dort waren die Vorhänge vorgezogen, und es stank infernalisch. Eine Krankenschwester trug mit blassem Gesicht rasch etwas unter einem Handtuch hinaus, ihr folgte Dr. Gerson, der mir eine Hand auf die Schulter legte und mich zur Tür schob.

»Endlich haben wir ihre Verdauung wieder hingekriegt«, sagte er. »Der letzte Einlauf hat's gebracht, ein richtiger Molotowcocktail. Ich hatte schon Angst, wir müßten operieren.«

»Ist alles gutgegangen?«

»Ihre Tante ist okay, aber sehr schön war's nicht. Jetzt muß sie sich erst ein bißchen ausruhen. Kommen Sie in einer Stunde noch mal vorbei.«

Ich hätte ihr etwas Wichtiges mitzuteilen, sagte ich, und würde warten. Auf einer lila Polsterbank in der Lobby beruhigte ich mich wieder und sah die Ereignisse allmählich in einem etwas anderen Licht. Ursula hatte keine Geldsorgen mehr, aber sie hatte nach wie vor den Tod vor Augen – verbunden mit Schmerzen und erheblichen Beschwerden. Daran führte kein Weg vorbei. Zum Jubeln und Frohlocken bestand wahrlich kein Grund.

Ursulas Freude war, als man mich endlich zu ihr ließ, natürlich trotzdem groß. Sie konnte es kaum fassen, daß sie so unvermutet zu einem Vermögen gekommen war, und ich hatte den Eindruck, daß erst der Scheck sie wirklich überzeugte. Daß sie damals die Aktie gekauft hatte, war ihr völlig entfallen – sie hatte die Transaktion ebenso verdrängt wie die schmerzlichen Erinnerungen, die mit dem Ende ihrer Ehe zusammenhingen. »Es ist ein Wunder«, sagte sie. »Hätte ich gewußt, daß ich sie habe, hätte ich sie vor Jahren verkauft und wahrscheinlich das Geld sinnlos zum Fenster hinausgeworfen. Jetzt, da ich es so besonders dringend brauche, ist es aufgetaucht wie ein vergrabener Schatz. Gott war sehr gut zu mir, Bernard, und du warst es auch.«

»Irgendwann hätte jemand das Zertifikat gefunden«, sagte ich.

»Ja, aber vielleicht erst nach meinem Tod.« Das Wort versetzte unserer Hochstimmung vorübergehend einen nachhaltigen Dämpfer. Ursula brach das Schweigen. »Daß du Sophie Knoepflmacher davon nichts erzählst! Sprich mit niemandem darüber, hörst du?« Als ich sie nach dem Grund fragte, murmelte sie etwas von Einbrechern und Schmarotzern, was mich allerdings nicht sehr überzeugte. Wahrscheinlich sind Heimlichtuerei und Abwehrhaltung in Gelddingen einfach ein Familienerbteil. Ich fragte sie, ob ich es Daddy erzählen dürfte. Ja, natürlich, sagte sie. »Und richte ihm aus, er soll mal seine Schwester anrufen. Ich will jetzt endlich seine Stimme hören.«

Ich fuhr sofort ins Sankt Joseph, um Daddy die freudige Kunde zu bringen. An seinem Bett saß eine silberhaarige Mrs. Knoepflmacher in einem weißen *muu-muu* mit einem Muster aus großen klecksigen Blumen in Pink und Blau. Ein Sträußchen Orchideenblüten in den gleichen Farben lag auf Daddys Nachttisch.

»Ihr Vater hat mich in die katholische Religion eingeführt«, sagte sie. »Ach ja?« sagte ich, bemüht, meine Heiterkeit zu unterdrücken. »In welchen Aspekt?« »Es ging um den Unterschied zwischen . . . was war es doch gleich?« Sie wandte sich an Daddy, der etwas betreten dreinsah. »Verleumdung und Verunglimpfung«, murmelte er. »Genau«, sagte Mrs. Knoepflmacher. »Es ist offenbar schlimmer, etwas Böses über einen Menschen zu sagen, wenn es die Wahrheit ist, als etwas Böses über ihn zu sagen, was nicht stimmt.« »Weil man es, wenn es die Wahrheit war, nicht zurücknehmen kann, ohne zu lügen«, sagte ich. »Eben. Genau so hat es mir Mr. Walsh auch erklärt.

Darauf wäre ich nie gekommen. Obgleich ... ich glaube, so *ganz* verstehe ich es immer noch nicht.« »Ich auch nicht, Mrs. Knoepflmacher«, sagte ich. »Das sind so die Dinge, mit denen sich Moraltheologen an langen Winterabenden die Zeit vertreiben.«

Wir plauderten noch ein paar Minuten, dann ließ Sophie Knoepflmacher uns allein. »Über irgendwas muß man schließlich reden«, sagte mein Vater fast entschuldigend, »wenn die alte Schraube schon unbedingt herkommen will. *Ich* hab sie nicht drum gebeten.«

»Ich finde es sehr nett von ihr. Und wenn es dich von deiner Hüfte ablenkt – «

»Davon kann mich nichts ablenken«, sagte er.

»Ursula hat eine Neuigkeit, mit der wir es vielleicht schaffen«, sagte ich. »Ruf sie doch gleich mal an, dann sagt sie es dir selber. Ich laß dir ein Telefon bringen.«

»Was für eine Neuigkeit?«

»Wenn ich es dir sage, ist es keine Überraschung mehr.«

»Überraschungen sind nicht mein Fall. Sag mir wenigstens ein Stichwort.«

»Geld.«

Er überlegte einen Augenblick. »Meinetwegen. Aber ich will nicht, daß du mich anstarrst, wenn ich mit ihr rede.«

Ich würde draußen warten, sagte ich. Wenn man bedenkt, daß sie seit Jahrzehnten kein Wort mehr miteinander gewechselt hatten, war es kein langes Gespräch. Als ich nach ein paar Minuten den Kopf zur Tür hereinsteckte, hatte Daddy schon aufgelegt.

»Na?« fragte ich lächelnd.

»Offenbar ist sie also doch eine reiche Frau«, sagte er schleppend. »Hilft ihr jetzt auch nicht mehr viel, der armen Seele.«

»Sie kann sich die beste Pflege leisten, die sie bekommen kann.«

»Das stimmt natürlich.« Sein Blick war nachdenklich in die Ferne gerichtet.

Ursulas Mitteilung hatte offenbar seine Hoffnung auf eine Erbschaft wieder aufleben lassen. Es ist eine deprimierend selbstsüchtige Reaktion, aber wenn ihn das ein wenig darüber hinwegtröstet, daß ich ihn nach Hawaii geschleppt habe, soll es mir recht sein.

»Ursula hat sich bestimmt gefreut, endlich deine Stimme zu hören«, half ich nach.

Er zuckte die Schultern. »Angeblich ja. Sie hat mir angedroht, daß sie sich mit einem Krankenwagen herfahren läßt, um mich zu besuchen.«

»Gar nicht dumm. Am Telefon habt ihr ja nicht lange miteinander gesprochen.«

»Nein. Eine kleine Portion Ursula hält bei mir immer ziemlich lange vor.«

Als ich mich heute von Ursula verabschiedete, sagte sie wehmütig: »Wäre es nicht schön gewesen, wenn wir – du und Jack und ich – heute abend so richtig hätten auf den Putz hauen können? Du wirst stellvertretend für uns feiern müssen, Bernard. Mit einem schönen Essen vielleicht...«

»Ganz allein?«

»Könntest du nicht jemanden mitnehmen?«

Ich dachte sofort an Yolande Miller. Es wäre eine Gelegenheit, mich für ihre Einladung zu revanchieren, aber da ich Ursula nichts von ihr erzählt hatte, konnte ich sie jetzt schlecht ins Gespräch bringen, damit hätte ich nur ein großes Staunen und unwillkommene Fragen provoziert. »Wie wär's mit Sophie Knoepflmacher?«

»Untersteh dich!« Als sie merkte, daß ich nur Spaß gemacht hatte, beruhigte sie sich wieder. »Ich will dir sagen, was du tun könntest, Bernard, das würde ich machen, wenn ich könnte. Geh auf einen Champagner-Cocktail ins Moana, das ist das älteste Hotel Waikikis und das schönste. Du hast es bestimmt schon auf der Kalakaua gesehen, Ecke Kaiolani. Sie haben es kürzlich renoviert, es war ziemlich heruntergekommen. Hinten im Hof steht ein uralter Banyanbaum, dort kann man sitzen, aufs Meer sehen und etwas trinken. Früher haben sie von dort eine berühmte Radiosendung aufs Festland übertragen, *Hawaii Calls*. Geh heute abend für mich hin und erzähl mir morgen, wie es war.«

Ich versprach es. Inzwischen ist es halb fünf. Wenn ich Yolande Miller einladen will, muß ich es jetzt tun.

Mittwoch, der sechzehnte

Der heutige Tag war nicht ganz so hektisch wie die vorhergehenden. Ich habe ausgemacht, daß Ursula am Freitag ins Makai Manor einzieht – »ausreichende finanzielle Garantien vorausgesetzt«, was kein Problem sein dürfte. Ich war dort, um die entsprechenden Formulare auszufüllen, und habe für Ursula einen Prospekt mitgenommen. Auch die frische Wäsche habe ich ihr gebracht, um die sie gebeten hatte. Es war ein sonderbares Gefühl und ein bißchen peinlich, in ihren Schlafzimmerschubladen nach diesen intimen weiblichen Kleidungsstücken zu suchen, sie hochzuhalten, um festzustellen, welche Funktion sie haben, zur Unterscheidung zwischen Seide und Nylon die zarten Stoffe zu befingern – aber die Expedition nach Hawaii hat mir ja von Anfang an ungewohnte Erfahrungen beschert.

Ganz unten in einer Schublade fand ich einen unverschlossenen, unbeschrifteten braunen Umschlag. Vielleicht noch eine vergessene Aktie, noch ein ungehobener Schatz? Nein, der Umschlag enthielt nur eine alte sepiabraune Amateuraufnahme, die halb durchgerissen und mit Tesafilm repariert war. Auf dem Foto waren drei Kinder zu sehen, ein etwa sieben- oder achtjähriges Mädchen und zwei Jungen, die dreizehn und fünfzehn sein mochten. Das Mädchen und der kleinere Junge saßen auf einem Baumstamm in einem Feld und sahen aus zusammengekniffenen Augen zur Kamera hoch, der ältere Junge stand lässig hinter ihnen, die Hände in den Taschen, ein keckes Lächeln auf den Lippen. Alle drei trugen triste, altmodische Sachen und klobige Schnürstiefel, obgleich Sommer zu sein schien. In dem jüngeren Jungen erkannte ich auf den ersten Blick Daddy. Das kleine Mädchen mit den vielen Locken und dem durchtriebenen Lächeln war Ursula, der ältere Junge mußte demnach auch ein Bruder sein, Sean vielleicht. Die lässige Pose erinnerte mich an das Foto des ertrunkenen Helden auf Daddys Küchenbüfett.

Ich nahm das Foto mit in die Klinik, weil ich dachte, es könnte interessante Erinnerungen aus Ursulas Kindheit wecken. Sie musterte es flüchtig, sah mich ein bißchen schief an und gab es mir zurück. »Woher hast du denn das?« Ich sagte es ihr. »Es war mal eingerissen, und ich habe versucht, es zu kleben. Lohnt nicht, es aufzuheben. Wirf es weg.« Wenn sie es nicht haben wollte, sagte ich, würde ich es behalten. Sie bestätigte, daß ich die Kinder richtig eingeordnet hatte, mochte aber offenbar nicht weiter darüber reden. »Es ist noch in Irland entstanden«, sagte sie. »In Cork, vor dem Umzug nach England. Lange her. Warst du gestern abend im Moana?«

Ich erstattete Ursula ausführlich Bericht. Daß ich in Yolandes Begleitung dagewesen war, erzählte ich ihr allerdings nicht.

Gestern nachmittag um fünf raffte ich all meinen Mut zusammen und rief sie an. Roxy meldete sich. Ich hörte, wie sie ihrer Mutter nach draußen zurief: »Gespräch für dich, Mom, ich glaube, es ist der Typ, der neulich da war.« Yolandes Stimme klang ziemlich kühl und reserviert, was ich ihr nach meinem jähen Aufbruch am Sonntagabend nicht verdenken konnte. Stotternd vor Verlegenheit berichtete ich ihr von den aufregenden Ereignissen dieses Tages und erzählte, daß Ursula mir aufgetragen hatte, substituierend für sie mit Cocktails im Moana zu feiern. Ich fragte Yolande, ob sie das Hotel kannte.

»Natürlich kenne ich es, das kennt hier jeder. Es soll wunderschön restauriert sein.«

»Sie kommen also?«

»Wann?«

»Heute abend.«

»*Heute* abend? Jetzt gleich also . . .«

»Es muß heute abend sein, ich habe es meiner Tante versprochen.«

»Ich bin draußen im Garten und schneide unseren Dschungel zurück. Ich bin verdreckt von oben bis unten und schwitze wie ein Affe.«

»Bitte . . .«

»Ich weiß nicht recht«, sagte sie zaudernd.

»In einer halben Stunde bin ich dort. Leisten Sie mir Gesellschaft, machen Sie mir die Freude.«

Ich habe keine Ahnung, wie ich auf diese lässige Lebemannmaske kam, die sonst überhaupt nicht meine Art ist, aber sie zeigte offenbar Wirkung. Vierzig Minuten später hatte ich es mir, in sauberem weißem Hemd, in einem Rattansessel an einem Zweiertisch der Veranda bequem gemacht, die sich um den Banyanhof des Moana herumzieht, und sah Yolande durch die hintere Tür der Hotelhalle kommen. Sie legte zum Schutz vor der Abendsonne die Hand vor die Augen und schaute sich um. Als ich winkte, kam sie mit federnd sportlichem Gang auf mich zu. Das schwarze Haar, noch feucht von der Dusche, wippte um ihre Schultern. Sie trug ein Baumwollkleid mit weitem Rock, das kühl und bequem aussah. Als ich aufstand und ihr die Hand gab, betrachtete sie mich mit leisem Spott.

»Überrascht?«

»Nein«, sagte ich, und weil ich fand, daß das scheußlich arrogant klang, sagte ich »Ja...« und schließlich: »Sagen wir: Erleichtert. Es ist sehr nett, daß Sie gekommen sind.«

Sie setzte sich. »Sie sind offenbar der Meinung, daß sich nicht viel Aufregendes in meinem Leben tut, wenn Sie glauben, daß ich von einer Sekunde auf die andere alles stehen- und liegenlasse, nur weil mich jemand auf einen Drink einlädt...«

»Nein, ich –«

»Im übrigen hätten Sie damit völlig recht. Außerdem lockte mich das Rendezvous mit einem Mann, der ein Wort wie ›substituierend‹ in seinem Sprachschatz hat.«

Ich lachte und spürte einen leisen, nicht unangenehmen Anhauch prickelnder Gefahr, als sie das von dem Rendezvous sagte.

Der Ober kam. Ich ließ mir von ihm erklären, was man unter einem Champagner-Cocktail versteht, und sagte zu Yolande, dann könnten wir eigentlich gleich Champagner pur trinken. Sie erhob keinen Einspruch, und ich bestellte eine Flasche Bollinger, weil das der einzige mir geläufige Name auf der Liste war, die der Ober hergebetet hatte.

»Haben Sie eine Vorstellung, was der hier kostet?« fragte Yolande, als der Ober sich entfernt hatte.

»Ich habe Befehl, heute abend den Verschwender zu spielen.«

Sie sah sich um. »Wirklich sehr schick.«

Das fand ich auch. Das Moana ist völlig anders als alles, was ich bisher in Waikiki gesehen hatte. Es ist kein Kitsch, keine Reproduktion in drei Viertel der Originalgröße, wie das komische kleine viktorianische Einkaufsviertel, auf das ich neulich zufällig stieß (ein Burger King hinter Schiebefenstern, und die *Rose und Krone,* ein nachgemachtes englisches Pub), sondern ein echter, wunderschöner Holzbau aus dem 19. Jahrhundert, prächtig restauriert mit Parkettböden und William-Morris-Stoffen. Die hellgraue Fassade mit den ionischen Säulen und Arkaden ist beeindruckend. Der Hof mit Blick auf den Strand wird beherrscht von einem sehr großen, sehr alten Banyanbaum, der aussieht, als wäre er mit seinen seltsamen Luftwurzeln am Boden angebunden. Im Schatten des Banyanbaumes spielte ein Streichquartett Haydn – Haydn in Waikiki! –, indes die Sonne in aprikosenfarbenem Dunst zum Meer niedersank. Ich kann mich nicht erinnern, je zuvor so glücklich gewesen zu sein, so aller Sorgen ledig, so lebensfroh. Ich trank besten Champagner, hörte klassische Musik, sah die Sonne über dem Pazifik sinken und unterhielt mich mit einer intelligenten, amüsanten und sympathischen Frau. »Wie lebt sich's angenehm mit Geld, tralali, tralala«, zitierte ich. »Wie lebt sich's angenehm mit Geld . . .«

»Ist das ein Lied?«

»Es ist aus einem Gedicht von Arthur Hugh Clough, einem dieser ehrlichen Zweifler aus viktorianischer Zeit, dem ich mich irgendwie seelenverwandt fühle.«

»Ehrlicher Zweifler«, wiederholte Yolande. »Das gefällt mir.«

»›Ich sage Ihnen, daß mehr Glaube im ehrlichen Zweifel steckt als in den meisten Religionen.‹ Tennyson. *In Memoriam.*« Warum spreizte ich mich so mit meinem Wissen? Das war ja lächerlich! Mir dämmerte, daß ich leicht angesäuselt war. Yolande schien das nicht zu stören, ja, es schien ihr nicht mal aufzufallen. Vielleicht war sie auch ein bißchen angesäuselt. Sie erkannte das selbst, als sie ihr Glas mit dem letzten Schluck Champagner umwarf.

»Wie soll ich in diesem Zustand nach Hause kommen?«

»Sie sollten was essen«, sagte ich. Wir hatten zu dem Champagner nur eine kleine Schale Kartoffelchips geknabbert, schuppig wie Baumrinde, eine Spezialität von der Insel Maui.

»Okay. Aber nicht hier. Es ist viel zu fein, und am Ende blamiere ich uns, indem ich noch ein Glas umwerfe. Mögen Sie Sushi?«

Ich gestand, daß ich nicht mal wußte, was das war. Dann sei es höchste Zeit, daß ich es kennenlernte, meinte Yolande, und das Hotel gegenüber habe ein gutes japanisches Restaurant.

Das Restaurant war voll, und wir schwangen uns auf die hohen Hocker an der Bar. Ein lächelnder japanischer Koch stellte zierlich geschnittene Stückchen rohen Fisch vor uns hin, die man in diverse köstliche Soßen tunkt. Der Fisch müsse ganz frisch sein, sagte Yolande. So frisch, daß er vor ein paar Minuten noch herumgeschwommen ist, erklärte der Koch, der das gehört hatte, und deutete mit seinem Messer auf das Aquarium hinter sich. So lasse ich mir das Leben gefallen, dachte ich, und kam mir erfahren und weltgewandt vor.

Die meisten Gäste waren japanische Touristen, und als der Koch außer Hörweite war, behauptete Yolande, sie habe schon mindestens zwei Pärchen auf Hochzeitsreise entdeckt. »Sie heiraten zu Hause auf herkömmliche Weise und leisten sich hier noch eine westliche Hochzeit mit langem weißem Kleid, Großraumlimousine, Hochzeitstorte, alles auf Video festgehalten, damit man es zu Haus der staunenden Verwandtschaft vorführen kann. Phantasialand in Reinkultur. Alles nur Talmi. Neulich war ich zufällig in der Kawaiahao Church, es ist eins der ältesten Bauwerke in Honolulu, was nicht viel heißt, aber als Kirche wirklich hübsch, als sich dort gerade ein japanisches Paar trauen ließ. Erst nach und nach wurde mir klar, daß nicht nur Pfarrer, Organist, Fotografen und Chauffeur angemietet waren, sondern auch Brautführer und Brautjungfern. Ich war die einzige, die kein Statistenhonorar kassierte, von Braut und Bräutigam abgesehen – und nicht mal bei denen war ich mir ganz sicher.« Ich wollte wissen, woran sie die Flitterwöchner im Restaurant erkannt hatte. »Sie sprechen nicht miteinander, sie genieren sich, weil sie sich kaum kennen. In Japan gibt es immer noch Ehen, die ohne Beteiligung der künftigen Eheleute arrangiert werden. Bei uns ist das anders, da sind es die gesetzteren Paare, die sich beim Essen stumm gegenübersitzen.« Auch sie schwieg einen Augenblick, vielleicht in Gedanken an das Verflachen ihres eigenen Ehelebens. Ich hätte im Flugzeug ein englisches Flitterpaar kennengelernt, das auch nicht miteinander sprach, sagte ich, und erzählte ihr die Geschichte von dem jungen Mann in den roten Hosenträgern und seiner Cecily. Sie wisse nicht, ob sie das unheimlich komisch oder unheimlich traurig finden soll, sagte Yolande. Es sei unheimlich britisch, sagte ich.

Dabei fiel mir ein Ehepaar aus Saddle ein, Stützen der Gemeinde, regelmäßige Gottesdienstbesucher und Kommunionempfänger. Wenn ich die beiden besuchte, plauderten sie angeregt mit mir, aus zuverlässiger Quelle aber erfuhr ich, daß sie, wenn sie unter sich waren, seit fünf Jahren kein Wort mehr miteinander wechselten, seit jener Zeit, als ihre einzige Tochter von ihrem Freund schwanger geworden war und das Elternhaus verlassen hatte. Es gelang mir, Yolande diese Geschichte zu erzählen, ohne zu verraten, in welcher Beziehung ich zu dem Ehepaar gestanden hatte. Wir kamen auf die lockere Sexualmoral der alten Polynesier zu sprechen. »Eine Art sexuelles Utopia, wie uns das in den sechziger Jahren vorschwebte«, sagte Yolande. »Freie Liebe, nackte Leiber, gemeinsame Kindererziehung. Nur war es bei ihnen keine Pose, sie haben das wirklich gelebt. Bis die *haoles* kamen mit ihren Komplexen und ihren Bibeln und häßlichen Krankheiten.« Die schönen, liebeshungrigen Frauen von Hawaii steckten sich bei den Matrosen mit den Pocken an, und die Missionare bestanden darauf, daß sie sogar im Meer ihre *muu-muus* anbehielten, und dann saßen sie in den nassen Sachen herum und erkälteten sich. Innerhalb von siebzig Jahren ist die Bevölkerung von 300 000 auf 50 000 geschrumpft. »Und jetzt sind die Hawaiier in Sachen Sex ebenso komplexbehaftet wie alle anderen. Sie brauchen nur die Ratgeberspalte im *Honolulu Advertiser* zu lesen. Aber man darf die Polynesier auch nicht idealisieren. Immerhin haben sie das Wort *Tabu* erfunden. Sie haben es nur auf andere Dinge angewandt. Wenn man sich zufällig an der verkehrten Stelle oder mit den verkehrten Leuten zum Abendessen setzte, konnte das fatale Folgen haben. Wenn der König Ihr Kind auf den Arm nahm und angepinkelt wurde, mußte er es entweder adoptieren oder ihm an der Wand den Kopf einschlagen. Der Mensch scheint eine perverse Freude daran zu haben, sich das Leben noch schwerer zu machen, als es schon ist.« Yolande sah auf die Uhr. »Ich muß los.«

Ich staunte, daß es schon so spät war. Ganz nüchtern waren wir noch nicht wieder, was auch daran liegen mochte, daß wir zum Sushi Sake getrunken hatten, warmen Reiswein aus winzigen henkellosen Porzellantäßchen. Ob sie nicht lieber ein Taxi nehmen wollte, meinte ich, als ich zahlte und dem Kellner ein fürstliches Trinkgeld gab.

»Nein, nein, es geht schon«, sagte sie. »Und bis ich zu meinem Wagen komme, ist der Schwips bestimmt endgültig weg, es ist ein ganz schöner Fußmarsch.«

Ich erbot mich, sie zum Parkplatz zu begleiten, der ganz nah beim Zoo war.

»Das wäre nett. Am Park ist es ein bißchen dunkel.«

Es war sogar sehr dunkel, und während wir, umgeben von vielen händchenhaltenden oder eng umschlungenen Pärchen unter den Bäumen dahingingen, dachte ich, daß auch wir aussahen wie eins dieser Paare. Yolandes nachdenklichem Schweigen entnahm ich, daß sie mit ähnlichen Gedanken beschäftigt war. Plötzlich war das Freundschaftlich-Unbeschwerte des Abends weg. Die vertraute Panik erfaßte mich, die Angst, Yolande könne jeden Augenblick stehenbleiben, mich in die Arme nehmen und küssen, die Zunge zwischen meinen Lippen. Und dann? Als sie Sekunden später wirklich stehenblieb und eine Hand auf meinen Arm legte, machte ich einen Satz, als hätte mich ein rotglühendes Eisen berührt. »Was ist?« fragte sie.

»Nichts«, sagte ich schnell.

»Schauen Sie, der Mond...« Sie deutete auf die helle Sichel, die in einer Lücke zwischen den Bäumen stand.

»Ach so«, sagte ich. »Ja. Sehr schön.«

Wortlos ging sie noch ein paar Schritte, dann blieb sie stehen und fuhr wütend zu mir herum. »Was ist eigentlich los mit Ihnen, Bernard? Halten Sie mich für eine sexhungrige Scheidungswitwe, die unbedingt mal wieder gevögelt werden will? Ist das Ihr Eindruck von mir?«

»Natürlich nicht«, sagte ich matt. In dem tiefen Schatten, in dem wir standen, hatten sich mehrere Pärchen interessiert umgedreht.

»Darf ich Sie daran erinnern, daß der heutige Abend Ihre Idee war... *Sie* haben mir mit dieser Verabredung in den Ohren gelegen, Ihretwegen bin ich innerhalb von einer halben Stunde hierhergehetzt...«

»Ich weiß«, sagte ich. »Und ich bin Ihnen sehr dankbar.«

»Komische Art von Dankbarkeit. Genau wie neulich. Ich denke noch, wie nett es ist, daß wir uns so gut verstehen, da verlassen Sie fluchtartig das Haus, und ich zerbreche mir den Kopf darüber, womit ich wohl ins Fettnäpfchen getreten bin.«

»Es tut mir leid«, sagte ich. »Es war nicht Ihre Schuld. Es lag an mir.«

»Okay, Schwamm drüber.« Sie schloß die Augen und holte ein paarmal tief Luft. Ich sah, wie ihr Busen sich unter dem Baumwollkleid hob und senkte. Die Pärchen, die erwartungsvoll stehengeblieben waren, verdrückten sich unauffällig. Yolande schlug die Augen wieder auf. »Weiter brauchen Sie nicht mitzukommen, ich kann meinen Wagen schon sehen. Gute Nacht, und vielen Dank für den Champagner und das Essen.«

Ich Trottel schüttelte ihr die Hand und blieb wie angenagelt stehen, während sie mit schwingendem Rock und festen, energischen Schritten davonging. Ich Trottel ließ sie laufen, statt ihr nachzugehen, ihre Hand zu nehmen und ihr zu erklären, warum ich mich mit einer normalen, freundschaftlichen Beziehung zu einer Frau so schwertue. Und daß ich einer solchen Beziehung an diesem Abend näher gekommen war als je zuvor in meinem Leben.

Ich habe eine Idee. Eine ziemlich verrückte Idee. Es ist jetzt halb eins. Ich werde zu Yolandes Haus in den Heights fahren und dieses Tagebuch, diese Beichte, in Packpapier eingewickelt in Yolandes Briefkasten stecken oder, wenn es nicht in den Briefkasten paßt, vor ihre Haustür legen. Ich muß es gleich tun, ehe mir Bedenken kommen, ehe ich der Versuchung nachgebe, den Text noch einmal durchzulesen, zu überarbeiten, zu verbessern. Auf die Packpapierhülle werde ich schreiben: *»Wer dieses liestet, der merke auf!«*

2

Liebe Gail,

meistens ist es am Strand voller, als es auf der Karte aussieht. Das Wasser ist schön warm, aber bloß immer schwimmen ist doof, und surfen dürfen Robert und ich nicht, Dad sagt, es ist gefährlich. Viel mehr kann man hier nicht machen. In Center Parc letztes Jahr war mehr los.

Viele Grüße, Mandy

Liebster Des,

nun sind wir also hier in Hawaii! Ganz schön heiß! Hotel sauber und recht ordentlich, aber wenn viel Betrieb ist, muß man zehn Minuten auf den Lift warten. Der Strand phantastisch, wenn auch etwas voll. Wir haben was Nettes gefunden, wo man draußen sitzen und was trinken kann, mit einer Bühnenschau. Auf dem Flug haben wir einen netten Engländer kennengelernt, der Bernard heißt, ich dachte, daß er was für Dee ist, aber er ist sehr schüchtern, und sie findet ihn sowieso nicht toll. Hoffe, Du bist brav.

Liebe Grüße, Sue

Liebe Mutter,

sind hier gut angekommen, aber ich weiß nicht, ob es die weite Reise wert war. Waikiki wird stark überschätzt – überfüllt und kommerzialisiert, alles voller McDonald's und Kentucky Fried Chicken, wie im Einkaufszentrum von Harlow. Wir hätten auf eine der anderen Inseln gehen sollen, Maui oder Kauai, aber jetzt ist es zu spät.

Gruß, Dee

Liebe Denise,

sind gut angekommen. Das ist unser Hotel, wo ich das Kreuz gemacht habe, ist unser Balkon. Blick aufs Meer. Wunderschön hier, überall Blumen. Für meine Mum ist das Beste gerade gut genug, sagt Terry! Leider konnte seine Freundin doch nicht mitkommen, da hat er sich seinen Freund Tony zur Gesellschaft mitgebracht. Sehr heiß hier, eigentlich gar nichts für Deinen Vater.

Gruß, Mutter

Liebster Des,

trafen diesen Bernard, von dem ich Dir geschrieben habe, mit einem Bekannten, auch Engländer – er heißt Roger – am Strand, ich dachte, daß er vielleicht was für Dee ist. Er ist schon ein bißchen glatzig, aber alles kann man eben nicht haben. Wir haben mit ihm eine Abendkreuzfahrt gemacht (Bernard konnte nicht mitkommen), auf einer Jacht, die Segel werden per Computer eingestellt, wahnsinnig romantisch, aber Dee ist seekrank geworden, und ich mußte mich die ganze Zeit um Roger kümmern, das heißt eigentlich nur zuhören, er ist Dozent an einer Uni und hört sich gern reden. Vielleicht klappt's nächstes Mal besser. Wünschte, Du wärst hier!

Liebe Grüße, Sue

Lieber Greg,

das ist der berühmte Strand von Waikiki. Noch nicht viel davon gesehen, hatte viel Schlaf nachzuholen (haha!). Wie bist Du nach dem Empfang mit der Ersten Brautjungfer klargekommen? Oder warst Du zu voll?

Tschüs, Russ

Paradies Backwaren
Paradies Dentalcenter
Paradies Wasserski
Paradies Taxi
Paradies Jachtverkauf
Paradies Baugesellschaft
Paradieskapelle
Paradies Ferrari und Lamborghini
Paradies Antiquitäten
Paradies Video
Paradies Kleintierzoo

Sehr geehrte Herren,

ich genieße zur Zeit – falls das der passende Ausdruck ist, was ich zu bezweifeln wage – einen von Ihnen angebotenen Urlaub im Hawaiian Beachcomber Hotel, Waikiki.

In Ihrem Prospekt steht eindeutig, daß die Entfernung zwischen dem Hotel und dem Strand von Waikiki »fünf Minuten« beträgt. Ich bin jede nur mögliche Strecke zwischen Hotel und Strand abgegangen, und mein Sohn und ich haben unabhängig voneinander die Distanz mit Digitaluhren gestoppt. Die erreichte Bestzeit beträgt 7,6 Minuten, und zwar in raschem Tempo am frühen Morgen, wenn die Gehsteige relativ unbelebt sind und die Ampeln an den Fußgängerüberwegen günstig stehen.

Eine normale Familie mit der üblichen Strandausrüstung braucht mindestens zwölf Minuten von der Hotel-Lobby bis zum Wasser. Der Prospekt ist grob irreführend und unpräzise, und ich teile Ihnen hierdurch mit, daß ich einen entsprechenden Abschlag vom Urlaubspreis verlangen werde. Unmittelbar nach Rückkehr aus dem Urlaub werde ich mich erneut mit Ihnen in Verbindung setzen.

Hochachtungsvoll

Harold Best

Liebster Des,

gestern waren wir mit Roger schnorcheln. Die Ausrüstung kann man sich leihen und auch eine kleine Kamera zum Fotografieren der Fische. Es gibt Tausende von Fischen, aber auch Tausende von Schnorchlern und jede Menge Brot im Wasser, mit dem sie die Fische füttern. Dee fand es eklig und wollte gar nicht erst ins Wasser, und da mußte ich dann die Fische füttern, während Roger fotografierte. Vielleicht klappt's nächstes Mal besser.

Alles Liebe, Sue

Einleitung (Entwurf): Die Einteilung touristischer Motivationen in »Wanderlust« und »Sonnenlust« (Gray 1970) ist ebenso unbefriedigend wie die von Mercer angeregte Taxonomie von Urlaub auf der Grundlage einer »Monotonie-Reduktion« (Mercer 1976). Eine fundiertere Typologie bedient sich der binären Gegenüberstellung von Kultur und Natur. Danach kann man zwei Grundurlaubstypen unterscheiden – je nach Überwiegen der Kultur- oder der Naturerfahrung: Urlaub als Pilgerfahrt und Urlaub als Paradies. Ein typisches Beispiel für Typ eins ist der Besuch berühmter Städte, Museen, Schlösser usw. mit dem Bus (Sheldrake 1984), für Typ zwei der Stranduralub, bei dem der Urlauber bemüht ist, zu einem Naturzustand oder dem Zustand paradiesischer Unschuld zurückzukehren, vorgibt, kein Geld zu brauchen (Abzeichnen von Rechnungen, Einsatz von Kreditkarten oder – wie im Club Med – Plastikperlen als Zahlungsmittel), sich eher körperlichen als geistigen Betätigungen hingibt und ein Minimum an Kleidung trägt. Typ eins ist im wesentlichen mobil oder *dynamisch* und strebt an, in der zur Verfügung stehenden Zeit ein Maximum an Sehenswürdigkeiten abzudecken. Typ zwei ist im wesentlichen *statisch* und bevorzugt einen möglichst zeitlosen, gleichförmigen Tagesablauf, der typisch für primitive Gesellschaften ist (Lévi-Strauss 1967, S. 49).

(Anmerkung: Offenbar ist es dem Club Med nicht gelungen, sich auf Hawaii zu etablieren. Warum nicht?)

Liebe Joanna,

was soll ich sagen? Ich habe mich derart geschämt, und mir war das alles so peinlich, daß ich mich nicht mal dazu aufraffen konnte, Dich hinterher anzurufen. Dir tut es bestimmt schon leid, daß Du Dich bereit erklärt hast, bei mir Erste Brautjungfer zu sein. Ich werde Russ nie verzeihen, nie. Unsere Ehe ist vorbei, noch ehe sie begonnen hat. Ich habe seit dem Empfang nicht mehr mit ihm gesprochen. Sobald wir wieder in England sind, werde ich die Scheidung einreichen.

Du wunderst Dich sicherlich, diesen Brief aus Hawaii zu bekommen, aber es ist keine richtige Hochzeitsreise. Wir schlafen in getrennten Betten und verständigen uns durch Zettel oder über Dritte. Die Wochen hier sind für mich einfach ein Urlaub, für den ich seit Monaten gespart und auf den ich mich gefreut hatte, und es ist nicht einzusehen, weshalb ich darauf verzichten soll, nachdem man mir schon die Hochzeit kaputtgemacht hat. Und wenn ich im letzten Moment abgesagt hätte, wäre mir der größte Teil der Anzahlung verlorengegangen. Ich habe in der Reiseversicherung nachgesehen, aber bei Ehebruch zahlen sie nicht. Ja, ich weiß, genaugenommen war es kein Ehebruch, damals waren wir noch nicht verheiratet, aber immerhin verlobt und hatten eine gemeinsame Wohnung.

Wie konnte er so was nur machen, und ausgerechnet mit Brenda, diesem Flittchen? *Und sie dann noch zur Hochzeit einladen*... Das war wirklich das letzte.

Tagsüber gehen wir getrennte Wege. Ich verbringe die meiste Zeit am Hotel-Swimmingpool, gefällt mir besser als am Strand, nicht so voll, mehr Schatten, und man kann sich Getränke und einen Snack bestellen. Wohin er geht, weiß ich nicht, und es ist mir auch egal. Vielleicht hat er irgendwo wieder so ein Flittchen aufgelesen, eine zweite Brenda, aber eigentlich glaube ich das nicht. Abends ist er meist zu Hause und sitzt vor dem Fernseher.

Schreib mir mal, wenn Dich der Brief rechtzeitig erreicht, was ich allerdings nicht glaube.

Viele liebe Grüße, Cecily

Lieber Stuart,

diese dunkelhäutige Schöne dürfte sich gut auf Deinem Schreibtisch machen. Ganz hübsch was dran, was? Erinnert mich an Shirleys Tochter Tracey aus der Zeit bei Pringle, lang, lang ist's her. Tittenmäßig ist Hawaii eine ziemliche Pleite. Mit Korfu gar nicht zu vergleichen. Die Ami-Miezen lassen das Oberteil nicht so schnell runter. Lohnt nicht für Video. Aber das Hotel ist angenehm, Essen reichlich und Wetter toll. Überarbeite Dich nicht.

Brian

Liebe Gail,

gestern waren wir hier schnorcheln. Jede Menge bunter Fische, sehr zahm, sie kommen ganz dicht ran. Daddy hat einen Sonnenbrand den ganzen Rücken runter und an den Beinen, er kann sie nicht gerade machen und geht immer mit krummen Knien rum. Macht seine Laune nicht besser.

Viele liebe Grüße, Mandy

Sehr geehrte Herren,

ich möchte anregen, daß in Zukunft der sogenannte Tauchlehrer, der in Ihrem Auftrag Schnorchel-Ausrüstungen verleiht, bei seinen Warnungen vor Sonnenbrand eindeutig darauf hinweist, daß man sich einen solchen auch *im* Wasser zuziehen kann.

Hochachtungsvoll
Harold Best

Paradies Finanz GmbH
Paradies Sportkleidung
Paradies Versorgung GmbH
Paradies Kosmetik- und Friseurbedarf
Paradies Getränke
Paradies Marionetten
Paradies Schnorchelabenteuer
Paradies Färberei
Paradies Reinigungs- und Instandhaltungsdienste
Paradies Parking

Lieber Pete,

das war bisher das Schärfste auf Hawaii. Erst zeigen sie Dir einen Film über den Angriff der Japse auf Pearl Harbor (so schreiben sie das hier). Alte Wochenschau, aber ganz interessant. Dann fahren sie Dich mit einem Boot von der Navy zu dem Wrack der *Arizona*. Du kannst im Wasser die Geschütztürme sehen. Unterwassergrab sagen sie dazu, deshalb darf man da auch nichts essen.

Viele Grüße, Robert

Lieber Jimmy,

Du wirst es nicht glauben – es gibt *doch* Bier auf Hawaii! In einem richtigen englischen Pub! Echtes Bier vom Faß, leider amerikanisches, nur Kohlensäure und kein Geschmack, und Guinness in Flaschen kostet ungefähr zwei Pfund die Null-Komma-Drei-Flasche. Weckt trotzdem so was wie Heimatgefühle. Und in dieser Hitze kriegt man unheimlichen Durst.

Alles Gute, Sidney

Hallo Jungs,

sehr schön hier auf Hawaii. Wir waren zu einem *luau,* das ist eine Art hawaiischer Grillparty, und zu einer Abendkreuzfahrt, wir waren im Polynesischen Kulturzentrum (s. interessant) und im Waimea Falls Park (wunderschöne Bäume und Vögel) und auf Pearl Harbor (s. traurig). Ihr könnt Euch vorstellen, daß Eurem Vater die Video-Kassetten nur so wegflutschen. Denkt bitte dran, abends abzuschließen. Und *keine Partys,* ist das klar?

Viele liebe Grüße von Mum und Dad

Lieber Stuart,

komisch, ich hatte ganz vergessen, daß Pearl Harbor auf Hawaii ist. Sehr lehrreicher Trip. Hast du mal den Film *Tora! Tora!* gesehen? Hat die Amis angeblich mehr gekostet als die Japaner der ganze Angriff. Interessiert Dich vielleicht auch, daß die Gelben uns schon damals unterboten haben!

Alles Gute, Brian

Liebe Mum, lieber Dad,

hier ist es sehr schön, nur wegen des Hotels gibt es einige Beanstandungen (Harold schreibt an das Reiseunternehmen). Waikiki ist städtischer, als wir gedacht hatten, aber ganz nett. Sauberer als Marbella, die Toiletten blitzen nur so. Für die Kinder ist es natürlich herrlich am Wasser.

Viele liebe Grüße, Florence

Lieber Stuart,

bloß gut, daß unser Hotel Fax hat! Erinnerst Du Dich, daß ich aus Blödsinn mal gesagt habe, ich könnte ja versuchen, unsere Sonnenbänke hier abzustoßen? Ob Du's glaubst oder nicht – ich hab tatsächlich einen Interessenten! Frag nicht, was er damit will. Muß wohl irgendein Steuertrick sein. Oder er will ein Sonnenstudio einrichten als Tarnung für einen Puff, dieser Louie Mosca – so heißt der Typ – macht mir einen etwas zwielichtigen Eindruck. Ich hab ihn in einer Oben-ohne-Bar unten am Hafen kennengelernt, im *Dirty Dan.* Hatte mich mit einem anderen Engländer zusammengetan, wir wollten mal ohne unsere Frauen ein bißchen was Knackiges sehen. Irgendwie habe ich hier ein Tittendefizit, nicht mal das Girl von Seite Drei gibt es hier. Dieser komische Typ also saß am Ende des Laufstegs, schüttete sich mit Flaschenbier zu und stopfte den Puppen die Zehndollarscheine in die Slips, als wenn morgen die Welt zu Ende wär. Wir kommen ins Reden, ich sag ihm, in welcher Branche ich bin und daß ich auf Hawaii die Sonnenbänke abstoßen will – irgendwie mochte ich in diesem Schuppen nicht zugeben, daß ich hier Urlaub mache –, und er fragt, wieviel? Ein Witz, denke ich und nenne einen total bescheuerten Preis, und er macht das Geschäft per Handschlag fest. Ich hatte wohl auch ganz schön was geschluckt, denn wenn ich es jetzt mal in Ruhe durchrechne, merke ich, daß wir dabei nicht mal die Frachtkosten wieder reinkriegen. Also schick mir umgehend ein Fax, daß wir keine Exportlizenz gekriegt haben, damit ich die Sache abblasen kann. Danke.

Schöne Grüße, Brian

Liebe Joanna,

inzwischen hab ich rausgekriegt, wohin er jeden Tag verschwindet. Gestern bin ich ihm nachgegangen, aber er hat es nicht gemerkt. Ich hatte eine Sonnenbrille auf und mir extra einen Hut mit breiter Krempe zugelegt. Er ging zu der Bude, wo man sich Surfbretter ausleihen kann, da warteten zwei Typen, die er offenbar schon kannte, sie wuchteten die schweren Bretter auf die Schulter und wateten ins Meer hinaus. Ich habe zugeguckt – durch eins dieser Münzfernrohre am Strand. Die beiden anderen konnten es viel besser als Russ, er tat sich ganz schön schwer, bis er in Gang kam, die Wellen rollten an ihm vorbei, und er paddelte hektisch hinterher und sah ein bißchen blöd aus. Einmal aber kriegte er eine große Welle zu fassen und konnte sich ein paar Sekunden auf dem Brett halten, er strahlte übers ganze Gesicht, und dann verlor er das Gleichgewicht und plumpste ins Wasser, daß es nur so spritzte. In diesen paar Sekunden habe ich fast vergessen, was für ein Schuft er ist.

Viele liebe Grüße, Cecily

Lieber Greg,

habe das Surfen entdeckt. Riesig! Besser als Sex!! Bin mit zwei tollen australischen Typen zusammen, die es mir beibringen.

Alles Gute, Russ

Die Zahl der auf Hawaii wohnenden Touristen, die Ausflüge auf eine oder mehrere der Nachbarinseln unternehmen, steigt ständig: 15 % im Jahre 1975, 22 % im Jahre 1980, 29 % im Jahre 1985, 36 % letztes Jahr. Ob sich der Reiz von Oahu angesichts der immer dichter werdenden Bebauung abgenutzt hat oder ob Ausflüge zu den anderen Inseln jetzt effizienter beworben und vermarktet werden, steht dahin.

Gestern Tagestour nach Kauai, die als »Paradies Quickie« angepriesen wird. Wecken um 5.15 Uhr. Minibus holte außer mir noch mehrere rotäugige, gähnende Touristen ab, die vor ihren Hotels in Waikiki warteten, unter anderem auch Sue und Dee, die beiden Engländerinnen, die komischerweise immer da auftauchen, wo ich gerade bin. Ich hatte wohl erwähnt, daß ich die Tour mitmachen würde, und da bekamen sie auch Lust.

Aus dem Minibus in einen größeren Reisebus, der uns zum Flughafen Honolulu bringt – zum Glück nicht mit dem, sondern gegen den Stoßverkehr, der um diese Zeit schon die Autobahn verstopft. Am Flughafen Ausgabe von Bordkarten und Informationen durch einen Reiseleiter. Kauai beim Anflug in Regenschwaden gehüllt. Pilot versucht es zweimal. Sue hat weiße Knöchel. Dee gähnt ungeduldig. Wir sehen durch nasse Fenster auf triefenden Flughafen und denken an unsere Shorts und Turnschuhe. Das Hawaiian Visitors Bureau hat Kauai den Namen »Garteninsel« angehängt – was einfach ein Euphemismus für »regenreich« ist. Irgendwo mittendrin steht der Mount Waialeale, der nasseste Platz der Welt (Niederschlagsmenge bis zu Rekordhöhen von 12,5 m pro Jahr!)

Die Tagestouristen werden gruppenweise in Minibusse verfrachtet. Unser Führer heißt Luke. Er stellt sich vom Fahrersitz aus per Mikrophon vor: »Meine Freunde nennen mich Lukey, das heißt, daß ihr Lukeys Groupies seid«, witzelt er. Sue lacht, Dee stöhnt. Wir verlassen den Flughafen auf einer frisch asphaltierten Straße. Es schüttet noch immer. Palmen fegen wild hin und her wie Scheibenwischer.

Wir halten an mehreren Hotels und lesen weitere Teilnehmer auf, dann beginnt die Inseltour. Offenbar muß man stundenlange Fahrten über nervtötend öde Straßen in Kauf nehmen, um an irgendeinen auch nur mäßig sehenswerten Ort zu gelangen: mittelgroße Wasserfälle, ein großer, aber häßlicher Canyon, einen sogenannten Salzwassergeysir zwischen den Klippen am Meer. (Busladungen von Touristen lauerten mit gezückter Kamera vergeblich darauf, daß er spuckt – es war, als wenn man auf eine Rhinozerospaarung wartet.) Der Höhepunkt der Tour ist eine Fahrt auf dem Wailua-Fluß, der sich dadurch auszeichnet, daß er die einzige schiffbare Wasserstraße auf Hawaii ist. Ansonsten ist er weder besonders sehenswert noch landschaftlich reizvoll. Eine ansehnliche Flotte kleiner Flußdampfer steht bereit, um die Leute hin- und herzuschippern. Auf dem Boot werden wir von einer ziemlich lustlosen Truppe hawaiischer Musiker und Hulatänzer unterhalten. Endpunkt der Tour ist die sogenannte Farngrotte, angeblich eine historische Hochzeitsstätte und ein beliebter Treffpunkt für Mücken. Die Musiker sangen den *Hawaiian Wedding Song,* und zum Schluß hieß es, man solle seinen Nebenmann (oder in meinem Fall seine Nebenfrau) küssen. Ich rückte rasch neben Sue, die Hübschere von beiden, aber im letzten Moment tauschte sie mit ihrer Freundin den Platz, so daß die meinen Kuß kriegte.

Das einzig wirklich Reizvolle an Kauai ist die Küste. Immer wieder kamen wunderschöne Strände in Sicht, besonders verlockend am Nachmittag, als die Sonne herauskam, aber Aussteigen war nicht drin, weil wir gerade mit unserem Minibus zum nächsten Scheißwasserfall brausen mußten. Wenn wir dann nicht alle raushüpften und knipsten, wurde Luke richtig kiebig. Der Ausflug hat mich veranlaßt, die Gegenüberstellung von Pilgerfahrt und Paradies nochmals zu überdenken. *Das Urlaubsparadies wird durch die inhärente Motorik der Tourismusindustrie zwangsläufig zu einer Pilgerstätte um-*

funktioniert. Triviale oder Pseudosehenswürdigkeiten werden als Anlaufpunkte einer Reiseroute erfunden oder »markiert« (MacCannell 1976), die so gelegt ist, daß sie einen möglichst reibungslosen Urlaubertransport und -service ermöglicht (Geschäfte, Restaurants, Flußdampfer, Entertainer usw.). Dee war offenbar beeindruckt von meiner Theorie. Auf dem zweiten Teil der Tour hatte ich mich im Minibus neben sie gesetzt; nach besagtem Kuß war das wohl ein Gebot der Höflichkeit. Sue mag hübscher sein, aber Dee ist die Gescheitere.

Liebster Des,

sind eben von einem phantastischen Tagesausflug zur Insel Kauai zurück, sie heißt auch »Garteninsel« wegen der wunderschönen Blumen, die dort wild wachsen. Diese Wasserfälle – einfach toll! Der Geysir auf meiner Postkarte war nicht in Betrieb, als wir kamen, vielleicht war gerade Ebbe. Die große Neuigkeit ist, daß dieser Roger offenbar jetzt doch bei Dee angebissen hat. Sie erzählt ihm von ihren Urlaubskatastrophen, und er schreibt alles in sein kleines Buch. Daumen halten!

Sue

Liebe Denise,

leider muß ich Dir mitteilen, daß Vaters Herz gestern wieder verrückt gespielt hat, so daß er sofort ins Krankenhaus mußte. Sie haben ihn über Nacht dabehalten, zur Beobachtung, aber heute darf er wieder nach Hause, das heißt in unser Hotel, schön wär's, wenn es tatsächlich nach Hause ginge! Eigentlich wollte ich anrufen, aber wo Du so weit weg bist, hat es eigentlich nicht viel Sinn. Ich denke, daß Du diesen Brief gerade noch vor unserer Rückkehr erhalten wirst, dann bist Du zumindest vorbereitet, wenn Dad nicht so ganz auf dem Damm ist. Falls sich etwas Unerwartetes ereignen sollte, melde ich mich natürlich.

Ich erzähle hier überall, daß es die Hitze war, aber in Wirklichkeit war es etwas wegen Terry. Ich weiß nicht, wie ich es Dir sagen soll, Denise – aber Dein Bruder ist ein Homo. So, jetzt ist es raus. Hattest Du eine Ahnung? Ich nicht, aber er lebt ja auch schon lange nicht mehr zu Hause. Er hatte uns doch gesagt, daß er »jemand ganz Liebes« mitbringt, und als sich herausstellte, daß es ein Mann war, wußte ich sofort, daß da was faul ist. Dieser Tony ist im Grunde ein netter Junge, aber Sidney hat es einfach nicht verkraftet, und reden kann er nicht über solche Sachen.

Terry kümmert sich rührend um uns, er fährt uns in einem tollen Leihwagen überall herum, lädt uns zum Essen ein, ich schaffe von allem höchstens die Hälfte, wir waren überall und haben alles gesehen, Pearl Harbor, Hula-Tänzer und und und, das Hotel ist wunderschön, aber Sidney hatte keinen Spaß daran, so oft wie möglich hat er sich in ein sogenanntes Pub verdrückt, das er unten am Hafen entdeckt hat, die *Rose und Krone*, typisch, nicht? Und dann hat vorgestern nach dem Abendessen Terry verkündet, daß er Tony heiraten will. In Australien gibt es offenbar einen schwulen Pfarrer, der Trauungen macht, so was Ähnliches wie eine Trauung jedenfalls. Beinah hätte es Deinen Vater da schon erwischt. Er wurde ganz blaß und dann knallrot, und dann ist er rausgegangen, ohne ein Wort zu sagen.

Ich wußte, daß er in der *Rose und Krone* sein würde, und nach einer Weile bin ich hinterher. Tatsächlich, da saß er und trank mit diesem Brian Everthorpe, den wir auf dem Flug kennengelernt hatten, ein ziemlich lauter Typ, mir liegt er nicht sehr, aber die Frau ist nett. Sie drängten mir einen Gin Orange auf, und dann habe ich Sidney ins Hotel zurückgebracht. Was haben wir bloß falsch gemacht, brabbelte er andauernd vor sich hin, und ich sagte, wir haben überhaupt nichts falsch gemacht, Terry ist nun mal so. Weißt du, was die machen, solche Männer, hat er gefragt, und ich habe gesagt nein, und ich will's auch nicht wissen, es geht mich nichts an und dich auch nicht. Du machst dich noch krank mit dieser Geschichte, wenn du nicht aufpaßt, habe ich gesagt, und tatsächlich, am nächsten Morgen ist es dann passiert. Wir waren auf dem Weg zum National Memorial Cemetery, der Bus hat einen Umweg zum nächstgelegenen Krankenhaus gemacht, es ist katholisch, aber sie waren sehr nett. Terry ist natürlich am Boden zerstört. Alles in allem ist es also nicht der Traumurlaub, auf den wir uns gefreut hatten. Hoffentlich hält Vater durch, bis wir zu Hause sind.

Viele liebe Grüße, Mutter

Lieber Travelwise-Gast,

im Namen der Travelwise Tours darf ich die Hoffnung aussprechen, daß Sie viel Freude an Ihrem Urlaub in Waikiki haben. Allmählich neigt sich Ihr Aufenthalt auf der schönen Insel Oahu dem Ende zu, und wir würden uns freuen, Sie eines Tages wieder auf Hawaii begrüßen zu können.

Im Sinne der traditionellen hawaiischen Gastfreundschaft laden Travelwise Tours in Zusammenarbeit mit Wyatt Hotels Sie für Mittwoch, den zweiundzwanzigsten, zu Cocktails und *pupu* ins Wyatt Imperial Hotel in der Lalakuau Avenue ein (Brandungsbar im Zwischengeschoß).

Diese Einladung berechtigt zu einem kostenlosen Cocktail und einem Teller *pupu* pro Person. Weitere Getränke auf eigene Kosten sind an der Bar erhältlich. In einer kleinen Videoshow werden wir Ihnen noch andere Travelwise-Urlaubsangebote auf den Nachbarinseln vorstellen, unter anderem das märchenhafte neue Traumziel Waikiki Haikoloa.

Aloha und mit freundlichen Grüßen
Linda Hanama, Örtliche Reiseleitung

Sehr geehrte Miss Hanama,

besten Dank für Ihre Einladung, die ich hiermit annehme. Darf ich Sie darauf hinweisen, daß ihr nur drei Einladungskarten beilagen, unsere Gruppe aber aus vier Personen besteht. Ich wäre Ihnen verbunden, wenn Sie mir eine zusätzliche Karte senden würden, um unerfreuliche Auseinandersetzungen beim Einlaß zu vermeiden.

Hochachtungsvoll
Harold Best

Paradies Schmuckwaren
Paradies Kreuzfahrt
Paradies Pflanzen
Paradies Schallplattenproduktion
Paradies Eigenheime
Paradies Polsterei
Paradies Puzzle-Firma

TEIL III

Ho'omākaukau No Ka Moe A Kāne A Moe Wahine:

Lernen Fachmann zu sein bei Schlafen Mann und Frau. Somit: Vorbereitung zum Geschlechtsverkehr, Sexualerziehung.

Ho'oponopono:

Richtigstellen; in Ordnung bringen; korrigieren; Wiederherstellung und Erhalt guter Beziehungen in der Familie und zwischen der Familie und übernatürlichen Mächten. Die spezielle Familienkonferenz, in der Beziehung »in Ordnung gebracht wurden« – durch Gebet, Diskussion, Beichte, Buße, Wiedergutmachung und Vergebung.

– Nānā I ke Kumu (Schau auf die Quelle)
Ein Nachschlagewerk der Sitten und Gebräuche, Begriffe und Glaubenssätze auf Hawaii von Mary Kawena Pukui, Dr. med. E. W. Hartig und Catherine A. Lee.

I

»Glaubst du eigentlich überhaupt an irgend etwas, Bernard?« fragte Ursula. »Glaubst du an ein Leben nach dem Tode?«

»Ich weiß es nicht.«

»Komm, Bernard, ich verlange eine klare Antwort auf eine klare Frage. Als Hochschullehrer müßte dir das doch möglich sein...«

»Um die Frage des ewigen Lebens drücken sich moderne Theologen – sogar Katholiken – gern ein bißchen herum.«

»Ach, wirklich?«

»Nimm nur einen der modernen Klassiker, Küngs *Christ sein*. Einen Eintrag unter *ewiges Leben* oder *Himmel* wirst du im Index nicht finden.«

»Wenn es keinen Himmel gibt, sehe ich keinen Sinn in der Religion«, sagte Ursula. »Ich meine, warum soll der Mensch gut sein, wenn er nicht dafür belohnt wird? Warum soll er nicht sündigen, wenn er keine Strafe dafür zu erwarten hat?«

»Die Tugend, so heißt es ja, trägt ihren Lohn in sich selbst«, sagte Bernard lächelnd.

»Zur Hölle damit«, sagte Ursula und lachte heiser über ihre Wortwahl. »Apropos Hölle – was ist mit der? Ist die auch abgeschafft?«

»Weitgehend ja, worüber ich persönlich nicht traurig bin.«

»Und das Fegfeuer gleich mit?«

»Der Vorstellung des Fegfeuers stehen merkwürdigerweise moderne Theologen, selbst Nichtkatholiken, weit aufgeschlossener gegenüber, obwohl es biblisch so gut wie gar nicht belegt ist. Manche sehen Analogien zwischen dem Fegfeuer und der Idee der Reinkarnation in den zahlreichen asiatischen Religionen, die ja heute wieder sehr aktuell sind, besonders der Buddhismus. Du weißt schon, das Abbüßen der Sünden aus einem früheren Leben, bis man das *Nirwana* erreicht hat.«

»Und was ist Nirwana?«

»Ganz grob gesagt: das Auslöschen des individuellen Ich und das Aufgehen im ewigen Geist des Universums, die Befreiung vom Rad des Lebens ins ewige Nichts.«

»Klingt nicht sehr verlockend«, fand Ursula.

»Möchtest du denn ewig leben?« neckte Bernard. Im Hinblick auf Ursulas Zustand empfand er diese theologischen Erörterungen, die sie jetzt regelmäßig führten, wenn er Ursula in Makai Manor besuchte, als ausgesprochene Gratwanderung, aber sie fing immer wieder davon an und schien diebische Freude daran zu haben, sein Fachwissen zu testen und zu erkunden, wie weit seine Skepsis ging.

»Und ob«, sagte sie. »Das will doch jeder. Du etwa nicht?«

»Nein. Ich wäre ganz froh, dieses Ich loszuwerden.«

»An einem besseren Ort würdest du dir das wahrscheinlich zweimal überlegen.«

»Eben da liegt ja die Schwierigkeit«, sagte Bernard. »Daß man sich den Himmel als einen Ort vorstellt. Einen Garten. Eine Stadt. Die Ewigen Jagdgründe. Immer als etwas Konkretes.«

»Für mich war der Himmel immer so was wie eine riesige Kirche, mit Gottvater vorn auf dem Altar, dem alle huldigen müssen. So hatten sie es uns in der Schule im Religionsunterricht beigebracht. Ziemlich öde, fand ich – wie ein Hochamt, das nie zu Ende geht. Wenn du erst mal da bist, haben die Nonnen zu uns gesagt, ist es natürlich überhaupt nicht öde. Sie fanden die Aussicht richtig aufregend oder taten jedenfalls so.«

»Ein zeitgenössischer Theologe vertritt die These, daß das Leben nach dem Tod eine Art Traum ist, in dem all unsere Wünsche in Erfüllung gehen. Wer eher ordinäre Wünsche und Begierden hat, bekommt auch einen ordinären Himmel, wer in seinen Wünschen und Begierden nach Höherem strebt, für den ist gewissermaßen ein gehobener Himmel vorgesehen.«

»Gar keine dumme Idee. Wo hat er denn das her?«

»Keine Ahnung. Ich denke, er hat es sich ausgedacht«, sagte Bernard. »Es ist schon erstaunlich, wie viele moderne Theologen, die die orthodoxe Eschatologie ablehnen, bedenkenlos neue Systeme erfinden, die genauso weit hergeholt sind.«

»Was du aber auch immer für Zungenbrecher auf Lager hast, Bernard! Wie war das? Escha...?«

»Eschatologie. Die vier Letzten Dinge.«

»Tod, Jüngstes Gericht, Himmel und Hölle.«

»Du hast deinen Katechismus noch gut im Kopf.«

»Von den Nonnen setzte es Hiebe, wenn es damit nicht klappte«, sagte Ursula. »Trotzdem – so ganz von der Hand zu weisen ist das nicht, was der Typ sagt.«

»Aber findest du es nicht ein bißchen elitär? Ein Himmel mit Bierzelt und Kegelbahn für die *hoi polloi,* und für die gebildeten Stände... ja, was? Auf Wunsch Konzerte von Mozart persönlich oder Zeichenstunden bei Leonardo da Vinci. Das erinnert mich denn doch zu sehr ans Diesseits, wo manche Leute sich das Moana leisten können und andere nur das Waikiki Surfrider.«

»Was ist das Waikiki Surfrider?«

»Das Hotel, das zu unserem Pauschalangebot gehört. Einer dieser großen, anonymen Kästen, ein gutes Stück vom Strand entfernt.«

»Warst du denn schon mal da?«

»Ich – äh, ja«, sagte Bernard etwas verlegen. »Ich habe versucht, einen Nachlaß rauszuschlagen, weil ich das Zimmer nicht nutze.«

»Mit Erfolg?«

»Nein.«

»Wundert mich nicht. Was würdest du dir wünschen, wenn du dir deinen Himmel aussuchen könntest?«

»Ich weiß nicht recht... Vielleicht die Möglichkeit, mein Leben noch einmal neu anzufangen. Mich nicht mit fünfzehn für den Priesterstand zu entscheiden, sondern einfach mal abzuwarten, was sich ergibt.«

»Du hättest unter Umständen jede Menge anderer Fehler gemacht.«

»Stimmt, Ursula. Aber vielleicht hätte ich es auch besser getroffen. Man kann nie wissen. Eins hängt am anderen. Ich weiß noch, wie ich mir vor ein paar Jahren ein Fußballspiel im Fernsehen ansah, England gegen irgendein anderes Land. Es war ein ziemlich wichtiges Spiel um irgendeinen Pokal.

Thomas, mein Hilfspfarrer, hatte den Kasten eingeschaltet, und ich setzte mich dazu, um ihm Gesellschaft zu leisten. England verlor das Spiel durch einen Elfmeter in der zweiten Halbzeit. Der arme Thomas raufte sich beim Abpfiff die Haare. ›Ohne diesen blöden Elfmeter‹, sagte er, ›hätten wir ein Unentschieden rausgeschlagen und wären ins Endspiel gekommen.‹ Das sei ein Fehlschluß, sagte ich, denn man kann ja den Elfmeter nicht einfach aus dem Spiel herausnehmen und es anschließend unverändert weiterlaufen lassen. Wäre der Elfmeter nicht vergeben worden, wäre das Spiel ohne Unterbrechung weitergegangen, und von da ab wäre jede Ballbewegung anders gewesen als in dem Match, das wir gesehen hatten. England hätte mit mehreren Toren gewinnen – oder verlieren – können. Das schien ihn aber nicht zu trösten. ›Man muß eben den Spielverlauf sehen‹, sagte er. ›Nach dem Spielverlauf hatten wir ein Unentschieden verdient.‹«

In der Erinnerung an diese Szene lachte Bernard leise vor sich hin, und dann merkte er, daß Ursula eingeschlafen war. Es kam nicht selten vor, daß sie mitten im Gespräch kurz eindämmerte, was hoffentlich nur ein Zeichen allgemeiner Erschöpfung, nicht aber der Langeweile war.

Sie blinzelte und schlug die Augen wieder auf. »Was hast du eben gesagt, Bernard?«

»Daß manches im Leben dem Spielverlauf völlig widerspricht. Zum Beispiel die Tatsache, daß ich hier auf Hawaii bin.«

Ursula seufzte tief. »Zu schade, daß du nicht früher gekommen bist, als ich noch gesund war. Und ehe sie hier alles kaputtgemacht haben. Als ich in den sechziger Jahren herkam, war es so schön hier, du machst dir gar keine Vorstellung. Es gab kaum ein Hochhaus-Hotel in Waikiki, ich konnte von meiner Wohnung aus geradewegs zum Strand laufen. Jetzt ist die ganze Küste mit Hotels zugebaut, es gibt nur noch einen einzigen schmalen Durchgang zum Wasser. Ich bin tagtäglich schwimmen gegangen, mit einer ganzen Seniorenclique, wir haben uns immer an der gleichen Stelle getroffen und die Duschen am Pool vom Sheridan benutzt, die Leute vom Hotel kannten uns und haben beide Augen zugedrückt. Einer hat uns dann doch vertrieben, ein richtiger Widerling, und das war der

Anfang vom Ende. Waikiki war kein Dorf mehr, es ist eine richtige Stadt geworden. Die vielen Menschen am Strand und auf der Straße. Der Müll. Die Kriminalität. Man hat den Eindruck, daß nicht mal das Klima mehr so ist wie früher. Im Sommer ist es jetzt richtig unangenehm heiß. Wegen der Bebauung, heißt es. Wirklich traurig.«

»Glaubst du nicht«, sagte Bernard, »daß Hawaii zu den Orten gehört, die früher immer schöner waren? Ich denke mir, daß die Leute, die hier wohnten, ehe die Jumbos kamen, vor deiner Zeit, Ursula, jene Jahre als das goldene Zeitalter betrachten, ebenso dürften es die Leute gesehen haben, die hier wohnten, als man nur mit dem Dampfer herkam und so weiter und so fort bis zu den Hawaiianern, die vor der Entdeckung durch Captain Cook auf diesen Inseln lebten.«

»Mag sein«, sagte Ursula. »Aber es wird wirklich immer schlimmer.«

Bernard lächelte. »Das stimmt natürlich...«

»Du warst gern hier, nicht? Ich meine, abgesehen von Jacks Unfall und so weiter. Du hast dich verändert.«

»Findest du?«

»Ja. Du siehst vergnügter aus. Nicht mehr so miesepetrig.«

Bernard wurde rot. »Es war sehr schön für mich, daß ich deine Angelegenheiten habe regeln können.«

»Du hast wahre Wunder vollbracht.« Ursula streckte ihren heilen Arm aus und drückte ihm die Hand. »Wie geht es Jack? Wann kann ich ihn sehen?«

»Der Arzt ist zufrieden. Er darf bald aufstehen.«

»Wie kommen wir zusammen? Er wird so schnell wie möglich wieder nach Hause wollen. Könnte ich mir nicht einen Krankenwagen nehmen und ihn in Sankt Joseph besuchen?«

»Das habe ich mir auch schon überlegt. Enid will sich darum kümmern.«

Im Makai Manor hatten alle Patienten eine eigens für sie abgestellte Sozialarbeiterin. Für Ursula war eine unauffällig-tüchtige junge Frau namens Enid da Silva zuständig, die ihre Tüchtigkeit einmal mehr unter Beweis stellte, indem sie Bernard in der Halle abfing und ihm mitteilte, sie habe für Mittwochnachmittag einen Krankenwagen bestellt, der Ursula ins Sankt-Joseph-Krankenhaus bringen würde. Er bedankte sich und bat sie, auch Ursula Bescheid zu sagen.

Über die Küstenstraße fuhr er zurück nach Waikiki. Draußen auf See flatterten bunte Dreieckssegel in der Sonne wie Schmetterlingsflügel. Bis zu seinem nächsten Termin war noch viel Zeit. Er stellte sich in eine Parkbucht am Klippenrand und sah den Windsurfern zu. Es war Sonntagnachmittag, deshalb waren sie besonders zahlreich, es war ein phantastischer Anblick. Voll konzentriert, in kraftvollem Gleichgewicht, mit gebeugten Knien und gewölbtem Rücken, die Hände um die gebogenen Haltestangen gelegt, vor denen sich die Segel blähten, jagten sie unter den gekräuselten Wellenkämmen zur Küste, drehten mit unglaublicher Geschicklichkeit, um nicht auf Grund zu laufen, sprangen wie Lachse durch den Gischt der anrollenden Wogen, manche drehten sogar gewagte Loopings, ohne den Halt auf ihren Brettern zu verlieren. Dann lavierten sie sich mit Hilfe ihrer Segel wieder aufs offene Meer hinaus, um die nächste Welle anzugehen. Es schien, als hätten sie das Geheimnis des Perpetuum mobile entdeckt. Bernard dünkten sie geradezu göttergleich. Unvorstellbar, diese Gewandtheit, diese Kraft, dieser Wagemut, dachte er. Vielleicht war auch Dr. Gerson dort draußen, um im Branden der Gischt, im Prickeln des Salzwassers, im Glitzern von Sonne und See die düstere Wirklichkeit der Krebsstation aus dem Gedächtnis zu tilgen. Wie ein Windsurferhimmel aussehen müßte, war nicht schwer zu erraten. Wer so etwas kann, dachte Bernard, wird es immer tun wollen, in alle Ewigkeit.

Er fuhr zur Kaolo Street und stellte den Wagen in der Tiefgarage ab, auf dem Platz, der zu Ursulas Wohnung gehörte. Dann ging er zu Fuß die drei Blocks bis zum Waikiki Surfrider. Inzwischen waren ihm die Orientierungspunkte auf dieser Strecke vertraut: Handtuchfabrik, Wacko Geschenke-Shop, Hula Hut, 24-Stunden Hot Dogs, First Interstate Bank, ABC Store. Der ABC Store allerdings war kein echter Orientierungspunkt, in Waikiki gab es alle fünfzig Meter einen. Das Warenangebot – Lebensmittel, Getränke und Urlaubsbedarf wie Schwimmflossen, Badeanzüge, Bastmatten, Sonnenschutzmittel und Postkarten – war in allen gleich. Ständig sah man

Touristen benommen in den Regalen herumsuchen, als hofften sie, dort etwas anderes zu finden als im vorhergehenden Geschäft. Immer hing dieser vage Hauch unbefriedigter Sehnsucht in der warmen, feuchten Luft von Waikiki. Die Urlauber schlenderten über die Kalakaua und Kuhio Avenue, auf und ab, auf und ab, in ihren mit den neuesten Gags bedruckten T-Shirts, den knielangen Shorts und den Bauchtäschchen, und die Sonne schien und die Palmen wiegten sich im Passat und der schwirrende Klang der Stahlgitarren drang aus den Geschäften, die Gesichter waren nicht unzufrieden, aber in den Augen stand eine unbestimmte Frage: Gewiß, es ist nett hier, aber ist das alles? War's das schon?

Die Halle des Waikiki Surfrider war groß, kahl und nüchtern. An der Tür war ein zur Verteilung oder zum Abtransport bereitstehender Kofferberg aufgetürmt, und daneben saß auf einer Polsterbank ein älteres Ehepaar, das auch ein bißchen nach nicht abgeholtem Gepäck aussah. Die beiden sahen erwartungsvoll auf, und der Mann ging Bernard entgegen und fragte, ob er die Paradies-Inseltour sei. Bernard verneinte bedauernd und ging zum Empfang. Er zeigte seinen Zimmerausweis vor und ließ sich den Schlüssel für Zimmer 1509 geben. Zusammen mit dem Schlüssel überreichte ihm der Mann am Empfang einen Umschlag, der an ihn und seinen Vater adressiert war. Bernard machte ihn auf, während er auf den Lift wartete. Es war eine Einladung von Travelwise zu einer Cocktailparty am kommenden Mittwoch.

Im Hotel war es ruhig. Es war später Nachmittag, die Gäste waren alle unterwegs, am Strand oder in der Stadt, oder sie fuhren in Klein- oder Reisebussen und Leihwagen auf der Insel herum. Mit ihm gondelte nur eine ernsthafte, etwa siebenjährige Japanerin nach oben. Sie trug ein weites Shirt über dem Badeanzug, auf dem in großen Lettern die Aufforderung SMILE prangte, und stieg im 10. Stock aus. Der Gang im 15. Stock war leer und still, die genormten Türen waren abweisend geschlossen. Bernard hängte das BITTE NICHT STÖREN-Schild draußen hin und trat ein.

Das Zimmer war so nüchtern, gesichtslos und antiseptisch wie der Traumasaal in Sankt Joseph. Zwei Betten standen darin, eine kleine Kommode, ein mit marmoriertem Melamin furnierter Kleiderschrank, eine Minibar, zwei Stühle und ein Beistelltisch, an einer Wand hing ein Fernseher, außerdem gab es noch ein kleines fensterloses Badezimmer mit Dusche und WC. Bestimmt, dachte Bernard, sehen alle anderen Zimmer in diesem Hotel ganz genau so aus, bis hinunter zur Farbe des gerippten Nylonteppichs. Das Hotel war eine Fabrik für Pauschalurlaub als Massenware, schnörkellos, ohne persönlichen Service, dafür aber auch ohne persönliche Neugier. Ein wenig verwundert war man schon gewesen, als er eine Woche zu spät auftauchte und Anspruch auf sein Zimmer erhob, aber nachdem er etwas von einem Unfall gemurmelt hatte, durch den er aufgehalten worden sei, und seine Reservierung vorweisen konnte, hatte der stellvertretende Geschäftsführer schulterzuckend gemeint, das Zimmer stünde ihm selbstverständlich für den Rest seines Urlaubs zur Verfügung.

Irgendwann im Lauf des Vormittags machten anonyme und unsichtbare Hände das Zimmer sauber und füllten die Minibar auf. Was die Zimmerfrau von Gästen halten mochte, die offenbar weder Kleidung zum Wechseln noch sonstiges Gepäck besaßen und zwei Badetücher, aber nur ein Bett benutzten, ahnte er nicht, aber über zuviel Arbeit konnte sie sich hier jedenfalls nicht beklagen und ließ, vielleicht zum Ausgleich, die Klimaanlage immer in der höchsten Stellung laufen. Bernard wählte eine gemäßigtere Temperatur und ein diskreteres Brummen, dann zog er sich aus und hängte seine Sachen in den leeren Schrank. Er duschte und warf sich eins der großen Badetücher um wie eine Toga. Dann holte er aus der Minibar eine halbe Flasche Napa Valley-Chardonnay und schenkte sich ein Glas ein. Er setzte sich aufs Bett, lehnte sich an das Kopfteil, trank schluckweise seinen Wein und sah hin und wieder auf die Uhr, bis es klopfte.

Er ließ Yolande ein und machte die Tür rasch hinter ihr zu. Sie trug das rote Baumwollkleid, das sie bei ihrer ersten Begegnung angehabt hatte. Sie lächelte und gab ihm einen Kuß auf die Wange.

»Entschuldige, daß ich ein bißchen spät dran bin, ich mußte Roxy fahren.«

»Macht nichts. Ein Glas Weißwein?«

»Gute Idee«, sagte Yolande. »Ich will nur rasch duschen.«

Während sie im Badezimmer war, nahm Bernard die Flasche aus der Minibar, schenkte ein zweites Glas Wein ein und stellte es auf den Nachttisch neben dem Bett. Er ging zum Fenster, das auf die Brandmauer eines anderen Hotels hinausging, zog den schweren, gefütterten Vorhang vor und ließ nur einen schmalen Spalt offen, durch den gerade so viel Helligkeit drang, daß das Zimmer in diffuses Licht getaucht war. Als Yolande aus dem Badezimmer kam, sah er überrascht, daß sie noch vollständig angekleidet war. »Hast du noch nicht geduscht?« fragte er, als er ihr das Glas gab.

»Doch.« Über den Glasrand hinweg lächelte sie ihn mit den Augen an. »Aber heute wirst du mich ausziehen.«

Mitten in der Nacht hatte Bernard sein Tagebuch zu Yolande gebracht. Am Tag danach stand sie, das Diarium unter dem Arm, vor Ursulas Wohnungstür, einfach so, ohne telefonische Vorwarnung. »Ach, Sie sind's«, sagte er.

»Ja. Ich habe Ihnen Ihr Buch zurückgebracht. Darf ich hereinkommen?«

»Natürlich.«

Er sah sich rasch um. Mrs. Knoepflmachers Kopf verschwand hinter der Wohnungstür wie eine Schildkröte in ihrem Panzer. Yolande blieb im Wohnzimmer stehen und sah sich um. »Hübsch«, stellte sie fest. »Muß in dieser Gegend ein Vermögen wert sein.«

Es sei keine Eigentumswohnung, sagte er. »Jetzt könnte Ursula es sich wahrscheinlich leisten, sie zu kaufen, aber es hätte keinen Sinn. Ich habe in ihrem Auftrag gekündigt. Einen Tee?«

Sie folgte ihm in die kleine Küche und setzte sich an den Frühstückstisch mit der Resopalplatte. Er stellte den Kessel auf und setzte sich zu ihr. Das Buch lag zwischen ihnen wie eine Agenda.

Sie war von dem Geräusch seines Wagens aufgewacht, hatte das Klappen des Briefkastens gehört und war aufgestanden, um dem Spektakel auf den Grund zu gehen. Mit dem Tagebuch hatte sie sich wieder ins Bett gelegt und es in einem Zug durchgelesen. »Und heute vormittag noch mal. Es ist die traurigste Geschichte, die ich je gehört habe.«

»Ach, ich weiß nicht...«, widersprach er.

»Ich meine den Teil, der in England spielt. Auf Hawaii wird es schon lustiger. Die Geschichte von dem verlorenen Schlüssel ist doch großartig. Und dann das über mich...« Sie lächelte. »Das war natürlich besonders spannend.«

»An sich war das alles gar nicht für Sie bestimmt.«

»Ich weiß. Deshalb wirkt es ja so überzeugend. Der Text ist nicht auf Effekt aus. Er ist ganz ehrlich. Ich habe von Anfang an gewußt, daß Sie ein ehrlicher Mensch sind, Bernard. Da steht's ja auch.« Sie klopfte auf den festen blauen Einband des Tagebuchs. »Ich hatte gleich das Gefühl, daß Sie ein Ehrenmann sind. Davon gibt's heute nicht mehr allzu viele...« Sie lachte ein bißchen. »Es ist, als wenn man sich in einem Roman wiederfindet. Oder in einem privaten Video, bei dem man nicht gemerkt hat, daß man gefilmt worden ist. Wie an der Stelle, wo Sie schreiben, daß ich den Banyan Court des Moana betrete und mich umsehe und dann auf Sie zukomme mit... wie war das... ›mit federnd-sportlichem Gang‹. Ich habe nie gemerkt, daß ich beim Laufen federe, aber es ist gut beobachtet. Und noch eine Stelle, am Ende, als wir unter den Bäumen in Richtung Zoo gehen.«

»Da habe ich mich ganz dumm benommen«, sagte Bernard. »Ich wollte, daß Sie es lesen, damit Sie verstehen, warum ich so komisch reagiert habe.«

»Dabei hatten Sie das ganz richtig erkannt«, sagte Yolande. »Ich wollte, daß Sie mich küssen.«

»Ja?« Bernard schlug die Augen nieder und betrachtete seine Hände. »Aber der Mond... Sie haben was vom Mond gesagt...«

»Das war nur ein Vorwand, um Sie anzufassen.« Und dann streckte sie ihre Hand aus und legte sie über die von Bernard.

Es entstand eine längere Pause, und dann gab der Pfeifkessel einen ersten vorbereitenden Quiekser von sich. Bernard sah Yolande flehentlich an, sie ließ ihn lächelnd los, und er stellte das Gas ab. Inzwischen hatte auch Yolande sich erhoben, und als er sich umdrehte, stand sie in sehr gerader Haltung vor ihm, wie an jenem ersten Tag in Waikiki, nur runzelte sie diesmal nicht die Stirn und hatte auch die Arme nicht an die Seite gelegt, sondern streckte sie ihm entgegen. »Komm, Bernard, hol diesen Kuß nach«, sagte sie.

Er machte ein, zwei zögernde Schritte, und sie nahm seine Hand und zog ihn zu sich heran. Er spürte, wie sich ihre Arme um seine Schultern legten, ihre Finger seinen Nacken streichelten. Schüchtern legte er ihr die Arme um die Taille, und sie schmiegte sich an ihn. Er spürte ihre heiße Brust durch sein dünnes Hemd und ihr Baumwollkleid. Er spürte, wie sein Penis steif wurde. Sie küßten sich.

»Na also«, sagte Yolande halblaut. »War's sehr schlimm?«

»Nein«, sagte er heiser. »Schön war es.«

»Möchtest du mit mir schlafen?«

Er schüttelte den Kopf.

»Warum nicht?«

»Du weißt warum.«

»Ich könnte es dir beibringen. Ich könnte dir zeigen, wie man es macht. Ich könnte dich heilen, Bernard.« Sie nahm seine Hände.

»Aber warum?«

»Weil ich dich mag. Weil du mir leid tust. Daß du mir dein Tagebuch gezeigt hast – das war ein Hilferuf.«

»So habe ich das nicht gesehen. Eher als ... als eine Art Erklärung.«

»Es war ein Hilferuf, und ich kann dir helfen. Hab Vertrauen zu mir, Bernard.«

Wieder blieb es lange still. Er sah auf ihre ineinander verschlungenen Hände herunter, spürte Yolandes prüfenden Blick.

»Und ich könnte auch ein bißchen Liebhaben gebrauchen«, sagte sie leiser.

»Also gut ...«

Es war ein Gefühl, als hätte er sein ganzes Leben lang den Atem angehalten oder die Hand zur Faust geballt und nun den Entschluß gefaßt, auszuatmen, sich zu entkrampfen, loszulassen, ohne Rücksicht auf die Folgen, und das tat so gut, war eine so jähe metabolische Umstellung, daß ihn schwindelte. Er schwankte ein bißchen, als Yolande ihn umarmte. »Aber nicht hier«, sagte er.

»Bei mir geht es auch nicht, Roxy kommt bald nach Hause. Warum nicht hier?«

»Nicht in Ursulas Wohnung, da hätte ich Hemmungen. Es wäre irgendwie unrecht.«

Yolande schien Verständnis für seine Skrupel zu haben. »Dann müssen wir uns ein Hotelzimmer nehmen«, sagte sie. »Das dürfte in Waikiki nicht weiter schwierig sein. Aber vielleicht teuer.«

Bernard fiel der Hotelgutschein in seinem Travelwise-Urlaubspack ein. »Ich habe ein Hotelzimmer«, sagte er.

Sie machten sich sofort auf den Weg zum Waikiki Surfrider, und Yolande wartete im Coffeeshop, während er am Empfang seine Verhandlungen führte. »Du bildest dir hoffentlich nicht ein, daß wir heute nachmittag miteinander schlafen«, sagte sie, als sie in Zimmer 1509 allein waren, und lachte, weil sein Gesicht Enttäuschung und Erleichterung zugleich verriet – »... wie in dem Bonmot des Franzosen in deinem Tagebuch«, sagte sie.

»Wenn wir es heute nicht machen, weiß ich nicht, ob es überhaupt klappt. Grauses Wagen der Hingabe – ein Augenblick ... – und so was läßt sich nicht per Knopfdruck auslösen.«

»Was sagst du da?«

»Es ist eine Zeile aus einem Gedicht.«

»Laß jetzt mal die Dichtung beiseite, Bernard. Dichter haben es mehr mit der Romantik, und wir müssen mit der Praxis fertigwerden. Daß es mit dir und Daphne nicht geklappt hat, lag – zumindest zum Teil – daran, daß ihr zu viel auf einmal haben wolltet. Von totaler Enthaltsamkeit bis zum olympiareifen Fick in einem einzigen Schritt ... Verzeih, stört dich das Wort?«

»Ein bißchen schon.«

»Gut, dann sage ich es nicht mehr. Bei einer Sexualtherapie rät man den Teilnehmern – meist ist es ja ein Paar –, die Vereinigung ganz allmählich anzugehen. Selbst wenn sie schon seit Jahren miteinander schlafen, sagt man ihnen, sie sollten noch einmal ganz von vorne anfangen, als seien sie noch nie miteinander intim gewesen. Erst nichterotische Küsse und Berührungen, dann sinnliche Massagen, ausführliches Petting und so weiter. An sich ist das ein Programm für mehrere Wochen, aber soviel Zeit haben wir nicht, wir müssen also jeden Tag einen Schritt tun. Okay?«

»Ja, doch...«, sagte Bernard.

So legten sie sich denn an diesem Nachmittag völlig angekleidet, nur ohne Schuhe und Socken, aufs Bett, streichelten einander Gesicht und Haar und Ohren, küßten sich sanft, betasteten ihre Handflächen, massierten sich gegenseitig die Füße. Zuerst kam Bernard sich dabei sehr albern vor, aber weil Yolande so völlig unbefangen war, hielt auch seine Verlegenheit sich in erträglichen Grenzen.

Am zweiten Nachmittag zog sie, nachdem sie beide geduscht hatten, den schweren Verdunkelungsvorhang vors Fenster, dann stellten sie sich in Badetücher gewickelt vors Bett, jedes an einer Längsseite, und Yolande schaltete das Licht aus, so daß das Zimmer im Dunkeln lag. »Ich habe den Eindruck, daß du ein bißchen Angst vor dem weiblichen Körper hast, Bernard«, sagte sie. »Deshalb solltest du zunächst einmal lernen, dich mit Hilfe des Tastsinns zurechtzufinden.« Er hörte, wie ihr Badetuch zu Boden fiel, spürte ihre Hand, die nach ihm griff, und lernte ihren Körper zunächst so kennen, als sei er blind: die festen, muskulösen Arme, die glatten Flügel der Schulterblätter. Geschmeidig-beweglich der gekerbte Stab ihrer Wirbelsäule, weich und elastisch die Rundung am Gesäß, glatt und zart die Haut an der Innenseite ihrer Schenkel. Dann legten sie sich auf den Rücken, und Yolandes Brüste glitten schwer rechts und links vom Brustkorb zur Seite, Bernard ertastete das stetige Schlagen ihres Herzens und die sich jäh straffenden Brustwarzen, er zeichnete die Spur einer alten Blinddarmnarbe nach, über den Bauch hinweg bis zu dem weichen, gekrisselten Nest aus Schamhaar, wo sie seiner Hand sanft Einhalt gebot. Ihm kam sie vor wie ein Baum: Ihre Knochen waren Stamm und Äste, die gerundeten Formen ihres Fleisches wie reife Früchte in seinen Händen. Als sie wissen wollte, wie er sich fühlte, konnte er nur wieder einen Vers zitieren:

Ich kann nicht sehen, welche Blumen hier zu meinen Füßen
Und nicht, wes Wohlgeruch hier alle Zweige tränkt,
Doch ahne ich im Duft des Dunkels jede Süße,
Womit der Monat jahreszeitgerecht beschenkt
Das Gras, das Dickicht und den wilden Obstbaum hier ...

Sie lachte und sagte, er sei unverbesserlich. »Morgen lassen wir mehr Licht ins Zimmer«, sagte sie. »Morgen wird es deftiger. Aber jetzt will ich wissen, wie dein Körper sich anfühlt.«

»Viel Staat ist nicht damit zu machen, fürchte ich.«

»Er ist okay. Ein bißchen schlaff hier«, sagte sie und kniff ihm in den Bauch. »Treibst du Sport?«

»Zu Hause laufe ich viel.«

»Immerhin etwas. Aber du solltest etwas machen, was dich ein bißchen mehr fordert.«

»Was machst du denn? Du hast ja kein überflüssiges Gramm Fleisch.«

»Ich spiele viel Tennis. Lewis und ich waren an der Uni Meister im Gemischten Doppel. Jetzt spiele ich mit Roxy.«

Es war ihm nicht lieb, daß sie gerade jetzt diese Namen nannte, sie erinnerten ihn daran, daß sie jenseits dieses Raums, außerhalb dieses Bettes ein eigenes, ein komplexes Leben führte, das ganz ihr gehörte. Allmählich aber massierten ihre Hände die Unruhe weg. Langsam und systematisch, Zoll für Zoll erarbeitete Yolande sich seinen Körper, nur die Geschlechtsteile ließ sie aus. Es war, als forme sie Bernards Körper neu in der Dunkelheit, so daß er sich über dessen Konturen und Begrenzungen zum erstenmal richtig klar wurde. Bislang hatte er ihn wie eine unschöne, aber praktische Hülle benutzt, die er morgens überwarf und abends wieder ablegte, während er ausschließlich vom Kopf her gelebt hatte. Jetzt begriff er, daß zu seinem Leben auch dieses merkwürdig gegabelte, makelbehaftete Amalgam aus Fleisch und Knochen, Blut und Muskel, Leber und Lunge gehörte. Zum erstenmal seit seiner Kindheit fühlte er sich lebendig bis in die Fingerspitzen. Einmal streifte Yolande seinen erigierten Penis mit der Hand und entschuldigte sich halblaut.

»Wollen wir miteinander schlafen?« fragte er.

»Nein«, sagte sie. »Noch nicht.«
»Morgen?«
»Nein, nicht morgen.«

Am nächsten Tag gab es mehr Licht, und sie tranken vorher zusammen eine halbe Flasche Wein aus der Minibar. Yolande war kühner und gesprächiger. »Heute berühren wir uns nur, aber es gibt keine verbotenen Zonen, wir dürfen anfassen, wo wir wollen und wie wir wollen, okay? Und nicht nur mit den Händen, sondern auch mit Mund und Zunge. Möchtest du an meinen Brüsten saugen? Komm, tu dir keinen Zwang an. Ist das schön? Gut, für mich auch. Darf ich dich lutschen? Keine Angst, ich drücke ganz fest zu, so, damit du nicht kommst. Okay. Ganz locker. War das schön? Gut. Aber ja, natürlich mach ich das gern. Lutschen und Lecken sind sehr wichtige sinnliche Erfahrungen. Was einem Mann gefällt, liegt ja buchstäblich auf der Hand, bei Frauen ist das anders, da ist alles verborgen und versteckt, man muß erst lernen, sich zurechtzufinden. Komm, mach deinen Finger naß, ich führe dich.«

Er war schockiert, benommen, buchstäblich außer Atem nach dieser stürmischen Reise in eine Welt der Worte und Gesten, bei denen es kein Tabu gab, gleichzeitig aber auch in Hochstimmung – und an der hielt er sich aus Leibeskräften fest. »Machen wir heute Liebe?« bat er.

»Auch das ist Liebe machen, Bernard. Ich finde es wunderschön.«

»Ja, aber du weißt, was ich meine.«

»Machen wir heute Liebe?« fragte er, während er ihr das rote Kleid aufknöpfte. »Ich meine – richtige Liebe...«

»Nein, heute nicht. Morgen.«

»Morgen?« jammerte er. »Ja, sag mal, was bleibt denn noch zwischen gestern und morgen?«

»Das zum Beispiel.« Sie stieg aus dem Kleid. Darunter kam ein weißes Satinkorselett mit Spitzenbesatz zum Vorschein.

Er schloß kopfschüttelnd die Augen. »Yolande, Yolande...«

»Was ist? Macht dich das an?«

»Ja, natürlich.«

»Dann hilf mir beim Ausziehen.«

Er zupfte ungeschickt an den Schulterträgern, und sie befreite ihre Arme. Das Korselett fiel auf ihre Hüften herunter und gab die Brüste frei, die Bernard zärtlich küßte. »Yolande«, stöhnte er, »Yolande, was machst du da mit mir?«

»Man könnte es Sexualerziehung nennen. Die amerikanische Masche, Bernard. Alles läßt sich lernen. Der Erfolg. Die Kunst, einen Roman zu schreiben. Die Technik der Liebe...«

»Hast du das vorher schon mal jemandem beigebracht?«

»Nein. Es wäre gegen das Berufsethos.«

Er lachte ein bißchen hysterisch. »Und warum ist es bei mir nicht gegen das Berufsethos?«

»Weil du kein Patient bist, sondern ein Freund.«

»Du machst das sehr fachmännisch.«

»Na gut, wenn du es unbedingt wissen willst... Vor acht Jahren hatte Lewis mal Potenzprobleme. Wir waren zusammen in der Therapie, und es hat geholfen.«

Das Korselett fiel zu Boden, und sie stand vor ihm, straff, gut geformt, braungebrannt, ein Akt von Gauguin – bis auf die hellen Bikiniränder über Brust und Lenden. Er fiel in die Knie, drückte sein Gesicht an ihren Leib und streichelte ihre Hüften. »Du bist so schön«, sagte er.

»Das ist toll, du.« Sie massierte sanft mit den Fingerspitzen seine Kopfhaut. »Es ist wunderbar, wenn einen wieder jemand in den Armen hält.«

»Bin ich der erste, seit Lewis nicht mehr da ist?«

»Ja. Wenn ich Lust bekomme, helfe ich mir mit einem Vibrator. Schockiert dich das?«

»Mich kann nichts mehr schockieren«, sagte Bernard. »Manchmal denke ich, du mußt eine Hexe sein, eine schöne glutäugige Hexe. Wie könnte ich sonst all diese Sachen machen, ohne vor Scham und Verlegenheit zu vergehen? Noch dazu mit der Frau, die um ein Haar meinen Vater umgebracht hätte.«

»Wenn ich Freudianerin wäre«, sagte Yolande und zog ihn hoch, »würde ich sagen, daß das den Reiz noch erhöht. Ich habe dir gleich gefallen, nicht?«

»Ja. Ich sah dich nach dem Unfall so deutlich vor mir in deinem roten Kleid. Daß ich es dir eines Tages ausziehen würde, hätte ich mir allerdings nicht träumen lassen.«

»Ja, so geht's ... Das Leben ist voller Überraschungen. Leg dich auf den Bauch.«

»Ganz gegen den Spielverlauf.«

»Was?« Sie begann, ihm systematisch Nacken und Schultern zu massieren.

»Ach, nichts. Eine Sache, auf die wir gekommen sind, als ich heute bei Ursula war.«

»Worüber redet ihr beiden eigentlich?«

»Heute war der Himmel dran.«

»Aber du glaubst doch nicht an den Himmel.«

»Nein, aber ich weiß gut darüber Bescheid.«

Yolande lachte. »Typisch Akademiker!«

»Und du?«

»Ich denke, wir müssen uns auf dieser Erde unseren Himmel selber machen. Und unsere eigenen Gebete erhören. Wie du, als du die Schlüssel am Strand wiedergefunden hast. Dreh dich um.«

»Können wir nicht jetzt Liebe machen?«

»Heute üben wir, wie du mich nimmst, ohne zu kommen«, sagte Yolande. »Wenn du merkst, daß du kommst, sagst du es mir, okay? Daß mit Geschlechtskrankheiten bei dir nichts sein kann, wissen wir. Wenn man es recht bedenkt, bist du der sicherste Lover in ganz Honolulu. Du könntest deinen Körper für horrende Summen an die reichen Witwen im Royal Hawaiian verkaufen. Und zu deiner Beruhigung – als ich erfuhr, daß Lewis mich betrogen hatte, habe ich sofort einen HIV-Test machen lassen. Negativ.«

»An so etwas hätte ich nie gedacht«, sagte Bernard.

»Solltest du aber. Um ganz sicherzugehen, verpasse ich dir ein Kondom ... Okay? Ich knie mich auf dich, so, und nehme dich ganz behutsam in mich auf, so, siehst du, und dann verhalten wir uns ein, zwei Minuten ganz still. Okay? Wie ist das?«

»Himmlisch!«

»Und das? Spürst du das?«

»Gott im Himmel, ja...«

»Guter Muskeltonus, was? Ich habe irgendwo gelesen, daß die Mädchen auf Hawaii das früher von ihren Großmüttern gelernt haben. Sie nannten es *amo-amo*. Wörtlich heißt das *zwinker-zwinker*. Ich rede so viel, damit du nicht kommst.«

»Ich liebe, ich liebe.«

»Was?«

»Amo ist ›ich liebe‹ auf latein.«

»Ach so... Jetzt bewege ich mich ganz vorsichtig ein paarmal auf und ab, okay? Und dann gehe ich weg.«

»Nein«, sagte Bernard und hielt ihre Hüften fest.

»Und in ein paar Minuten machen wir das noch mal.«

»Nein«, sagte Bernard. »Geh nicht weg.«

»Der Sinn der Sache ist, daß du auf diese Weise lernst, deine Erektion zu beherrschen.«

»Ich habe meine Erektionen die letzten drei Tage beherrscht«, sagte er. »Jetzt will ich einfach mal loslassen.«

»Du kannst dich hinterher selbst zum Höhepunkt bringen«, sagte Yolande. »Ich helfe dir, wenn du willst.«

»Nein, danke bestens. Irgendwo hört's auch bei mir auf. Ich habe noch nicht jedes Schamgefühl verloren. Schluß mit dem Unterricht. Laß uns Liebe machen. Ich liebe dich, Yolande.«

»Darüber müssen wir reden«, sagte sie und versuchte herunterzusteigen, aber er wölbte den Rücken und hielt sie fest. Die Beherrschung verließ ihn. »Geh nicht weg«, stieß er hervor. »Gehnichtweg gehnichtweg gehnichtweg.«

»Okay«, keuchte sie. »Okayokayokayokayooohhh...«

Hinterher schliefen sie, nur mit einem Laken zugedeckt und eng aneinandergeschmiegt. Er wachte davon auf, daß Yolande die Nachttischlampe anknipste. Draußen schien es dunkel zu sein.

»O mein Gott«, stöhnte sie und versuchte, mit zusammengekniffenen Augen das Zifferblatt ihrer Uhr zu erkennen. »Roxy wird sich schon Gedanken machen.«

Sie rief, nackt auf der Bettkante sitzend, rasch ihre Tochter an. Als Bernard ihre Schulter streichelte, griff sie nach seiner Hand und hielt sie fest. Sie legte auf und zog sich schnell an.

»Morgen um die gleiche Zeit?« fragte er.

Sie sah mit einem seltsamen, leicht befangenen Lächeln zu ihm hinüber. »Der Kurs ist vorbei, Bernard. Herzlichen Glückwunsch. Du hast mit Glanz bestanden.«

»Nicht durchgefallen? Ich dachte, weil ich doch eine Stufe übersprungen habe ...«

»In Sexualkunde hat es nicht gereicht. Aber in Durchsetzungsvermögen hast du dir eine glatte Eins verdient.«

»Ich liebe dich, Yolande.«

»Weißt du genau, daß du nicht Dankbarkeit mit Liebe verwechselst?«

»Genau weiß ich inzwischen überhaupt nichts mehr«, sagte er. »Nur, daß ich dich wiedersehen möchte.«

»Okay. Dann morgen nachmittag.«

Sie streckte den Kopf vor, um ihm den gewohnten freundschaftlichen Abschiedskuß zu geben, aber er legte die Arme um sie und küßte sie lange und leidenschaftlich. »Bis heute habe ich nicht gewußt, was es wirklich bedeutet, mit jemandem zu schlafen«, sagte er.

»Das ist schön, Bernard, aber ich muß jetzt wirklich los.«

Bernard ließ, wie üblich, ein paar Minuten verstreichen, ehe er Yolande in die Halle folgte. Dort wimmelte es von Gästen, die gerade von ihren Tagesausflügen zurückgekommen waren oder das Hotel verlassen wollten, um sich einen schönen Abend zu machen. Mit wohlwollender Nachsicht registrierte er die knalligbunte Freizeitkleidung, die rotgebrannten Gesichter, das leere Gerede. Er warf den Zimmerschlüssel in den dafür vorgesehenen Kasten und schob sich unbemerkt durch die Menge in den milden Abend hinaus. Ein paar Regentropfen sprühten ihm wohltuend warm übers Gesicht. Ananassaft nannten laut Sophie Knoepflmacher die Einheimischen diese flüchtigen, windverwehten Schauer. Er ließ sich in dem Menschenstrom auf dem Gehsteig treiben, es war mehr ein Schieben als ein Gehen. Er war ausgeruht, erfrischt, ein neuer Mensch. Er war sehr glücklich. Und er hatte Hunger.

Kurz entschlossen kehrte er in der Paradies-Pasta ein. Darlette brachte ihm Eiswasser und fragte nach seinem Befinden. »Danke, gut«, sagte er, und weil er fand, daß dieses

Attribut seinem Gemütszustand nicht gerecht wurde, fügte er hinzu: »Echt super.« Es war ein Lieblingsausdruck von Thomas gewesen.

»Wunderbar«, sagte Darlette mit breitem, leerem Lächeln. »Unser Spezialangebot heute? Tagliatelle Marinara? Garnelen, Muscheln und Schwertfisch in Sahnesoße?«

»Das nehme ich«, sagte Bernard und aß mit Genuß. Er trank zwei Glas Wein zum Essen und summte »I Love Hawaii«, was er auf dem Rückweg in Ursulas Wohnung auch den pomadisierten Sänger in der Bühnenschau schmettern hörte. Er summte noch immer, als er aus dem Lift stieg. Mrs. Knoepflmacher hatte offenbar schon auf der Lauer gelegen, denn als er an ihrer Tür vorbeikam, schoß sie förmlich heraus.

»Western Union hat heute nachmittag ein Telegramm für Sie gebracht«, sagte sie. »›Sie können es bei mir abgeben‹, hab ich zu dem Mann gesagt, aber er hat es bei Ihnen unter der Tür durchgeschoben.«

»Besten Dank«, sagte Bernard.

»Nichts Schlimmes, hoffe ich«, sagte Mrs. Knoepflmacher.

»Das hoffe ich auch«, sagte Bernard.

Der Umschlag lag gleich hinter der Wohnungstür, und Bernard bückte sich danach. »Ist es da?« fragte Mrs. Knoepflmacher über seine Schulter, so daß er zusammenfuhr. Sie war ihm lautlos gefolgt.

»Ja, danke, Mrs. Knoepflmacher. Alles in Ordnung. Gute Nacht.« Und dann machte er ihr die Tür vor der Nase zu.

Das Telegramm lautete: »ANKOMME HONOLULU MONTAG 21 FLUG DL 157 20.20. BITTE ABHOLEN. TESS.«

Bernard ließ sich in einen Sessel fallen und starrte auf das Stück Papier. Seine Hochstimmung verflüchtigte sich. Aus und vorbei war das freie, unabhängige, heimliche Leben, das er seit zehn Tagen führte. Tess würde das Kommando übernehmen – über seinen Vater und Ursula und die Wohnung. Sie würde lamentieren und kritisieren und arrangieren. Sie würde sich in Ursulas Schlafzimmer einquartieren, und er würde auf der Couch schlafen, sie jeden Morgen ordentlich zusammenklappen und nach jedem Essen brav abwaschen müssen. Sie würde ihm eine Liste in die Hand drücken und ihn zum Einkaufen schicken. Sie würde Verdacht schöpfen, wenn er zu seinen Verabredungen mit Yolande ging, und entrüstet sein, wenn sie merkte, welcher Art ihre Beziehung war.

Er rief Yolande an und las ihr das Telegramm vor.

»Und das kommt dir überraschend?«

»Völlig überraschend. Tess behauptet immer, sie kann wegen der Familie so was nicht machen.« Er erzählte Yolande von Patrick.

»Vielleicht bringt sie Patrick mit.«

»Nein, sie würde nie mit ihm fliegen. Er hat manchmal Anfälle.«

»Warum hat sie telegrafiert? Warum hat sie nicht einfach angerufen?«

»Um zu verhindern, daß ich sie abwimmele. Um mich vor vollendete Tatsachen zu stellen. In England ist es Montagvormittag, inzwischen ist sie schon in der Luft.«

»Und du hast keine Ahnung, warum sie kommt?«

»Wahrscheinlich macht sie sich Gedanken wegen Daddy ... obwohl sie neulich noch mit ihm gesprochen hat.« Ihm kam eine Idee. »Er wird ihr von Ursulas Geldsegen erzählt haben, ja, das ist wahrscheinlich des Rätsels Lösung.«

»Sie will an Ursulas Geld heran?«

»Sie will verhindern, daß ich es bekomme«, sagte Bernard. »Sie denkt, ich spinne Ränke, damit Ursula mir ihr Vermögen vermacht. Das denkt sie schon von Anfang an.«

»Ihr scheint euch nicht besonders zu lieben.«

»Ich fürchte, da ist was dran.«

»Das solltest du nicht ständig sagen, Bernard.«

»Was?«

»Ich fürchte ...«

Mr. Walsh nahm mit großer Genugtuung zur Kenntnis, daß Tess auf dem Weg nach Honolulu war. »Bestens«, sagte er. »Jetzt kommt endlich Bewegung in den lahmen Laden hier. Tess wird den Schwestern und Ärzten schon Beine machen.« Er war nicht davon abzubringen, daß die Mediziner von Sankt Joseph ihn unnötig lange im Krankenhaus behielten, um seine

Versicherung möglichst ausgiebig zu schröpfen. »Tess wird denen ganz schön Bescheid stoßen. In Nullkommanichts hat die mich hier raus und bringt mich nach Hause.«

»Hast du ihr gesagt, sie soll dich holen?« fragte Bernard vorwurfsvoll.

»Kein Gedanke«, versicherte Mr. Walsh mit Nachdruck. »Ich wäre nie auf die Idee gekommen, daß sie von zu Hause weg kann, von den Kosten mal ganz abgesehen. Aber da wird Ursula sich bestimmt nicht lumpen lassen, sie kann sich's ja jetzt leisten.«

»Wenn Tess einen Zuschuß zu dem Flug braucht, wird Ursula gewiß gern einspringen«, sagte Bernard. »Aber niemand hat Tess gebeten herzukommen, im Grunde ist es gar nicht einzusehen.«

»In Krisenzeiten«, tönte Mr. Walsh salbungsvoll, »muß die Familie zusammenhalten. Für Ursula wird es ein großer Trost sein, Tess hier zu haben.«

»Natürlich freue ich mich, daß Tess kommt«, sagte Ursula. »Aber viel mehr freue ich mich auf das Wiedersehen mit Jack am Mittwoch. Und jetzt, wo es in greifbare Nähe gerückt ist, habe ich auch ein bißchen Bammel.«

»Bammel?«

»Es ist so lange her. Und wenn wir telefonieren – was selten genug der Fall ist –, hört er sich so kalt, so abweisend an.«

»Du kennst doch Daddy, es fällt ihm nicht leicht, Gefühle zu äußern. Mir übrigens auch nicht, es muß in der Familie liegen.«

»Ich weiß.« Ursula verfiel in ein etwas melancholisches Schweigen. Als sie wieder anfing zu sprechen, schien sie noch einmal auf das gestrige Gespräch zurückkommen zu wollen. »Dieser Mann, der gesagt hat, der Himmel wäre wie ein Traum, in dem jeder bekommt, was er sich wünscht ... Hat er da auch Sex gemeint?«

»Ich weiß nicht«, sagte Bernard aufgeschreckt. »Ich kann mich nicht erinnern, daß er das eigens erwähnt hätte. Aber warum eigentlich nicht?«

»Unser Herr hat gesagt, daß die Menschen im Himmel nicht heiraten ...«

»Mit diesem Ausspruch haben viele Christen Schwierigkeiten. Sie haben immer wieder versucht, auf die eine oder andere Art darum herumzukommen. Swedenborg zum Beispiel.«

»Wer war denn das?«

»Ein schwedischer Mystiker aus dem 18. Jahrhundert. In seinen Büchern ist viel von himmlischen Vermählungen die Rede. Er war der Ansicht, daß man im Himmel seinen wahren Seelengefährten heiratet und einen irgendwie ätherischen Geschlechtsverkehr hat. Er selbst war nicht verheiratet, hatte aber sein Auge auf eine Gräfin geworfen, deren Mann es praktischerweise in der nächsten Welt bestimmt war, eine Katze zu werden.«

»Eine Katze?«

»Ja. Swedenborg dachte, daß geistig nicht hinreichend entwickelte Seelen im Jenseits Katzen werden.«

»Demnach war er kein Katholik.«

»Nein. Lutheraner. Es gibt eine Sekte, die sich auf seine Schriften stützt, die Kirche des Neuen Jerusalem. Genau genommen war Sex im Himmel den Protestanten immer wichtiger als den Katholiken. Milton zum Beispiel. Charles Kingsley. Ein katholischer Theologe aus dem 16. Jahrhundert, der Name fällt mir jetzt nicht ein, dachte, daß im Himmel unheimlich viel geküßt wird. Die Heiligen, meinte er, könnten auf Distanz küssen, selbst wenn sie Tausende von Meilen voneinander entfernt sind.«

»Küssen war nicht mein Problem«, sagte Ursula. »Geküßt und geschmust habe ich immer gern. Nur mit dem anderen bin ich nicht zurechtgekommen.«

Bernards gelehrte Ausführungen gerieten ins Stocken. Er wußte nicht recht, wie er reagieren sollte, und schwieg.

»Ich habe Rick in dieser Beziehung nie genug geben können. ›Du konntest dich einfach nicht richtig gehenlassen‹, so hat er es ausgedrückt, als wir uns trennten.«

»Das tut mir leid«, sagte Bernard halblaut.

»Ich habe es nie fertiggebracht, seinen ... sein Ding anzufassen. Ich konnte es einfach nicht.« Sie hatte die Augen geschlossen, und ihre Stimme war matt und monoton, wie bei der Beichte. »Er hat mich gezwungen, da anzufassen, und dann spritzte oben aus dem Löchlein so weißes Zeug, wie man es bei Schnupfen hat, und floß über meine Hand.«

»Dazu hat Rick dich gezwungen?« flüsterte Bernard.

»Nein, nicht Rick. Sean. Deshalb habe ich Rick da nie anfassen können.«

Bernard erinnerte sich an das halb durchgerissene Foto der drei Kinder auf dem Feld, an die beiden jüngeren, die mit zusammengekniffenen Augen in die Kamera sahen, an den älteren Jungen, der keck lächelnd hinter ihnen stand, die Hände in den Taschen. Ein erschreckender Gedanke kam ihm.

»Ursula, hat etwa Daddy . . . er hat doch nicht . . .«

»Nein«, sagte Ursula. »Aber Jack hat es gewußt.«

»Es war Sommer, die Familie lebte noch in Irland«, sagte Bernard später zu Yolande. »Sie wohnten am Rand von Cork, die Schulferien hatten angefangen. Eine Verwandte lag im Sterben, und meine Großmutter war viel weg, um der Familie beizustehen. Mein Großvater war den ganzen Tag bei der Arbeit. Die Kinder waren sich selbst überlassen. Sean, der Älteste, war damals sechzehn, meint Ursula. Sie war sieben, Daddy etwa zwölf. Sean nützte die Situation aus. Er ging mit Ursula spazieren, schenkte ihr Süßigkeiten, tat ihr schön. Zuerst war sie geschmeichelt. Als er sich zum erstenmal entblößte, tat er so, als habe er es nur aus Spaß gemacht. Dann geschah es regelmäßig, es war ein Geheimnis, das nur ihnen beiden gehörte. Als er anfing zu masturbieren, wußte sie, daß er etwas Unrechtes tat, aber sie hatte Angst und unternahm nichts.«

»Hat er ihr etwas getan, ich meine, hat er sie sexuell belästigt?«

»Das hat sie ganz eindeutig verneint. Aber seither hat sie einen Ekel vor sexuellen Kontakten, den sie nie hat überwinden können, und der, wie sie sagt, ihre Ehe zerstört hat. Deshalb kam eine zweite Ehe für sie auch nie in Frage. Sie hatte viele Flirts, viele Bewunderer, aber sobald ein Mann ihr körperlich näher kam, machte sie einen Rückzieher.«

»Eine traurige Geschichte«, sagte Yolande. »Noch trauriger als deine.«

»Meine ist nicht mehr traurig«, sagte er zärtlich und streichelte die Dünenlandschaft ihrer nackten Hüfte. Sie lagen auf dem Bett von Zimmer 1509 und hatten sich geliebt, drängend und leidenschaftlich diesmal – wie ein Liebespaar, dachte Bernard, nicht wie Lehrerin und Schüler. (Allerdings hatte Yolande nicht versäumt, ihn darauf hinzuweisen, daß er die Missionarsstellung gewählt hatte – »Paßt ja auch zu dir«, hatte sie verschmitzt festgestellt.) »Aber ich bin ganz deiner Meinung«, sagte er mit dem Schwung eines gerade erst zu sexueller Offenheit Konvertierten, »was ist schon dran an einem Penis, an einem bißchen Samen...« Er hob sein Glied an, das schlaff und klebrig auf seinem Schenkel lag, und ließ es wieder fallen. »...daß so was einer Frau das ganze Leben verderben dürfte?«

»Das Körperliche ist beim Mißbrauch von Kindern nicht unbedingt das Entscheidende. Die Angst, die Scham sind es, die Narben hinterlassen.«

»Eben«, sagte Bernard. »Ursula war fest davon überzeugt, daß *sie* sich – von Sean mal ganz abgesehen – im Stand der Todsünde befand. Und weil sie es nicht über sich brachte, in der Beichte darüber zu sprechen, hatte sie jahrelang unheimliche Angst davor, sofort in der Hölle zu landen für den Fall, daß sie mal plötzlich sterben sollte.«

»Hat sie Sean später mal darauf angesprochen?«

»Nein, nie. Und dann starb er den Heldentod und wurde von der Familie kanonisiert, und sie konnte nicht mehr darüber reden. Sie hat bis heute keiner Menschenseele etwas davon gesagt, kannst du dir das vorstellen? Deshalb lag ihr wohl auch so viel daran, daß Daddy herkommt, deshalb hat sie mich gebeten, ihn zu überreden. Durch eine Aussprache mit Daddy, hoffte sie, würde sie die Erinnerung an Sean bannen, die Vergangenheit bewältigen können. Aber jetzt, wo es soweit ist, hat sie Angst, was ich ihr nicht verdenken kann. Ich weiß nicht, wie er es aufnehmen wird. Und nun kommt auch noch Tess, damit wird alles nur noch komplizierter.«

»Dein Vater habe es gewußt, hat Ursula gesagt. Was meinte sie damit?«

»Er hat die beiden offenbar eines Tages in flagranti erwischt. Sean ging immer mit ihr in einen alten Schuppen hinten im

Garten. Eines Tages kam Daddy dort herein, weil er etwas suchte, sie hatten ihn nicht kommen hören. Sie erinnert sich noch, wie er zur Tür gelaufen kam, auf der Schwelle stehenblieb, lächelte und den Mund aufmachte, und wie sein Lächeln jäh erlosch, als er merkte, was sie trieben. Dann drehte er sich um und lief wortlos hinaus. Sean knöpfte sich in fieberhafter Eile zu. Er sagte zu Ursula – sie erinnert sich noch heute an jedes Wort –: ›Keine Bange, Jack petzt nicht.‹ Und damit behielt er recht, Daddy hat nie was gesagt. Zuerst war Ursula froh darüber, denn sie hatte große Angst, daß ihre Eltern es erfahren könnten. Später aber, als Erwachsene, hat sie es Jack verübelt. Er hätte der Sache ein Ende machen können, sagt sie, er hätte ja Sean nur zu drohen brauchen, daß er ihn bei den Eltern verklagt.«

»Danach war also nicht Schluß damit?«

»Nein, es ging den ganzen Sommer über, und Daddy hat es gewußt. Das macht Ursula ihm zum Vorwurf.«

»Kein Wunder.«

»Sie will, daß er sich entschuldigt. Sie verlangt, daß er Buße tut. Aber ich weiß nicht recht, ob daraus etwas wird.«

»Da wirst du helfen müssen.«

»Wie denn?«

»Du mußt es ihnen leichter machen. Deinen Vater vorbereiten. Dafür sorgen, daß sie im entscheidenden Moment allein bleiben.«

»Ich weiß nicht, ob ich mit Daddy darüber reden könnte. Außerdem wird Tess es nicht zulassen. Sie wird sich einmischen.«

»Dann mußt du sie als Verbündete gewinnen.«

»Du kennst Tess nicht.«

»Noch nicht.«

Er stützte sich auf einen Ellbogen und sah sie mit großen Augen an. »Soll das heißen, daß du sie kennenlernen möchtest?«

»Du hattest doch nicht vor, mich zu verstecken?«

»Nein...«, sagte Bernard. »Natürlich nicht.« Aber sein Gesichtsausdruck verriet ihn.

»Also doch«, sagte Yolande neckend. »Du wolltest mich

geheimhalten. Die scharfe Braut, mit der du dich nachmittags zu verbotenem Sex triffst.« Sie kniff ihn so kräftig, daß er aufschrie.

»Sei nicht albern, Yolande.« Er war rot geworden.

»Hast du irgend jemandem erzählt, daß du dich mit mir triffst? Deiner Tante? Deinem Vater?«

»Nein. Hast du es Roxy erzählt?«

»Sie weiß, daß wir uns treffen. Nicht, daß wir zusammen schlafen, aber wozu auch?«

Bernard überlegte. »Du hast wieder mal recht. Ich habe mich gefürchtet, es ihnen zu sagen. Geh morgen mittag mit Tess und mir essen.«

2

Bernard fuhr den Schildern nach, die ihm den Weg zur Ankunftshalle des Flughafens von Honolulu wiesen, und passierte dabei fünf oder sechs Kioske – jeder mit eigener Parkbucht –, in denen *leis* angeboten wurden. Spontan hielt er an und erstand eine süß duftende Girlande aus gelben Blumen, die *ilima* hießen, wie er von der Verkäuferin, einer fröhlichdicken, zahnlückig lächelnden Hawaiianerin erfuhr. Zusammen mit anderen *lei*-bewehrten Abholern wartete er im Terminal an den Gepäckkarussells und konnte es kaum fassen, daß er und sein Vater, schwitzend in ihren wollwarmen englischen Sachen, erst vor zwölf Tagen hier angekommen waren. Er hatte – nicht nur wegen der Shorts, die er jetzt trug – den Eindruck, kaum mehr derselbe Mensch zu sein. Dieses Gefühl verstärkte sich noch, als Tess auftauchte und sich suchend in der wartenden Menge umsah, ohne ihn zu erkennen. Sie hatte einen Regenmantel über dem Arm und wirkte verschwitzt und schwergewichtig in ihrem zerknitterten Leinenkostüm. Er drängte sich nach vorn und rief ihren Namen. »Tess! *Aloha!*« Dann warf er ihr den *lei* über den Kopf, aber die Blütenkette verfing sich in ihrem Krisselhaar, so daß sie Mühe hatte, sich zu befreien.

»Was soll denn das?« fragte sie gereizt, als habe er sich einen dummen Streich erlaubt.

»Das ist ein *lei*. Eine Landessitte.«

»Jammerschade um die schönen Blumen.« Mißbilligend betrachtete Tess die aufgefädelten Blütenköpfe. »Aber riechen tun sie gut, das muß ich zugeben. Du hast keinen Bart mehr, Bernard. Es macht dich jünger. Wie geht's Daddy?«

»Gut. Er freut sich sehr auf dich. Wie war der Flug?«

»Endlos. Hätte ich gewußt, was da auf mich zukommt, hätte ich mich vermutlich nicht darauf eingelassen.«

»Und warum bist du wirklich gekommen, Tess?« fragte Bernard.

»Erzähl ich dir später.«

»Ich bin gekommen, um mir einen Tapetenwechsel zu gönnen«, erklärte Tess zu Bernards Überraschung. »Um von zu Hause wegzukommen. Von Frank, von der Familie. Um endlich mal was für mich zu tun. Am Strand zu sitzen oder am Swimmingpool, ohne schon die nächste Mahlzeit im Hinterkopf zu haben. Hoffentlich erwartest du nicht, daß ich hier für dich Hausfrau spiele.«

»Aber nein. Wir können essen gehen«, sagte Bernard. »Das mach ich oft.«

Sie saßen auf dem Balkon von Ursulas Wohnung und sahen auf den Pool, einen funkelnden saphirfarbenen Schmuckstein in der Fassung des dunklen Patio. Tess hatte unbedingt – auch das hatte ihn überrascht – sofort schwimmen wollen. Prustend und spitze kleine Schreie ausstoßend wie ein glücklicher Delphin, war sie im Wasser herumgetobt. Später, während sie duschte, brühte er eine Kanne Tee. Sie kam in Ursulas geblümtem Seidenmorgenrock zu ihm auf den Balkon und erklärte, sie fühle sich wie neugeboren. »Natürlich wollte ich mich davon überzeugen, daß mit Daddy alles in Ordnung ist«, sagte sie. »Das war der Vorwand. Aber nicht der Hauptgrund. Auch nicht der Besuch bei Ursula. Ich bin gekommen, um mir eine Freude zu machen.«

»Was ist mit Patrick?« fragte Bernard.

»Um den kann sich jetzt mal Frank kümmern«, sagte Tess kurz angebunden. »Ich hab ihn schließlich seit sechzehn Jahren.«

Demnach, überlegte Bernard, gab es Spannungen zwischen Tess und ihrem Mann, und es dauerte nicht lange, bis sie mit der ganzen Geschichte herausrückte.

»Er hat eine Freundin, stell dir das vor. Ausgerechnet Frank! Dabei war er als junger Mann so schüchtern, daß er sich kaum traute, einer Frau ins Gesicht zu sehen. Jetzt sieht er sich als den großen romantischen Helden, *Flüchtige Begegnung* ist gar nichts dagegen. Er hat sie durch die Kirche kennengelernt. Witzig, nicht? Frank war ja immer sehr fürs Laienapostolat. Kirchenvorstand, Einsatz für unsere freiwillige Kirchenabgabe nach dem *Covenant Scheme,* Stütze der *Knights of St. Columba.* Zwei- bis dreimal war er abends in Gemeindeangelegenheiten weg. Ich habe nie was gesagt, weil es ja schließlich für eine gute Sache war, auch wenn ich dadurch noch mehr Arbeit hatte, weil ich mich nicht nur den halben Tag, sondern auch abends allein um Patrick kümmern mußte. Ich kenne die Frau, ein albernes Geschöpf mit Mondgesicht, Grundschullehrerin, viel jünger als er – das hat ihn wohl gereizt, das und die schwärmerischen Blicke, die sie ihm aus ihren großen Kuhaugen zuwirft. Sie war ein paarmal bei uns zum Babysitten, ehe ich dahinterkam. Damals fand ich es noch amüsant, wie sie ihn anhimmelte. Sie haben sich durch diese Sonderaktion für die Kirchenabgabe kennengelernt, sie hatte sich freiwillig gemeldet und ihn begleitet, um sich anlernen zu lassen. Er behauptet, daß sie nicht miteinander geschlafen haben, und das nehme ich ihm sogar ab, dazu hat er einfach nicht genug Mumm, aber ich weiß, daß er sie küßt, das stand in dem Brief. In einem Brief, den ich in seinem Jackett gefunden habe, als ich es in die Reinigung bringen wollte. Wie in einem Kitschroman, nicht? Ein richtig schmalziger Wisch. Sie hat es schwer gehabt im Leben, sagt er, aber wer hat das nicht? Kaputte Familie, Eltern geschieden, sie ist konvertiert, als Reaktion auf eine verkorkste Liebesgeschichte. Kurz und schlecht: Einsames Herz sucht Schulter zum Ausweinen. Und Frank ist voll darauf abgefahren. Nach der Runde durch die Gemeinde haben sie sich in ein Pub gesetzt, und sie hat ihm ihr Herz ausgeschüttet. In den Schulferien ist sie immer in die Stadt gefahren, da haben sie sich in seiner Mittagspause getroffen. Er schwört Stein und Bein, daß es ganz harmlos ist, daß sie ihm nur leid tut, aber er will nicht Schluß machen. Er fürchtet eine Kurzschlußhandlung, sagt er. Ja, und da war dann die Kurzschlußhandlung bei mir fällig: Ich habe einen Flug nach Honolulu gebucht. So richtig hat er es erst geglaubt, als ich ihm das Ticket gezeigt habe, einen ganz normalen Linienflug, er ist ganz blaß geworden, als er den Preis gesehen hat. ›Und was ist mit Patrick?‹ hat er gefragt. ›Den kannst du doch nicht einfach mir aufhalsen, ich muß schließlich arbeiten.‹ ›Laß dir was einfallen‹, habe ich gesagt. ›Ich tu seit sechzehn Jahren nichts anderes. Briony springt sicher gern ein.‹ So heißt sie nämlich. Briony.«

»Es tut mir sehr leid«, sagte Bernard, als sie fertig war – oder zumindest eine Pause eingelegt hatte. »Diese Dinge sind sehr schmerzlich.«

»Besonders wurmt mich dabei«, sagte Tess, »daß er mich in all den Ehejahren nie auch nur ein bißchen bedauert hat. Wir hatten immer eine irgendwie kumpelhaft-selbstverständliche Beziehung. Praktisch. Vernünftig. Hauptsächlich ging es um Patrick und die anderen Kinder. Sex, das war etwas, was man im Dunkeln machte – und inzwischen nicht mehr sehr oft. Aber wenn er von der anderen spricht, hat er Tränen in den Augen. Tränen...« Auch Tess entfuhr ein unterdrückter Schluchzer, vielleicht auch nur ein bitteres Auflachen, genau war das nicht auszumachen, denn ihr Gesicht war im Schatten. »Du hast für mich nie auch nur einen Bruchteil von dem Mitgefühl erkennen lassen‹, hab ich zu ihm gesagt, ›das du an diese Person verschwendest.‹ Ich sei so stark, er habe gedacht, daß ich sein Mitgefühl nicht brauche.«

»Es ist unheimlich schwer zu wissen, wie andere Menschen wirklich sind«, sagte Bernard. »Was sie wirklich wollen, wirklich brauchen. Man weiß es ja kaum von sich selbst.«

Tess schnaubte sich in ein Papiertaschentuch. »Wie warm es ist, sogar noch nachts.« Ihre Stimme klang jetzt ruhiger. Sie stand auf und lehnte sich ans Geländer. »Da drüben stehen zwei Leute und winken. Kennen die dich?«

Bernard sah das unbekannte Paar vom ersten Abend, diesmal flott gekleidet, mit Gläsern in der Hand. Sie wirkten völlig normal. Hatte er sich etwa nur eingebildet, daß sich die Frau vor ihm entblößt hatte? »Nein. Ich glaube, ich bin ihnen nur mal aufgefallen, weil ich Ursulas Morgenrock anhatte. Am besten setzt du dich wieder hin.«

»Ich brauche dir wohl kaum zu sagen, daß Daddy davon kein Wort erfahren darf.«

»Wenn du meinst... Aber findest du es richtig?«

»Was soll das heißen? Warum sollte ich ihn mit meinen Eheproblemen belasten, zumal es ihm nicht gutgeht?«

»Daddy ist schon fast wieder auf dem Damm. Er hat sich erstaunlich schnell erholt, sagt sein Arzt. Er übt täglich zehn Minuten mit einem Gehrahmen.«

»Ich möchte ihn nicht unnötig aufregen.«

»Typisch für unsere Familie! Reg Daddy nicht auf. Reg Mummy nicht auf. Erzähl niemandem etwas Unerfreuliches. Tu so, als sei alles in Ordnung. Ob das gut ist? Wunden, an die keine Luft kommt, fangen leicht an zu eitern.«

»Worauf willst du hinaus, Bernard?«

Er erzählte ihr von Ursula und den beiden Brüdern, von dem Sommer in Irland und von seiner These, daß Ursula vor allem deshalb vor ihrem Tod Jack noch einmal hatte sehen wollen. Tess schwieg eine Weile. Dann stieß sie leise zischend die Luft aus. »Onkel Sean... Ich habe ihn natürlich nicht gekannt, aber für die Familie war er einfach der Größte. Ein wunderbarer Mensch, hieß es immer.«

»Er mag ein wunderbarer Mensch gewesen sein«, sagte Bernard, »aber als Heranwachsender hatte er schwere Probleme, und Ursula mußte darunter leiden.«

»Daddy geht kaputt, wenn das jetzt alles wieder hochkocht!«

»Unsinn«, sagte Bernard. »Daddy ist hart im Nehmen. Und es ist ja nicht so, als ob er selbst Ursula mißbraucht hätte.«

»Nein, aber er hat es stillschweigend geduldet. Er würde vergehen vor Scham, wenn er denken müßte; daß wir Bescheid wissen.«

»Ja, das ist ein heikler Punkt. Aber ob Ursula es allein schafft? Ich müßte Yolande fragen.« Der Name war ihm unwillkürlich entschlüpft.

»Wer ist Yolande?«

»Eine Bekannte. Ich möchte, daß du sie kennenlernst. Wir könnten morgen zusammen essen.«

»Eine neue Bekannte, hier aus Hawaii? Wer ist sie?«

Bernard lachte nervös auf. »Sie saß am Steuer des Wagens, der —«

»Doch nicht des Wagens, der Daddy überfahren hat? Du hast dich mit einer Frau angefreundet, die ihn um ein Haar umgebracht hätte?«

»Ich glaube, ich liebe sie.«

»Du *liebst* sie?« Tess kicherte schrill. »Was ist bloß mit einemmal in euch Männer gefahren? Sind es die Wechseljahre? Oder hat euch jemand was ins Wasser geschüttet?«

»Das kann es eigentlich nicht sein«, sagte Bernard. »Schließlich sitzt Frank in England, und ich sitze auf Hawaii . . .«

Tess schlief, bis er sie am nächsten Morgen um zehn weckte, und nach dem Frühstück brachte er sie ins Sankt-Joseph-Krankenhaus. Mr. Walsh stand in seinem Gehgestell und tat langsam und zögernd die ersten Schritte, wobei eine Krankengymnastin ihn aufmerksam im Auge behielt. Tess fiel ihm um den Hals und brach in Tränen aus. Als sie sich wieder einigermaßen gefaßt hatte, stellte sie fest: »Du mußt dir die Haare schneiden lassen, Daddy.«

»Das können wir veranlassen«, sagte die Krankengymnastin. »Wir haben einen Friseur, der regelmäßig ins Krankenhaus kommt.«

»Nein«, sagte Tess. »Ich schneide ihm die Haare immer selber. Wenn Sie mir eine Schere und so was wie einen Umhang besorgen, erledige ich das gleich.«

Sie bekam ihre Schere und einen Wegwerfumhang aus Papier, den man hinten zubinden konnte, der Vorhang ums Bett wurde zugezogen, und Tess machte sich ans Werk. Die Tätigkeit schien für beide gleichermaßen nervenberuhigend zu sein.

Nach ein paar Minuten ließ Bernard sie allein und setzte sich vor dem Krankenhaus auf eine Steinbank in den Schatten. Aus einem Taxi stiegen zwei alte Bekannte, Sidney, der Mann mit den Herzgeschichten, und seine Frau Lilian. Als Bernard die beiden grüßte, musterten sie ihn ratlos und leicht beunruhigt, bis er ihnen sagte, wer er war.

»Richtig, jetzt erinnere ich mich«, sagte Lilian. »Sie waren mit Ihrem Vater in der Maschine. Wie gefällt's ihm denn auf Hawaii?«

Bernard erzählte von dem Unfall und ließ sich bedauern.

»Sidney ist auch angeschlagen«, sagte Lilian.

»Wieso? Mit mir ist alles in Ordnung«, beteuerte Sidney wenig überzeugend.

»Es hat ihn wieder mal erwischt.«

»Angina pectoris«, erläuterte Sidney.

»Mußte sofort ins Krankenhaus«, ergänzte Lilian.

Deshalb sind wir heute hier. Zur Nachuntersuchung. Und wie war Ihr Urlaub sonst?«

»Es war im Grunde kein Urlaub. Wir wollten die Schwester meines Vaters besuchen, sie lebt hier.«

»Ach, wirklich? Ich glaube, die Hitze tagein, tagaus könnten wir nicht ertragen, nicht, Sidney? Aber wenn man's gewöhnt ist... Mein Sohn Terry, der uns diese Reise geschenkt hat, lebt in Australien, der ist hier natürlich in seinem Element. Jeden Tag ist er zum Wellenreiten unten am Strand. Jetzt auch. Mit seinem Freund Tony. Mr. Everthorpe, Sie wissen schon, er war auch auf unserem Flug, will sie mit seiner Videokamera aufnehmen. Terry wollte uns mit seinem Leihwagen herbringen, aber ich hab gesagt, geh du nur zum Wellenreiten, Terry, und laß dich von Mr. Everthorpe filmen, wir nehmen ein Taxi. Gefällt es Ihrer Tante hier?«

»Es hat ihr sehr gefallen. Jetzt geht es ihr nicht mehr gut, sie ist in einem Pflegeheim.«

»Ja, ja, ein Unglück kommt selten allein«, sagte Lilian und wich Schritt für Schritt, ihren Mann am Ärmel mitziehend, vor Bernard zurück, als habe sie Angst vor Ansteckung durch soviel familiäres Ungemach.

»Kommen Sie zu der Party morgen abend?« fragte Sidney.

»Party?«

»Diese Travelwise-Fete.«

»Ach so. Ja, vielleicht. Die Einladung habe ich jedenfalls bekommen.«

»Mach schon, Sidney, wir kommen zu spät zu deinem Termin«, drängte Lilian.

»Ja, lassen Sie sich nicht aufhalten«, sagte Bernard. »Hoffentlich ist alles wieder in Ordnung.«

»Ich habe unheimliche Angst, daß sie ihn am Donnerstag nicht fliegen lassen«, sagte Lilian. »Wenn ich bloß schon wieder zu Hause in Croydon wäre...«

Als Bernard nach einer Dreiviertelstunde wieder ins Krankenhaus zurückkam, waren sein Vater und Tess in ein lebhaftes

Gespräch vertieft. Sie hatten die Köpfe zusammengesteckt und die Stimmen gesenkt, damit der zweite Patient, ein älterer Mann namens Winterspoon, der ein künstliches Hüftgelenk bekommen hatte, nichts davon mitbekam.

»Es wird Zeit, Tess«, sagte Bernard. »Wir sind zum Essen verabredet, Daddy.«

»Daddy sagt, daß er gar nichts von deiner Bekannten gewußt hat«, sagte Tess und lächelte durchtrieben.

»Nein, ich bin noch nicht dazu gekommen, es ihm zu sagen«, sagte Bernard und wünschte sich seinen Bart zurück, hinter dem er sein Erröten hätte verstecken können. »Sie heißt Yolande Miller, Daddy. Sie saß am Steuer des weißen Wagens. Eine Dame in Rot, die sich auf der Straße über dich gebeugt hat, weißt du noch?«

»Was passiert ist, nachdem das Auto mich angefahren hat, weiß ich überhaupt nicht mehr«, sagte der alte Mr. Walsh mürrisch. »Kein Wunder, daß du die Frau nicht verklagen wolltest.«

»Als wir uns näher kennenlernten, stand das für mich schon längst fest, Daddy. Es war nicht ihre Schuld, das siehst du auch daran, daß die Polizei nicht weiter ermittelt.«

Mr. Walsh zog die Nase hoch.

»Yolande ist die Sache verständlicherweise sehr nahegegangen. Sie würde dich gern besuchen, wenn du einverstanden bist.«

»Danke bestens, bloß nicht noch mehr Damenbesuch! Mir reicht schon diese Sophie, die jeden Tag hier angerannt kommt. Sag mal, könntest du wohl irgendwo einen Penny-Katechismus für mich auftreiben? Andauernd will sie was über den katholischen Glauben wissen, und ich möchte sichergehen, daß ich ihr nur Sachen erzähle, die auch wirklich abgesegnet sind. Nicht, daß ich aus Versehen Ketzereien verbreite.«

»Ich werd's versuchen.«

»Wer ist Sophie?« wollte Tess wissen.

»So nenne ich sie bloß, weil ich ihren Namen nicht aussprechen kann«, verteidigte sich ihr Vater.

Bernard klärte Tess über Sophie Knoepflmacher auf.

»Ihr seid wirklich von der schnellen Truppe«, stellte Tess fest. »Schafft euch beide, kaum daß ihr hier seid, eine Freundin an!«

Bernard lachte etwas zu herzhaft und mied den Blick seines Vaters.

»Morgen ist also der große Tag, Daddy«, sagte er.

»Großer Tag? Wieso?«

»Ursula kommt dich besuchen.«

»Ach so, ja«, sagte Mr. Walsh, ohne übermäßige Begeisterung an den Tag zu legen. »Hoffentlich bleibt sie nicht zu lange, ich werde schnell müde.«

»Sie ist sehr krank, Daddy, darauf solltest du dich einstellen. Und sie hat sehr viel an Gefühl in dieses Treffen investiert. Es wird für euch beide nicht einfach sein. Sei nett zu ihr.«

»Nett? Warum sollte ich nicht nett zu ihr sein«, polterte der alte Mr. Walsh.

»Geduldig, meine ich. Sanft.«

»Von dir brauch ich mir nicht sagen zu lassen, wie ich mit meiner eigenen Schwester umzugehen habe«, blaffte sein Vater, aber dann fragte er doch nach Einzelheiten des geplanten Besuchs, und Bernard dachte sich, daß er ihm zumindest eine Ahnung davon vermittelt hatte, wie wichtig Ursula die Begegnung war. Als sie gingen, wirkte er ziemlich nachdenklich.

Yolande hatte einen Tisch in einem Thai-Restaurant ein paar Blocks nördlich vom Ala Wai-Kanal bestellt. Der Bezirk wirkte – wie fast alles in Honolulu außerhalb von Waikiki und des Geschäftsviertels – ein bißchen heruntergekommen und provisorisch, und von außen sah das Restaurant – eine L-förmige Bretterbude mit Wellblechdach und häßlichen Klimageräten – wenig verlockend aus. Innen aber empfing sie eine kühle Oase mit plätscherndem Springbrunnen, orientalischen Wandbehängen, Deckenventilatoren und Bambus-Paravents. Touristen schienen sich hierher kaum zu verirren.

Yolande erwartete sie an einem Ecktisch. Die beiden Frauen musterten sich kritisch, während Bernard sie miteinander bekannt machte. Yolande äußerte ihr Bedauern über den

Unfall, und Tess bemerkte steif, sie habe gehört, es sei nicht Yolandes Schuld gewesen. Tess hatte noch nie thailändisch gegessen, und Yolandes Sachkenntnis schien sie zu irritieren oder einzuschüchtern. »Bestell ihr was für mich«, sagte sie und klappte die Speisekarte zu. »Ich bin nicht sehr scharf auf dieses exotische Zeugs.«

Yolande machte ein langes Gesicht. »Das tut mir aber leid. Hätte ich das gewußt, hätte ich nicht gerade dieses Lokal vorgeschlagen.«

Bernard hatte lange überlegt, ob es klug war, die beiden zusammenzubringen, und das Scharmützel war nicht dazu angetan, seine Bedenken zu zerstreuen. Doch nachdem sie ihre Bestellung aufgegeben hatten, fragte Tess nach den Toiletten, und Yolande ging mit. Bis sie wiederkamen, hatte Bernard fast ein ganzes Thai-Bier ausgetrunken. Es war wohl zu einer Aussprache und zu einer zufriedenstellenden gegenseitigen Beurteilung gekommen, denn die beiden Frauen gingen jetzt merklich entspannter und lockerer miteinander um. Es wurde ein erstaunlich gelungenes Treffen. Tess war von der Thai-Küche begeistert. Das Gespräch, bei dem Bernard eine Nebenrolle zufiel, drehte sich hauptsächlich um Kindererziehung. Yolande fragte Tess geschickt über Patricks Probleme aus, ein Thema, von dem Bernards Schwester nie genug bekommen konnte.

Auf dem Parkplatz trennten sie sich. Bernard wollte mit Tess zu Ursula. Unter dem spöttischen Blick seiner Schwester küßte er Yolande betont beiläufig auf die Wange, und sie flüsterte ihm ins Ohr: »Deine Tess ist okay, ich mag sie.« Dann stieg sie in ihren angerosteten Toyota und fuhr scheppernd davon.

»Du hast einen besseren Geschmack als Frank, das muß man dir lassen«, sagte Tess, während sie zu seinem Wagen gingen. »Was sie an dir reizt, ist mir allerdings schleierhaft.«

»Wahrscheinlich mein Prachtkörper«, sagte er, und Tess lachte, sah ihn dabei aber scharf an, als überlegte sie, wie ernst er das wohl gemeint hatte.

Sie fuhren über die Küstenstraße zum Makai Manor, und er hielt an dem Aussichtspunkt bei Diamond Head, um ihr die

Windsurfer zu zeigen. Heute waren nicht so viele da wie am Wochenende, und Tess blickte mäßig interessiert und nicht ganz bei der Sache zu ihnen hinüber. Sie schien etwas auf dem Herzen zu haben.

»Hat Ursula mit dir über ihr Testament gesprochen?« fragte sie, als sie wieder im Wagen saßen.

»Nein. Jedenfalls nicht, seit sie das viele Geld bekommen hat. Vorher hat sie mal gesagt, daß sie gern jemandem etwas hinterlassen würde, mir zum Beispiel, damit man sie in Erinnerung behält. Ich habe sie überredet, alles darauf zu verwenden, sich für den Rest ihres Lebens ein paar Bequemlichkeiten zu gönnen.«

»Das war sehr selbstlos, Bernard«, meinte Tess. »Und jetzt, wo sie reich ist, wird sie dir zum Dank wahrscheinlich ihr Vermögen vermachen. Was du natürlich verdient hättest. Und weiß Gott gebrauchen kannst. Richtig fände ich es allerdings nicht, das muß ich dir ganz ehrlich sagen. Das Geld sollte an Daddy gehen und zu gegebener Zeit an uns vier, an dich, mich, Brendan und Dympna, und zwar nicht unbedingt zu gleichen Teilen. Was haben schließlich Brendan und Dympna für Ursula getan? Außerdem sind die beiden finanziell sowieso sehr gut gestellt.«

Bernard murmelte etwas Unverbindliches.

»Aber nach dem, was du mir gestern abend erzählt hast, kann ich mir nicht vorstellen, daß Ursula ihr Geld Daddy vermacht, jedenfalls nicht alles. Ich will ganz offen sein, Bernard. Ich habe mir das, was du gestern abend gesagt hast, durch den Kopf gehen lassen und finde, du hast recht. Hier ist also mein Beitrag zur *glasnost* in der Familie Walsh: Ich will einen fairen – oder besser noch, einen unfairen – Anteil von dem Geld für Patrick. Zur Zeit kommen wir so einigermaßen über die Runden, er fährt mit dem Taxi in die Sonderschule, aber ewig kann er nicht zu Hause wohnen. Er braucht Betreuung – auch körperlich –, und die kann ich, ob mit, ob ohne Frank, nicht mehr lange allein bewältigen. Früher oder später muß er in ein Heim, und die besten sind natürlich privat. Ein Treuhänderdepot wäre die ideale Lösung...«

»Das verstehe ich schon, Tess«, sagte Bernard. »Nur – genau genommen ist das allein Ursulas Sache. Ich weiß wirklich nicht, was sie mit ihrem Geld vorhat.«

»Aber du könntest sie beeinflussen. Du führst doch jetzt die Geschäfte für sie, nicht?«

»Ja, aber nicht so weitgehend.« Er schwieg einen Augenblick. »Hätten wir über dieses Thema vor vierzehn Tagen gesprochen, hätte ich gesagt: Von mir aus kannst du Ursulas Geld haben. Alles. Aber inzwischen habe ich Yolande kennengelernt. Im Augenblick habe ich ihr nichts zu bieten. Kein Haus, keine Ersparnisse. Nicht mal eine vernünftige Stellung, und ich will gar nicht leugnen, daß mir eine schöne Erbschaft jetzt gut zupaß käme.«

»Soll das heißen, daß du sie heiraten möchtest?«

»Ja – wenn sie mich nimmt. Aber im Grunde weiß ich noch gar nicht genau, wie sie zu mir steht. Ich habe mich nicht getraut, über die Zukunft zu sprechen, aus Angst, sie könnte sagen, daß wir keine zusammen haben.«

»Sie lebt in Scheidung, nicht?«

»Ja.«

Tess schüttelte nachdenklich den Kopf. »Du bist weit gekommen, seit du in Unserer Lieben Frau zum Immerwährenden Beistand das Weihwasserfaß geschwungen hast, Bernard.«

»Ja«, sagte er. »Da hast du recht.«

Enid da Silva erwartete sie in der Halle des Makai Manor. Ihre gewohnte Heiterkeit schien getrübt. »Ich versuche schon den ganzen Vormittag, Sie zu erreichen, Mr. Walsh. Mrs. Riddell geht es nicht gut. Sie hat heute früh etwas Blut erbrochen, darüber ist sie natürlich erschrocken. Dr. Gerson war hier, er läßt Ihnen ausrichten, Sie möchten ihn anrufen. Mrs. Riddell fürchtet, er könnte ihr den Besuch bei ihrem Bruder verbieten. Sie regt sich sehr darüber auf. Hier ist die Nummer.«

Bernard rief sofort bei Gerson an. »Eine leichte Blutung«, sagte der Arzt. »Ich hielt es nicht für nötig, sie wieder ins Krankenhaus einzuweisen, der Blutverlust war relativ gering. Aber es ist kein gutes Zeichen.«

»Kann sie morgen mit dem Krankenwagen nach Honolulu fahren?« Bernard erzählte ihm, wie der Besuch geplant war und welche Bedeutung er für Ursula hatte.

»Kann Ihr Vater nicht zu ihr kommen?«

»Ich könnte Dr. Figuera fragen, halte es aber für unwahrscheinlich. Er darf erst seit ein paar Tagen aufstehen, und auch das nur für kurze Zeit.«

»Hm... Sie haben wahrscheinlich recht.« Dr. Gerson überlegte einen Augenblick. »Streng genommen müßte ich nein sagen. Sie braucht Ruhe. Aber nach dem, was Sie mir eben erzählt haben, macht sie sich doch nur verrückt, wenn sie nicht zu ihrem Bruder darf.«

»Eben.«

»Dann bin ich dafür, daß wir es einfach mal riskieren.«

Es war Ursulas erste Frage, nachdem sie Tess begrüßt hatte. Bernard sah seiner Schwester an, wie erschüttert sie über Ursulas abgezehrten Anblick war. Er selbst hatte sich wohl daran gewöhnt, obgleich auch er fand, daß sie heute besonders bleich und gebrechlich aussah. Sie konnte kaum den Kopf vom Kissen heben, als Tess ihr einen Kuß gab. »Nicht besonders«, flüsterte sie, als er sich nach ihrem Befinden erkundigte. »Ich hab heute früh ein bißchen Blut gespuckt, sie haben Dr. Gerson geholt, und nun habe ich Angst, daß sie mich morgen nicht zu Jack lassen.«

»Keine Sorge, Ursula«, tröstete Bernard. »Ich habe gerade mit Dr. Gerson gesprochen, er hat nichts dagegen.«

Ursula seufzte. »Gottseidank. Ich glaube, einen weiteren Aufschub hätte ich nicht verkraftet.« Sie streckte ihren heilen Arm aus und nahm die Hand von Tess. »So, jetzt kann ich aufatmen und mich an deinem Besuch freuen, Tess. Wie schön, dich zu sehen. Beim letztenmal hattest du Zöpfe und warst in Schuluniform.«

»Du hättest nicht so lange wegbleiben sollen«, sagte Tess und ließ Ursula ihre Hand. »Du hättest heimkommen sollen, ehe – «

»Ehe es zu spät war? Mag sein, aber ich wußte nicht, ob ich gern gesehen war. Mein letzter Besuch war nicht sehr gelungen, er endete in einem fürchterlichen Krach mit deiner Mutter und Jack. Wie es anfing, weiß ich gar nicht mehr, es ging um etwas ganz Albernes, um das Badewasser oder so. Richtig, ich hatte aus Versehen das ganze Badewasser im Boiler verbraucht... inzwischen war ich gründlich amerikanisiert, fließendes warmes Wasser war für mich eine Selbstverständlichkeit, aber in eurem Haus in Brickley mußte es durch irgendein kompliziertes System erhitzt werden...«

»Ein Feststoffbrenner in der Küche«, sagte Tess. »Er hat nie richtig funktioniert. Später bekamen wir dann einen Durchlauferhitzer.«

»Jedenfalls habe ich jeden Morgen gebadet, weil ich das tägliche Bad oder die tägliche Dusche gewöhnt war, und eine Dusche gab es bei euch nicht... Monica bemerkte hin und wieder so nebenbei, daß sie das etwas übertrieben fand, ›bei uns wird nur einmal in der Woche gebadet‹, sagte sie, aber ich habe mich immer taub gestellt, und das ging ihr wohl nach, immer mehr Groll staute sich an, und eines Morgens habe ich aus Versehen die Wanne zu voll gefüllt, das kostbare warme Wasser floß aus dem Überlaufrohr in den Garten, und hinterher blieb nichts mehr für die Wäsche. Es war nämlich Waschtag. Damit war für Monica das Maß voll, und sie ist explodiert. Im Rückblick kann ich ihr das nicht mal übelnehmen. Sie mußte das Geld sehr zusammenhalten, und in ihren Augen war ich wohl ein verwöhnter, rücksichtsloser Logiergast. Aber es war eine unerfreuliche Szene, und auf beiden Seiten fielen Worte, die unverzeihlich waren. Als Jack von der Arbeit kam, hat er nicht etwa die Wogen geglättet, sondern alles nur noch schlimmer gemacht. Am nächsten Tag bin ich dann abgereist, eine Woche früher als geplant, und habe mich nie wieder bei euch sehen lassen. Ich war wohl zu stolz, um mir eine Entschuldigung abzuringen. Ist es nicht traurig, daß ein paar Liter heißes Wasser eine Familie auf Lebenszeit entzweien können?«

Erschöpft von diesem langen Bericht, schloß Ursula die Augen.

»Es war natürlich nicht nur das heiße Wasser, Ursula«, half Bernard behutsam nach. »Es gab noch anderes, was euch trennte, anderes, was dir nachging. Wie die Geschichte, die du mir gestern erzählt hast, von dir und Daddy und Onkel Sean, aus eurer Kinderzeit.«

Ursula nickte.

»Wir haben überlegt – ich habe es Tess erzählt, du hast hoffentlich nichts dagegen . . .«

Ursula schüttelte den Kopf.

»Wir haben überlegt, ob du darüber morgen mit Daddy sprechen wolltest . . .«

Ursula schlug die Augen wieder auf. »Meinst du, ich sollte es nicht tun?«

»Es ist dein gutes Recht. Aber geh nicht zu streng mit ihm ins Gericht.«

»Er ist ein alter Mann, Tante Ursula«, sagte Tess. »Und es liegt alles so lange zurück.«

»Mir ist, als wäre es gestern gewesen«, sagte Ursula. »Ich habe noch den Geruch von diesem Schuppen in der Nase, diesen Geruch nach Terpentin und Kreosot und Katzenpisse. Ich muß immer wieder daran denken – wie an einen bösen Traum. Und wie Sean mich angelächelt hat, mit blitzenden Zähnen, aber nicht mit den Augen. Ich kann Sean nicht verzeihen, weil ich keine Möglichkeit mehr habe, mit ihm darüber zu sprechen, ebensowenig wie ich Monica wegen des verplemperten Badewassers um Verzeihung bitten kann. Es ist zu spät. Sie sind beide tot. Aber wenn ich mit Jack sprechen, wenn ich ihm sagen könnte, wie unglücklich mich später jener Sommer in Cork gemacht hat, wenn ich das Gefühl haben könnte, daß er mich versteht und einen Teil der Verantwortung auf sich nimmt, wäre ich die Erinnerung los, ein für allemal. Ich könnte in Frieden sterben.«

Tess streichelte in schweigender Zustimmung Ursulas zerbrechliche Hand.

»Es ist natürlich denkbar, daß er die Geschichte total vergessen, daß er sie aus der Erinnerung verbannt hat«, meinte Bernard.

»Das glaube ich nicht«, sagte Ursula.

Bernard dachte daran, wie sehr sich sein Vater gegen das Wiedersehen mit Ursula gesträubt hatte, und mußte ihr Recht geben.

»Noch etwas«, sagte Ursula, als sie schon im Gehen waren. »Ich denke, ich sollte mir die Letzte Ölung geben lassen.«

»Eine gute Idee«, sagte Tess. »Nur heißt das bei uns nicht mehr so, wir nennen es jetzt Krankensalbung.«

»Egal, wie ihr es nennt – gebrauchen könnte ich es bestimmt«, sagte Ursula trocken.

»Ich spreche mal mit Pater Luke von Sankt Joseph«, sagte Bernard. »Er kommt sicher gern her.«

»Vielleicht könnte er es morgen nachmittag im Krankenhaus machen«, sagte Tess. »Wenn die ganze Familie zusammen ist.«

»Ja, das wäre schön«, meinte Ursula, und Bernard rief gleich im Pfarrbüro von Sankt Joseph an, um das Notwendige zu veranlassen.

»Das war schon schlimm, Bernard«, sagte Tess, als sie draußen waren. »Sie ist ja nur noch Haut und Knochen.«

»Ja, ich habe mich wohl schon daran gewöhnt. Aber es ist wirklich ein grausames Leiden.«

»Dieses Leben!« Tess schüttelte den Kopf. »Soviel seelisches Leid, körperliches Leid...« Der Satz blieb unvollendet. »Ich muß unbedingt ein paar Längen im Meer schwimmen«, sagte sie unvermittelt, straffte die Schultern und hob das Gesicht der Sonne entgegen.

In Ursulas Wohnung zogen sie sich um, dann fuhr Bernard sie zum Kapiolani Beach Park. Während sie die Sachen auszogen, die sie über ihrer Badekleidung trugen, erzählte er Tess die Geschichte von den verlorenen und wiedergefundenen Schlüsseln. Sie sah plump und ungeschlacht aus in dem einfachen schwarzen Badeanzug, aber sie schwamm mit kräftigen, eleganten Stößen, so daß er Mühe hatte mitzukommen, als sie aufs offene Meer zuhielt. Etwa hundert Meter vom Strand entfernt drehte sie sich auf den Rücken und strampelte genüßlich mit den Beinen. »Es ist geradezu lächerlich warm«, rief sie, als er sie schnaufend und prustend eingeholt hatte. »Man könnte den ganzen Tag drinbleiben.«

»Nicht wie in Hastings... Weißt du noch, wie blau unsere Finger dort wurden?«

»Und du hast mit den Zähnen geklappert«, lachte Tess. »Buchstäblich. Ich hatte so was vorher noch nie gehört. Und hinterher auch nicht mehr.«

»Und wie scheußlich weh es tat, mit bloßen Füßen über die Kiesel zu laufen.«

»Und wie mühsam es war, den nassen Badeanzug aus- und die Schlüpfer anzuziehen, unter einem viel zu kleinen Handtuch, in dem rutschigen Kies, auf einem Bein balancierend...«

Schon lange hatte er nicht mehr so entspannt mit Tess reden können. Das Wort »Schlüpfer«, brav-spießig und eine Spur unanständig zugleich, beschwor einen Zustand verspielter, unreflektierter Zufriedenheit herauf, den er mit dem Kindsein verband, obgleich er sich nicht erinnern konnte, daß Tess dieses Wort jemals in seiner Hörweite benutzt hätte. Als sie dann im Sand lagen und sich in der Sonne trocknen ließen, sagte er das auch zu Tess.

»Nein, wo denkst du hin. Da hätte es bestimmt eine Ohrfeige gesetzt. Mummy und Daddy waren, was dich betrifft, sehr streng mit Dympna und mir. Strikte Züchtigkeit war angesagt, um dich nicht von deiner Berufung abzulenken.«

»Nein, wirklich?«

»Ja, was dachtest du denn... BH und Schlüpfer waren etwas absolut Unsittliches. Wenn wir unser Unterzeug wuschen oder bügelten und du zufällig in die Küche kamst, mußten wir es schleunigst verschwinden lassen, um deine Sinne nicht zu reizen. Von Damenbinden ganz zu schweigen... Du hast bestimmt nicht mitgekriegt, wann wir unsere Tage bekamen, nicht?«

»Nein«, sagte Bernard. »Bis heute habe ich mir das auch nie überlegt.«

»Du warst schon sehr früh für den Priesterstand bestimmt, Bernard. Ich konnte geradezu den Heiligenschein um deinen Kopf sehen, wie die Ringe des Saturn. Du hattest zu Hause eine sehr privilegierte Stellung.«

»Meinst du?«

»Weißt du das denn nicht mehr? Du brauchtest nie abzuwaschen, weil du angeblich mehr Hausarbeiten hattest als wir oder weil sie wichtiger waren. Und das beste Stück vom Sonntagsbraten hast immer du gekriegt.«

»Jetzt sei aber nicht albern...«

»Doch, ehrlich. Und wenn du neue Sachen oder Schuhe brauchtest, hast du nie was sagen müssen. Wir dagegen... Schau dir meinen Zeh an.« Sie hob den Fuß und deutete auf das deformierte Großzehgelenk. »Das kommt von Schuhen, die mir schon lange zu klein geworden waren.«

»Aber das ist ja schlimm, da bekomme ich nachträglich noch ein schlechtes Gewissen.«

»Du konntest nichts dafür, es war Mummys und Daddys Schuld. Sie haben dich ständig vor dem richtigen Leben abgeschirmt.«

»Die Eltern machen mit dir Mist, auch wenn's nicht ihre Absicht ist...«

»Na hör mal!« Tess fuhr hoch und sah ihn groß an.

»Es ist ein Gedicht. Philip Larkin.«

»Schöne Ausdrücke für einen Dichter.«

»Sie hängen dir ihre Macken auf und setzen gleich noch eine drauf.«

Tess lachte ein bißchen, dann seufzte sie. »Arme Mummy. Armer Daddy.«

»Arme Ursula«, ergänzte Bernard. »Armer Sean.«

»Armer Sean?«

»Ja. Wir dürfen ihm unser Mitleid nicht versagen. Wer weiß, was ihn dazu trieb. Wer weiß, wie ihn später die Reue gequält hat.«

Nachdem sie in der Wohnung geduscht und sich umgezogen hatten, meinte Bernard, sie sollten zum Essen ausgehen, aber Tess, die plötzlich unter Jetlag litt, hatte keine Lust. Im Kühlschrank fanden sich Eier und Käse, die Bernard im ABC Store an der Ecke gekauft hatte, und dann spielte sie doch Hausfrau und machte ein Käseomelette. Dazu gab es den Krautsalat, den Sophie Knoepflmacher vor zwei Tagen gebracht hatte. Während sie aßen, rief Frank aus England an. Bernard wollte aus dem Zimmer gehen, aber Tess bedeutete ihm mit einer Handbewegung, er solle bleiben, wo er war.

Sie antwortete kurz und knapp auf Franks Fragen. Ja, sie war gut angekommen. Ja, sie war bei Daddy gewesen. Wie? Ja, auf dem Wege der Besserung. Ja, bei Ursula auch. Nein, gar nicht gut. Das Wetter? Heiß und sonnig. Sie war schon zweimal schwimmen gewesen, einmal im Pool und einmal im Meer. Wann sie zurückkomme? Wisse sie noch nicht. Schönen Gruß an die Kinder. Tschüs Frank.

»Wie kommt er denn zurecht?« fragte Bernard, als sie aufgelegt hatte.

»Er hört sich...« Tess suchte nach dem passenden Wort. »Er hört sich ziemlich kleinlaut an. Kein Wort von Briony.«

Bald nach dem Abendessen legte Tess sich hin. Bernard rief Yolande an und fragte, ob sie sich im Waikiki Surfrider treffen könnten. Sie müsse zu Hause bleiben, sagte Yolande. Roxy habe hoch und heilig versprochen, um halb elf wieder daheim zu sein, und darauf warte sie jetzt. Bernard sah auf die Uhr. Zwanzig nach acht. »Nur eine Stunde«, bat er.

»Nur eine Stunde? Bin ich ein Callgirl?«

»Um das geht es nicht«, sagte er. »Ich muß mit dir reden.«

Um das ging es dann natürlich auch.

»Und worüber wolltest du mit mir reden, Bernard?« fragte sie danach.

»Mußt du mich eigentlich dauernd ›Bernard‹ nennen?«

»Wie denn sonst?« fragte sie aufgeschreckt. »Bernie?«

Er lachte. »Nein, das ist gräßlich. Aber Liebespaare sagen doch hin und wieder Liebling zueinander. Oder Schätzchen. Und die Amerikaner haben da ein Wort – «

»Honey?«

»Ja, genau. Nenn mich *honey*.«

»So habe ich Lewis immer genannt. Ich hätte das Gefühl, mit dir verheiratet zu sein.«

»Eben deshalb! Ich wäre gern mit dir verheiratet, Yolande.«

»So? Und wie – oder wo – sollte sich das deiner Meinung nach abspielen?«

»Darüber wollte ich mit dir reden. Aber wie findest du die Idee prinzipiell?«

»Prinzipiell? Prinzipiell ist es das Verrückteste, was ich je gehört habe. Ich kenne dich noch nicht mal zwei Wochen. Ich stecke in einem langwierigen komplizierten Scheidungsverfahren. Ich habe auf Hawaii eine halbwüchsige Tochter, die noch zur Schule geht, und einen Beruf, der mir Freude macht, auch wenn er in der Psychobranche nicht das Allergrößte ist. Du hast, soviel ich weiß, nur ein Besuchervisum und einen Job in England, ganz zu schweigen von einem kranken Vater, den du nach Hause bringen mußt.«

»Daß wir nicht sofort heiraten könnten, ist mir klar. Aber ich könnte in England ein Einwanderervisum beantragen und versuchen, Arbeit auf Hawaii zu finden. Als Lehrer. Oder irgendwo in der Tourismusbranche.«

»Das fehlte noch«, sagte Yolande. »Ich würde dich allenfalls heiraten, um von Hawaii wegzukommen.«

»Es ist mir ernst, Yolande.«

»Mir auch.«

Er stemmte sich in eine halbliegende Stellung hoch, um im Dämmerlicht ihr Gesicht besser erkennen zu können. »Daß du mich heiraten würdest?«

»Daß ich von Hawaii weg will.«

»Ach so«, sagte Bernard.

»Schau mich nicht so unglücklich an.« Sie strich ihm lächelnd übers Gesicht. »Ich mag dich sehr, Bernard. Ob ich dich heiraten würde, weiß ich nicht. Ich weiß nicht mal, ob ich überhaupt wieder heiraten würde. Aber ich würde unsere Beziehung gern fortsetzen.«

»Wie? Wo?«

»Zunächst könnte ich dich über Weihnachten besuchen. Die Kinder kann Lewis nehmen.«

»Weihnachten?« Einigermaßen entsetzt dachte Bernard an Rummidge in tristem Dezembergrau und an das St. John's College in den Weihnachtsferien: Notdienst im Refektorium, heimwehkranke afrikanische Studenten, die sich in den düsteren Gängen herumdrücken, seine enge Stube mit dem schmalen Einzelbett.

»Ja. Ist dir klar, daß ich bisher nur ein paar Tage in England war? Und das im Sommer, in London.«

»Ich bin nicht sicher, ob dir der englische Winter gefallen wird.«

»Warum? Wie ist er denn?«

»Die Tage sind sehr kurz. Morgens wird es erst gegen acht hell, und nachmittags um vier ist es schon wieder dunkel. Der Himmel ist wolkenverhangen, manchmal sieht man tagelang die Sonne nicht.«

»Finde ich toll«, sagte Yolande. »Diese ewige Sonne hängt mir langsam zum Hals raus. Wir können die Vorhänge vorziehen und Feuer im Kamin machen.«

»Ich fürchte, da muß ich dich enttäuschen: Ich habe keinen Kamin«, sagte Bernard. »Ich habe nur ein kleines Zimmer im College mit einem elektrischen Heizofen und einem Gaskocher. Wir müßten in ein Hotel gehen.«

»Herrlich! Eins dieser Landgasthäuser mit einer traditionellen englischen Weihnachtsfeier, ich habe die Anzeigen gesehen.«

»Ich fürchte, du würdest das selber zahlen müssen.«

»Das ist schon okay. Du ›fürchtest‹ schon wieder. Möchtest du wirklich, daß ich komme?«

»Natürlich. Ich möchte nur nicht, daß du enttäuscht bist. Es ist einfach so, daß ich nicht genug Geld habe, um es dir wirklich schön zu machen, und daß ich dafür nie genug Geld haben werde, es sei denn – «

»Es sei denn . . .?«

»Um es ganz brutal zu sagen: Es sei denn, daß ich Ursula beerbe.«

»Was doch wohl anzunehmen ist. Schließlich hast du ja den IBM-Schatz entdeckt.«

»Sie hat schon vorher davon gesprochen, daß sie mir etwas hinterlassen will. Aber jetzt, bei einem so großen Vermögen, ist es problematischer. Ich habe das Gefühl, daß die Familie durch Ursula wieder zusammengefunden hat. Alte Wunden beginnen zu heilen. Endlich reden wir ehrlich miteinander, und ich möchte nicht, daß durch Auseinandersetzungen wegen Ursulas Testament ein Mißklang entsteht. Du weißt ja, wie das im Familienkreis ist. Daddy ist der nächste Angehörige. Und jetzt setzt Tess mir zu, ich solle Ursula dazu überreden, ein Treuhanddepot für Patrick einzurichten.«

»Tu's nicht, Bernard«, sagte Yolande eindringlich. »Tu's

nicht. Spiel nicht für andere den Fußabtreter. Laß Ursula entscheiden, was sie mit ihrem Geld machen will. Wenn sie es Patrick hinterlassen will – gut! Wenn sie es deinem Vater hinterlassen will – gut! Wenn sie es der Krebsforschung hinterlassen will – auch gut. Aber wenn sie es dir geben will – nimm es! Es ist ihre Entscheidung. Patrick kommt schon über die Runden – und Tess auch, die ist zäh. Sie hat mir erzählt, wie sie ihrem Mann ... wie heißt er noch, diesem Frank ... einfach weggeflogen ist. Der hat offensichtlich den behinderten Jungen als Fußkette mißbraucht, um sie ans Haus zu fesseln. Irgendwann mußte sie einen Befreiungsschlag wagen. Zu so was gehört Mut. Respekt, kann ich da nur sagen. Aber wie steht es eigentlich mit Frank? Warum hat er sich denn mit dieser kleinen Schulmamsell eingelassen? Vielleicht hat Tess ihm nicht genug gegeben. Sie ist ja total auf Patrick fixiert. Um seine Interessen zu wahren, würde sie es mit der ganzen Welt aufnehmen. Wenn du nicht aufpaßt, wirst du von ihr glatt überrollt. Und wenn du dir jetzt insgeheim sagst, daß es zwischen ihrer und meiner Ehe gewisse Parallelen gibt – glaub nur ja nicht, das wäre mir nicht auch schon aufgefallen ...«

Am nächsten Tag aßen sie ziemlich früh, dann nahm Tess ein Taxi nach Sankt Joseph, und Bernard fuhr zum Makai Manor. Dort wollte er seinen Wagen stehenlassen, um mit Ursula die Fahrt ins Krankenhaus und zurück zu machen. Tess wollte sich danach um ihren Vater kümmern. Es war keiner der mit allen technischen Raffinessen ausgestatteten Noteinsatzwagen wie der, in dem Bernard nach dem Unfall seinen Vater nach Sankt Joseph begleitet hatte, sondern ein Fahrzeug mit hohen Seitenwänden zum Transport von Rollstuhlpatienten, mit einer elektrischen Hubvorrichtung am hinteren Ende. Ursula war voll nervöser Erwartung. Sie hatte sich die Haare waschen und legen lassen, sich das fahle, eingefallene Gesicht stark gepudert und die Lippen geschminkt, was gut gemeint war, aber ziemlich gespenstisch wirkte. Sie trug einen seidigen blaugrünen *muu-muu* und hatte sich den eingegipsten Arm in eine saubere Schlinge legen lassen. Um die hageren Finger hatte sie einen Rosenkranz aus Bernsteinperlen an silberner Kette geschlungen.

»Er gehörte meiner Mutter«, sagte sie. »Sie hat ihn mir geschenkt, als ich wegzog, um Rick zu heiraten, und hat wohl eine Art Rettungsleine darin gesehen, die mich eines Tages wieder in den Schoß der Kirche zurückholen sollte. Sie nahm es, wie deine Mutter übrigens auch, Bernard, sehr ernst mit der Marienverehrung. Ich dachte, daß Jack sich vielleicht darüber freut.«

Ob sie den Rosenkranz nicht behalten wolle, fragte Bernard.

»Ich möchte Jack etwas schenken, was ihn an den heutigen Tag erinnert, wenn er wieder in England ist. Etwas anderes ist mir nicht eingefallen. Und allzu lange brauche ich ihn ja nicht mehr.«

»Unsinn«, sagte Bernard mit erzwungener Munterkeit. »Du siehst heute viel besser aus.«

»Es ist angenehm, mal wieder rauszukommen, so gut wir es in Makai Manor auch haben. Wie schön das Meer aussieht. Das Meer fehlt mir schon sehr . . .«

Sie fuhren über die Küstenstraße und waren fast auf der Höhe von Diamond Head. Bernard fragte, ob sie irgendwo an einem schönen Aussichtspunkt halten sollten.

»Vielleicht auf dem Rückweg. Ich möchte Jack nicht warten lassen.« Ursula spielte unruhig an dem Perlenstrang herum. »Wo treffen wir uns mit ihm? Liegt er allein?«

»Nein, in einem Zweibettzimmer. Aber das Krankenhaus hat eine Art Terrasse, sehr hübsch, auf der die Patienten spazierengehen oder im Schatten sitzen können, am besten gehen wir dorthin, da haben wir mehr Ruhe.«

Im Sankt Joseph ließ der Fahrer mit Hilfe der Hubeinrichtung den Rollstuhl mit Ursula herunter und schob ihn über eine Rampe zum Lift. Als sie oben angekommen waren, übernahm Bernard den Rollstuhl. Er ging zuerst zum Zimmer seines Vaters, aber sein Bett war leer. Mr. Winterspoon sah von seinem Mini-Fernseher auf und teilte ihm mit, Mr. Walsh und seine Tochter seien draußen auf der Terrasse. Bernard rollte Ursula einen Gang entlang, durch eine Pendeltür ins Freie, um eine Ecke – und dort, am Ende der Terrasse, waren die beiden. Auch Mr. Walsh saß im Rollstuhl, und Tess bückte sich gerade, um ihm über den Knien den Morgenrock glattzuziehen.

»Jack«, krächzte Ursula – viel zu leise, als daß er es hätte hören können, aber er mußte ihre Gegenwart gespürt haben, denn er sah sich rasch um und sagte etwas zu Tess. Sie lächelte und winkte und schob den Rollstuhl auf Bernard und Ursula zu, so daß sie auf der Terrassenmitte lachend und winkend und durcheinanderrufend fast frontal zusammengestoßen wären. Mr. Walsh hatte sich offenbar vorgenommen, die gefühlsbetonte Situation durch entschlossene Spaßhaftigkeit zu entschärfen.

»Hey, nicht so schnell«, rief er, als die beiden Rollstühle zusammentrafen. »Sonst gibt's noch einen zweiten Verkehrsunfall.«

»Jack! Jack! Wie schön, dich endlich zu sehen.« Ursula lehnte sich über die verriegelten Räder, griff nach seinem Arm und gab ihm einen Kuß auf die Wange.

»Ganz meinerseits, Ursula. Aber wir müssen einen Anblick für Götter bieten, du! In diesen Dingern festgeschnallt wie zwei ausgestopfte Puppen...«

»Du siehst sehr gut aus, Jack. Was macht die Hüfte?«

»Heilt angeblich sehr anständig, aber man weiß natürlich nie, was nachkommt. Und wie geht es dir, Liebes?«

Ursula zuckte die Schultern. »Du siehst ja...«

»Du bist sehr dünn geworden. Tut mir leid mit deiner scheußlichen Krankheit. Nun weine man nicht.« Er tätschelte unbeholfen die hagere Hand.

Bernard und Tess stellten die Rollstühle in eine ruhige, schattige Ecke der Terrasse, die an einen gepflasterten Kreuzgang erinnerte und über dessen Pergoladach sich blühende Weinreben rankten. Ein besonderer Reiz dieser Örtlichkeit bestand für Mr. Walsh darin, daß er hier rauchen durfte, und er machte sofort eine Packung Pall Mall auf und bot sie den anderen an. »Sonst niemand? Na, dann muß ich mich wohl opfern, um die Flöhe in Schach zu halten.«

Nachdem Ursulas Fahrt im Krankenwagen, Mr. Walshs Meinung über Sankt Joseph, der Blick von der Terrasse und ähnliche Bagatellen abgehandelt waren, entstand eine längere Pause.

»Wie dumm...« Ursula seufzte. »Es gibt so viel zu besprechen, daß man nicht weiß, wo man anfangen soll.«

»Am besten ziehen wir uns jetzt mal ein Weilchen zurück«, sagte Bernard.

»Nicht nötig«, sagte sein Vater. »Ihr stört uns nicht, Tess und du. Stimmt's, Ursula?«

Ursula murmelte etwas Unverbindliches, aber Tess bestärkte Bernard in seiner Absicht, und sie ließen die beiden Alten im Rollstuhl allein. Mr. Walsh sah ihnen leicht beklommen nach.

Am Ende der Terrasse lehnten sich Bernard und Tess an die Brüstung. Der Blick ging über die Dächer der Vorortvillen, die in der Hitze flimmerten, zur Autobahn mit dem unablässig flutenden Verkehr und zu dem fern im Dunst liegenden Industriegelände mit den Hafenanlagen von Honolulu. Ein Jumbo, klein wie ein Kinderspielzeug, stieg langsam in den Himmel hoch und zog eine Schleife über dem Meer, ehe er Kurs nach Osten nahm.

»Das wäre also geschafft«, sagte Bernard. »Wir haben sie endlich zusammengebracht.«

»Lieb, daß du ›wir‹ sagst, Bernard«, meinte Tess. »Eigentlich war es ja dein Werk.«

»Jedenfalls bin ich sehr froh, daß ich dich dabei habe.«

»Du weißt ja, zuerst fand ich es total verrückt, Daddy zu dieser langen Reise zu überreden, und als ich von dem Unfall hörte, habe ich gedacht, das ist die Strafe, weil ich mich anders besonnen habe«, sagte Tess wie jemand, der entschlossen ist, sich etwas von der Seele zu reden. »Aber jetzt, wo ich hier bin und weiß, wie das früher zwischen ihnen war, finde ich, daß du recht gehabt hast. Es wäre schlimm gewesen, wenn Ursula einsam und unversöhnt gestorben wäre, Tausende von Meilen von der Heimat entfernt.«

Bernard nickte. »Ich denke, es hätte Daddy keine Ruhe gelassen. Vor allem später, den eigenen Tod vor Augen...«

»Nicht.« Tess schlug die Arme fest übereinander und zog die Schultern hoch. »Ich mag nicht daran denken, daß Daddy mal stirbt.«

»Es heißt ja, daß man erst mit dem Tod des zweiten Elternteils die eigene Sterblichkeit akzeptiert«, meinte Bernard. »Ob das wohl stimmt? Den Tod anzunehmen, für den Tod bereit zu sein, wann immer er eintritt, ohne sich von dieser Bereitschaft die Lust am Leben nehmen zu lassen – das scheint mir die schwerste aller Künste zu sein.«

Sie schwiegen einen Augenblick. Dann sagte Tess: »Als Mummy gestorben war, habe ich etwas Unverzeihliches zu dir gesagt, Bernard. Bei der Beerdigung.«

»Es ist verziehen.«

»Ich habe dir die Schuld an Mummys Tod gegeben. Das hätte ich nicht tun dürfen. Es war sehr unrecht.«

»Schon gut. Du warst durcheinander. Wir waren alle durcheinander. Ich hätte nicht ohne ein Wort aus dem Haus gehen dürfen, wir hätten darüber reden müssen. Wir hätten viel öfter viel mehr miteinander reden müssen.«

Tess wandte sich um und gab ihm einen raschen Kuß auf die Wange. »Unsere beiden finden offenbar viel zum Reden«, sagte sie und nickte über seine Schulter zu Jack und Ursula hinüber, die in ein lebhaftes Gespräch vertieft waren.

Sie schlenderten ein bißchen auf dem hauptsächlich aus Parkplatz bestehenden Krankenhausgelände herum und suchten dann Pater Luke auf.

Er zeigte ihnen die Kapelle, einen kühlen, ansprechenden Raum mit weißen Wänden und polierten Hartholzbänken, bunt getüpfelt durch das Licht, das durch die modernen Glasfenster fiel.

»Da Ihre Tante im Rollstuhl sitzt«, sagte er, »dachte ich, daß wir die Krankensalbung am besten hier vornehmen. Gewöhnlich liegt der Kranke dabei im Bett, aber in diesem Fall ... Werden Sie danach mit Mrs. Riddell zusammen kommunizieren?«

»Ja«, sagte Tess.

»Nein«, sagte Bernard.

»Ich könnte Ihnen einen Segen spenden«, sagte der Priester. »In der Messe lade ich alle, die aus irgendeinem Grund nicht die Kommunion empfangen können, immer ein, zum Altar zu kommen und sich segnen zu lassen.«

Bernard stimmte nach kurzem Zögern zu. Er sah Pater McPhee, der ihnen so hilfsbereit entgegengekommen war, allmählich in einem freundlicheren Licht.

Als sie wieder auf die Terrasse kamen, sah Mr. Walsh nachdenklich rauchend über die Brüstung aufs Meer hinaus, während Ursula in ihrem Rollstuhl schlief.

»Wie lange schläft sie denn schon?« fragte Bernard erschrocken.

»Fünf Minuten vielleicht«, sagte sein Vater. »Ich habe gerade irgendwas gesagt, da ist sie plötzlich eingenickt.«

»Das macht sie manchmal«, sagte Bernard. »Sie ist sehr schwach, die Ärmste.«

»Habt ihr euch nett unterhalten, Daddy?« fragte Tess.

»Ja. Es gab viel zu bereden.«

»Allerdings«, bestätigte Ursula. Sie hatte offenbar gar nicht gemerkt, daß sie geschlafen hatte.

Auf der Rückfahrt zum Makai Manor bat Bernard den Fahrer, auf dem Parkplatz am Diamond Head zu halten und Ursulas Rollstuhl abzusetzen. Dann rollte er sie zur Brüstung, damit sie auf die blaugrüne See und zu den Windsurfern hinaussehen konnte, die über die Wasserfläche glitten. Es mochten heute zehn oder zwölf sein.

»Ein wunderschöner Tag«, sagte sie. »Ich habe so viel innere Ruhe gefunden. Jetzt könnte ich zufrieden sterben.«

»Red keinen Unsinn, Ursula. In dir ist noch eine Menge Leben.«

»Nein, im Ernst. Lange wird dieses Gefühl wohl nicht anhalten, schon heute abend werde ich wieder Angst haben und deprimiert sein. Aber in diesem Moment... In einer Zeitschrift habe ich neulich gelesen, daß nach dem Glauben der Hawaiianer die Seele, wenn man stirbt, von einem hohen Felsen ins Meer der Ewigkeit springt. Sie hatten ein spezielles Wort dafür, es fällt mir im Augenblick nicht ein, aber es bedeutet ›Absprungplatz‹. Was meinst du, ob hier einer war?«

»Sollte mich nicht wundern.«

»Komisch, ich habe das Gefühl, daß ich, wenn ich mich jetzt hier ins Meer stürzen würde, weder Schmerz noch Angst empfinden würde. Mein Körper würde von mir abfallen wie ein Kleid und sacht auf den Strand niedersinken und meine Seele in den Himmel steigen.«

»Tu's lieber nicht«, warnte Bernard scherzend. »Für die Leute hier wäre das nicht so angenehm.« Er deutete auf die Urlauber, die herumstanden, eifrig knipsten und ihre Videokameras surren ließen.

»Ich komme mir so sonderbar leicht vor«, sagte Ursula. »Wahrscheinlich, weil ich meine Last bei Jack habe abladen können. Etwas abladen ... das ist ein gutes Wort, es drückt genau das aus, was ich empfinde.«

»Ihr habt also über Sean gesprochen?«

»Ja, Jack konnte sich natürlich noch an den Sommer erinnern. Vielleicht nicht so genau wie ich, aber als ich von dem alten Gartenschuppen in Cork anfing, sah ich ihm an, daß er wußte, was jetzt auf ihn zukam. Damals, sagt er, hat er sich nicht getraut, Sean bei unseren Eltern zu verklagen, weil Sean zwei Jahre zuvor mit ihm so was ähnliches gemacht hatte. Wenn das alles herauskommt, hat er gedacht, schlagen sie uns windelweich. So ganz von der Hand zu weisen war das nicht. Unser Vater konnte fürchterlich sein in seinem Zorn. Jack sagt, er habe wirklich gedacht, daß ich noch zu klein war, um zu begreifen, was Sean da trieb, daß ich in diesem Alter noch keinen Schaden davontragen und im Lauf der Zeit die ganze Geschichte vergessen würde. Als ich ihm sagte, daß diese Erfahrung meine Ehe kaputtgemacht und praktisch mein Leben ruiniert hat, war er ehrlich erschüttert. ›Es tut mir so leid, Ursula‹, sagte er immer wieder, ›es tut mir so leid.‹ Und das glaube ich ihm auch. Deshalb hat er wohl Pater Luke gebeten, ihm vor der Kommunion noch die Beichte abzunehmen. Wunderschön feierlich, die Krankensalbung, findest du nicht? Dieser herrliche Text ... Schade, daß ich ihn mir nicht gemerkt habe.«

»Ich denke, ich bringe ihn noch zusammen«, sagte Bernard. »Ich habe ihn ja oft genug gesprochen. ›*Durch diese heilige Salbung helfe dir der Herr in seinem reichen Erbarmen. Möge der Herr dir alle Sünden vergeben, die du begangen hast durch deine Augen ...*‹ Und dasselbe dann für Nase, Mund, Hände und Füße.«

»Kannst du mir mal verraten, wie man es fertigbringt, mit der Nase zu sündigen?«

Bernard mußte lachen. »Das war während meines Studiums eine beliebte Fangfrage in den Seminaren über Moraltheologie.«

»Und wie lautet die Antwort?«

»In den Lehrbüchern stand, daß man beim Riechen an Parfüm und Blumensträußen des Guten zuviel tun könne. Sehr überzeugend war das allerdings nicht. Es gab auch einen diskreten Hinweis darauf, daß durch Körpergerüche Lust geweckt werden kann, aber verständlicherweise sind sie darauf im Seminar nicht so richtig eingegangen.« Er sah sich plötzlich zu Yolandes Füßen knien, das Gesicht in ihren Schoß geschmiegt, hatte ihren Duft in der Nase, einen Geruch wie Salzluft im Watt.

»Diese Stelle habe ich eigentlich nicht gemeint«, sagte Ursula. »Ich dachte an die Lesung...«

»Aus dem Jakobusbrief. *Ist einer von euch krank...*«

»Ja, die. Weißt du sie auswendig?«

»Ist eine von euch krank? Dann rufe sie die Ältesten der Gemeinde zu sich; sie sollen Gebete über sie sprechen und sie im Namen des Herrn mit Öl salben. Das gläubige Gebet wird die Kranke retten, und der Herr wird sie aufrichten; wenn sie Sünden begangen hat, werden sie ihr vergeben. Darum bekennt einander eure Sünden, und betet füreinander, damit ihr geheilt werdet.«

»Ja, richtig. Wie schade, daß du nicht mehr Priester bist, Bernard, du sprichst das so schön. Hat Pater Luke heute nachmittag ›die Kranke‹ gesagt?«

»Nein«, sagte Bernard. »Das habe ich geändert. Für dich.«

Als sie zum Makai Manor zurückkamen, war Ursula erschöpft.

»Erschöpft, aber zufrieden«, sagte sie, als sie wieder im Bett lag, und nahm Bernards Hand. »Dank dir, mein lieber Junge. Danke, danke, danke.«

»Am besten gehe ich jetzt, damit du dich ausruhen kannst.«

»Ja«, sagte sie, ohne seine Hand loszulassen.

»Morgen komme ich wieder.«

»Ich weiß. Und ich freue mich schon darauf. Ich habe Angst vor dem Tag, an dem du zum letzten Mal durch diese Tür gehst und ich weiß, daß du am nächsten Tag nicht wiederkommen wirst, weil du in einem Flugzeug sitzt, das dich nach England zurückbringt.«

»Keine Sorge, ich weiß noch gar nicht, wann ich fliege. Das hängt ganz von Daddys Zustand ab.«

»Er meint, daß sie ihn wohl nächste Woche entlassen werden.«

»Vielleicht kann Tess ihn heimbringen, dann könnte ich noch ein paar Tage bleiben.«

»Das ist sehr lieb von dir, Bernard. Aber früher oder später mußt du ja doch zurück, du hast schließlich einen Beruf.«

»Ja«, räumte er ein. »Ich habe zugesagt, das Einführungsseminar für Studenten aus Asien und Afrika zu übernehmen. Eine Einführung in britische Sitten und Gebräuche«, erläuterte er in der Hoffnung, Ursula damit ein wenig von ihren trüben Gedanken abzulenken. »Wir bringen ihnen bei, wie man mit Gas kocht und Kipper ißt und kaufen mit ihnen bei Marks & Spencer warme Unterwäsche für den Winter.«

Ursula lächelte matt. »Ich kann nur hoffen, daß ich nicht mehr lange lebe, wenn du weg bist.«

»Das darfst du nicht sagen, Ursula. Für mich ist es ja auch nicht einfach.«

»Sei nicht böse! Ich versuche nur, mich darauf einzustellen, daß ich ohne dich auskommen muß. Ich habe es sehr gut gehabt in den letzten Wochen. Du warst da und hast dich um mich gekümmert, und Jack und Tess haben mich besucht. Es wird sehr einsam sein ohne euch.«

»Vielleicht komme ich ja nach Hawaii zurück.«

Ursula schüttelte den Kopf. »Es ist zu weit, Bernard. Du kannst nicht so mir nichts, dir nichts in ein Flugzeug steigen und um die halbe Welt fliegen, nur, weil ich mich einsam fühle.«

»Notfalls gibt es ja noch das Telefon.«

»Notfalls«, bestätigte Ursula trocken.

»Und Sophie Knoepflmacher«, ulkte Bernard. »Bestimmt besucht sie dich gern, wenn Daddy nicht mehr da ist.«

Ursula schnitt eine Grimasse.

»Ich weiß, daß jemand in Honolulu dich gern besuchen würde«, sagte er. »Und sie würde dir bestimmt gefallen.« Ganz deutlich hatte er plötzlich eine Zukunftsvision vor Augen – Yolande in ihrem roten Kleid, die schwungvoll das Zimmer betrat, die braungebrannten Tennisspielerarme schwingend, sprühend vor Gesundheit und Energie, und sich lächelnd einen Stuhl heranzog, um mit Ursula zu reden. Sie werden über mich reden, dachte er liebevoll. »Ich bringe sie morgen mit. Sie heißt Yolande Miller. Sie saß am Steuer des Wagens, der Daddy überfahren hat oder vielmehr, in den er hineingelaufen ist. Das war der Beginn unserer Bekanntschaft. Inzwischen sind wir gute Freunde geworden. Sehr gute Freunde...« Er errötete. »Weißt du noch, wie du mich ins Moana geschickt hast, um die Entdeckung deiner IBM-Aktie zu feiern? Damals habe ich es dir nicht erzählt... ich habe Yolande mitgenommen.« Ohne in Einzelheiten zu gehen, machte er deutlich, daß sie seither viel Zeit miteinander verbracht hatten.

»Ich sag's ja immer, Bernard: Stille Wasser sind tief«, sagte Ursula höchst belustigt. »Du hast also außer deiner alten Tante noch etwas, was dich nach Hawaii zurückzieht.«

»Ja. Das Problem ist nur das Reisegeld.«

»Den Flug zahle ich dir, wann immer du kommen willst«, sagte Ursula. »Du bekommst ja später sowieso mein ganzes Vermögen.«

»Das kannst du doch nicht machen...«

»Warum nicht? Wer hätte es mehr verdient? Und wer braucht es nötiger?«

»Patrick«, sagte Bernard. »Der Sohn von Tess ist völlig hilflos.«

3

Mit Yolandes Einverständnis, ja, eigentlich auf ihr Drängen hatte Bernard sich darauf eingestellt, den Abend mit Tess zu verbringen. Er wollte sie zu der Travelwise-Party ins Wyatt Imperial mitnehmen, sich ansehen, was dort so an Unterhaltung geboten wurde, und dann mit ihr essen gehen. Yolande hatte ein Gartenlokal mit Karpfenteichen und von Tisch zu Tisch ziehenden Musikanten etwas außerhalb von Waikiki empfohlen. Doch als er kurz vor sechs zurückkam, war Tess gerade vom Pool gekommen und hatte es sich in Ursulas Morgenmantel auf dem Balkon bequem gemacht. Sie wolle noch nicht aus dem Haus, sagte sie, für den Fall, daß Frank anrief. In England war es früher Morgen, es könnte sein, daß er sich, wie gestern, noch rasch meldete, ehe er zur Arbeit fuhr. Bernard meinte eine gewisse Nachgiebigkeit in ihrer Haltung Frank gegenüber zu spüren, was vielleicht auch mit den Eindrücken von heute nachmittag zusammenhing. Sie war still und in sich gekehrt wie eine fromme Kommunikantin, die gerade vom Altar zurückkommt. Er erzählte ihr kurz, was er von Ursula über das Gespräch mit ihrem Vater erfahren hatte. Tess schien zufrieden. Es sei eine gute runde Sache gewesen, sagte sie, und er solle doch ruhig zu der Party gehen. Bernard hatte zwar nicht viel Lust, gab aber schließlich nach, weil er das Gefühl hatte, sie wäre gern allein. Außerdem würde er auf der Party wahrscheinlich Sheldrake treffen und konnte sich bei ihm entschuldigen, weil er seiner Einladung auf einen Drink ins Wyatt Imperial nie gefolgt war. Er würde später wieder hier vorbeikommen, sagte er, dann würde sich ja herausstellen, ob Frank angerufen hatte, und sie konnten besprechen, wie sie es mit dem Abendessen halten wollten.

Das Wyatt Imperial war von babylonischen Ausmaßen. Zwischen zwei Hoteltürmen befand sich ein Atrium mit

Einkaufsarkaden, Restaurants und Cafés, einem dreißig Meter hohen Wasserfall, Palmenhainen und einer stattlichen Bühne, auf der – Kontrastprogramm zu den allgegenwärtig wimmernden Hawaiigitarren – deftige bayerische Musikanten in Krachledernen und Stutzenstrümpfen den Gästen aufspielten, die an Caféhaustischchen saßen oder müßig herumschlenderten. Hier unten sah das Wyatt Imperial überhaupt nicht nach Hotel aus, und wäre man nicht über weichen Teppichboden gewandelt, hätte man meinen können, auf der Straße oder auf einem öffentlichen Platz zu sein. Nachdem er, betäubt von den dröhnenden Jodel- und Akkordeonklängen der verdächtig dunkelhäutigen Bayern, ein paar Minuten herumgeirrt war, entdeckte Bernard einen Aufzug, der ihn zur Rezeption im Zwischengeschoß brachte, wo man ihm den Weg zur Brandungsbar wies.

Die Brandungsbar hatte einen unübersehbar nautischen Touch – mit Fischnetzen an den Rauhputzwänden, Bullaugen statt Fenstern und Wandlampen in Form von Navigationslichtern. Linda Hanama, die auf der Einladung als örtliche Reiseleitung unterschrieben hatte, stand an der Tür, lächelte strahlend und hakte Bernards Namen auf einer Liste ab. Er erkannte in ihr den Airport-Engel vom ersten Abend, demnach war sie inzwischen befördert worden. Ein schlanker, dienstbeflissener junger Mann mit chinesischen Gesichtszügen und schwarzseidenem Anzug stellte sich als Michael Ming vor, Public-Relations-Direktor des Hotels. Er schüttelte Bernard die Hand und reichte ihm ein hohes Glas, das bis zum Rand mit Fruchtstücken, Eiswürfeln, Plastikschnickschnack und einem Fruchtpunsch mit Rumgeschmack gefüllt war. »Willkommen. Nehmen Sie einen Mai Tai, und bedienen Sie sich bitte selbst mit *pupu*.« Er deutete auf einen Tisch mit Cocktailhäppchen.

Obgleich sich nur an die zwanzig Leute eingefunden hatten, war der Lärmpegel beachtlich. Der erste Gast, den Bernard bewußt zur Kenntnis nahm, war der junge Mann mit den roten Hosenträgern, an dem ihm heute besonders auffiel, daß er einen dicken weißen Verband um den Kopf, einen *lei* um den Hals und einen Arm um Cecilys Taille gelegt hatte. Sie trug ein weißes Corsagenkleid und war ebenfalls mit einer Blumengirlande dekoriert. Beide waren gerötet und strahlten vor Glück. Zusammen mit zwei breitschultrigen, gepflegt schnauzbärtigen jungen Männern, die ihm irgendwie bekannt vorkamen, standen sie offenbar im Mittelpunkt des Interesses. Ein sehr profimäßig agierender Fotograf machte gerade Blitzlichtaufnahmen von dem Quartett, und Brian Everthorpe war mit seiner Videokamera zur Stelle.

»Sie haben es also doch geschafft.«

Bernard spürte eine Hand auf seinem Arm und wandte sich um. Sidney und Lilian Brooks lächelten ihm vergnügt zu. »Ich wollte wenigstens mal hereinschauen«, sagte Bernard. »Was hat der junge Mann denn da am Kopf?«

»Ja, wissen Sie denn nicht... haben Sie denn nicht gehört... haben Sie noch nicht gelesen...«, riefen und fragten sie nebeneinander her und einander ins Wort fallend in ihrem Eifer, Bernard die Geschichte zu erzählen. Die Kopfverletzung hatte sich der junge Mann am Vortag – »Es muß um die Zeit gewesen sein, als wir mit Ihnen im Krankenhaus geplaudert haben, bei Sidney ist übrigens alles in Ordnung, er darf fliegen« – beim Surfen zugezogen, das eigene Surfbrett hatte ihn am Kopf erwischt, und Terry, der Brookssohn, und dessen australischer Freund Tony hatten ihn vor dem Ertrinken gerettet, ihn blutüberströmt und bewußtlos an Land gebracht und der verzweifelten Cecily zu Füßen gelegt, dank deren Mund-zu-Mund-Beatmung er wieder ins Leben zurückgekehrt war. Brian Everthorpe, durch einen glücklichen Zufall gerade in Reichweite, hatte das Drama auf Videofilm gebannt. »Er führt ihn uns vor, wenn das da vorbei ist«, sagte Sidney und deutete mit dem Daumen zu einem großen Fernsehgerät auf einem Rollständer hinüber. Bernard erkannte, daß die in der Einladung angekündigte Videoshow, die mit einem Kommentar aus dem Off unterlegt war, das ihre zur Geräuschentfaltung beitrug.

»*Wyatt haikoloa*«, säuselte ein wohlklingender amerikanischer Bariton, »*der neue Urlaubsort auf Big Island, wo Ihre schönsten Urlaubsträume wahr werden*...« Zwischen den Köpfen von Sidney und Lilian hindurch sah Bernard grellbunte Bilder über den Schirm flimmern: Eine breite Marmortreppe und Kolonnaden auf einer Lagune, Tropenvögel, die durch eine Hotelhalle stelzten, Seilbrücken, die sich über Swimmingpools spannten, Monorailbahnen, die sich zwischen Palmen hindurchschlängelten. Das alles wirkte wie die Kulisse für ein Hollywood-Epos, das sich noch nicht recht entschieden hatte, ob es eine Fortsetzung zu *Ben Hur, Tarzan* oder *Delta III* werden wollte.

»Terry und Tony kannten ihn nämlich«, erläuterte Lilian. »Sie haben ihn täglich unten am Strand gesehen, er übte Wellenreiten.«

»Ja, und da haben sie ihm ein paar Tips gegeben«, ergänzte Sidney. »Man muß eben erst den Dreh raus haben. Ist ja bei allem so.«

»Aber daß er in unserer Reisegruppe ist, wußten sie natürlich nicht«, sagte Lilian.

»Hier!« sagte Sidney. »Aus der Zeitung von heute.« Er entnahm seiner Brieftasche einen gefalteten Ausschnitt und drückte ihn Bernard in die Hand.

Unter einem unscharfen Foto der beiden schnauzbärtig in die Kamera lächelnden jungen Männer und der Schlagzeile AUSTRALISCHE WELLENREITER-ASSE RETTEN BRITEN stand ein kurzer Bericht über den Vorfall:

»Terry Brooks und sein Freund Tony Freeman aus Sydney, Australien, spielten am Dienstag vormittag am Strand von Waikiki Lebensretter bei Surferneuling Russell Harvey aus London, England. Russ, 28, verlebt seine Flitterwochen in Honolulu mit seiner blonden Ehefrau Cecily, die durch ein Münzfernrohr beobachtete, wie ihn sein Surfbrett am Kopf traf. ›Es war furchtbar‹, sagte sie später. ›Ich sah, wie das Brett in die Luft flog und wie Russ unter einer riesigen Welle verschwand, und dann trieb er plötzlich mit dem Gesicht im Wasser, und das Surfbrett schwamm neben ihm. Ich war völlig außer mir und bin gleich zum Strand gelaufen und habe um Hilfe gerufen, aber er war so weit draußen, daß ihn von da aus niemand holen konnte. Zum Glück hatten die beiden Australier ihn gesehen, sie haben ihn aus dem Wasser gezogen und ihn auf einem ihrer Surfbretter an Land gebracht. Ich finde, die beiden haben einen Orden verdient.«

»Sehr schön«, sagte Bernard und gab Sidney den Ausschnitt zurück. »Da sind Sie bestimmt mächtig stolz auf Ihren Sohn.«

»Ist ja klar«, sagte Sidney. »Nicht jeder hätte schließlich in einem Notfall so prompt reagieren können.«

»Nicht so sehr ein Hotel als ein geschlossener Urlaubskomplex, ja, ein ganz eigener Lebensstil. So weitläufig, daß Sie von der Rezeption aus per Monorailbahn oder Kanalboot zu Ihrem Zimmer gebracht werden . . .«

Jetzt entdeckte Bernard auch die Bests, die an der Wand saßen, Pappteller mit Häppchen auf den Knien balancierten und verstohlen die Videoshow verfolgten. Er winkte der sommersprossigen Besttochter zu, die ihm schüchtern zulächelte. »Es freut mich sehr, daß das junge Paar sich wieder vertragen hat. Auf dem Flug hatte es offenbar eine kleine Auseinandersetzung gegeben.«

»Nach allem, was man so hört, war es wohl mehr als das«, sagte Lilian. »Aber der Unfall hat sie anscheinend wieder zusammengebracht. Als sie glaubte, sie hätte ihn verloren, sagt Cecily, hat sie erst so richtig gemerkt, daß sie ihn liebt.«

»Sie haben heute nachmittag noch mal geheiratet«, warf Sidney ein.

»Geht denn das?« staunte Bernard.

»Es nennt sich die Zweite Vereinigungsfeier«, sagte Linda Hanama, die Cocktail-Häppchen auf einem Tablett vorbeibrachte. »Eine kleine Kirche auf der Kalakaua bietet das als Spezialarrangement, den *Hawaiian Wedding Song* bringen echte Einheimische. Sehr beliebt bei Paaren auf der zweiten Hochzeitsreise. Von Flitterwöchnern wurde es bisher noch nicht verlangt, soviel ich weiß, aber Russ und Cecily wollten seine Rettung eben auf besondere Weise feiern.«

»Noch einen Mai Tai?« Michael Ming kam mit dem Krug vorbei.

»Meinen ohne Fruchtsaft, wenn's geht«, bat Sidney.

»Tutmirleid,dieWillkommensdrinkssindschonfertiggemixt.«

»Ich dachte, jedem Gast steht nur einer zu.« Lilian streckte ihm das Glas hin.

»Ja, also ehrlich gesagt haben wir uns da ein bißchen verkalkuliert, aber was soll's, so einen Knüller gibt es schließlich nicht alle Tage.« Michael Ming wandte sich an den Fotografen, der seine Siebensachen zusammenpackte. »Vergessen Sie nicht, uns in der Bildunterschrift zu nennen.« Der Lichtbildner nickte. »Tolle Publicity fürs Haus. Herz- und Schmerzmasche. Unschlagbar. Haben Sie schon das Video gesehen? Sensationell. Ich habe Mr. Sheldrake gesagt, daß er es sich unbedingt ansehen muß«, sagte Michael Ming und versah dabei den Namen Sheldrake mit einer merkwürdig öligen Betonung.

»Das Wyatt Haikoloa erstreckt sich über 260 Quadratkilometer, es verfügt über zwei Golfanlagen, vier Swimmingpools, acht Restaurants und zehn Tennisplätze...«

Bernard hatte vor dem Fernseher und neben Sue und Dee Sheldrakes Kugelkopf gesichtet und arbeitete sich zu ihnen durch. Unterwegs blieb er noch einmal stehen, um die Bests zu begrüßen. »War's schön im Urlaub?« fragte er die sommersprossige Besttochter freundschaftlich. Sie wurde rot und schlug die Augen nieder. »Ja, danke«, sagte sie halblaut.

»Trotzdem, es wird Zeit, daß wir wieder nach Hause kommen«, ergänzte Mrs. Best.

»Das Schönste am Urlaub, sag ich Ihnen. Wenn ich nach Hause komme, bin ich immer in Bestform, sollte kein Witz sein, haha.« Mr. Best fletschte die Zähne zu einem überraschenden Lächeln. »Wenn man die Haustür aufmacht, die Post aufhebt, den Kessel für den Tee aufsetzt und nachsieht, wie's der Garten überlebt hat... Und dann denkt man so bei sich: Das war's dann wieder für ein Jahr.«

»Eine weite Reise, um die Freuden der Heimkehr zu erleben«, meinte Bernard.

Mr. Best zuckte die Schultern. »Florence hat im Fernsehen eine Sendung über Hawaii geguckt.«

»Das Übliche kennen wir alles schon«, sagte Mrs. Best. »Spanien, Griechenland, Mallorca... In Florida waren wir auch schon mal. Und dann sind wir zu etwas Geld gekommen und haben uns gedacht, wir machen dieses Jahr mal was Ausgefalleneres.«

»Nicht sehr viel Geld«, schränkte Mr. Best ein. »Nicht daß Sie denken, wir wären reiche Leute...«

»Nein, nein«, sagte Bernard.

»Und irgendwie hat mich Hawaii gereizt«, sagte Mrs. Best. »Aber im Fernsehen sieht immer alles anders aus. Wie hier in dem Video, das ist in Wirklichkeit bestimmt auch nicht so.«

Sie sahen alle auf den Bildschirm.

»Genießen Sie die Sonne an gleißenden Sandstränden, vergnügen Sie sich zwischen Wasserfällen und Springbrunnen oder vertrauen Sie sich der Strömung eines sich windenden Flußlaufes an...«

»Da hätten wir hingehen sollen statt nach Waikiki«, sagte der Bestsohn. »Echt geil.«

»Wie Center Parc«, sagte die Besttochter.

Was Center Parc sei, wollte Bernard wissen. Ein Erlebnispark in Sherwood Forest, erläuterte die sommersprossige Amanda mit plötzlich gelockerter Zunge. Sie war letztes Jahr mit der Familie ihrer Freundin Gail dagewesen. Man wohnt in Hütten mitten im Wald, Autos sind verboten, wenn man irgendwohin will, nimmt man das Fahrrad, und mittendrin ist ein riesiger überdachter Swimmingpool mit Wasserrutschen und einer Wellenmaschine und Palmen und einem Dschungelfluß. Ein Tropenparadies nennen sie es.

»Das mußt du mal dem Herrn da drüben erzählen«, sagte Bernard und deutete auf Roger Sheldrake. »Er schreibt ein Buch über tropische Paradiese. Ich mach dich mit ihm bekannt, wenn du willst.«

»Ich denke, das lassen wir lieber«, sagte Mr. Best. Sein Lächeln hatte sich verflüchtigt.

»Nein, wir wollen nicht in ein Buch«, ergänzte Mrs. Best.

Bernard wünschte ihnen eine gute Heimreise und ging zu Roger Sheldrake, der flankiert von Sue und Dee, aber merklich näher an Dee, vor dem Fernseher stand. »Hallo, alter Junge«, sagte Sheldrake. »Kommen Ihnen diese beiden jungen Damen bekannt vor?«

Bernard erinnerte ihn daran, daß er selbst sie mit Sheldrake zusammengebracht hatte. Sue erkundigte sich nach seinem

Vater, und Dee schenkte ihm ein Lächeln, das fast als herzlich gelten konnte.

»Tut mir leid, daß ich es nicht geschafft habe, mal bei Ihnen vorbeizukommen«, sagte Bernard, »aber ich war sehr eingespannt. Wie wohnt es sich hier?«

»Toller Service«, sagte Sheldrake. »Kann ich nur empfehlen. Das ist ihr neuestes Projekt.« Er deutete auf den Bildschirm. »Hat sie 300 Millionen Dollar gekostet.«

Erfreuen Sie sich an dem meilenlangen Museumssteg, den antike Kunstschätze der asiatischen und polynesischen Kulturen säumen. Schlendern Sie über die Plattenwege, auf denen buntgefiederte tropische Vögel Ihnen Gesellschaft leisten – «

»Denen haben sie bestimmt die Flügel gestutzt«, bemerkte Dee.

»Sei nicht so, Dee. Sag mal ehrlich, ist es nicht traumhaft?«

»Fantasy-Hotel nennt sich so was«, sagte Sheldrake. »Sehr beliebt bei großen Firmen, die ihren Topmanagern und Verkäufern was Gutes tun und den Umsatz noch weiter hochkitzeln wollen. Incentivereisen. Die Ehefrauen werden mit eingeladen.«

»Wo bleibt denn da der Kitzel?« fragte Brian, der in der Nähe stand und für diesen lockeren Spruch einen Rippenstoß von seiner Frau bezog. Sie war prächtig anzusehen in ihrem gerüschten Cocktailkleid aus purpurfarbenem Glitzerstoff, er trug ein Hawaiihemd mit blauen Palmen auf pinkfarbenem Stoff und rauchte eine grüne Zigarre.

Ein komplett ausgestattetes Health Center, das von Aerobic über Meditationskurse bis zur Aromatherapie alles bietet, was der Gesundheit dienlich ist . . . Speisen Sie ganz intim auf Ihrer lanai, *das beruhigende Geräusch der Wellen im Ohr, die auf den Strand schlagen, oder lassen Sie sich in unseren acht Gourmet-Restaurants verwöhnen . . .«*

»Von mir aus können die es nennen, wie sie wollen«, sagte Sue sehnsuchtsvoll. »Ich finde es jedenfalls phantastisch.«

»Fantasy-Ausflüge und -Aktivitäten in großer Zahl können von den Gästen gebucht werden: Das Lauhale Point Fantasy-Picknick auf einem nur per Hubschrauber zugänglichen Klippenplateau . . . Die Fantasy-Kreuzfahrt in den Sonnenuntergang und zu verträumten

Buchten ... Die Kahua Ranch Fantasy mit authentischen Paniolo-Cowboys ... Die Big Island Safari: Gehen Sie auf die Pirsch nach russischen Ebern, Mufflons und korsischen Schafen, Fasanen und wilden Truthähnen, je nach Jahreszeit ...«

»Schafe?« fragte Dee. »Hat er was von einer Pirsch auf Schafe gesagt?«

»Wildschafe«, sagte Michael Ming und schenkte ihnen aus seinem Krug nach. »Sehr umweltschädigend, weil sie alles kahlfressen. Aber wenn Sie es mit Ihrem Gewissen nicht vereinbaren können, die Tiere zu schießen, können Sie statt dessen auch eine Fotosafari machen. Noch einen Mai Tai, Mr. Sheldrake? Oder darf ich Ihnen etwas von der Bar bringen?«

»Nein, das Zeug da ist gut«, sagte Roger Sheldrake und ließ sich nachschenken.

»Ich hätte nichts gegen etwas von der Bar«, sagte Brian Everthorpe, aber das hatte Michael Ming wohl gerade nicht gehört.

»Und hier unsere beliebteste Attraktion – der Delphintreff.«

»Unglaublich«, sagte Linda Hanama. Verzaubert sahen sie zu, wie Urlauber in Badeanzügen in der Lagune mit zahmen Delphinen Freundschaft schlossen, sie am Kinn kraulten, ihnen den Kopf streichelten und mit ihnen im Wasser herumtollten. Ein kleiner Junge packte eine Rückenflosse und ließ sich jauchzend durchs Wasser ziehen.

> *»Rittlings reitend auf der Delphine Rücken*
> *sorglich bewahrt durch einer Flosse Halt*
> *durchleben jene Unschuld'gen erneut ihr Sterben*
> *und wieder öffnen sich die Wunden bald ...«*

zitierte Bernard, womit er sich selbst ebenso überraschte wie die anderen. Möglicherweise hätte er sich vorhin doch nicht einen dritten Mai Tai genehmigen sollen.

»Haben Sie was gesagt, alter Junge?« fragte Sheldrake.

»Ein Gedicht von W. B. Yeats«, erläuterte Bernard. *»News for the Delphic Oracle.* Nach der neoplatonischen Mythologie trugen Delphine die Seelen der Toten zu den Inseln der Seligen. Vielleicht eine brauchbare Fußnote für Ihr Buch?«

»Ich habe die These ein bißchen umformuliert«, sagte Sheldrake. »Inzwischen bin ich nämlich zu dem Schluß gelangt, daß sich aufgrund der ökonomischen Imperative der Tourismusindustrie das Paradiesmodell zwangsläufig zum Pilgerfahrtmodell wandelt. Eine Art marxistischer Ansatz. Postmarxistisch natürlich.«

»Natürlich«, murmelte Bernard.

»Nehmen Sie eine Insel. Irgendeine Insel. Nehmen Sie Ohau. Schauen Sie auf die Landkarte. Was sehen Sie in neun von zehn Fällen? Eine Straße, die sich kreisförmig am Rand der Insel entlangzieht. Und was ist diese Straße? Ein Förderband, das die Leute von einer Touristenfalle zur nächsten bringt, immer schön schubweise, eine Ladung geht, die nächste kommt. Ebenso ist es mit Kreuzfahrtrouten, Charterflügen – «

»*Just in time*«, sagte Brian Everthorpe.

»Bitte?« fragte Sheldrake unwirsch. Er war gerade so schön in Schwung gewesen.

»Wir aus der Industrie nennen das *just-in-time*«, sagte Brian Everthorpe. »Jedem Arbeitsgang am Montageband wird eine Karte beigegeben, aus der die Arbeiter ersehen, wann der nächste Handgriff fällig ist, nämlich genau dann, wenn er gebraucht wird. Verhindert Engpässe.«

»Hochinteressant.« Sheldrake griff nach Notizbuch und Kugelschreiber. »Wo kann ich das nachlesen?«

»Erfunden hat das Ganze ein Dr. Ono, ein Japs natürlich. War bei Toyota. Daher der Spruch *Oh no*, nicht noch ein japanisches Auto!« Everthorpe hielt, nachdem er seinen Witz ausgiebig belacht hatte, eine Videokassette hoch. »So, Leute, weil ihr so brav Werbung geguckt habt, kriegt ihr jetzt was ganz Besonderes geboten: Everthorpes Heimvideo. Holt euch ein paar Sessel ran und macht's euch gemütlich, gleich geht's los.«

»O Himmel«, stöhnte Dee leise.

»Zum Schneiden oder Vertonen hat die Zeit nicht gereicht«, erläuterte Brian Everthorpe, während die Gäste sich mehr oder weniger gespannt um ihn scharten. »Es ist eine sogenannte Rohfassung. Bitte deshalb um Nachsicht. Der Arbeitstitel: *Zwei Everthorpes im Paradies.*«

»Jetzt fang schon an, Bri«, sagte Beryl und zog beim Hinsetzen die Purpurrüschen unter den Hinterbacken glatt.

Der Film begann mit einem Shot auf zwei halbwüchsige Jungen und eine ältere Dame, die winkend auf der Vortreppe eines auf mittelalterlich gemachten Hauses mit bleiverglasten Fenstern und integrierter Garage standen. »Unsere Söhne und meine Mutter«, erläuterte Beryl. Es folgte eine lange Nahaufnahme, bei der man ausführlich Gelegenheit hatte, ein Schild mit der Aufschrift »East Midlands Airport« zu bewundern, danach eine unruhige Sequenz mit einem durchdringenden Jaulton auf der Tonspur, in der Beryl in ihrem rotgelben Kleid und goldglitzerndem Modeschmuck eine steile Treppe erklomm, die zu einer Propellermaschine führte. Oben blieb sie abrupt stehen, drehte sich um und winkte in die Kamera, was zu einer Kollision hinter und unter ihr führte, bei der die Fluggäste mit der Nase an die Hinterfront ihres Vordermannes stießen. Eine Apfelsine hüpfte die Stufen hinunter und kollerte über den Asphalt. Danach sah man durch ein Flugzeugfenster, schief und verwackelt, die Vororte des westlichen London, danach, weitwinklig aufgenommen die überfüllte Abflughalle des berühmt-berüchtigten Terminal Four. Der Zoom holte zwei Herren in Travelwise-Uniform ins Bild, der Größere, ein Mann in mittleren Jahren, hielt sich militärisch straff, der andere, ein nicht sehr großer, magerer Jüngling, sah finster in die Linse. Die bislang eher angeödeten Zuschauer wurden hellwach, als sie die beiden erkannten.

»An den Älteren erinnere ich mich«, rief Sue. »Der war sehr zuvorkommend.«

»Was man von dem Jüngeren nicht behaupten konnte«, sagte Cecily. »Und er hatte schreckliche Schuppen.«

Szenenwechsel. Lange Kamerafahrt durch einen der endlosen Gänge von Heathrow, auf dem Fluggäste den numerierten Flugsteigen zustrebten. Im Mittelgrund erschien ein kleines Fahrzeug, das einem Golfwagen ähnelte und sich entgegen dem Fluggaststrom bewegte, und plötzlich – um ihn herum gab es belustigte Bemerkungen und Gelächter – erkannte Bernard auf dem Rücksitz des Buggy sich selbst, bärtig und verbissen blickend, und seinen vergnügt nach rechts und links winkenden Vater. Eine Sekunde standen sie in Großaufnahme auf dem Schirm, dann blendete die Kamera ab. Es war eine außergewöhnliche, beängstigende Erscheinung – wie ein Fragment aus einem abgebrochenen Traum oder eine Sequenz aus jenem Film des eigenen Lebens, der in der Sekunde des Ertrinkens an einem vorbeizieht. Wie verdruckst, verbiestert und verklemmt er ausgesehen hatte! Wie schäbig er angezogen und wie kläglich vermottet dieser Bart gewesen war!

Sie tauchten noch ein paarmal auf, er und sein Vater, zusammen mit anderen Mitgliedern der Travelwise-Gruppe, die ihren eigenen Auftritt lachend und johlend, mit Bravo- und Buhrufen quittierten: Im Warteraum des Flugstiegs, auf dem Flug nach Los Angeles in der Schlange vor den Toiletten und bei der *lei*-Verteilung auf dem Flughafen von Honolulu. »Das ist Klasse«, sagte Linda Hanama. »Kann ich davon eine Kopie haben? Sehr nützlich für die Ausbildung.«

Dann kam ein eher privater Filmteil, eingeleitet durch eine etwas peinliche Sequenz, in der Beryl, angetan mit einem transparenten Nachthemd, im Hotel aus dem Bett stieg. Das Publikum quiekte und pfiff. Beryl gab ihrem Mann einen Knuff. »Warum hast du mir nicht gesagt, daß man durch das Nachthemd durchsehen kann!«

»Hey, Brian, willst du ins Sexfilm-Geschäft einsteigen?« erkundigte sich Sidney.

»Auf dem Porno-Kanal im Hotel hab ich Schlimmeres gesehen«, bemerkte Russ Harvey. »Viel Schlimmeres.«

»Aber den guckst du jetzt nicht mehr, Schatz«, sagte Cecily mit ganz leiser Schärfe in der Stimme.

»Natürlich nicht, Mausi.« Russ zog seine Frau an sich und gab ihr einen Kuß auf die Nase.

Auf dem Bildschirm warf Beryl sich ein Negligé über, gähnte gekünstelt und schlenderte in Richtung Balkon. Über den gedämpft durch die geöffnete Balkontür dringenden Verkehrslärm legte sich plötzlich das durchdringende Jaulen eines Krankenwagens. »Cut«, hörte man Brian Everthorpe schreien. Beryl hörte auf zu schlendern und sah stirnrunzelnd in die Kamera. Dann legte sie sich wieder ins Bett und wachte abermals auf.

»Mußte ich zweimal drehen, wegen des Krankenwagens«, sagte Brian Everthorpe. »Die erste Szene schneide ich natürlich raus.«

»Wann war das?« wollte Bernard wissen.

»An unserem ersten Tag.«

Bernard spürte, wie sich seine Nackenhaare sträubten.

Es folgte eine ausführliche Dokumentation des Sunset Beach-Luau nebst Bühnenschau mit redlich bemühten Hula-Tänzerinnen und Feuerschluckern vor einem Publikum in Bankreihen, die sich bis in die Unendlichkeit zu erstrecken schienen. Dann kam, verwackelt, aber unverkennbar, ein Shot von Bernard, der nächtens vor dem Waikiki Coconut Grove Hotel Sue die Hand schüttelte.

»Schau mal an!« Sidney stieß Bernard in die Rippen. »Ich sag's ja immer: »Stille Wasser sind tief...«

»Haben Sie gar nicht gemerkt, daß ich Sie gefilmt habe, was?« freute sich Brian Everthorpe.

»Lassen Sie sich nicht ärgern, Bernard. Er hat mich nur nach Hause gebracht, wie sich das für einen Gentleman gehört«, sagte Sue mit großer Geste, wobei sie vergaß, daß sie ein Glas in der Hand hielt, so daß der Mai Tai auf ihr Kleid schwappte. »Hoppla! Na, macht nichts, morgen fliegen wir nach Hause.«

Als jetzt der Film getreulich den Streifzügen und Abenteuern der Everthorpes auf Oahu folgte, machten sich bei den Zuschauern erneut Ermüdungserscheinungen bemerkbar. Da Brian stets hinter der Kamera stand, mußte bei diesen Sequenzen meist Beryl für den persönlichen Touch sorgen, an Stränden, Gebäuden und Palmen posierend, in die Kamera strahlend oder hingerissen in die Ferne blickend. Sie schien die Unruhe im Publikum zu spüren und sagte zu Brian, er solle ein bißchen »draufdrücken«. Etwas unwillig betätigte er den schnellen Vorlauf an seiner Fernbedienung, was den Unterhaltungswert des Streifens zweifellos erhöhte. In Pearl Harbor schoß ein Boot der US Navy torpedogleich auf die *Arizona* zu und spie einen Schwarm von Urlaubern aus, die ein paar Sekunden auf dem Mahnmal herumwuselten, ehe sie wieder in ihr Schiff gesaugt und abrupt zur Küste zurückgeschossen wurden. Im Sea Life Park stiegen Killerwale aus dem Wasser des Pools wie Polarisraketen. Die Küstenlinie von Oahu mit ihren gebirgig-vulkanischen Verwerfungen huschte vorbei wie ein Schatten. Im Polynesischen Kulturzentrum entfaltete sich fieberhafte ethnische Tätigkeit – wie besessen wurde gewebt, geschnitzt, kriegsgetanzt, Kanu gefahren, Volksfest gefeiert, musiziert und Theater gespielt.

Dann wechselte die Szene, ein Sandstrand kam ins Bild, und Brian Everthorpe schaltete wieder auf den Normalgang. Offenbar hatte er für diese Sequenz einen Dritten als Kameramann gewonnen, denn man sah ihn und Beryl in Badekleidung am Wasser hingelagert. Everthorpe zwinkerte in die Kamera und rollte sich auf seine Gemahlin, was das Publikum erneut zum Johlen und Pfeifen animierte.

»Erinnert euch das an was?« fragte er, während eine Welle am Strand auslief und über die eng umschlungenen Everthorpes schwappte.

»Burt Lancaster und Deborah Kerr«, ließ sich eine australisch eingefärbte Stimme aus dem Hintergrund vernehmen. *»Verdammt in alle Ewigkeit.«*

»Ge-nau!« sagte Brian.

»Das ist nämlich der Strand, an dem sie die Szene gedreht haben.«

> *»Bauch, Schulter und blankes Gesäß,*
> *fischgleich blitzen sie auf;*
> *Nymphen und Satyre*
> *kopulieren in der Gischt . . .«*

sagte Bernard halblaut.

»Wie war das, alter Junge?« erkundigte sich Sheldrake.

Bernard fragte sich vergeblich, weshalb Sheldrake ihn neuerdings mit dieser etwas gönnerhaften Anrede beglückte. Vielleicht war dem Tourismusexperten Michael Mings Liebedienerei zu Kopf gestiegen oder die Tatsache, daß Dees Gesicht in Bewunderung erstrahlte, wenn Sheldrake nur den Mund aufmachte.

»Eine Zeile aus demselben Gedicht«, erläuterte Bernard.

»Scheint mir nicht ganz stubenrein zu sein«, bemerkte Dee.

»Die Neoplatoniker gingen davon aus, daß es im Himmel keinen Sex gibt«, sagte Bernard. »Und Yeats wollte da wohl eine neue Sicht einbringen...« Womöglich wäre das was für Ursula gewesen, dachte Bernard. Oder nein, vielleicht lieber doch nicht...

»Bumsen am Strand?« sagte Brian Everthorpe. »Stark überbewertete Freizeitbeschäftigung, wenn ihr mich fragt.«

»Was weißt denn du davon?« fragte Beryl.

»Jeder Ingenieur kann dir bestätigen, daß Sand sehr schlecht für bewegliche Teile ist«, sagte Brian Everthorpe und entzog sich geschickt Beryls Griff.

Auf Mr. Bests Kommando erhob sich die ganze Familie und verließ im Gänsemarsch die Bar.

»Warum wollen Sie denn schon gehen?« rief Brian Everthorpe ihnen nach. »Das Beste kommt doch noch. Die australischen Lebensretter. Der ertrunkene Bräutigam, durch den Kuß des Lebens der Liebsten wiedergeschenkt.«

Die Besttochter blieb stehen und warf einen sehnsüchtigen Blick auf den Bildschirm. »Komm jetzt, Amanda, laß das Trödeln.«

Amanda schnitt hinter dem Rücken ihres Vaters eine Grimasse. Als sie merkte, daß Bernard sie beobachtet hatte, wurde sie rot. Er winkte ihr lächelnd zu. Ein Jammer, dachte er. Sie schließen selbst sich aus vom Fest des Lebens...

Auf dem Bildschirm war jetzt der Strand von Waikiki zu sehen, mit dem vertrauten stumpfen Kegel des Diamond Head im Hintergrund und einer Totale von Terry, Tony und Russ beim Wellenreiten. Die Australier hielten sich gewandt auf ihren Boards, es war eine wahre Freude, ihnen zuzusehen. Russ beherrschte sein Brett im Knien schon recht gut, aber wenn er versuchte, sich aufzurichten, kippte er meist um.

An der Tür kam es zu einer geräuschvollen Ablenkung. »Nein«, hörte man eine Männerstimme sagen, »ich habe keine Einladung. Wir sind Freunde von Mr. Sheldrake, er ist hier auf der Party«, und Michael Mings Antwort: »Dann kommen Sie doch bitte herein, Freunde von Mr. Sheldrake sind hier stets willkommen.«

»Na wunderbar, da sind sie ja«, sagte Roger Sheldrake und ging den Neuankömmlingen entgegen. Indessen wurde das Geschehen auf der Mattscheibe etwas unübersichtlich, weil die Kamera wild zwischen Strand, Himmel und Meer hin- und herschwankte.

»Kleiner Jitter«, sagte Brian Everthorpe. »Unvermeidlich, wenn man mit dem Ding in der Hand rennen muß...«

Roger Sheldrake führte seine Gäste, einen Mann mittleren Alters und eine junge Frau, zu zwei Sesseln direkt vor Bernard. »Schön, daß ihr es geschafft habt. Dee, das ist Lewis Miller, ich hab dir ja von ihm erzählt.«

»Hi«, sagte der Mann. »Und das ist Ellie.«

»Hi«, sagte Ellie lustlos.

Alle schüttelten sich ausgiebig die Hand. Sheldrake, der sah, daß Bernard die beiden fasziniert anstarrte, bezog auch ihn in die Vorstellung mit ein. »Lewis ist ein alter Tagungskumpel von mir«, erläuterte er. »Bin ihm heute vormittag in der Uni-Bibliothek zufällig in die Arme gelaufen. Hatte ganz vergessen, daß er hier lehrt. Ich hol euch einen Drink. Mai Tai heißt das Zeug, glaube ich.«

»O Gott, nein«, sagte Ellie. »Für mich einen Wodka-Martini, bitte.«

»Bourbon on the rocks, wenn du so nett wärst, Roger«, sagte Lewis Miller.

Die Bildführung war wieder etwas ruhiger geworden. Man sah Cecily in Nahaufnahme rufend und gestikulierend am Wasser stehen, sah weit draußen auf den Wellen Köpfe und Surfbretter tanzen. Es waren dramatische Filmmeter, Bernards Aufmerksamkeit aber schweifte immer wieder ab. Lewis Miller war nicht – wie er sich aus unerfindlichen Gründen eingebildet hatte – groß, sportlich und gut aussehend, sondern überraschend klein und zierlich, das gelbgraue Haar hatte er sorgfältig über eine kahle Stelle gekämmt, und das langgezogene Gesicht wirkte leicht melancholisch. Seine Begleiterin war einige Zentimeter größer als er, eine gutaussehende junge Frau von hochfahrendem Wesen mit langem rötlichbraunem Haar, das wie ein dickes Tau über einer Brust hing.

»Sieht ja sehr aufregend aus«, sagte Lewis Miller. »Was geht denn da vor?«

Russ Harvey lehnte sich zu ihm herüber. »Das bin ich, wie Terry und Tony mich rausholen, und das ist Cecily, meine Frau, wie sie Mund-zu-Mund-Beatmung bei mir macht. Sie wollte es unbedingt selber machen, hat sie sich einfach nicht nehmen lassen.«

»Ich hab's im Erste-Hilfe-Kurs gelernt«, sagte Cecily. »Ich war bei den Rangers, ich hab eine Medaille.«

»Das erste, was ich sah, als ich wieder zu mir kam, war Cess, die sich über mich beugte, um mich zu küssen.«

»Toll«, sagte Lewis Miller. »Die reinste Seifenoper, nicht, Ellie?«

»War nicht vorhin von einem Wodka-Martini die Rede?« sagte Ellie, ohne einen Anwesenden direkt anzusprechen.

»Bitte sehr, bitte gleich«, tönte Roger Sheldrake, der ein Tablett mit Gläsern balancierte. »Noch jemand einen Mai Tai?«

»Und dann mußte ich spucken«, sagte Russ.

»Igitt«, murmelte Ellie und sah weg.

»Schade, daß ich erst jetzt erfahre, daß du in Honolulu bist, Roger«, sagte Lewis Miller. »Du hättest einen Vortrag vor meinen Studenten halten können.«

»Sind Sie auch Anthropologe?« fragte Dee.

»Nein, Klimatologe. Roger und ich haben uns auf einer interdisziplinären Tourismustagung kennengelernt.«

Bernard merkte, daß jemand ihn am Ärmel zupfte. Es war Michael Ming. »Entschuldigen Sie«, zischelte er, »aber nach diesem Gespräch habe ich den Eindruck, daß der da...« Er nickte zu Sheldrake hinüber... »Professor ist. Stimmt das?«

»Ja, das stimmt«, bestätigte Bernard. »Warum?«

»Es ist nur so, daß ich normalerweise Hochschullehrern nicht täglich Champagner und Obstkörbe aufs Zimmer schikke«, sagte Michael Ming. »Oder eine Großraumlimousine zum Flughafen. Oder jeden Abend frische Blumen. Ich dachte, das ist ein Pressemensch.« Er ging davon wie jemand, dem etwas Schweres auf den Kopf gefallen ist.

»Lewis ist ganz groß in Wirkungsstudien«, sagte Sheldrake gerade zu Dee. »Er hat eine berühmte Abhandlung geschrieben, in der er darlegt, daß die Durchschnittstemperatur in Honolulu zwischen 1960 und 1980 um 1,5 Grad gestiegen ist, weil so viele Bäume wegen der Parkplätze abgeholzt worden sind.«

»Und Joni Mitchell hat sein Opus dann vertont«, ulkte Lewis Miller.

»Ja, ich weiß, was Sie meinen«, sagte Sue. Sie schnippte mit den Fingern und sang:

»Beton aufs Paradies, und einen Parkplatz drauf...«

»Sehr gut!« Lilian Brooks klatschte Beifall. »Prima Stimme.«

»Beton reflektiert nämlich die Wärme, während Laubwerk sie absorbiert.«

*»Das Grünzeug weg und in ein Bäumemuseum,
Eintritt anderthalb Dollar, das ist doch nicht dumm...«*

Sue machte die Augen zu und wiegte sich im Rhythmus des Songs, bis sie vom Sessel fiel und alle viere von sich streckte. Lachend sah sie zu den anderen auf.

»Du hast einen Mai Tai über den Durst getrunken«, sagte Dee streng und half ihr hoch.

»Hey, nicht ganz so laut, wenn's geht«, sagte Russ. »Das möchte ich nämlich hören...«

Auf dem Bildschirm standen er und Cecily Hand in Hand vor einem lächelnden Hawaiianer in weißem Anzug. »Willst du, Russell Harvey...«, sagte er gerade.

»Haben Sie hier auf Hawaii geheiratet?« fragte Lewis Miller.

»Nein, das war ihre zweite Vereinigungsleier.«

»Feier, Sue«, korrigierte Dee. »Vereinigungsleier ist das, was die Everthorpes andauernd filmen.«

Sue quietschte vor Lachen – ob über Dees Bonmot oder ihren Versprecher, blieb unklar – und fiel wieder vom Sessel.

Ellie leerte ihr Glas und stand auf. »Ich muß jetzt gehen. Kommst du mit, Lewis?«

»Aber ihr seid doch gerade erst gekommen«, protestierte Sheldrake. »Trinkt noch was. Probiert den Mai Tai.«

»Kenne ich«, sagte Ellie. »Einmal und nicht wieder. Lewis?«

»Roger reist morgen ab, Ellie«, sagte Lewis bittend. »Wir haben uns so viel zu erzählen ...«

»Ich dachte, wir vier könnten zusammen essen«, sagte Sheldrake. »Dee und ich und ihr beide.«

Hawaiian Wedding Song«, verkündete Brian Everthorpe. Drei angejahrte Hawaiianer in identischen Aloha-Shirts erschienen auf dem Bildschirm, zupften die Ukulele und jaulten zum Steinerweichen.

Sue setzte sich neben Bernard. »Hinterher muß man seinen Nebenmann küssen«, teilte sie ihm mit.

»Tut mir leid, aber ich habe noch zu arbeiten. Dann bis später, Lewis.« Ellie warf sich den Zopf über die Schulter wie eine Löwin, die mit dem Schweif die Luft peitscht, und stakste hinaus.

»Tut mir leid, Roger«, sagte Lewis Miller, griff nach einem der restlichen Mai Tais und nuckelte bedrückt an dem Strohhalm. »Wir sind vorhin mächtig aneinandergerasselt, Ellie und ich. Im Augenblick läuft es nicht besonders bei uns.«

»Freuen Sie sich schon auf zu Hause?« fragte Sue.

»Noch ist es nicht so weit«, sagte Bernard. »Mein Vater liegt noch im Krankenhaus. Aber ehrlich gesagt zieht es mich zur Zeit nicht nach Rummidge zurück.«

»Rummidge? Da hat ja Brian seine Firma«, krähte Beryl.

In rasantem Tempo, scheinbar ohne die Hände zu bewegen, holte Brian Everthorpe eine Visitenkarte hervor. »Riviera-Sonnenbänke. Wenn Sie Interesse haben, ... Sie kriegen Rabatt. Jederzeit.«

»Wo wohnen Sie denn in Rummidge?« wollte Beryl wissen, und Bernard war genötigt, ihr Rede und Antwort zu stehen, während er gleichzeitig versuchte, mitzubekommen, was Lewis Miller gerade sagte.

»Ich glaube, sie will mich abhängen«, sagte Miller. »Und ganz unter uns, Roger, ich mach drei Kreuze, wenn's soweit ist. Ich sehne mich nach den Kindern. Nach meinem Zuhause. Und, ja, sogar nach meiner Frau.«

»Wir sollten unsere Adressen austauschen«, sagte Beryl.

»Ob Sie wohl einen Zettel und einen Kugelschreiber für uns hätten?« fragte sie Linda Hanama, die gerade zu ihnen trat.

»Aber ja.« Linda zog ein weißes Blatt Papier aus ihrem Klemmbrett. »Ich wollte Ihnen sagen, daß Sie ausgerufen werden, Mr. Everthorpe. An der Rezeption ist jemand, der Sie sprechen möchte. Ein Mr. Mosca?«

Brian Everthorpe wurde blaß unter seiner knackigen Bräune und stoppte den Film. Sue quiekte enttäuscht, als die Sänger vom Bildschirm verschwanden.

»Wir müssen los, Schätzchen.« Brian ließ hurtig die Kassette aus dem Videorecorder hüpfen.

»Aber wir haben die Adressen noch nicht ausgetauscht«, wandte Beryl ein.

»Nicht nötig.« Brian Everthorpe entriß Bernard seine Visitenkarte. »Gute Nacht allerseits.« Er drängte die protestierende Beryl aus der Bar.

»Ich muß auch gehen«, sagte Bernard und erhob sich schwankend. »»Unsre Spiele sind nun zu Ende.'«

»Was ist – krieg ich keinen Kuß?« fragte Sue, woraufhin sie natürlich einen bekam. »Wenn ich Des nicht hätte, könnt ich mich an dich gewöhnen, Bernard«, sagte sie. »Grüß deinen Dad herzlich von mir.«

Bernard fand sich in der Halle des Waikiki Surfrider wieder, ohne daß er hätte sagen können, wie er dort hingekommen war. Am Empfang ließ er sich seinen Schlüssel aushändigen, dem eine Mitteilung der Direktion beilag. Darin wurde die Hoffnung ausgesprochen, er habe sich wohlgefühlt, und vorsorglich darauf hingewiesen, das Zimmer sei am nächsten Tag bis zwölf Uhr mittags zu räumen.

»Hätten Sie wohl ein Zimmer frei, wenn ich noch ein Jahr bleiben möchte?« fragte Bernard.

»Ein Jahr, Sir?«

»Pardon. Eine Woche natürlich.« Bernard schüttelte den Kopf und hieb mit der Faust dagegen. Der Mann am Empfang befragte seinen Computer und bestätigte, daß er Bernard eine weitere Woche unterbringen könne.

In Zimmer 1509 zog Bernard die Schuhe aus, setzte sich aufs Bett, löschte alle Lampen bis auf die über dem Telefon und wählte die Nummer von Ursulas Wohnung.

»Sag mal, wo steckst du denn die ganze Zeit?« fragte Tess.

»Entschuldige, ich weiß gar nicht, wie spät es ist...« Er sah auf die Uhr. »Lieber Himmel! Schon halb neun...«

»Hört sich an, als ob du betrunken bist...«

»Ein bißchen. Sie haben es sehr gut gemeint mit den Mai Tais.«

»Ich konnte mit dem Essen nicht mehr warten, da habe ich mir ein Omelette gemacht.«

»Das tut mir aber leid, Tess. Zwei Tage hintereinander Omelette...«

»Macht nichts. Ich wollte sowieso nicht weg. Ich bin beim Packen.«

»Beim Packen? Wieso?«

»Weil ich morgen nach Hause fliege. Ich habe einen Platz auf der 8.40-Maschine bekommen. Kannst du mich zum Flughafen fahren?«

»Ja, natürlich. Aber du bist doch gerade erst angekommen.«

»Ich weiß, aber... ich werde zu Hause gebraucht.«

»Frank hat angerufen?«

»Ja. Er hat Briony in die Wüste geschickt. Und wird mitten in der Nacht von Patrick geweckt, weil der Junge wissen will, wo ich bin.«

»Das ist aber schade. Ich dachte, wir könnten ein paar Tage Touristen spielen. Pearl Harbor anschauen. Schnorcheln gehen. Ich habe eine ganze Plastikmappe voller Gutscheine für alle möglichen schönen Sachen.«

»Das ist lieb gedacht, Bernard, aber ich muß zurück, ehe Patrick einen seiner Anfälle kriegt. Du wirst Daddy allein nach Hause bringen müssen. Ich habe heute nachmittag mit seinem Arzt gesprochen. Er meint, daß Daddy in einer Woche reisefähig ist.« Sie fing an, sich des längeren über die erforderlichen Reisevorbereitungen auszulassen, aber dann unterbrach sie sich. »Warum reden wir darüber eigentlich am Telefon? Wo bist du denn?«

»Noch unterwegs. Aber ich komme bald.«

Er legte auf und wählte Yolandes Nummer.

»Hi. Wie ist es dir ergangen?« fragte sie.

»Ich weiß gar nicht, wo ich anfangen soll...«

»Wie war die Wiedersehensfeier?«

»Ziemlich feuchtfröhlich.«

»*Feuchtfröhlich?* Seit wann gibt es in Sankt Joseph Alkohol?«

»Ach, du meinst Daddy und Ursula . . . Das ist alles bestens gelaufen. Entschuldige, ich bin ein bißchen durcheinander. Ich war nämlich gerade auf einer Party für meine Reisegruppe. Sie fliegen morgen zurück. Wahrscheinlich mit derselben Maschine wie Tess.«

»Tess fliegt morgen wieder nach England?«

»Ja.« Er berichtete kurz, was er von Tess erfahren hatte.

»Es ist ihr Leben«, meinte Yolande. »Wenn du mich fragst – ich habe den Eindruck, daß sie eine einmalige Chance verschenkt. Aber Ursula und dein Vater sind klargekommen?«

»Ja. Alles geschlichtet, alles verziehen. Ursula ist glücklich und zufrieden. Ich habe gesagt, du würdest sie im Makai Manor besuchen, wenn ich nicht mehr da bin. Du hast doch nichts dagegen?«

»Nein, das mache ich gern.«

»Und ich habe ihr gesagt, daß sie ihr Geld Patrick vermachen soll.«

Am anderen Ende der Leitung blieb es einen Augenblick still. »Und warum?«

»Du hast mir abgeraten, ich weiß. Aber irgendwie war es ein so besonderer Tag, es war so befriedigend, Daddy und Ursula wieder zusammenzubringen, daß es mir widerstrebte, materiell davon zu profitieren. Wahrscheinlich ist es sehr dumm von mir . . .«

»Und wahrscheinlich liebe ich dich gerade deswegen, Bernard«, sagte Yolande seufzend.

»Dann bin ich froh, daß ich es gemacht habe. Übrigens habe ich heute abend deinen Mann kennengelernt.«

»*Was?* Lewis? Wie denn? Wo denn?«

»Auf dieser Party. Ein gewisser Sheldrake hatte ihn eingeladen.«

»Nicht zu fassen. Hast du mit ihm gesprochen?«

»Sheldrake hat uns miteinander bekannt gemacht. Ich habe natürlich nicht rausgelassen, daß ich dich kenne. Er hatte offenbar gerade Krach mit seiner Freundin gehabt.«

»Die war auch da? Ellie?«

»Ja, aber nur kurz. Dann ist sie beleidigt abgerauscht.«

»Erzähl weiter.«

»Viel mehr gibt's da nicht zu erzählen. Er glaubt, daß sie ihn loswerden will.«

»Das hat er gesagt?«

»Ja. Und daß er sich nach dir sehnt. Und nach dem Haus. Und nach den Kindern.«

Wieder blieb es eine ganze Weile still in der Leitung. »Kriegt deine Schwester das alles mit, Bernard?« fragte Yolande schließlich.

»Nein, nein. Ich bin im Waikiki Surfrider. Wobei mir einfällt, daß ich bis morgen vormittag entweder meine Reservierung verlängern oder das Zimmer aufgeben muß. Was meinst du? Es war aufregend, mich hier mit dir zu treffen, ganz im geheimen, ganz anonym. Aber jetzt, wo unsere Beziehung irgendwie.. irgendwie normaler geworden ist, käme es mir vielleicht ein bißchen komisch vor... Dieses Zimmer war wie eine Art Kapsel, eine Blase in Zeit und Raum, schwerelos, in der die Regeln des normalen Alltagslebens aufgehoben waren. Weißt du, was ich meine? Wenn Tess abgereist ist, könnten wir uns vielleicht in der Wohnung treffen. Jetzt wäre mir das nicht mehr peinlich, glaube ich. Was denkst du?« Atemlos hielt er inne.

»Ich denke, wir sollten es ein bißchen langsamer angehen lassen, Bernard«, sagte Yolande.

»Langsamer angehen lassen?«

»Unsere Sache zunächst auf Eis legen. Ich muß jetzt erst mal verdauen, was du mir erzählt hast.«

»Soll ich also das Zimmer aufgeben?«

»Ja. Tu das.«

»Wenn du meinst...«

»Das bedeutet nicht, daß ich nicht mehr mit dir zusammensein will.«

»Nein?«

»Ganz und gar nicht. Wir können anderes zusammen machen.«

»Pearl Harbor zum Beispiel und das Polynesische Kulturzentrum.«

»Auch das, wenn's sein muß. Sag mal, Bernard, du weinst doch nicht etwa?«

»Natürlich nicht.«

»Ich glaube wirklich, du weinst, du großer Dummerjan.«

»Ich fürchte, es war ein bißchen viel Alkohol.«

»Versteh doch, Bernard ... Ich muß diese neue Sache mit Lewis überdenken. Ich wünschte, du hättest ihn nicht kennengelernt. Ich wünschte, du hättest es mir nicht erzählt.«

»Ich auch.«

»Aber es ist nun mal passiert, und ignorieren kann ich es nicht. Mist, jetzt hast du mich auch zum Heulen gebracht. Das kommt alles nur von deiner unverbesserlichen Ehrlichkeit.«

»Meinst du ...«

»Ich muß Schluß machen. Roxy ist eben gekommen. Ich ruf dich morgen an, okay?«

»Ja, schön.«

»Gute Nacht, liebster Bernard.«

»*Aloha*«, sagte er.

Sie lachte ein bißchen mühsam. »Seit wann stehst du auf Folklore?«

»Hallo, leb wohl, ich liebe dich.«

4

»Der Theologe von heute steht deshalb vor der Frage: Was läßt sich noch retten aus dem eschatologischen Trümmerhaufen?

Das traditionelle Christentum war im wesentlichen teleologisch und apokalyptisch orientiert. Es stellte das individuelle wie auch das kollektive Menschenleben als linearen Prozeß dar, der bis zu einem Ende führte und dem die Zeitlosigkeit folgte: Tod, Gericht, Himmel und Hölle. Das Diesseits war eine Vorbereitung auf das ewige Leben, das allein dem Leben auf dieser Erde einen Sinn gab. Auf die Frage: ›Warum hat Gott dich geschaffen?‹ antwortete der Katechismus: ›Gott hat mich geschaffen, auf daß ich ihn erkenne und liebe, ihm in dieser Welt diene und auf immer und ewig in der nächsten Welt glücklich mit ihm sei.‹ Doch die uns in der christlichen Lehre überlieferten Begriffe und Bilder dieser nächsten Welt sind für nachdenkliche, gebildete Männer und Frauen unserer Zeit unglaubwürdig geworden. Die Vorstellung eines individuellen Weiterlebens nach dem Tode wird von fast allen bedeutenden Theologen des 20. Jahrhunderts mit Skepsis und einiger Befangenheit behandelt oder stillschweigend übergangen. Bultmann, Barth, Bonhoeffer und Tillich, um nur einige Beispiele zu nennen, sogar der Jesuit Karl Rahner – sie alle haben die herkömmlichen Vorstellungen von einem persönlichen Überleben nach dem Tode zurückgewiesen. Für Bultmann war das Konzept eines ›Übergangs in eine himmlische Welt des Lichts, in dem das Ich eine himmlische Gewandung, einen geistigen Körper erhält‹ nicht nur ›vom Verstand her unbegreiflich‹, sondern ›völlig sinnlos‹. Rahner sagt in einem Interview: ›Mit dem Tod ist alles aus. Das Leben ist vorbei und kommt nicht wieder.‹ Schriftlich äußerte er sich zurückhaltender und argumentierte, die Seele würde überleben, aber in einem unpersönlichen, ›pankosmischen‹ Zustand:

... die Seele wird, indem sie im Tod ihre begrenzte körperliche Struktur aufgibt, offen für das Universum und in gewisser Weise ein mitbestimmender Faktor des Universums in eben dessen Eigenschaft als Grund für das persönliche Leben anderer geistig-leiblicher Wesen.

Doch das ist nur metaphysisches Geschwätz, in dem lediglich zum Ausdruck kommt, daß man ein unaufdringlich-abstraktes einem primitiv-anthropomorphischen Jenseits vorzieht, das wohl allerdings dann kein Jenseits mehr ist, dem der Mensch freudig entgegensieht oder für das er gar bereit wäre, den Märtyrertod zu erleiden.

Natürlich gibt es immer noch viele Christen, die leidenschaftlich, ja, fanatisch an ein anthropomorphisches Leben nach dem Tode glauben, und eine noch größere Zahl, die gern daran glauben möchte. Auch herrscht kein Mangel an christlichen Seelenhirten, die diesen Vorstellungen Vorschub leisten, manche aus Überzeugung, andere, wie Amerikas Fernseh-Evangelisten, aus zweifelhaften Motiven. Der Fundamentalismus gedeiht besonders gut auf dem Nährboden der eschatologischen Skepsis einer verantwortungsbewußten Theologie, so daß die aktivsten und populärsten Ausprägungen heutigen Christentums gleichzeitig auch am stärksten intellektuell verarmt sind – was man im übrigen auch bei anderen großen Weltreligionen beobachten kann. In diesem Punkt – wie auch bei vielen anderen Problemen des 20. Jahrhunderts – hat W. B. Yeats den Nagel auf den Kopf getroffen:

Den Besten mangelt jede Überzeugung, während die Schlechtesten erfüllt sind von leidenschaftlicher Intensität.«

Bernard sah von seinem Skript auf, um festzustellen, ob seine Zuhörer – ein Häuflein von etwa zwanzig Leuten – ihm noch folgten. Er wußte, daß er kein guter Dozent war. Es gelang ihm nicht, Augenkontakt mit seinen Zuhörern zu halten (beim leisesten Aufglimmen von Zweifel oder Langeweile im Blick seines Gegenübers blieb er mitten im Satz stecken). Es war ihm nicht gegeben, nur anhand von Notizen frei zu sprechen, er mußte seine Vorlesungen Wort für Wort ausarbeiten und befrachtete sie dadurch so sehr mit Fakten, daß die Zuhörer sich schwertaten, sie nur mit dem Ohr aufzunehmen. All das wußte er, aber er war zu alt für neue Kunststücke und konnte nur hoffen, daß die sorgfältige Vorbereitung eine gewisse Entschädigung für die nicht sehr fesselnde Art des Vortrags war. Heute vormittag ›schienen nur drei, vier Zuhörer auf Durchzug geschaltet zu haben. Die anderen sahen ihn aufmerksam an oder schrieben mit. Wie immer waren neben den normalen Studenten auch etliche Gasthörer da – Missionare, die ein Sabbatjahr genommen hatten, Hausfrauen, die einen Abschluß an der Open University anstrebten, Religionslehrer, ein, zwei Methodistenpfarrer aus Afrika und zwei bedenklich dreinschauende anglikanische Nonnen, die bestimmt bald in ein anderes Seminar überwechseln würden. Das Trimester hatte erst in der vergangenen Woche wieder angefangen, und er kannte noch kaum einen Namen. Zum Glück würde nach dieser Einführungsvorlesung der Kurs als normales Seminar weiterlaufen, was ihm sehr viel mehr lag.

»Die moderne Theologie sieht sich deshalb in einer klassischen Konfliktsituation: Einerseits erfordert die Vorstellung eines persönlichen Gottes, der für die Erschaffung einer mit so viel Bösem und so viel Leid behafteten Welt verantwortlich ist, logischerweise die Vorstellung eines Jenseits, das all diese Mißstände zurechtrückt und einen entsprechenden Ausgleich schafft; andererseits werden herkömmliche Jenseitsbegriffe von intelligenten Menschen heute nicht mehr akzeptiert, und neue Konzepte, wie das von Rahner, vermögen die Phantasie nicht zu fesseln, ja, sind normalen Laien unverständlich. So überrascht es nicht, daß sich der Schwerpunkt moderner Theologie mehr und mehr auf das Streben nach christlichem Wandel im *Diesseits* verlagert hat, sei es in der Form von Bonhoeffers ›religionslosem Christentum‹, Tillichs christlichem Existentialismus oder der einen oder anderen Form der Befreiungstheologie.

Gibt es aber, wenn man dem Christentum seine Hauptstütze nimmt, die Aussicht auf ein ewiges Leben (und – seien wir ehrlich – die Drohung mit ewiger Strafe), überhaupt noch etwas, das es von weltlichem Humanismus unterscheidet? Man könnte den Spieß umdrehen und fragen, welche Aspekte des weltlichen Humanismus nicht aus dem Christentum stammen.

In diesem Zusammenhang ist eine Stelle in Matthäus Kapitel 25 besonders aufschlußreich. Von den synoptischen Evangelien geht Matthäus am ausführlichsten auf Apokalyptisches ein, und Wissenschaftler bezeichnen diesen Abschnitt manchmal als die Predigt über das Ende der Dinge. Das Kapitel schließt mit der bekannten Beschreibung von Christi Wiederkehr und Jüngstem Gericht:

Wenn der Menschensohn in seiner Herrlichkeit kommt und alle Engel mit ihm, dann wird er sich auf den Thron seiner Herrlichkeit setzen. Und alle Völker werden vor ihm zusammengerufen werden, und er wird sie voneinander scheiden, wie der Hirt die Schafe von den Böcken scheidet. Er wird die Schafe zu seiner Rechten versammeln, die Böcke aber zu seiner Linken.

Purer Mythos. Doch nach welchen Kriterien trennt Christus der König die Schafe von den Böcken? Es geht ihm nicht, wie man meinen könnte, um besondere Glaubensglut oder eine orthodoxe Beachtung religiöser Doktrin, weder um den regelmäßigen Gottesdienstbesuch noch die Einhaltung der Zehn Gebote, es geht ihm im Grunde überhaupt nicht um irgendwelche ›frommen‹ Dinge.

Dann wird der König denen auf der rechten Seite sagen: Kommt her, die ihr von meinem Vater gesegnet seid, nehmt das Reich in Besitz, das seit der Erschaffung der Welt für euch bestimmt ist. Denn ich war hungrig, und ihr habt mir zu essen gegeben; ich war durstig, und ihr habt mir zu trinken gegeben; ich war fremd und obdachlos, und ihr habt mich aufgenommen; ich war nackt, und ihr habt mir Kleidung gegeben; ich war krank, und ihr habt mich besucht; ich war im Gefängnis, und ihr seid zu mir gekommen. Dann werden ihm die Gerechten antworten: Herr, wann haben wir dich hungrig gesehen und dir zu essen gegeben, oder durstig und dir zu trinken gegeben? Und wann haben wir dich fremd und obdachlos gesehen und aufgenommen oder nackt und dir Kleidung gegeben? Und wann haben wir dich krank oder im Gefängnis gesehen und sind zu dir gekommen? Darauf wird der König ihnen antworten: Amen, ich sage euch: Was ihr für einen meiner geringsten Brüder getan habt, das habt ihr mir getan.

Die Gerechten scheinen geradezu verwundert über ihre Rettung – oder darüber, gerade deshalb errettet zu werden, weil sie selbstlos, aber pragmatisch und sehr diesseitig Gutes getan haben. Es ist, als habe Jesus diese im wesentlichen humanistische Botschaft hinterlassen, weil er wußte, daß wir uns eines schönen Tages von all dem mythisch-übernatürlichen Brimborium, in das sie eingepackt war, würden trennen müssen.«

Bernard fing den Blick einer der Nonnen auf und wagte ein Witzchen: »Es ist fast, als hätte ihm jemand einen Tip gegeben.« Die Nonne errötete und schlug die Augen nieder.

»Ich denke, das genügt für heute«, sagte er. »Bitte beschäftigen Sie sich bis zur nächsten Woche mit dem genannten Matthäus-Kapitel und den Kommentaren, die auf der Liste stehen, angefangen bei Augustin.« Bernard wandte sich an einen Religionslehrer, der einen zuverlässigen Eindruck machte. »Mr. Barrington, könnten Sie wohl die Diskussion mit einem kurzen Referat einleiten?«

Barrington nickte verlegen lächelnd. Während die anderen Studenten den Raum verließen, kam er nach vorn, um sich von Bernard weiteres Material für sein Referat nennen zu lassen. Danach nahm Bernard seine Unterlagen und machte sich auf den Weg in den Gemeinschaftsraum. Er fand, daß er sich eine Tasse Kaffee verdient hatte. Im Büro ging er an sein Postfach. Dort stand Giles Franklin, Spezialist für Missionsstudien, einer der dienstältesten Kollegen, verteilte abgezogene gelbe Bogen in den Fächern und begrüßte Bernard gutgelaunt. Bernard hatte den Kollegen noch nie verdrossen erlebt. Franklin war ein rundlicher, quecksilbriger Mann, der früher vermutlich Klosterbruder geworden wäre. Er hatte rosig-verschrumpelte Apfelbäckchen und weißes Haar mit einer natürlichen Tonsur. »Hier«, sagte er und drückte Bernard einen der gelben Bogen in die Hand. »Das Programm für die Mitarbeiterseminare in diesem Semester. Ich habe Sie für den 15. November eingeteilt. Übrigens . . .« Er senkte die Stimme. »Freut mich sehr, daß Sie jetzt endlich eine Vollzeitstelle bekommen.«

»Danke. Ich freue mich auch.« Bernard nahm eine Handvoll Umschläge und Papiere aus seinem Fach – zu Beginn des akademischen Jahres gab es immer viel Hauspost – und sah sie rasch durch. »Unter anderem bedeutet es, daß ich eine richtige –« Er war auf einen großen gelben Umschlag mit Luftpostaufkleber gestoßen und erstarrte.

»Was ist denn?« fragte Franklin scherzend. »Sie sehen ja aus, als hätten Sie Angst, Ihren Brief aufzumachen. Hat eine Redaktion Ihren Artikel abgelehnt?«

»Nein«, sagte Bernard. »Es ist privat.«

Statt in den Gemeinschaftsraum ging er mit dem Brief hinaus ins Freie. Es war ein strahlender Oktobertag. Die Sonne schien ihm warm auf die Schultern, aber in der für Rummidge ungewöhnlich milden Luft hing ein Hauch herbstlicher Frische. Ein Hochdruckgebiet und eine Brise von den Malvern Hills hatten den gewohnten Dunst vertrieben. Farben und Konturen wirkten fast unnatürlich klar und lebendig – wie auf den präraffaelitischen Landschaften in der Städtischen Gemäldegalerie. Kleine Schäfchenwolken zogen über einen strahlend blauen Himmel. Auf der anderen Seite des Rasens, auf dem im Sommer primitives Crocket gespielt wurde, leuchtete eine Blutbuche wie ein brennender Baum. Unter der Buche stand eine zu Ehren irgendeines früheren Collegepräsidenten gestiftete hölzerne Bank, auf der Bernard mit Vorliebe saß, wenn er Gedichte las. Er setzte sich, wog den dicken Umschlag in der Hand und besah sich Yolandes schräge Schrift, als könne sie ihm etwas über den Inhalt des Briefes verraten. Franklin hatte mit seiner scherzhaften Bemerkung gar nicht so unrecht gehabt: Bernard hatte Angst davor, den Umschlag aufzumachen. Warum hatte sie ihm geschrieben? Sie hatte es noch nie getan, er sah ihre Handschrift zum erstenmal, und daß der Brief von ihr war, wußte er nur, weil in der oberen linken Ecke des Umschlags ihr Absender stand. Sie rief ihn einmal in der Woche an, am Sonntagmorgen (britische Zeit), er stand dann schon am Studentenapparat in der leeren Halle bereit. Nur vor zehn Tagen war sie von dieser Regelung abgewichen, da hatte sie ihn mitten in der Nacht angerufen, um ihm zu sagen, daß Ursula friedlich eingeschlafen war. Am Sonntag darauf hatte sie ihm von der Beerdigung berichtet und versprochen, sich an diesem Wochenende wieder zu melden. Sie hatten bisher immer nur von Ursula gesprochen oder über Alltägliches aus ihren jeweiligen Lebensbereichen. Die Frage ihrer Beziehung war nach stillschweigender Übereinkunft noch immer »auf Eis gelegt«. Warum also hatte sie geschrieben? War es so etwas wie ein Trennungspapier? Er schob den Nagel unter die Klappe des Umschlags und riß ihn auf.

Liebster Bernard,

heute sollst Du, auch wenn ich gerade erst nach unserem Gespräch den Hörer aufgelegt habe, einen Brief von mir bekommen, weil ich Dir von Ursulas letzten Tagen und von der Beerdigung erzählen will und weil ich finde, daß das Telefon ein unbefriedigendes Medium zur Vermittlung wichtiger Dinge ist, besonders bei dem störenden Echo, das es manchmal über Satellit gibt. Und es macht mich ganz kribbelig, wenn ich mir vorstelle, daß Du dabei in der öffentlichen Telefonzelle eines Studentenwohnheims herumstehst. Jetzt, wo sie Dir einen richtigen Job gegeben haben, wirst Du Dir hoffentlich schleunigst einen eigenen Anschluß anschaffen!

Ursula war ein wunderbarer Mensch, ich habe sie in den wenigen Wochen unserer Bekanntschaft sehr lieb gewonnen. Wir haben viel über Dich gesprochen. Sie war so dankbar, daß Du Dir die Mühe gemacht hast, herzukommen und auch Deinen Vater mitgebracht hast. Das weißt Du natürlich schon, aber so was kann man ruhig ein paarmal sagen. Als klar wurde, daß es nun rasch mit ihr zu Ende ging, mußte ich ihr versprechen, Dich nicht noch einmal herzuholen. Sie wußte, daß das neue Semester gerade erst angefangen hatte, und auch wenn Du Dich hättest freimachen können, hätte sich, wie sie sagte, die weite Reise nicht gelohnt. »Bis er herkommt, kann man kein gescheites Wort mehr mit mir reden.« Ich fürchte, es war ein Schock für Dich, als ich anrief um Dir zu sagen, daß sie gestorben ist, aber sie hat es so gewollt. In der letzten Woche fühlte sie sich sehr schlecht, sie konnte die Schmerztabletten nicht mehr schlucken und bekam Spritzen. Viel reden konnte sie nicht mehr, aber sie hatte es gern, wenn ich kam und ihre Hand hielt. Einmal flüsterte sie: »Warum lassen sie mich nicht einfach sterben?« und in der gleichen Nacht ist sie dann friedlich eingeschlafen. Enid da Silva hat mich gleich am nächsten Morgen angerufen.

In den Wochen davor haben wir uns viel mit ihrer Beerdigung beschäftigt. Wir haben das beide nicht als morbid oder deprimierend empfunden, sie wollte einfach vor ihrem Tod alles so weit wie möglich in Ordnung bringen. Erst wollte sie festlegen, daß ihre Asche vom Diamond Head aus verstreut wird, auf der Küstenstraße, wo sie mal mit Dir angehalten hatte. Aber wegen irgendwelcher Hygienevorschriften ist das nicht zulässig, und weil der Wind um diese Zeit meist von See weht, wäre es auch nicht so einfach gewesen. Wie sie selbst sagte (sie hatte wirklich viel Humor): »Ich möchte mich schließlich nicht meinen Freunden ins Haar und in ihre besten Sachen hängen.« Deshalb hat sie dann bestimmt, daß ihre Asche auf See vor Waikiki verstreut werden soll.

Pater McPhee hielt eine kurze Trauerfeier im Krematorium. Außer Sophie Knoepflmacher und mir waren noch ein paar Bekannte da, meist alte Damen. Sophie hat sie im Makai Manor besucht, wenn ich mal nicht kommen konnte, und das hat Ursula ihr hoch angerechnet, auch wenn sie immer behauptet hat, Sophie sei eine aufdringliche Person. Pater McPhee fand gute Worte für Ursula und hob hervor, welch Trost es für sie war, daß ihr in ihrer letzten Krankheit die Familie zur Seite gestanden hat. Dann fuhr er mit der Urne zur Fort DeRussy Beach. Sophie und ich kamen mit. Es war ein Samstagnachmittag, da läuft dort immer eine hawaiische Folk-Messe (läuft? Ich glaube, bei einer Messe heißt es anders, die wird gefeiert oder abgehalten oder so...), organisiert von der Militärseelsorge, die Army hat dort ihr Hauptquartier. Von Ursula wußte Pater McPhee, daß sie gelegentlich zu dieser Messe gegangen ist, und er kennt den zuständigen Kaplan.

Vor meiner Bekanntschaft mit Ursula hatte ich natürlich keine Ahnung, daß es so was überhaupt gibt. Du weißt ja, daß ich nicht kirchenfromm bin. Nach meiner Volljährigkeit habe ich keinen Fuß mehr in die Presbyterianerkirche gesetzt, in die meine Leute gingen, und habe seither – bis auf Hochzeiten und

Beerdigungen und Taufen natürlich – auch sonst keine Kirche mehr von innen gesehen. Eine katholische Messe habe ich, wenn ich mich recht erinnere, nur einmal miterlebt, bei der Hochzeit einer Freundin aus dem College. Sie fand in einer italienischen, mit scheußlichen Gipsfiguren vollgestopften Kirche in Providence, Rhode Island statt. Die ganze Veranstaltung kam mir vor wie ein Fernsehspektakel, die Chorknaben in ihren roten Roben und der Priester in Brokat, das ständige Raus und Rein, die Kerzen und die Glocken und der Chor, der das *Ave Maria* schmetterte. Das hier war total anders. Am Strand war ein ganz normaler Tisch aufgestellt, die Gemeinde saß oder stand in einem lockeren Kreis im Sand herum. Urlauber und Soldaten – sichtlich Nichtkatholiken –, die zufällig am Strand und auf dem Heimweg waren, hielten an und guckten, und ein paar blieben aus Neugier da. Junge Hawaiianer gaben Heftchen mit der Liturgie aus. Ich lege eins bei, falls es Dich interessiert. Das meiste war auf Englisch, aber der gesungene Teil war auf Hawaiianisch, ein paar junge Leute begleiteten die Lieder auf der Gitarre, und einheimische Mädchen in Baströs Röcken tanzten den Hula. Ich wußte natürlich, daß der Hula ursprünglich ein Kulttanz war, aber durch den Tourismus und durch Hollywood ist er derart entwürdigt und verhunzt worden, daß sich das heute kaum einer mehr klarmacht. Selbst die authentischen Tänze, die sie im Bishop Museum vorführen, sind eben nur Theater, und der Hula in Waikiki ist halb Bauchtanz und halb Burleske. Ich war deshalb fast ein bißchen schockiert, daß bei einer Messe Hula getanzt wurde. Aber es kam an. Ich glaube, es kam deshalb an, weil die Mädchen es nicht besonders gut machten und nicht besonders gut aussahen. Ich meine, sie waren durchaus okay, aber eben nichts Besonderes. Es war ein bißchen wie bei der Abschlußfeier in der Oberschule, entwaffnend laienhaft. Und natürlich hatten sie nicht dieses starre, süßliche Lächeln der professionellen Hula-Tänzerinnen, sondern sahen ernst und andächtig aus. Sophie verfolgte das alles mit großem Interesse und sagte hinterher zu mir, es sei bezaubernd gewesen, aber sie habe den Eindruck, daß sich so was bei ihnen in der Synagoge nicht recht durchsetzen würde.

Es war ein wunderschöner Abend. Die Tageshitze war vorbei, eine sanfte Brise wehte vom Meer, die Gestalt des Priesters warf einen langen Schatten in den Sand, als er Hostie und Kelch hochhob. Er betetem »ewige Ruhe« für Ursulas Seele. »Ewige Ruhe« ... ein bemerkenswerter Ausdruck, finde ich, fast eine heidnische Vorstellung, als könnten die Seelen der Entschlafenen ohne Ableistung der entsprechenden Riten keinen Frieden finden. Dann dachte ich an das berühmte Zitat (ist es Shakespeare? Du weißt das sicher...): »Unser kleines Leben rundet sich im Schlaf.«

Als die Messe vorbei war und die Menge sich verlaufen hatte, stiegen Pater McPhee und Sophie und ich in ein kleines Boot der Army, ein Gummiboot mit einem Außenbordmotörchen, und tuckerten eine Viertelmeile auf See hinaus. Zum Glück war es ein ruhiger Abend, und am De Russy Strand ist sowieso nicht viel Brandung, es schaukelte fast gar nicht, trotzdem machte Sophie ein paarmal, wenn wir auf eine größere Welle trafen, ein ängstliches Gesicht und hielt ihr Haar fest, als könnte es ihr wegwehen. Dann hatten wir die Brandung hinter uns, der Bootsführer stellte den Motor ab, und wir trieben ein Stück. Pater McPhee machte die Urne auf und ließ sie über den Bootsrand hängen, so daß die See sich Ursulas Asche nehmen konnte. Ganz kurz schwamm sie als grauer Fleck auf der Wasserfläche, dann war sie verschwunden. Der Pater sprach ein kurzes Gebet – an den Text erinnere ich mich nicht mehr genau –, in dem er ihre sterblichen Überreste der Tiefe übergab, und forderte uns zu einem stillen Gedenken auf.

Komisch, diese Sache mit dem Sterben, wenn Du es so hautnah miterlebst. Ich habe mich immer für eine Atheistin gehalten, eine Materialistin, habe immer gedacht, daß dieses Leben alles ist, was wir haben, und daß wir es deshalb so gut wie möglich nützen müssen. An diesem Abend aber sträubte sich etwas in mir, zu akzeptieren, daß Ursula spurlos ausgelöscht, für immer verschwunden sein soll. Solche Sekunden des Zweifels – oder des Glaubens – überkommen wohl jeden irgendwann einmal... Übrigens habe ich neulich ein interessantes Zitat gefunden, im *Reader's Digest* (ausgerechnet!), das ich beim Zahnarzt durchblätterte, und habe mir von der

Sprechstundenhilfe eine Fotokopie machen lassen, die ich beilege. Vielleicht kennst du es schon. Von dem Autor habe ich noch nie gehört. Ein Spanier?

Sophie und Pater McPhee hatten während des stillen Gedenkens die Augen zugemacht, aber ich sah zur Küste zurück und muß sagen, daß Ohua sich an dem Abend wirklich von seiner besten Seite zeigte. Sogar Waikiki war eine Pracht. Die Hochhäuser standen in der untergehenden Sonne wie im Flutlicht und traten scharf vor den Bergen im Hintergrund hervor, über denen düstere Regenwolken hingen. Über den Bergen spannte sich ein Regenbogen, hinter dem Hochhausblock im Hilton Hawaiian Village mit dem Regenbogen-Wandbild – Du hast es bestimmt bei der Einfahrt über den Ala Moana Boulevard nach Waikiki schon gesehen, es soll das größte keramische Wandbild der Welt sein. Und das ist wohl auch ein passendes Symbol für Hawaii: der echte Regenbogen, der seinem künstlichen Kollegen Avancen macht... Trotzdem – es war ein phantastischer Anblick. Dann nickte Pater McPhee dem Bootsführer zu, der den Motor wieder anwarf, wir tuckerten zur Küste zurück, und ich hatte das Gefühl, daß wir Ursulas Seele die ewige Ruhe gesichert hatten.

Die wichtigsten Punkte aus dem Testament habe ich Dir wohl schon am Telefon gesagt, aber heute will ich Dir auch beichten, daß Ursula mich um meinen Rat gebeten hat, ehe sie Bellucci zuzog, und den habe ich ihr auch bereitwillig gegeben. Bellucci hat sich übrigens als ein durchaus ausgeschlafener Typ entpuppt, seine auf altväterisch gequälte Kanzlei-Einrichtung führt einen da leicht in die Irre. Von ihm kam die Idee, daß es am günstigsten für Patrick ist, wenn man eine gemeinnützige Stiftung in England gründet, denn so kann der englische Staat sich das Geld nicht zurückholen, und falls Patrick etwas zustoßen sollte (ich weiß nicht, wie hoch seine Lebenserwartung ist), kommt das Geld weiterhin bedürftigen Kindern wie ihm zugute. So gehen denn $ 150 000 an die Stiftung (Du bist natürlich einer der Treuhänder), was den zusätzlichen Vorteil hat, daß keine amerikanische Erbschaftssteuer anfällt. Der Rest des Vermögens nach Abzug der Steuern beläuft sich auf etwa

$ 139 000. Davon gehen $ 35 000 an deinen Vater mit der Empfehlung, das Geld nicht in den Sparstrumpf zu stecken, sondern sich davon das Leben ein bißchen schöner zu machen. Er wird es gut gebrauchen können, wenn er Sophie Knoepflmacher zu Gast hat – weißt Du eigentlich schon, daß sie angedroht hat, ihn im Sommer zu besuchen? Sie behauptet, er habe sie eingeladen, bestimmt hat er nicht damit gerechnet, daß sie ihn beim Wort nehmen würde. Ursula hat übrigens Sophie ihre Porzellanfiguren vermacht und mir eine goldene Kette, die ich als Zeichen ihrer Freundschaft auch angenommen habe. Für Tess ist ein kleines Legat vorgesehen – mehr als genug, um die Flugkosten nach Hawaii zu decken, und Tess bekommt auch ihren restlichen Schmuck.

Damit bleiben etwa $ 100 000 für Dich, Bernard, und ich hoffe sehr, Du wirst keine Skrupel haben, das Geld anzunehmen. Ursula und ich haben immer wieder darüber gesprochen und lange überlegt, welche Summe wohl angemessen wäre. Es mußte so viel sein, daß Du wirklich etwas damit anfangen kannst, aber auch wieder nicht ein so hoher Betrag, daß Du Dich verpflichtet gefühlt hättest, ihn zu verschenken. Nach dem, was Du mir über die Immobilienpreise in Rummidge erzählt hast, müßtest Du Dir davon eine Wohnung oder ein kleines Haus leisten können. Als potentieller Logierbesuch möchte ich nur darum bitten, daß Dein künftiges Heim Zentralheizung und Dusche hat (Ursula hat mir Schauergeschichten über die Ausstattung englischer Häuser erzählt, aber vielleicht ist sie nicht mehr auf dem letzten Stand).

Woraus Du entnehmen kannst, daß ich die Absicht habe, Dich Weihnachten zu besuchen – falls Du mich noch haben willst. Du hast sehr viel Geduld gehabt, liebster Bernard, sowohl während unserer letzten Woche auf Oahu (die ich im übrigen sehr schön fand – die altmodische Ritterlichkeit, das züchtige Zusammensein, die Picknicks, das Bodysurfen und die langen, gemächlichen Fahrten über die Insel) als auch später, bei unseren Telefongesprächen. Nie hast du wegen Lewis gedrängt, obgleich ich die Frage immer unausgesprochen in Deiner Stimme hörte, wenn wir uns verabschiedeten.

Du hattest ganz recht, Ellie hat ihn inzwischen satt – oder aber sie hat einen Freund gefunden, der ihr vom Alter her nähersteht. Wie dem auch sei – vor drei Wochen hat sie Lewis sitzenlassen, und er hat mir geschrieben, er habe sich sehr dumm benommen und wolle anfragen, ob wir es nicht nochmal miteinander versuchen könnten. Er hat mich zum Essen eingeladen, und ich habe ja gesagt (übrigens saßen wir ausgerechnet in dem Thai-Restaurant, in dem ich damals mit Dir und Tess war). Von Ellie oder einer möglichen Aussöhnung sollte an dem Abend nicht die Rede sein, er wollte nur, daß wir mal wieder ganz freundschaftlich zusammensitzen, über die Kinder sprechen und so weiter. Lewis kann, wenn er will, sehr charmant sein, und mit einer Flasche Wein als Rückenstärkung verbrachten wir einen sehr zivilisierten Abend miteinander. Wir sprachen über ungefährliche Themen wie die Kontroverse auf Maui wegen der Baugenehmigung für eine Feriensiedlung auf einem alten hawaiischen Gräberfeld. Ich sagte vehement, ich fände es nicht richtig, wenn man zuläßt, daß die Ruhe der hawaiischen Seelen durch Touristen gestört wird, die mit Golfkarren über ihre Gräber fahren. Lewis machte ein ganz erschrockenes Gesicht, obgleich er auf meiner Seite ist – wenn auch auf eine eher vernunftbetonte, liberale Art. Er hatte mich mit seinem Wagen abgeholt, brachte mich auch wieder nach Hause und lud sich zu einem Schlaftrunk bei mir ein. Es war noch ziemlich früh, Roxy war nicht daheim, und ich denke, das hatte er so mit ihr verabredet, denn er versuchte ziemlich bald, mich ins Bett zu bekommen. Ich weigerte mich. Er fragte, ob es einen anderen gäbe, und ich sagte, nicht auf Hawaii, und er sagte, doch nicht dieser komische Engländer, von dem Roxy mir erzählt hat, und ich sagte, doch, der, ich werde mit ihm Weihnachten feiern. Bis dahin hatte ich nicht genau gewußt, ob ich das will, und vorsichtshalber habe ich noch zwei Wochen verstreichen lassen, damit ich mir ganz sicher bin. Lewis ist schon in Ordnung, aber er ist kein Ehrenmann. Nachdem ich jetzt einen kenne, gebe ich mich mit etwas Geringerem nicht mehr zufrieden. Ich sagte ihm, daß ich wegen der Scheidung kein Hickhack mehr will, und habe ihm eine Halbierung unserer

Habe und das gemeinsame Sorgerecht für Roxy angeboten. Ich bin sicher, daß er ja sagen wird, sobald er die Abfuhr überwunden hat, die vermutlich ein Schock für ihn war.

Ob ich Dich heiraten möchte, liebster Bernard, weiß ich nicht, aber ich will versuchen, es herauszubekommen, indem ich mich bemühe, Dich besser kennenzulernen – und auch diese merkwürdige Stadt, in der Du lebst. Nicht unwichtig, wenn ich mit Dir verheiratet wäre... Ich hätte nichts gegen ein Kontrastprogramm zu Hawaii, und das wäre Rummidge bestimmt. Ein, zwei Jahre muß ich sowieso noch hierbleiben, zumindest bis Roxy mit der High School fertig ist, und danach hängt es davon ab, ob sie zu ihrem Vater ziehen möchte. So ist denn nichts endgültig entschieden und alles offen – bis auf die Tatsache, daß ich für den 22. Dezember einen Charterflug nach London Heathrow gebucht habe. Kannst Du mich abholen (notfalls auch ohne *lei*)? Wie es auch kommen mag – unsere Beziehung, mein Liebster, wird eine Weile aus langen, keuschen Trennungen und kurzen, leidenschaftlichen Vereinigungen bestehen, aber das ist immer noch besser als umgekehrt.

Alles, alles Liebe

Deine Yolande

In dem Umschlag steckten ein Heftchen mit dem vervielfältigten Text der hawaiianischen Folk-Messe und die Fotokopie einer Seite aus *Reader's Digest*. Ein Zitat aus Miguel de Unamunos *Del sentimiento trágico de la vida* war mit grünem Marker gekennzeichnet:

»In den geheimsten Geisteswinkeln jenes Menschen, der glaubt, daß der Tod seinem persönlichen Bewußtsein, ja, seinem Gedächtnis für immer ein Ende setzt, in jenem versteckten Winkel lauert – vielleicht ohne daß er es weiß – ein Schatten, ein vager Schatten ist es, der da lauert, der Schatten eines Schattens der Ungewißheit, und während jener Mensch sich sagt: ›Es hilft nichts, man muß dieses vergängliche Leben leben, ein anderes gibt es nicht!‹, noch während er dies sagt, hört er in jenem geheimsten Winkel seinen eigenen Zweifel halblaut sagen: ›Wer weiß?...‹ Er ist sich nicht sicher, ob er recht gehört hat, aber gehört hat er es. Ebenso flüstert in einem Winkel der Seele des wahren Gläubigen, der an das künftige Leben glaubt, eine gedämpfte Stimme, die Stimme der Ungewißheit, seinem Geist ins Ohr: ›Wer weiß?...‹ Diese Stimmen mögen nicht lauter sein als das Summen von Mücken, während der Wind im Wald durch die Bäume braust, wir nehmen es kaum wahr, dieses Summen, und doch kann man es hören, vermischt mit dem Brausen des Sturms. Wie könnten wir je leben ohne diese Ungewißheit?«

Bernard legte die dünnen Bogen zusammen und steckte sie wieder in den gelben Umschlag, zu dem Heftchen und der Fotokopie. Lächelnd sah er durch die feurig schimmernden Blätter der Blutbuche zum blauen Himmel hoch. Das Laub raschelte in der leichten Brise, und ein, zwei Blätter sanken sacht zu Boden wie winzige Feuerzungen. In dieser Haltung, den Kopf zurückgelegt, die Arme rechts und links auf die Banklehne gestreckt, verharrte er einige Minuten in glücklicher Träumerei. Dann stand er auf und ging rasch zurück zum College, plötzlich von einem unstillbaren Verlangen nach Kaffee erfaßt. Als er sich durch die Pendeltür in den Gemeinschaftsraum schob, wäre er fast mit Giles Franklin kollidiert, der gerade herauskam.

»Da sehen wir uns ja schon wieder«, sagte Franklin und hielt Bernard die Tür auf. Mit einem Blick auf den Umschlag in Bernards Hand fragte er spaßhaft: »Gute oder schlechte Nachrichten?«

»Wie? Gute Nachrichten«, sagte Bernard. »Sehr gute sogar.«

HEYNE BÜCHER

Julian Barnes

*»Befreiend,
erweiternd...
wunderbar.«
DIE ZEIT*

Eine Geschichte der Welt in 10 1/2 Kapiteln
01/8643

Flauberts Papagei
01/8726

Darüber reden
(Verfilmt als »Love etc.«)
01/9395

Metroland
Der Roman zum Film
01/11520

01/9395

Heyne-Taschenbücher

HEYNE BÜCHER

David Lodge

»Höchst intelligent,
informativ, irritierend
und unterhaltend.
David Lodge ist einer
der besten Erzähler
seiner Generation.«

Anthony Burgess

»Unbedingt zur Lektüre
zu empfehlen.«

FRANKFURTER
RUNDSCHAU

Saubere Arbeit
01/8871

Neueste Paradies-Nachrichten
01/9531

Ins Freie
01/9858

01/9531

Heyne-Taschenbücher

HEYNE BÜCHER

Lese-sommer

Ferien im Leseparadies. Amüsement, Kurzweile, Ironie, Sprachwitz und stilistische Perfektion – dargeboten von den bekanntesten Autoren der Literaturszene.

Begegnungen am Meer
Erzählungen
01/10182

Stephen Fry
Der Lügner
01/10178

Robert Gernhardt
Die Toscana-Therapie
01/10181

Max Goldt
Die Kugeln in unseren Köpfen
01/10184

Max Goldt
Die Radiotrinkerin
01/10180

Alan Lightman
Und immer wieder die Zeit
01/10176

David Lodge
Neueste Paradies-Nachrichten
01/10175

Helene Nolthenius
»O süße Hügel der Toscana«
01/10177

Harry Rowohlt
Pooh's Corner
01/10179

Joseph von Westphalen
Warum ich Monarchist geworden bin
01/10183

Heyne-Taschenbücher